George D. Green ist nicht nur Schriftsteller und Dichter, sondern auch ein Globetrotter und erfolgreicher Geschäftsmann. Seine Artikel erschienen in verschiedenen Literatur-Zeitschriften der USA.

George D. Green, der in Georgia aufwuchs, lebt heute in einem alten Schulhaus in den Bergen Pennsylvanias.

Von George D. Green ist außerdem erschienen:

Der Höhlenmensch von New York City (Band 60351)

Vollständige Taschenbuchausgabe 1996, 1998
Droemersche Verlagsanstalt Th. Knaur Nachf., München

Dieser Titel ist auch unter der Bandnummer 60531 erschienen.
Titel der Originalausgabe: »The Juror«

Originalverlag: Warner Books Inc., New York
Umschlaggestaltung: Agentur Zero, München
Umschlagabbildung: Columbia TRI-STAR
Druck und Bindung: Ebner Ulm
Printed in Germany
ISBN 3-426-71106-0

5 4 3 2 1

George D. Green

Die Geschworene

Roman

Aus dem Amerikanischen
von Klaus Berr

Knaur

Für meinen Vater,
der immer durch den Eichenwald geht
und auf seinem Dudelsack spielt.

Für meine Mutter,
die immer Liebe verbreitet.

Für meine lieben Geschwister
Rob, Om, Burch und Alyce,
die immer etwas an mir finden.

EINS

Firnis, Kitt, Sägemehl, Kohle, Ton, Moos,
Fell, Farbe, Löschkalk, Wachs,
Terpentin, Tinte, Zedernholz

EDDIE, DER IM ZUSCHAUERRAUM SITZT, BEUGT SICH VOR. DIE Geschworene 224 hat eben etwas gesagt, das er nicht verstanden hat. Das genaugenommen niemand in diesem Gerichtssaal hören konnte. Richter Wietzel bittet sie, das Mikrofon näher heranzuziehen.

Die Geschworene 224 faßt das Mikrofon und zieht es zu sich. Sie drückt ein wenig zu, als wollte sie es würgen. Starke, rauhe Hände hat sie, die nicht zu ihrem sonstigen Aussehen passen.

Ihr Blick wandert zu dem Angeklagten, Louie Boffano.

Sie sagt: »Ich glaube nicht. Nein.«

»Sind Sie sicher?« fragt Richter Wietzel. »Sie haben Mr. Boffano noch nie gesehen? In der Zeitung? Im Fernsehen?«

»Nein, Sir.«

Wietzel wirft ihr einen vernichtenden Blick zu. »Lesen Sie denn Zeitungen, Ma'am?«

Das bringt ihm ein Kichern von seinen Fans in der ersten Reihe ein. Scheiß-Wietzel, denkt Eddie. Hält sich für den Größten. Wie er die Geschworene ansieht. Und die arrogante Art, wie er sein Hämmerchen schwingt, um das Gelächter zu beenden.

Aber die Geschworene 224 läßt sich nicht verunsichern. Leise sagt sie: »Ich lese Zeitung, wenn ich Zeit dazu habe.«

»Wie oft kommt das vor?«

»Nie.«

Eddie mag diese Frau. Sieht ein wenig erschöpft aus, läßt sich aber von Wietzel nichts gefallen und hat wunderbare, große graue Augen. Es gefällt ihm, wie sie langsam den Blick durch den Saal schweifen läßt und dann plötzlich bei irgend etwas hängenbleibt – als gäbe es hier unendlich viel Schönes zu sehen. Wobei Eddie allerdings nur die üblichen Gerichtssaal-Spanner erkennen kann.

Sie sagt dem Gericht: »Ich bin alleinerziehende Mutter, Euer Ehren. Und ich versuche, Bildhauerin zu sein. Tagsüber habe ich einen Job, und wenn ich nach Hause komme, kümmere ich mich um meinen Sohn. Und wenn mir abends noch Zeit bleibt, arbeite ich an meinen Objekten. Freie Zeit habe ich deshalb kaum. Ich komme mir unwissend vor, wenn ich sage, daß ich mich nicht auf dem laufenden halte, aber so ist es eben, ich habe keine Zeit.«

Die kommt anscheinend von einem anderen Planeten, denkt Eddie. Von irgendwoher, wo sie alle solche Augen haben und schwer arbeiten und sich um ihre kleinen Jungen kümmern und abends Kunst machen, ihre Meißel hervorholen und irgendwelche komischen Skulpturen machen – bis eines Tages eine von ihnen in ihr Raumschiff steigt, durch das halbe Universum fliegt und genau in diesem Scheißhaufen landet und nicht einmal genug Ahnung hat, um Angst zu haben.

Und jetzt sitzt sie hier, denkt Eddie, umgeben von diesem Abschaum, umgeben von diesen Vipern in dreiteiligen Seidenanzügen, von Barrakudas, deren Herzen mit Schmiere laufen und die sie auf Befehl mit ihren Zähnen zerfetzen würden, und sie blinzelt einfach nur mit ihren großen grauen Augen, und damit hat sich's, das ist ihre ganze Verteidigung, macht damit, was ihr wollt.

Eddie merkt, daß ihm diese Geschworene 224 ans Herz wächst.

Aber Wietzel runzelt die Stirn. »Ma'am, wollen Sie damit sagen, daß Sie von diesem Fall noch nichts gehört haben?«

224 dreht sich ihm zu und hebt den Blick.

»Ähm, nein. Ich habe bloß ... etwas gehört.«

»Und würden Sie uns das bitte mitteilen?«

»Gestern habe ich meinem Sohn gesagt, daß ich ab heute als Geschworene fungieren muß. Und daß ich ihn nicht werde abholen können. Ich meine, zur gewohnten Zeit. Und er hat gesagt: ›He, Mom, vielleicht kommst du in diesen großen Mafia-Fall.‹ Und ich habe gefragt: ›Was für ein großer Mafia-Fall?‹ Darauf hat er geantwortet: ›Du weißt schon, Louie Boffano – er steht vor Gericht, weil er diese Kerle *umgenietet* haben soll.‹«

Schmieriges Lachen aus dem Zuschauerraum.

Eddie sieht zu seinem Boß hinüber. Louie Boffano sitzt mit dem Rücken zum Zuschauerraum. Eddie sieht von ihm nur ein Stück Wange. Aber dieses Stück wölbt sich ein wenig, und Eddie vermutet, daß er die Geschworene mit seinem berühmten »Ihr könnt mich alle mal«-Grinsen beglückt.

Aber sie scheint es nicht zu bemerken. Sie fährt unbeirrt fort: »Mein Sohn hat mir erklärt, daß *umnieten*, also daß *jemanden umnieten* soviel heißt wie jemanden töten, und ich habe gesagt: ›Okay, das hab' ich kapiert, aber wer ist Louie Boffano?‹ Und er meinte, ich sei wirklich blöd, wenn ich das nicht wüßte. Darauf ich: ›Okay, dann bin ich wirklich blöd, aber wer ist er?‹ ›Also komm, Mom‹, hat er gesagt, ›er ist der große Spaghetti-O.‹«

Wietzel schwingt sein Hämmerchen ziemlich wild, aber es klingt wie der Trommelwirbel des Schlagzeugers, nachdem der Komiker seine große Pointe gelandet hat. Dröhnendes Gelächter. Die Anwälte, die Arschlöcher von den Medien, die Gaffer – dieser ganze Abschaum ist im siebten Himmel. Sogar Wietzel hat heftig mit seinen Lippen zu kämpfen, muß sich Mühe geben, damit sie sich nicht verziehen. Und Eddies Boß am Tisch des Angeklagten brüllt vor Lachen. Er hat den Kopf so weit zurückgeworfen, daß man sein Gesicht verkehrt herum sieht. Er will, daß wir alle sehen, wie gut er sich amüsiert. Wie sehr es ihn freut, der große Spaghetti-O genannt zu werden.

Die einzige, die nicht lacht, ist die Geschworene 224. Die grauen Augen wandern noch immer durch den Saal, nehmen die ganze Szenerie in sich auf, und was sich jetzt in ihrem Gesicht spiegelt, denkt Eddie, ist nicht Belustigung, sondern Stolz. Sie ist ganz einfach stolz auf die Klugheit ihres Sohnes. So ähnlich wie Eddie stolz war, als seine Tochter in

Hauswirtschaftslehre an der Mamaroneck High School eine lobende Erwähnung erhielt.
Wietzel hämmert den Lärm nieder. »Noch einen dieser Ausbrüche, lassen Sie sich das gesagt sein, und ich lasse auf der Stelle den Saal räumen.«
Ach, Wietzel. Steck dir doch deine Scheiße in den Arsch, wo sie hingehört! Du wirst diesen Saal nie räumen lassen. Du bist doch genauso gierig auf Publikum wie Louie Boffano. Ich meine, auch wenn wir uns gegenseitig an den Kragen gehen würden, wenn dir die versammelte Mannschaft den nackten Arsch entgegenstrecken würde, würdest du es nicht übers Herz bringen, den Saal räumen zu lassen.
Als es schließlich wieder so mucksmäuschenstill ist, wie Wietzel es will, fragt er: »Glauben Sie, daß das, was Ihr Sohn Ihnen gesagt hat, Ihr Urteil in diesem Fall beeinflussen wird?«
»Nein.«
»Kein Vorurteil für oder gegen den Angeklagten?«
»Mein Sohn ist zwölf Jahre alt, Euer Ehren.«
Eddie wirft einen Blick zum Tisch des Staatsanwalts hinüber. Michael Gleason, der Bezirksstaatsanwalt für Westchester County, flüstert mit einem seiner Wasserträger.
Eddie sieht, daß er die eine Schulter unmerklich hebt.
Eine Art Achselzucken.
Das bedeutet, er akzeptiert sie. O Gott.
Bei neun von zehn Mordprozessen bedeutet eine weiße, alleinstehende Mutter aus Westchester Freispruch. Und eine Künstlerin? Dann wird einer in Großbuchstaben daraus. Und diese doofe südamerikanische Handtasche, die sie bei sich hat? O Gott, dann steht in flehendem Gelb auf einer großen weißen Kapitulationsfahne: BITTE, EUER EHREN, LASSEN SIE DEN ARMEN, UNTERDRÜCKTEN MR. SPAGHETTI-O FREI.
In neun von zehn Fällen würde der Bezirksstaatsanwalt sich hüten vor dem weichen Herz einer solchen Tussi.

Aber das hier ist ein Mafia-Prozeß.
Dieses eine Mal wird sich Gleason gerade die Heulsusen aussuchen. Wird sich Leute aussuchen, die altmodisch genug sind, um eine Syndikatsabrechnung immer noch für Mord zu halten und nicht nur für eine Unstimmigkeit zwischen Ganoven. Leute, die den Tod dieser Kanalratte Salvatore Riggio und seines verzogenen Enkels wirklich bedauern, Leute, die so naiv sind, daß ihnen die Tränen kommen, wenn die Witwe des Kerls den Zeugenstand betritt und das Heulen und Zähneklappern beginnt.
Gleasons Assistent nickt zurück, ebenso unmerklich.
Dann ist es also abgemacht: Sie nehmen sie.
Was Eddie wütend macht. Er mag diese Außerirdische. Blöd, aber so ist es eben. Er sieht nicht ein, warum gerade sie in diesem Morast schwimmen soll. Da gab's eben mal ein bißchen böses Blut zwischen Louie Boffano und Salvatore Riggio, aber was zum Teufel hat sie damit zu tun? Warum sie nicht heimgehen lassen zu ihrem Kind und ihrer Kunst und ihren kleinen Alltagsproblemen?
Warum diese großartigen grauen Augen zwingen, sich all diesen Dreck anzusehen?
Laß sie gehen.
Und bei Gott, Wietzel scheint Eddies stummes Flehen wirklich gehört zu haben. Einmal in seinem Leben tut Wietzel etwas Gerechtes und Gutes. Von seinem Hochaltar sieht er hinunter zu 224 und sagt: »Sie können sich freistellen lassen, Ma'am. Wenn Sie wollen.«
Ein dümmliches Grinsen breitet sich auf Eddies Gesicht aus.
Der Richter fährt fort: »Ich versuche, dieses Verfahren kurz zu halten, aber ein paar Wochen wird es mindestens dauern. Und während der Beratungsphase werden Sie abgesondert. Dieses Gericht ist sich sehr wohl bewußt, daß ein Verfahren dieser Art für gewisse Geschworene ungerechtfertigte Härten mit sich bringen kann. Sie haben uns gesagt, daß Sie alleinerziehende Mutter sind und Ihre wirtschaftliche Lage

nicht die beste ist. Mir genügt das. Wenn Sie mir sagen, daß es für Sie eine besondere Härte darstellen würde, kann ich Sie entschuldigen.«

Aber Wietzel! Weißt du, Wietzel, ich hab mich schon drauf gefreut, dein häßliches Arschgesicht irgendwann auszuradieren – aber jetzt tu ich's vielleicht doch nicht. Und das nur wegen diesem kleinen Fetzchen Mitleid, das du meiner süßen 224 gegenüber gezeigt hast.

Aber 224 steht nicht auf und geht. Sie bleibt sitzen. Sie hat die Augen gesenkt, offensichtlich denkt sie nach. Und zwar sehr angestrengt.

O Gott. Du Idiotin. *Mach, daß du verschwindest.*

Sie sieht hoch und fragt den Richter: »Wenn ich meiner Pflicht nachkomme, wäre ich dann, äh, wäre ich dann in Sicherheit?«

Wietzel runzelt die Stirn. Scheint selber überrascht, daß sie sich nicht davonmacht, aber er nimmt sich zusammen und sagt: »Natürlich ist Ihre Sicherheit vollkommen gewährleistet. Ich möchte noch einmal betonen, daß in Westchester County noch nie einem Geschworenen etwas zugestoßen ist. So habe ich zum Beispiel, obwohl ich es nicht für nötig halte, Sie während des gesamten Verfahrens abzusondern, angeordnet, daß alle Geschworenen täglich von einem Fahrer zum Gericht und wieder zurück zu einem Ort gebracht werden, der nur ihnen und diesem Fahrer bekannt ist. Ihre Anonymität bleibt absolut gewahrt. Nicht einmal ich kenne Ihren Namen. Aber ich werde Ihnen immer zur Verfügung stehen. Und sollte es wirklich passieren, daß versucht wird, Ihr Urteil in diesem Fall zu beeinflussen, brauchen Sie es mir nur zu sagen, unter vier Augen, in meinem Büro, und die betreffenden Personen werden mit der ganzen Strenge des Gesetzes verfolgt. In dieser Hinsicht können Sie sich also vollkommen sicher fühlen.«

Ach, leck mich, denkt Eddie.

Wietzel, du Scheißkerl, leck mich.

224 spitzt nachdenklich die Lippen, und ihre außerirdischen grauen Augen leuchten, und sie sagt: »Nun gut, dann sollte ich mir wohl jemand suchen, der auf meinen Sohn aufpaßt. Für die Zeit, wenn ich abgesondert werde.«

»Und Sie wollen Ihrer Pflicht wirklich nachkommen?«

»Äh, ja, das möchte ich. Ja.«

Eddie merkt langsam, daß er die dümmste Frau auf Gottes Erde vor sich hat.

Wietzel sagt: »Ich möchte Ihnen ein Lob aussprechen für die vorbildliche Erfüllung Ihrer staatsbürgerlichen Pflicht und Sie bitten, morgen für eine weitergehende Prüfung durch die Staatsanwaltschaft und die Verteidigung wieder hier zu erscheinen. Vielen Dank, für den Augenblick sind Sie entlassen.«

Die Geschworene 224 steht auf. Sie wirkt erschöpft. Es war nicht einfach für sie, diese noble, aber dumme Entscheidung zu treffen. Sie ist verwirrt und weiß nicht, in welche Richtung sie gehen soll. Der Gerichtsdiener winkt ihr, und sie folgt ihm. Sie ist eine kleine Frau. Ihr Gang ist ungekünstelt, fast jungenhaft, bis auf ein winzigkleines Wiegen. Vielleicht ein Überbleibsel aus ihrer Zeit als junges Mädchen, als sie versuchte, sich zu bewegen wie ein Star. Oder vielleicht ist sie einfach nur ein wenig unsicher auf den Beinen, weil sie den ganzen Tag herumgesessen und gewartet hat, bis sie aufgerufen wird.

Wie auch immer, Eddie jedenfalls gefällt dieser Gang.

Er sieht ihr nach, betrachtet dieses sanft sich wiegende Hinterteil.

Und dann sieht er, daß Louie Boffano den Kopf dreht. Nur einen Augenblick lang, um jemand einen kurzen Blick zuzuwerfen, der am anderen Ende des Zuschauerraums sitzt.

Louie Boffano hat die Unterlippe zwischen die Zähne gezogen. Es ist die nachdenklichste Miene, die er aufsetzen kann. Er will, daß jemand dort hinten diese Miene sieht.

Dann sieht er wieder weg. Und kein Mensch weiß, daß er mit diesem Blick jemandem ein Zeichen gegeben hat.
Ich bin einverstanden, wenn sie es ist, die du dir vorknöpfen willst. Sie gehört dir.
Eddie dreht sich um.
Der Mann, dem Louie das Zeichen gegeben hat, sitzt in der hintersten Ecke des Zuschauerraums. Umgeben von Gerichts-Freaks, ein Niemand. Er trägt einen unauffälligen Rollkragenpullover, eine Brille mit getönten Gläsern und einen aufgeklebten, buschigen blonden Schnurrbart. Er hat absolut keine Präsenz. Er starrt ins Leere. Ins Nichts. Wer ihn nicht so gut kennt wie Eddie, könnte meinen, Vincent würde den absolut trivialsten Gedanken nachhängen.
Plötzlich steht er auf.
Eddie starrt hinunter auf seine Faust im Schoß und denkt: Okay, du hirntote Idiotin, ist es das, was du wolltest? Okay, jetzt hast du es. Und wer wird dir jetzt helfen?
Als er sich wieder umdreht, ist Vincents Platz leer.
Eddie zählt stumm bis zwanzig. Dann steht er auf und schiebt sich leise, mit gesenktem Kopf, an den Zuschauern vorbei in den Gang. Er nickt dem Wachposten zu, als er die große Tür aufschiebt, und verläßt den Gerichtssaal. Schnell durchquert er die häßliche Buck-Rogers-Vorhalle mit den vielen spitzen Winkeln.
Er macht sich auf den Weg, um zu tun, wofür er bezahlt wird.

Annie sitzt in dem alten Subaru und wartet, daß ihr Sohn Oliver sich anschnallt. Oliver ist in die Betrachtung der Schließe seines Sicherheitsgurtes versunken. Er ist immer in Betrachtung versunken. Auch noch die einfachsten Sachen starrt er viel zu lange an, bevor er sich an die Arbeit macht. Manchmal starrt er so lange, daß er vergißt, was er tun sollte.
Dieser Traumtänzer. Er treibt sie zum Wahnsinn.

»Oliver. Wir wollen fahren.«
Er schafft es, den Verschluß einrasten zu lassen.
Sie fährt rückwärts von Mrs. Kolodnys Hof und biegt auf die Ratner Avenue ein.
»He, weißt du was«, sagte sie. »Du warst heute ein Star.«
»Quatsch. Eine Null war ich heute. Weißt du, wo Jesse bei *DragonRider* ist? Im fünften *Dome* – gestern abend hat er es geschafft. Ich schaff's nicht mal in den zweiten, ohne daß mir irgendein *Troll-Slave* den Arsch versohlt. Jesse und Larry sagen, ich bin ein Trottel, weil ich den *Invisible Potion* nicht finden kann.«
»Vielleicht ist der *Invisible Potion* im *Fallen Keep*?«
»Wieder falsch«, sagt Oliver. »Larry sagt, daß er im *Western Shire* ist. Im verdammten *Western Shire*.«
»Vielleicht ist Nintendo nicht gerade deine Stärke und du solltest dich auf etwas anderes konzentrieren.«
»Es ist nicht Nintendo, Mom. Es ist Sega.«
»Vielleicht solltest du dich mit ganz was anderem beschäftigen. Mit Schularbeiten zum Beispiel.«
»Aber klar doch«, sagt er. »Kein Zweifel.«
»Oder vielleicht versucht Jesse nur, dich durcheinanderzubringen. Vielleicht gibt es gar keinen *Invisible Potion*.«
»Ja, lügen tut der wie gedruckt.«
»So etwas solltest du über deine Freunde nicht sagen.«
»Kein Zweifel.«
Sie erreichen den See und biegen an der Old Willow Avenue links ab. Sie kommen an der Stadtbibliothek vorbei, die früher eine Kirche war. Man sieht, daß es langsam Herbst wird. Die Platanen am Ufer sind rost- und rubinrot gesprenkelt.
Oliver zieht einen Booger Bubble Gum aus der Hosentasche. Er starrt die Verpackung an. Wickelt den Kaugummi aus. Betrachtet ihn. Steckt ihn sich in den Mund.
»Trotzdem warst du heute ein Star«, erzählt sie ihm. »Der Star des Bezirksgerichts. Sie haben mich gefragt, ob ich je

etwas von Louie Boffano gehört habe, und ich habe ihnen gesagt, daß mein Sohn ihn den großen Spaghetti-O genannt hat, und da haben alle gelacht.«

»Mann! Bist du wirklich bei dem Fall?«

»Genau bei dem. Wenn sie mich nehmen.«

Sie fahren an Cardi's Bestattungsinstitut vorbei.

»Und du wirst es tun? Willst du wirklich bei diesem Fall Geschworene sein? Bist du verrückt, Mom?«

Gute Frage.

Einen Augenblick lang, vorhin im Zeugenstand, ist sie kurz davor gewesen, den Richter zu bitten, sie freizustellen, da sie doch einen Sohn habe, um den sie sich kümmern muß, und einen Chef, der sie umbringt, wenn sie sich nicht vom Geschworenendienst befreien läßt. Und außerdem ist da noch die große Ausstellung mit ihren Objekten, die demnächst in Inez' Galerie stattfindet.

Als sie dann sagte, daß sie es tun werde, hat wahrscheinlich jeder sie für eine Verrückte gehalten. Zumindest wäre das die naheliegendste Reaktion.

»Ich weiß auch nicht«, sagt sie. »Na ja, es wurde ja nicht nur dieser alte Pate getötet. Sie haben auch seinen Enkel umgebracht. Vierzehn Jahre alt. Vermutlich habe ich an dich gedacht, habe es für meine Pflicht gehalten. Dir sage ich doch auch immer, daß man Verantwortung übernehmen muß und so. Oder?«

»Klar.«

»Verstehst du, was ich sagen will?«

»Klar.«

»Na gut. Willst du die Wahrheit hören? Vielleicht habe ich nur geglaubt, daß es aufregend wird. Ich glaube, diese ganze Schufterei macht mich langsam ziemlich fertig. Also ... das war wohl keine so gute Idee, was?«

»Mom, ist das alles wirklich wahr? Bist du tatsächlich beim Louie-Boffano-Prozeß? Warte ab, bis Jesse das hört!«

»Nein. Jesse wird überhaupt nichts hören. Und auch sonst

niemand. Ich meine, ich hätte es ja nicht einmal dir sagen dürfen. Hör zu, Oliver, es ist ein Geheimnis, daß ich bei diesem Prozeß Geschworene bin. Niemand kennt meinen Namen. Nicht einmal der Richter. Ich werde mit einer Nummer aufgerufen. Ich bin vollkommen anonym – weißt du, was das heißt?«

»Klar. Es heißt, daß sie dein Bild nicht in den *Weekly World News* bringen. Aber das wird Louie Boffano nicht abhalten. Wenn er dich finden will –«

»Ach, hör auf. Das traut er sich nie. Es gibt da ein Wort dafür, Geschworenenmanipulation nennt man das. Weißt du, was mit ihm passiert, wenn herauskommt, daß er versucht, Geschworene zu manipulieren?«

»Was?«

»Er kommt ins Gefängnis.«

»Aber im Gefängnis ist er doch schon. Wahrscheinlich für den Rest seines Lebens. Der hat nichts mehr zu verlieren.«

»Oliver. Das ist ernst. Kein Spiel. Ich bin verrückt, das zu tun, ja, aber nicht, weil es gefährlich ist. Verrückt bin ich, weil es einfach so lästig ist. Mr. Slivey wird mich umbringen, weil ich mir die Zeit freinehmen muß. Und wenn der Fernseher läuft, muß ich aufpassen, daß ich nichts über den Prozeß sehe. Und auch nichts im *Reporter Dispatch.* Du wirst die Artikel ausschneiden müssen, damit ich sie nicht sehe.«

»Du liest doch sowieso nie Zeitung, Mom.«

»Ich weiß, aber trotzdem.«

»Du wickelst nur Sachen darin ein.«

»Nur um ganz sicherzugehen, weißt du? Und wenn der Prozeß zu Ende ist und wir in Beratung gehen, werde ich abgesondert. Das heißt, ich muß eine Zeitlang in einem Motel bleiben. Und du wirst zu Mrs. Kolodny gehen müssen.«

Oliver verschluckt sich fast an seinem Kaugummi. »Zu Mrs. Kolodny? Du meinst, über Nacht? Komm, Mom, sag, daß das nur ein Witz ist.«

»Ich sage dir, daß das kein Witz ist. Ja, über Nacht. Und mehr als eine Nacht.«

»Wie lange?«

»Keine Ahnung. Solange es eben dauert, bis wir zu einem Urteil gekommen sind. Eine Woche vielleicht. Oder ... ach, ich weiß auch nicht.«

»Eine Woche? Warum? Ihr geht hinaus, kommt wieder rein und sagt: ›Schuldig.‹ Ihr sagt: ›Macht ihn alle, den Scheißkerl.‹ Wie lange kann denn das schon dauern?«

»Ich weiß es nicht.«

»Fünf Minuten?«

»Vielleicht. Vielleicht aber auch eine Woche.«

»Eine Woche bei Mrs. Kolodny? Momba, warum tust du mir das an?«

Annie zuckt die Achseln.

Die Straße gabelt sich, und sie nimmt die Seminary Lane, die den Hügel hinauf- und vom See wegführt. Rechts zwei große, dreistöckige Queen-Anne-Klötze mit Blick auf den See. Links einige unscheinbarere Behausungen. Sie bremst und biegt in die Auffahrt ihres kleinen Bungalows ein. Zu Oliver sagt sie: »Okay, du hast zwei Minuten, um dich umzuziehen, und dann nehme ich dich mit in die Arbeit.«

»Mom!« Ein entsetztes Aufheulen. »Ich hab' mich doch mit Jesse auf dem Friedhof verabredet –«

»Nichts zu machen. Ich habe es Mr. Slivey versprochen. Muß nur ein paar Bestellungen bearbeiten. Bloß eine Stunde oder so –«

»Mom, in einer Stunde ist es dunkel. O Gott, da hab' ich den ganzen Nachmittag bei Mrs. Kolodny verplempert, und jetzt sagst du mir –«

»Zwei Minuten, du elender kleiner Rotzlöffel! Beeil dich.«

Der Lehrer wartet in seinem roten Lotus S4. Vivaldis Violin-Concerto in F-Dur dröhnt aus den Boxen. Er parkt in einer Seitenstraße, die zweihundert Meter vor ihm in die Seminary

Lane mündet. Sein Auto steht unter einer Linde, darüber ein stahlblauer Himmel.
Er hat den Lautsprecher des Funktelefons aufgedreht, und durch die Geigen hört er Mannys Stimme: »Das Nummernschild JXA-385 ist registriert auf den Namen Annie Laird, Adresse: Seminary Lane 48, Pharoah, New York. Sonst noch was?«
Der Lehrer spricht ins Leere. »Ja. Diese Frau hat einen Sohn. Er ist zwölf Jahre alt, und geht, nehme ich an, in eine Grund- oder Hauptschule irgendwo hier in der Gegend. Könntest du was über ihn herausfinden?«
»Ich kann's versuchen.«
»Aber unauffällig. Wenn's nicht auf die elegante Art geht, laß es lieber sein.«
Ein Schimmern des Windes. Laubschatten, die auf seiner Motorhaube zittern. Ein Mädchen fährt auf dem Fahrrad vorbei. Geschmeidige Glieder, vielleicht sechzehn Jahre alt. Der ihm zugewandte Oberschenkel arbeitet präzise wie ein Kolben, als sie vorbeistrampelt. Sie scheint sein Auto zu bewundern. Bin ich vielleicht zu auffällig, fragt er sich, in einem grellroten Lotus auf einer so unscheinbaren Straße? Gehe ich ein unnötiges Risiko ein?
Ja, das tue ich.
Er pfeift mit der Oboe mit.
Das Funktelefon summt, und er drückt auf den Knopf.
»Ja.«
Eddies Stimme: »Vincent. Sie verläßt jetzt das Haus.«
»Mit dem Kind?«
»Ja. Mit.«
»Sie sehen dich nicht?«
»Nein. Ich parke weiter unten. Okay, jetzt steigen sie ins Auto.«
»Sei vorsichtig. Irgendwie hat sie heute im Gericht etwas verängstigt geklungen ... Wenn sie in deine Richtung kommt –«

»Tut sie nicht. Sie kommt in deine Richtung, Vincent – und sie hat es verdammt eilig.«
»Sie fährt den Hügel *hoch*?«
»Ja.«
»Häng dich dran, Eddie.«
»Ja.«
»Aber halt genügend Abstand. Wenn du sie verlierst, ist das auch keine Tragödie, wir finden sie schon wieder – wichtig ist nur, daß sie dich auf keinen Fall bemerkt.«
Der Lehrer wartet ab.
Einen Augenblick später sieht er Annie Lairds Auto auf der Seminary Lane vorbeihuschen. Nur ein kurzer Blick auf sie. Und auf ihre etwas ausgefranste Schönheit.
Als nächstes fährt Eddies Auto vorbei.
Der Lehrer startet, aber er folgt ihnen nicht. Er fährt in die andere Richtung, den Hügel hinunter. Rechts der Straße ein paar Häuser, dann eine lange Baumreihe, und schließlich kommt er zu ihrem rostigen Briefkasten. Er entspannt sich. Und mustert die Umgebung.
Auf der gegenüberliegenden Seite sieht er eine weitere Baumreihe, die hügelabwärts bis zu einigen großen Häusern und dem See reicht. Im Winter, wenn die Bäume kahl sind, muß das ein atemberaubender Ausblick sein, aber im Augenblick fühlt man sich eher ein wenig eingesperrt. Der nächste Bungalow auf Annies Seite der Straße liegt etwa hundert Meter weiter unten, ein ordentlicher Holzzaun trennt die beiden Grundstücke.
Er biegt in ihre Auffahrt ein. Fährt sein Auto ganz nach hinten, bis zu der Lücke zwischen dem Bungalow und der alten Scheune dahinter.
Still hier.
Er klemmt sich das Telefon an den Gürtel. Holt seine Heckler & Koch P7 aus dem Handschuhfach und steckt sie in das Schulterholster unter seinem Jackett. Dann zieht er seine Arzttasche unter dem Sitz hervor.

Als er zum Bungalow geht, fängt ein Spottdrosselmännchen über ihm in dem großen Trompetenbaum zu singen an. *Mimus polyglottus,* der Lieblingsvogel des Lehrers.
Zwei gesprungene Betontreppen hoch zur hinteren Veranda. Das Fliegengitter quietscht, als er es öffnet. Wespennester über dem Türsturz: ihr typischer lehmiger Geruch. Dann das Chaos auf der Veranda. Ein altes Sofa mit herausquellender Polsterung. Die Leiche eines Kühlschranks, Reifen, Lacrosse-Schläger und Lacrosse-Maske. Zwei Fahrräder in ordentlichem Zustand. Das eine ein Herrenrad, mit Stange, das andere ohne. Das heißt, sie fahren zusammen Rad, Mutter und Sohn. Schön. Vielleicht fahre ich einmal mit.
Für das Schloß braucht er weniger als eine halbe Minute.
Er betritt die große, luftige Küche. Stellt seine Tasche auf den Tisch mit der Emailplatte und holt einen DAK-Handscanner und einen Ogivar-Prozessor heraus.
Er liest die Liste mit Rufnummern neben dem Telefon in den Speicher ein. Dann durchstöbert er den hohen Schreibtisch, findet einige Briefe, Rechnungen, Einladungen zu Vernissagen. Die scannt er ebenfalls ein.
Die lose herumliegenden Seiten einer alten Telefonrechnung steckt er einfach in die Tasche. Die wird sie nie vermissen.
Mit einem Kreuzschraubenzieher entfernt er die Abdekkung des Wandtelefons. Hinter der gedruckten Schalttafel installiert er ein kleines schwarzes Gerät mit zwei überstehenden Drahtpaaren. Eine sogenannte Multifunktions-Wanze. Für die Überwachung des Telefons *und* der Küche. Das eine Drahtpaar ist bereits mit einem hochempfindlichen Lartel-Mikrofon verbunden. Das andere Paar schließt er in einer Parallelschaltung ans Telefon an.
Während der Arbeit erhält er über Funktelefon einen Anruf von Eddie.
»Sie hat auf der Hügelkuppe angehalten, Vincent. Paar

Meilen entfernt. Großes, altes Haus, mit einem Schild ›Haus des Glaubens, AG‹. Parkplatz ist leer. Ich vermute, die sind schon alle heimgegangen. Sie ist mit dem Kind hinein. Hat offenbar 'nen Schlüssel.«

»Wo bist du?«

»Ein Stückchen weiter oben an der Straße. Hab' gewendet. Bin fahrbereit.«

»Was glaubst du, was sie tut?«

Darauf Eddie: »Keine Ahnung. Muß wohl 'ne Art Kirche sein. Vielleicht betet sie. Vielleicht ist sie 'ne Religionsfanatikerin. Weißt du es?«

Der Lehrer grinst. »Sie ist bei der Arbeit, Eddie.«

»Ach ja, stimmt. Arbeitet für so 'nen Guru, der ihr jeden Dienstagnachmittag die Hölle heiß macht. Vincent, die solltest du in Ruhe lassen. Religiöse Spinner sind unberechenbar. Die kommen einem komisch, die denken nicht normal –«

Dann werde ich sie zähmen, denkt der Lehrer, mit der Einfachheit des Namenlosen.

»Ich sag's dir, mit der gibt's Ärger«, sagt Eddie. »Ich kann die Probleme schon riechen.«

»Nein, Eddie, ich glaube, was du riechst, ist deine Angst.«

Der Lehrer schaltet ab.

Im gemütlichen, unaufgeräumten Fernsehzimmer schiebt er einen Stapel alter Zeitungen und *Art in America*-Ausgaben beiseite und entdeckt eine Wandsteckdose. Er schraubt den Deckel ab und installiert ein Hastings-3600-Mikrofon mit angeschlossenem Minisender.

Er bemerkt ein Foto an der Wand. Ein Kerl mit Hundeblick, der treudoof in die Kamera sieht. Hinter ihm eine strohgedeckte Hütte und Ziegen und ein Maisfeld. Er trägt ein Hemd mit guatemaltekischem *Ikat*-Muster.

Ihr Bruder? Ihr Geliebter?

Der Lehrer liest ihn mit dem Scanner ein.

Dann nimmt er seine Tasche und geht nach oben, ins

ausladende Dachgeschoß des Bungalows, wo Annie und ihr Junge ihre Schlafzimmer haben.

Annie hat ein Mantra für Zeiten wie diese:
Wenn ich jetzt Datenverarbeiterin bin, Datenverarbeiterin und nichts als Datenverarbeiterin, kann ich in zwei Stunden Künstlerin sein.
Sie denkt es noch einmal. Sie schließt die Augen. Konzentriert sich.
Ich bin ein reines, makelloses Werkzeug für Datenverarbeitung.
Sie verschränkt die Finger und streckt sie. Dann öffnet sie die Augen und macht sich an die Arbeit.
Wird zum Dämon, zur Tempo-Trance-Hexe und gibt die erste Bestellung in einer Minute dreißig Sekunden ein und die zweite in sechsundfünfzig Sekunden.
Die meisten Bestellungen sind für *Den Teufel zur Hölle jagen!*, die neue Doppelkassette des hyperenthusiastischen Reverend Calvin Ming.
Andere wollen seine Golden Oldies:
Gegen die Sünde ist ein Kraut gewachsen! oder
Sagt Ja! Ja! Ja! Ja! Ja! zu Jesus!
Ein kurzer Schwung aus dem Handgelenk, um den Umschlag aufzuschlitzen, ein Schlenkerer, um die Bestellung herauszuziehen. Manchmal ist die Handschrift grauenhaft, und nur indem sie die Adressen aus dem Bauch heraus und ohne Hirnbeteiligung liest, kann sie sie entziffern. Ihre Finger huschen über die Tasten wie ein Mückenschwarm.
Noch achtzehn Bestellungen und dann bin ich fertig, bin draußen, so schnell wie der Wind.
Sie bemüht sich, nicht daran zu denken, wie sehr sie diese Arbeit verabscheut. Denn sie weiß, wenn sie es auch nur einen Augenblick lang tun würde, müßte sie aufspringen und herumlaufen und wütend auf den Schreibtisch schlagen und schreien *Sag Nein! Nein! Nein! Nein! Nein! zu diesem Scheißjob!* Und würde damit Oliver einen gehörigen

Schrecken einjagen, der im Augenblick friedlich in der Ecke sitzt und über seinen Mathehausaufgaben brütet.
Und was würde es bringen? Hier kommt sie doch nie raus. Sie braucht die Flexibilität, die ihr dieser Job bietet. Slivey mag ein Arschloch sein, aber er läßt sie sich ihre Arbeitszeit selbst einteilen, und weil sie das Geschäft inzwischen besser kennt als er, toleriert er auch mürrisch ihre Zerstreutheit und ihre Patzer.
Also tippt sie, jagt über die Tastatur, wird immer schneller. Als Oliver, der sich langweilt, ihr eine komische Kinderfrage stellt, gibt sie gedankenlos eine typische Erwachsenenantwort. Als Oliver aufsteht und anfängt, ein Spiel zu spielen, zu dem drei einbeinige Hüpfer, eine Drehung und ein Wurfversuch mit einer zerknüllten Papierkugel auf das wohlwollend dreinblickende Foto des Reverend Calvin Ming gehören, murmelt sie nur: »Oliver! Setz dich. Mach deine Mathe.«
Sie verliert keine Zeit, und bald sind nur noch vier Bestellungen übrig.
Dann klingelt das Telefon.
»Verdammt!«
Slivey.
»Ich habe Ihnen einen Stapel –« fängt er an.
»Ich sitze gerade daran, Mr. Slivey. Ich lege sie Ihnen auf den Schreibtisch.«
»Gut. Und wann werden Sie morgen antanzen?«
»Überhaupt nicht. Das wissen Sie doch. Ich habe Geschworenendienst.«
»Ich dachte, ich hätte Ihnen gesagt, Sie sollen zusehen, daß Sie drum herumkommen.«
»Das haben Sie. Ich habe es aber nicht getan. Das ist meine Bürgerpflicht, Mr. Slivey.«
»Ihre Bür-ger-pflicht?« Er schnaubt. Ein lautes, verächtliches Schnauben. »Soso. Und Ihre Pflicht dem Herrn gegenüber haben Sie wohl vergessen?«

»Den Herrn vergesse ich nie, Mr. Slivey. Schließlich zahlt der meinen Lohn.«
»Und wer kümmert sich um die Bestellungen? Wer kennt sich denn schon mit Ihrem Ablagesystem aus?«
»Corinna kann –«
»Corinna ist eine verdammte Idiotin.«
»Mr. Slivey.«
»Plädieren Sie auf Härtefall. Ich meine es ernst. Erzählen Sie dem Richter von Ihrer Arbeit für den Herrn. Sagen Sie –«
»Ich muß los.«
»Annie –«
»Gelobt sei der Herr, Mr. Slivey.«
Sie legt auf.
Sie stürzt sich auf die letzten Bestellungen.
Und als die letzte eingegeben und ausgedruckt ist, trägt sie den ganzen Stapel zu Corinnas Schreibtisch und legt ihn dort ab.
Ich hab' frei. Gewissermaßen. Eine kurze Zeit lang.
Sie schleicht sich hinter Oliver, der dasitzt und konzentriert schreibt. Sie sieht ihm über die Schulter. *First-Shield Auxbar* und sein treues Drachenroß *Rog* stürmen durch den *Tunnel of the Accursed.*
Oliver sieht zu ihr hoch. Blinzelt. »Was ist?«
»Aha. Mathe.«
»Das ist … das ist für Englisch. Englisch-Hausaufgabe.«
»Aber natürlich. Gehen wir.«
»Jetzt schon, Mom? Bist du sicher, daß du nicht noch ein bißchen bleiben willst? Der Laden hier ist doch echt zum Abschnallen …«

Der Lehrer öffnet die Tür zu Annies Atelier in der Scheune. Während er nach dem Lichtschalter tastet, steigt ihm der Geruch der Materialien in die Nase, die sie verwendet. Firnis, Kitt, Sägemehl, Kohle, Ton, Moos, Fell, Farbe, Lösch-

kalk, Wachs, Terpentin, Tinte, Zedernholz: Einen nach dem anderen identifiziert er die Düfte. Und schließlich hat er den Schalter gefunden.
In dem Raum herrscht Chaos. Überall halbfertige Arbeiten. Wild durcheinandergeworfene Werkzeuge.
Er läßt den Blick schweifen, bis er die Skulpturen am anderen Ende des Ateliers entdeckt.
Sie sehen eigentlich gar nicht aus wie Skulpturen. Es sind einfach nur nebeneinandergestellte Kisten, ähnlich wie Orangenkisten, nur daß die Zwischenräume zwischen den Latten vernagelt wurden und das Holz gebeizt und lackiert. Und unten an jeder Kiste hängt ein kurzer, koketter Rock.
Während der Lehrer darauf zugeht, sieht er, daß über einer Kiste eine Zeitungsschlagzeile an die Wand geheftet ist: KARDINAL O'CONNOR ERKLÄRT: GOTT IST MÄNNLICH.
Er streckt die Hand unter den Rock dieser Kiste. Er tastet in der Dunkelheit herum, bis seine Finger auf etwas Schweres, Kugelförmiges und Pelziges stoßen. Groß wie eine Grapefruit, hängt es einfach in der Dunkelheit. Er tastet sich an dem Fell entlang und spürt eine zweite große Kugel, in einem Beutel mit der ersten.
Zwei riesige, haarige Hoden.
Die Eier Gottes?
Er lacht laut auf. Und drückt eine der Kugeln. Unsere Geschworene hat Humor.
Eddie ruft an und sagt ihm: »Vincent, sie hat jetzt das Haus verlassen. Mit dem Jungen.«
»Gut.«
Der Lehrer kneift ein letztes Mal die Eier Gottes und geht dann zur nächsten Kiste. Eddie fragt er: »Wenn sie hierher zurückkommt, wieviel Zeit habe ich dann noch?«
»Zwei oder drei Minuten.«
Über dieser Kiste hängt ein Blatt Skizzenpapier mit der Aufschrift: Alzheimer. Für Mom. Der Lehrer greift unter

den Rock. Seine Hand ertastet eine Höhlung, die geformt ist wie das Innere eines Schädels.

Eddie sagt: »Okay, jetzt verläßt sie den Parkplatz. Sie sieht mich nicht. Sie fährt in deine Richtung.«

Eine gewisse Gereiztheit schwingt in seiner Stimme mit.

»Eddie?«

»Was?«

»Was denkst du über sie?«

Ein Augenblick Schweigen.

»Was soll das heißen, was ich über sie denke? Überhaupt nichts.«

»Du klingst, als wolltest du sie beschützen.«

»Beschützen? Ich glaube einfach, daß sie Ärger macht. Ich glaube, sie ist eine verdammte Nonne.«

»Also, eine hundertprozentige Nonne kann sie nicht sein, oder? Sie hat ein Kind. Irgendwann muß sie Sex gehabt haben. Irgendwie ist sie doch sexy, meinst du nicht auch, Eddie?«

»Also komm! Eine verdammte Mama ist sie.«

»Diese Augen. Findest du sie nicht sexy?«

»Vincent, zieh endlich Leine. Sie kommt ziemlich schnell.«

Der Lehrer läßt die Finger über die gesprungene Porzellanoberfläche der Schädelhöhle wandern. Etwas wächst in den Sprüngen. Fühlt sich an wie Moos. Und Fetzen eines hauchdünnen Netzes kitzeln die Haare auf seinem Handrücken. ALZHEIMER. Verfall, Zerstörung.

Zu Eddie sagt er: »Ich halte sie für sexy und außerdem für genial.«

»Echt? Blödsinn.«

»Sie macht Skulpturen, die man nicht sehen kann. Die man nur ertasten kann.«

»Hirnrissiger Blödsinn«, sagt Eddie.

Die dritte Kiste trägt den Titel DER TRAUM DES SICHBEMERKBARMACHENS, und dieser Titel fasziniert ihn, aber er hat keine Zeit mehr, die Kiste zu ertasten. Beim nächsten Be-

such also. Etwas, auf das er sich freuen kann. Er wendet sich von den Kisten ab.
Weniger als eine Minute braucht er, um eine Multifunktions-Wanze im Telefon des Ateliers zu installieren.
Beim Hinausgehen zieht er die Tür leise hinter sich zu.
Er stößt rückwärts aus der Auffahrt und fährt die Seminary Lane hinunter. Hinunter, und dann wieder eine kleine Anhöhe hinauf, und vor der nächsten Senke sieht er in den Rückspiegel und erhascht einen kurzen Blick auf Annie Laird und ihren Sohn in ihrem alten Subaru.

Annie und Oliver, später an diesem Abend. Nach dem Essen sitzen die beiden in Olivers Zimmer im grünlichen Schein des Computermonitors. Oliver kämpft mit einer Schüssel Eiscreme. Annie bedient den Joy-Stick.
»Was ist das für ein Raum?«
»*Castle Keep.*«
»Was ist ein *Keep*?«
»Keine Ahnung, Mom. Es ist in einer Burg. Es ist das *Keep.* Du weißt schon.«
»O Gott, und was sind das für welche?«
»Keine Panik. Das sind *Troll-Slaves.* Immer mit der Ruhe.«
»Ich habe den Eindruck, diese Herren wollen mich umbringen.«
»Das sind doch Luschen, Mom. Die sind echt langsam. Benutz dein Schwert, die tun dir nichts. Nein, nicht diese Richtung!«
»Hilfe! Was ist das?«
»Eine Falltür! Nicht!«
»Was? Wo soll ich hin? Oliver!«
»Cool bleiben, Momba. Greifen sie dich an? Mach sie alle!«
»Wo? Wo? Was soll ich tun, sie kommen!«
»Diesen Knopf. Da, drück auf diesen Knopf! Ja! Und jetzt den anderen! Mach ihn fertig, den Wichser!«
»Oliver!«

»Ich meine Trickser. Schlag ihn! Wo gehst du hin?«
»Ich weiß es nicht! Hilfe! Wie drehe ich um?«
»Da. Den da. Schnapp ihn dir! Ja! Ja!«
»Ja!«
»Super, Momba!«
»Sind sie tot?«
»Sie sind tot.«
»Ich hab's geschafft?«
»Du bist okay. Und wie fühlst du dich jetzt?«
»Gut.«
»Das solltest du auch.«
»Ich denke nicht an die Witwen dieser *Troll-Slaves.* Ich weiß, daß kleine *Troll-Slave*-Kinder heute nacht um ihre Väter weinen, aber ich fühle mich gut. Sehr klar im Kopf. O Gott! Was ist denn das?«
»Es ist eine Spinne, Mom. Cool bleiben! Es ist nur ein *Death-Spider.*«

Der Lehrer kauert sich auf die Erde und betrachtet die Lichter ihres Hauses.
Dann hört er die Spottdrossel noch einmal, etwas heiser, ein schnelles Trillern. Er sieht hoch. Der Vogelgesang scheint aus einer nahen Buche zu kommen. Da am Waldrand, am Gartenzaun. Er mustert die dunklen Äste dieses Baumes.
Es scheint ein guter Kletterbaum zu sein.
Er fängt an zu klettern.
Der Schatten des Vogels flattert davon.
Geschickt und geschwind arbeitet er sich am Stamm hoch, obwohl er zwei schwere Kisten auf den Rücken geschnallt hat. Zwei silbergraue 50-mm-Munitionskisten, jede mit einer Tarnung aus Zweigen und Lehm und Blättern, so daß sie ein bißchen aussehen wie Eichhörnchennester.
Er klettert, bis er in knapp sieben Metern Höhe einen guten Blick auf den Bungalow hat. Dann rutscht er auf einem Ast nach außen und hängt eins der Nester auf. Dieses Nest

enthält einen Batterie-Pack. Er zieht das Stromkabel von der Batterie ein Stückchen weiter den Ast entlang und hängt dort die zweite Munitionskiste auf.
Während er arbeitet, hört er noch einmal die Spottdrossel singen. Es ist eine schönere Melodie als die vom Nachmittag, ätherischer, inbrünstiger. Nachts zeigt die Spottdrossel ihre ganze Kunst.
Er öffnet den Deckel der zweiten Kiste. Darin befinden sich fünf ICOM-7002-Empfänger, die auf die drei Multifunktions-Wanzen in Annies drei Telefonen und auf die Minisender im Fernsehzimmer und in Olivers Schlafzimmer eingestellt sind. Er schiebt die fünf biegsamen Antennen durch ein Loch in der Kiste, führt sie an dem Ast entlang, auf dem er sitzt, und befestigt sie mit Gummibändern.
Die fünf Empfänger sind mit einem Motorola-Multiplexer verbunden. Er steckt sich einen Ohrhörer ins linke Ohr, stöpselt das Kabel in den Multiplexer und ruft mit dem Digital-Tuner Kanal 1 auf, der auf 143,925 Megahertz eingestellt ist. Die Küche.
Er horcht. Und hört ein unregelmäßiges, leises Pling-Pling. Ein tropfender Wasserhahn.
Er berührt den Kanalwähler. Das Zimmer des Jungen.
Hier ist er richtig.
Er hört das Mückensirren der Titelmelodie eines Videospiels und dann Annies Stimme.
»Es töten? Wie soll ich es denn töten? Es ist größer als ich!«
Dann den Jungen: »*Death-Spiders*, denen mußt du sämtliche Beine abhacken!«
Annie: »Was?«
Dann das Klick-Klick der Videospiel-Waffe.
Schallendes Gelächter im linken Ohr des Lehrers. Sein rechtes Ohr erfaßt ein wenig vom wirklichen, vom echten Lachen des Jungen, das schwach aus dem Haus dringt.
»Stirb!« kreischt Annie. »Warum stirbst du nicht?«
»Mom! Paß auf! *Orcs*!«

»O Gott, Hilfe!«
Klick-Klick. Klick-Klick.
Annie schreit auf: »Iiiiiiihhhh ...«
Eine Trauermelodie erklingt.
Oliver sagt: »Du Clown.«
Trotzdem bittet er sie, zu bleiben und noch ein Spiel zu spielen.
Aber sie will nicht mehr. Sagt, daß sie noch arbeiten muß.
Der Lehrer sieht in einem der oberen Fenster des Bungalows Bewegung. Ihre kastanienbraune Bluse blitzt kurz auf, dann hört er sie die Treppe hinunterpoltern.
Er schaltet auf den Kanal für die Küche. Er hört sie die Videospiel-Melodie summen. Er sieht sie im gelben Licht des Küchenfensters. Am Kühlschrank bleibt sie stehen. Drei Blätter torkeln am Fenster, am Lichtrechteck vorbei. Sie trinkt einen großen Schluck aus einer Flasche. Steht unbeweglich da. Sie sieht durchs Fenster in die alles verschlukkende Dunkelheit hinaus. Er hört sie seufzen. Noch aus dieser Entfernung kann er an der Art, wie sie steht, eine gewisse Benommenheit erkennen – sie ist total erschöpft.
Dann reißt sie sich zusammen. Und geht mit erzwungener Unbeschwertheit, energisch über die Zehen abrollend, nach draußen. Sie läßt die Gittertür hinter sich zuknallen, verschwindet in der Dunkelheit der Auffahrt. Das Licht in ihrem Scheunen-Atelier springt an. Sie geht hinein und schließt die Tür.
Eine Minute später dröhnt Joan Armatrading aus Annies Boxen.
Der Lehrer nimmt den Ohrhörer ab, zieht das Kabel aus der Buchse. In der Munitionskiste liegt neben dem Multiplexer ein industrielles Funktelefon. Er nimmt den Hörer in die Hand, tippt eine Nummer ein.
Seine Geliebte Sari antwortet nach dem ersten Klingeln. »Ja?«
»Sari. Wie geht's dir?«

»Bin geil«, sagt sie. Er hört ein leises Rascheln aus dem Telefon und stellt sich vor, wie sie sich in den Kissen räkelt. Sari fragt: »Und was ist mit dir?«
Beinahe flüsternd erwidert er: »Ich auch. Aber da ich immer an dich denke, bin ich immer geil. Das ist also nichts Neues. Die Neuigkeit, die wirkliche Neuigkeit ... die Neuigkeit ist nicht gut.«
Er sitzt rittlings auf dem Ast, atmet die kühle, lehmige Luft ein, sieht hinüber zu dem einzelnen, schmalen Fenster von Annies Atelier. Annie allerdings kann er nirgends erkennen. Nur die Bewegungen ihres Schattens, während sie arbeitet.
Sari fragt: »Und was ist die Neuigkeit?«
Ihre Stimme klingt dumpfer. Sie kann sich denken, was los ist.
Er sagt: »Ich kann heute nacht nicht kommen. Ich habe morgen eine riesige Präsentation, und heute nacht muß ich mich über einen Kunden informieren.«
»Wo bist du?«
»Du fehlst mir.«
»Wo bist du?«
»Auf der Straße. In der Nähe von Pharoah, glaube ich.«
»Es klingt sehr still.«
»Ich habe angehalten. Ich sitze im Freien. Ich sitze hier zwischen lauter Bäumen, und in einem Fenster brennt ein Licht, und ich fühle mich ein wenig einsam. Ich denke daran, daß du jetzt im Bett liegst, und ich weiß, daß dir langsam die Augen zufallen und daß du stocksauer bist, und hör zu, es tut mir wirklich leid. Du bist die absolut tollste Frau auf der ganzen Welt, und wenn mich irgend jemand hier draußen reden hört, wird er mich für einen Einbrecher halten und mit seiner Flinte herauskommen, und dann ist die Verbindung plötzlich unterbrochen und ich werde deine Mutter nie mehr kennenlernen –«
Sie versucht zu lachen.

»Und es tut mir leid«, sagt er.
Er wartet einen Augenblick, um seine Stimme auf sie wirken zu lassen, und dann fragt er: »Sari, ist es okay?«
»Eigentlich nicht. Ich sollte mir das eigentlich nicht gefallen lassen. Eben. Du arbeitest die ganze Zeit.«
»Ich ... ich ... liebe diese Arbeit wirklich«, sagt er langsam und leise. Genau in diesem Augenblick geht Annie Laird gedankenverloren an ihrem Fenster vorbei. Und wieder zurück. »Aber Sari, du fehlst mir. Wir müssen irgendwie einen Weg finden, daß ich in dir bleiben und mich gleichzeitig mit Kunden treffen kann.«
Diesmal lacht sie wirklich. Die Spannung lockert sich ein bißchen.
»Sollen wir es Donnerstag versuchen?« sagt er.
»Wie wär's mit morgen?« Aber sie verschluckt die letzte Silbe des ›morgen‹. Vielleicht hört sie selbst, wie besitzergreifend sie klingt.
»Morgen? Tut mir leid. Morgen muß ich mit diesem Kunden zum Essen gehen.«
Das Licht, das aus Annies Fenster strömt. Er liebt diese Arbeit wirklich. Diese Nacht, die Drossel, der kräftig duftende Gewürzstrauch, die präzise Kraft seines Herzschlags, all die Blätter, die sich um ihn herum bewegen ...

ZWEI

Du mußt ihr einfach immer wieder zeigen,
daß du sie liebst.

ANNIE KANN IN SOHO NIRGENDS EINEN PARKPLATZ FINDEN. Hier und dort ist eine Lücke zwischen den Autos, aber der Freiraum wird immer von einem eifersüchtigen Hydranten bewacht. Schließlich gibt sie es auf und stellt den alten Subaru dicht vor einem Zebrastreifen ab. Riskier's doch einfach. Wenn ich schon mal frei habe, habe ich keine Lust, den ganzen sonnigen Tag lang Parkplatz zu suchen.

Die Galerie liegt am West Broadway. Sie geht auf der Spring Richtung Westen. Mit forschen Schritten. Späht in die Schaufenster der Antiquitätenläden, der Schickimicki-Pudelsalons. Sieht sich die neuesten Schablonen-Graffiti auf dem Bürgersteig an. Bei einer Bäckerei wird sie langsamer und dann noch einmal bei einem Laden mit exotischem Kaffee.

Jetzt, wo sie nicht mehr hier wohnt, liebt sie diese Stadt.

Ein Liebespaar in einem Straßencafé. Sie halten ihre Romane dem schräg einfallenden Sonnenlicht zugeneigt, der Mann streichelt mit den Fingerspitzen abwesend den Unterarm der Frau. Annie prüft sich selbst, ob sie Neid verspürt. Oder ein nostalgisches Sehnen. Und vielleicht spürt sie wirklich eine leise unterirdische Bewegung, ein Erzittern.

Und später erschauert sie noch einmal, als sie den West Broadway erreicht und ein gutaussehender Städter mit gotischen Wangenknochen ihr tief in die Augen blickt und sie merkt, daß sie den Blick erwidert. Als er vorüber ist, wird sie langsamer und überlegt sogar, ob sie sich umdrehen soll – nur um zu sehen, ob er sich umgedreht hat.

Aber solche Schauer sind schnell vorüber.

Einen wirklichen Stich spürt sie, als sie an einem Spielwarengeschäft für reiche Kinder vorbeikommt und im Schaufenster einen komplizierten mechanischen Drachen sieht. Rauch quillt aus seinen blau-grünen Nüstern. Für ein solches Ding würde Oliver seine Seele verkaufen. Beinahe lenkt sie ihre Schritte in den Laden, um nach dem Preis zu fragen. Beinahe fordert sie diese Strafe heraus.

Wenn Sie unbedingt fragen müssen, Lady, wir haben nichts dagegen, Sie zu erniedrigen.

Aber dann wendet sie den Blick ab und beschleunigt ihre Schritte, und als sie die Prince Street erreicht, hat sie das Spielzeug vergessen, hat sie das Liebespaar vergessen und den Mann mit dem intensiven Blick, sie ist wieder unbekümmert und sorglos. Sie überquert die Straße und betritt ein hohes, stählernes Gebäude. Sie flitzt hinauf in den dritten Stock, zu Inez Gazarragas Galerie. Wo im vorderen Saal drei von Annies Objekten stehen, als Teil einer Gruppenausstellung mit dem Titel »Hermetische Visionen«.

Sie nickt Lainie, der Praktikantin, zu, die am Empfang sitzt, und geht dann zu Inez' Büro im hinteren Teil der Galerie. Doch plötzlich sieht sie aus den Augenwinkeln heraus etwas Rotes. Sie bleibt stehen.

Drüben bei ihren Objekten, ihren Tastkisten an der Wand, kleben rote Punkte. Ihr Herz macht einen Satz. Sie schließt die Augen.

Nein. Kann nicht sein. Hab' nicht gesehen, was ich geglaubt habe zu sehen.

Sie öffnet die Augen wieder. Neben jeder Kiste ist ein kleiner roter Punkt. Ihr Blick wandert von einem zum andern. Keine zweideutigen Halbkreise, kein DIESES OBJEKT WURDE RESERVIERT, sondern volle, flammendrote Sonnen.

Verkauft.

Folge dem hüpfenden roten Ball und singe: VERKAUFT! VERKAUFT! VERKAUFT!

Das Liedchen klingt süß in ihrem Ohr, genau im Takt mit dem Rauschen ihres Blutes, bis sie Lainie hinter sich lachen hört, und dann kommt Inez aus ihrem Büro geschlendert und flüstert ihr ins andere Ohr: »Jetzt hast du also endlich mal was verkauft. Wurde auch langsam Zeit. Komm mit.«

Sie führt Annie in ihr Büro.

»Sein Name ist Zach Lyde.« Inez zündet sich eine Zigarette

an, niest in ein Taschentuch und wischt sich das Kinn. Sie lehnt sich in ihrem Sessel zurück. Sie war früher ein *Vogue*-Model. Sie war die *belle dame sans merci* von Beat-Poeten und abstrakten Expressionisten. Jetzt wiegt sie über einhundertzwanzig Kilo und hat ein dickes Fell und kann ziemlich gemein sein, wenn es sein muß. Mit ihrer rauh krächzenden Stimme sagt sie zu Annie: »Ich habe ihn schon öfters gesehen, hab' auch einiges über ihn gehört. Er ist seriös. Er ist ein bißchen ... ich weiß auch nicht, er ist sehr höflich, aber auch furchteinflößend, wenn du weißt, was ich meine. Er kennt sich wirklich aus. Steht auf ein paar der Minimalisten. Marden. Ein bißchen NeoGeo. Alyce Aycock. In letzter Zeit hat er sich ein bißchen um Cindy Rupp gekümmert. Was er nicht mag, sind diese großkotzigen Marmor-Cowboys. Angeblich hat er selber eine ziemlich gute Sammlung, aber vorwiegend kauft er für Freunde. Ich meine für große Sammler, Schätzchen. Die mit dem ganz, ganz großen Geld.«

»Zum Beispiel?«

»Leute, von denen du bestimmt noch nie etwas gehört hast.«

»Aber wenn sie so große Sammler sind –«

Inez runzelt die Stirn. Sie starrt auf das gelbe Notizbuch auf ihrem Schreibtisch.

»Sato Yusuke? Schon mal von ihm gehört?«

»Nein.«

»Yoshida Yasei?«

Annie schüttelt den Kopf.

Darauf Inez: »Na gut, und was ist mit dem allseits beliebten Mori Shoichi?«

»Jetzt kapier' ich langsam, worauf du hinauswillst«, sagt Annie. »Mein Zeug geht nach Japan?«

Inez zuckt die Achseln. »Sicher weiß ich es nicht. Das sind nur Namen, die er erwähnt hat.«

»Du hast nicht herausgefunden, wohin meine –«

»Ich habe ihn gefragt, aber er ist ziemlich unbestimmt geblieben. Von wegen, daß er sich erst noch umhören muß.

Das richtige Zuhause finden. Hat ein wenig um den heißen Brei herumgeredet ...«

»Und das war okay?« fragte Annie. »Das hat dir gereicht?«

»Na ja, das und ein Scheck über vierundzwanzigtausend Dollar – von denen zwölf dir gehören. Ja, das hat gereicht.«

Inez grinst. Annie versucht ebenfalls zu grinsen, aber die Sorgenfalten verschwinden nicht.

Deshalb sagt Inez: »Hör mal, Mädchen, vielleicht hast du es noch nicht geschnallt. Du hast gerade drei von deinen Kisten an jemanden verkauft, der *Macht* hat. Du solltest eigentlich quietschen wie ein Schweinchen. Feuchte Jeans solltest du bekommen.«

»Ich, ich bin ja wirklich ganz aus dem Häuschen«, sagt Annie. »Es ist nur, daß ich wissen will, wohin meine Stücke gehen. Ich kapier' nicht, wer dieser Kerl ist. Ist er ein Sammler? Ein Händler? Ist er ... was ist er? Womit verdient er seinen Lebensunterhalt?«

Inez zuckt die Achseln. »Soweit ich das weiß, verwaltet er einen Vermögensfonds. Er hat ein Büro an der Maiden Lane, aber ich vermute, er ist davon nicht abhängig. Sicher weiß ich nur eins: Daß er sammelt. Mehr weiß ich nicht. Ach, und manchmal verreist er. Als er mein Gebetsrad an der Wand gesehen hat, haben wir uns über Nepal unterhalten, und ich meine, Annie, wenn dieser Mann redet ...«

»Was?«

»Na, dann vergißt du deine Fragen. Du sitzt bloß noch da und siehst ihn an.« Inez lacht. »Du wirst schon sehen. Du wirst ihn kennenlernen. Er hat mir gesagt, daß er mit dir ›arbeiten‹ will.«

»Und was soll das heißen?«

»Keine Ahnung. *Er* hat es gesagt. Aber tu mir einen Gefallen, okay? Du wirst direkt mit ihm verhandeln, das geht in Ordnung. Aber bescheiß mich nicht.«

Annie ist erstaunt. »Inez, ich liebe dich doch.«

»Ach, das ist so verdammt rührend, daß ich nicht weiß, was

ich sagen soll. Aber wenn du auf dem Weg zu deiner Vernissage im Louvre bist, ist dir diese ewige Zuneigung vielleicht nicht mehr bewußt.«

»Inez ...«

»Alles durch mich.«

»Ja, Inez.«

»Oder ich überroll' dich. Ich mach' dich platt.«

Sie verzieht das Gesicht. Sie spitzt die Lippen, ihre schwabbeligen Wangen straffen sich. Sie setzt sich auf, stemmt die Fäuste auf den Tisch und beugt sich vor. Annie denkt an einen John-Deere-Traktor.

Dann gibt Inez ihr den Scheck über zwölftausend Dollar.

Sie unterhalten sich noch ein paar Minuten, aber Annie kann sich nicht mehr konzentrieren, sie weiß kaum, was sie sagt. Sie hat zwölftausend Dollar in ihrer Tasche. Und es wird noch mehr Geld kommen. Sie wird Karriere machen. Sie verabschiedet sich von Inez mit einem Küßchen, dann von Lainie, tritt schließlich in einem Wirbel frischer Luft hinaus auf die Straße. Sonnenlicht prallt ihr von den Bürgersteigen entgegen. Sie hat zwölftausend Dollar in ihrer Brieftasche und in ihrem Kopf nur Watte, die reine Glückseligkeit des Erfolgs –

»Annie Laird?«

Sie dreht sich um.

Es ist der Mann mit den gotischen Wangenknochen.

Er sagt: »Wir sind uns vor ein paar Minuten begegnet –«

»Ich weiß.«

»Aber bis ich gemerkt habe, wer Sie sind, war ich schon bei der Broome Street. Und dann hatte ich eine Verabredung mit Paula Cooper. Aber sobald ich konnte, bin ich wieder hierher zurückgelaufen.«

Er hat braune, gelbgesprenkelte Augen. Und er hat ein charmantes schiefes Lächeln.

Er sagt: »Ich bin froh, daß ich Sie noch getroffen habe.«

Sie sieht ihn verwundert an.

Er sagt: »Ich bin Zach Lyde.«
Mein Mäzen? Dieser Goldjunge ist mein Mäzen?
Er sagt: »Ich habe ein paar von Ihren Sachen gekauft.«
»Ja«, murmelt sie. »Ich habe, äh, einen Scheck in meiner Brieftasche.«
Sie kommt sich vor wie die jüngste, naivste Schwester im Märchen. Am glücklichen Ende, mit den Taschen voller Gold.
Er sagt: »Ich weiß, daß ich nicht gezahlt habe, was sie wert sind, nicht annähernd, das weiß ich sehr gut. Allerdings habe ich den Preis auch nicht festgesetzt. Aber vielleicht will ich noch andere kaufen, und ich bin bereit, viel mehr zu bieten –«
Annie fragt ihn: »Woher kennen Sie mich? Wir sind uns noch nicht begegnet, oder?«
»Inez hat mir ihr Foto gezeigt. Im Katalog.«
»Oh.«
»Es wird Ihnen nicht gerecht.«
Sie vergißt, sich zu bedanken. Sie nickt einfach und senkt die Augen. Verlegenes Schweigen. Auf dem Bürgersteig, direkt neben seinen italienischen Schuhen, befindet sich eine dieser unsinnigen »laufenden Bohnen«, die irgendein Straßenkünstler mit einer Schablone überall in SoHo aufs Pflaster sprüht. Annie wirft einen kurzen Blick darauf. Das ergibt doch alles keinen Sinn. Zwölftausend Dollar. Ein Mäzen, der selber ein Kunstwerk ist. Und ihre Kisten fliegen plötzlich um die ganze Welt –
Das erinnert sie an etwas.
»Japan?« fragt sie ihn. Sie hebt wieder die Augen und fragt: »Schicken Sie meine Objekte wirklich nach –«
»Wahrscheinlich.«
»Werde ich sie dann je wiedersehen?«
»O doch, natürlich.« Dieses verschobene, beruhigende Lächeln. »Wollen Sie darüber reden? Haben Sie vielleicht Zeit für ein Mittagessen?«

»Jetzt?«
Er sieht sie unverwandt an. Sie schaut auf die Uhr. »Es ist halb zwölf«, sagt sie. »Ich muß um zwei im Westchester County sein. Ich habe Geschworenendienst.«
Er stöhnt mitfühlend. Und grinst dann. »Ich möchte nicht schuld sein, wenn sie *dafür* zu spät kommen.«
»Aber einen kleinen Happen, warum nicht. Also gut.«

Also lädt er sie in ein einfaches Lokal mit pazifischer Küche an der Sullivan Street ein. Sie sitzen in einem versteckten, rebenumrankten Innenhof unter einem Zierahorn mit karmesinroten Blättern. Der Kellner scheint Zach Lyde gut zu kennen. Was er denn machen solle, fragt er ihn, mit seiner armen, kränkelnden Phalänopsis zu Hause?
Zach macht ein besorgtes Gesicht. »Was hat sie denn?«
»Die Blätter werden gelb«, sagt der Kellner. »An den Rändern.«
»Klingt, als würden Sie sie ertränken«, sagt Zach Lyde. »Keine Sorge. Kümmern Sie sich eine Weile nicht um sie, lassen Sie sie in Ruhe, schauen Sie, was passiert.«
Der Kellner nickt ernst und entfernt sich.
Dann sitzen die beiden allein in diesem Innenhof. Der Wind schafft es nicht dort hinein, die Sonne aber schon. Sie brennt auf die Ziegel hinter seinem Rücken.
Sie probiert *ahi poki* auf *crostini* mit Peperoni-*aioli.* Es ist vermutlich ausgezeichnet, aber wie soll sie dem Essen ihre ganze Aufmerksamkeit schenken?
Eben sagt Zach Lyde: »Okay, Sie wollen also wissen, wohin Ihre Kunst geht. Inez hat Ihnen sicher von meinen japanischen Freunden erzählt. Es sind Geschäftsleute – in gewisser Weise. Ich kaufe oft für sie ein. In neun von zehn Fällen mögen sie, was ich kaufe.«
Annie fragt: »Sie kaufen – für was, für ihre Privathäuser? Für ihre Büros?«
»Manchmal kaufen sie für ihre Lagerhäuser. Manchmal

kriegen sie von mir nur Fotos, und sie wollen die Kunstwerke gar nicht erst geschickt haben.«
Das verblüfft sie. »Sie schauen sie sich nicht einmal an?«
»Ich will, daß Sie das verstehen. Daß Sie die Grundprinzipien dieses Sports begreifen. Diese Männer sind nicht das, was man Kunstliebhaber nennen würde. Sie haben einen guten Blick, sie sind schlau, sie sind gerissen. Aber sie sind Geschäftsleute. Kennen Sie Japan?«
»Nein.«
»Zeitgenössische Kunst ist dort im Augenblick eine Art Zahlungsmittel. Weil ihr Wert nicht festgelegt ist, weil ihr Wert so unbeständig, so leicht zu beeinflussen ist, ist sie eine Art Währung geworden.«
»Ich weiß nicht ... da komme ich nicht mit.«
»Dann lassen Sie es mich Ihnen kurz erklären.«
Er beugt sich ein wenig zu ihr.
Er sagt: »Angenommen, ein Mr. Kawamoto hat Schulden bei einem Mr. Okita. Kawamoto ist ein reicher Industrieller, Okita Geschäftsmann einer anderen Sorte. Ein *Yakuza.* Was wir einen Mafioso nennen. Aber auf keinen Fall ein Straßengangster. Kein gewalttätiger Schläger. Nein, er ist ein würdevoller Mann, er ist kultiviert, in seiner Gemeinde geachtet. Wie kann nun Kawamoto seine Schulden bei diesem Mann begleichen? Natürlich nicht mit Bargeld – das würde die Aufmerksamkeit der Behörden in Tokio auf sich ziehen. Statt dessen schenkt er Okita ein Kunstwerk. Vielleicht eine einfache, kleine Skulptur von einem jungen New Yorker Künstler. Nicht zu hoch eingeschätzt. Eine halbe Million Yen vielleicht. Fünftausend Dollar. Aber wer kümmert sich schon um Preisschilder? Die freundliche Aufmerksamkeit, die dieses Geschenk bedeutet, ist es, die Okita tief berührt. Und wie es der Zufall will, explodiert der Wert des Objekts im folgenden Jahr.
Eines Tages macht der Vizepräsident von Kawamotos Firma Okita seine Aufwartung und bietet ihm zwanzig Millionen

Yen für die Skulptur. Das ist eine Menge Geld, bei Gott, aber die Firma kann den Betrag als Geschäftsausgabe abschreiben. Okita trennt sich natürlich nicht gern von diesem Erinnerungsstück, aber am Ende nimmt er das Angebot widerstrebend an. Die Schuld ist beglichen – mit der Hilfe des japanischen Steuerzahlers. Alle sind glücklich und zufrieden. Nicht zuletzt der Künstler, der jetzt einen sechsstelligen internationalen Verkauf aufweisen kann. – Schmeckt Ihnen der Seehase in Curry?«

»Und was ist mit der Skulptur?« fragt Annie. »Was passiert mit der Skulptur? Werfen sie die weg?«

»Warum sollten sie denn so etwas tun? Sie ist zweihunderttausend Dollar wert.«

»Aber doch nicht wirklich.«

»Doch. Wirklich. Es ist wichtig, daß Sie das verstehen. Was ich nach Japan schicke, sind die besten Kunstwerke, die es gibt. Die gewagtesten, die bewegendsten, die originellsten. Von Künstlern, die alles Talent der Welt haben, aber keinen blassen Schimmer, wie man es schafft, Karriere zu machen. Um diesen Teil kümmere ich mich. Die richtigen Kritiken im *Artforum*, im *Flash-Art*, das richtige bescheidene kleine Cottage in den Hamptons, die richtige Nische auf der Basler Kunstmesse und der Documenta. Und was diese kleine Transaktion in Japan angeht, die bekräftigt nur den immanenten Wert. Aber auf jeden Fall ist das, nun, das ist meine Aufgabe. Überlassen Sie es mir. Ihre Aufgabe ist es, in Ihrem Atelier zu stehen und Ihre Kisten zu produzieren.«

Funken sprühen aus Annies Augen.

»Meine Aufgabe? Na toll, schön zu wissen, daß ich da auch noch eine Rolle spiele. Aber jetzt hören Sie mir mal zu, Mr. Lyde –«

»Nennen Sie mich Zach.«

»Hören Sie –«

»Und darf ich Sie Annie nennen?«

»Ach, nennen Sie mich doch, wie Sie wollen. Aber ich glaube

nicht, daß ich irgend etwas zu tun haben will mit diesen, diesen –«

»Halbseidenen Mäzenen? Beleidigt Sie diese Vorstellung? ›Tut mir leid, Herzog‹, sagte Raffael, ›aber du bist korrupt und kochst deine Feinde in Öl, und deshalb werde ich lieber nicht berühmt ...‹«

»Was ich sagen will –«

Er unterbricht sie. »Annie, was glauben Sie denn, was für mich bei der Sache herausspringt? Geld vielleicht? Ich verdiene damit kein Geld. Das habe ich nicht nötig. Was ich für meinen Lebensunterhalt tue, tue ich gut genug.«

Der Kellner erscheint. Tritt geräuschlos auf die Terrasse, aber Zach Lyde hebt leicht die Hand, und ohne den Blick von Annie zu wenden, sagt er: »David, nicht jetzt. Bitte.«

Der Kellner zieht sich wieder zurück.

Zach Lyde beugt sich noch ein Stückchen näher.

»Ich mache das, damit eine Künstlerin wie Sie in ihr Atelier gehen und ihre Kisten bauen kann und sich keine Sorgen machen muß, wie sie ihren Jungen durchbringen soll. Okay? Damit Ihre Gedanken so chaotisch sein können, wie es nötig ist. Und Ihr Leben nicht darunter leiden muß. Damit Sie sich nicht mit all diesen Idioten in der Kunstwelt, diesen Schmeißfliegen, herumärgern müssen. Damit Sie *arbeiten* können.«

Abrupt wendet er den Blick ab. Atmet aus. Schüttelt den Kopf. »Aber wissen Sie, es ist Ihre Karriere. Behalten Sie Ihre Kisten. Behalten Sie auch den Scheck, betrachten Sie ihn als Stipendium ... als meinen Ausdruck der Bewunderung. Ich wünsche Ihnen Glück.«

Er dreht sich um, sucht den Kellner.

»Mr. Lyde?« sagt sie leise.

»Zach.«

»Zach. Wissen Sie, Sie sind sehr überzeugend.« Sie versucht zu lächeln. »Es ist nur, daß es so ... so, mein Gott, daß es so plötzlich kommt. Ich muß mich wahrscheinlich erst noch dran gewöhnen. Das ist alles.« Sie starrt auf ihre Lachsröllchen. Sie lacht. »Hab ich Ihnen eigentlich schon gesagt, wie köstlich das war? Aber ich glaube, ich bringe keinen Bissen mehr hinunter.«

»Ist schon in Ordnung. Außerdem müssen Sie jetzt los. Sie haben doch Geschworenendienst, nicht?«

»Ach ja. Richtig. Hab' ich ganz vergessen. Das wirkliche Leben.« Sie schüttelt den Kopf. »Wenn ich da jetzt nur nicht hin müßte. Ich habe nämlich das Gefühl, also, daß wir eigentlich eine Menge zu besprechen haben, ich meine, tut mir leid, ich würde wirklich gerne –«

»Es ergibt sich bestimmt noch eine andere Gelegenheit.«

»Ja.«

»Zum Beispiel beim Abendessen.«

»Was?«

»Wollen Sie heute abend mit mir essen gehen, Annie?«

Oliver fährt auf seinem Fahrrad. Das Kinn in die Luft gereckt, sieht er hoch in die Wipfel der großen Zuckerahornbäume an der Church Street, in diese schwankenden Laubhöhlen, bis seine Mutter, die hinter ihm fährt, barsch »Oliver!« ruft. Dann senkt er die Augen, und tatsächlich war sein Fahrrad ein wenig in die Mitte der Fahrbahn geraten.

Nebeneinander fahren sie zum See hinunter. Zu der Kreuzung mit der alten steinernen Bibliothek, wo die Church Street auf die Old Willow Avenue stößt.

Oliver bremst nicht mit der Handbremse, sondern indem er mit dem Vorderrad hin und her wackelt.

An der Old Willow lassen sie ein paar Autos vorbei. Dann überqueren sie die Straße und holpern über eine buckelige gelbe Rasenfläche zu dem Radweg, der am See entlangführt.

Er dreht sich um und ruft seiner Mutter zu: »Bekomme ich jetzt ein neues Fahrrad?«

»Oliver!« sagt sie.

»Echt, ich meine ein neues Mongoose, warum denn nicht?«

»Ich meine es ernst. Halt endlich den Mund!«
»Wer hört uns denn schon, Momba?«
»Ist mir egal. Du sagst jetzt kein Wort mehr.«
Sie fahren an der Bronzestatue von Hannah Stoneleigh vorbei, der Revolutionsheldin von Pharoah, die sich an ihr Bronzepferd klammert und einen bronzenen Schrei ausstößt.
Sagt Oliver: »Und was ist mit einem Powerbook?«
»Was?«
»Einem Powerbook. Das ist ein Computer mit eingebauter Maus –«
»Ich weiß, was das ist.«
»Krieg ich eins?«
»Nein. Und wenn du irgend jemandem auch nur ein Wort erzählst, bekommst du eine Maus in deine Kehle eingebaut.«
»Momba.«
»Was?«
»Das war nicht lustig.«
»Sollte es auch gar nicht sein.«
»Das war irgendwie blöd.«
»Gut.«
»Ha ha ha«, feixt er. »Ho ha ha.«
Er hebt den Hintern an und tritt in die Pedale. Die Brise vom See bläst ihm ins Gesicht. Das gelblich-braune Gras raschelt. »Ha ha ha«, ruft er und braust ihr davon. Daß Momba jetzt berühmt wird! Wir kaufen das Haus der Dills oben am Horsepound Ridge, und Juliet kann uns besuchen und in den Pool springen.
»Schneller, Momba!« ruft er ihr zu.
Bald darauf fahren sie zusammen die Seminary Lane hoch. Sie kommen an Eddie Cardi vorbei, der ihnen zunickt und seiner elektronischen Fahrradhupe cool einen kurzen, furzähnlichen Ton entlockt. Oliver kommt sich blöd vor, weil man ihn mit seiner Mutter sieht. Aber Eddie Cardi hat seine

eigenen Probleme. Vor allem ist er ein Hohlkopf. Und *seine* Mutter ist die Direktorin des Bestattungsinstituts der Stadt. Deshalb erwidert er Eddies Nicken nur ziemlich knapp, lehnt sich auf seinem Fahrrad zurück, als würde er eine Harley fahren, und er denkt, daß er ziemlich bald wirklich eine Harley fahren wird. Ich meine, wir können doch ein Stück Land kaufen, oder? Und auf meinem eigenen Grundstück brauche ich doch keinen Führerschein, nicht? Theoretisch könnte ich schon morgen eine Harley fahren.

Jetzt noch das letzte Stück bis nach Hause. Vorbei an Mr. und Mrs. Zoellers piekfeinem Rasen und ihrem Gartenzwerg (Oliver verachtet alle drei). Dann ihr eigener verwilderter Garten. Er schert nach rechts aus und kurvt knapp vor Mom in die Auffahrt. Fährt nach hinten bis zum Trompetenbaum und springt ab. Er schiebt das Rad zur hinteren Veranda und will eben die Gittertür aufziehen, als er den Schädel sieht.

»Ach du Scheiße«, sagt er. »Was ist denn das?«

Blöde Frage – ist doch offensichtlich, was es ist. Es ist ein menschlicher Schädel, und der hängt vor der Gittertür.

Mom kommt dazu. Sie hält erschrocken die Luft an.

Ein Schildchen, wie ein Namensschildchen aus einem Labor, hängt an dem Schädel. OLIVER LAKE steht drauf.

Dann spürt Oliver etwas gegen seine Stirn klatschen und sich in sein Ohr bohren und den Nacken hinunterlaufen, und er wirbelt herum. Ein zweiter Wasserstrahl trifft ihn zwischen den Augen. Seine Angreiferin sitzt oben in dem Trompetenbaum. Juliet.

»Du bist tot.«

Sie lugt hinter dem Stamm vor, mit einer Super-Soaker-Hochdruckwasserpistole an der Schulter. Die grünäugige, rothaarige Juliet, Moms beste Freundin. Sie zielt durchs Visier.

»Zu Boden, du bist tot.«

»Das ist nicht fair«, schreit Oliver.

»Fair? Na, das stimmt. Der Tod ist nicht fair.«
»Ich bin nicht bewaffnet!« Er öffnet den Mund, um noch einmal zu protestieren, aber sie schneidet ihm das Wort ab.
»Zeit zum Sterben, Oliver.«
Er zuckt die Achseln, läßt sein Rad fallen, sinkt auf die Knie und kippt langsam nach vorne. Endet in einer Art Kotau. Sieht schräg zu ihr hoch. Sie springt vom Baum. Sie ist einsfünfundachtzig und hat einen fast knabenhaften Körper, aber mit ein paar weichen, verwirrend weiblichen Rundungen. Wenn sie mit Olivers Mom plaudert, oder wenn sie mit Oliver herumalbert, macht sie einen leichten Buckel, nimmt es mit der Haltung nicht so genau. Aber er hat sie im Restaurant mit Männern flirten sehen und einmal mit einem anderen Arzt auf dem Parkplatz ihres Krankenhauses, und bei diesen Gelegenheiten richtete sie sich zu ihrer vollen Größe auf, lehnte sich sogar ein wenig zurück und schwankte leicht beim Reden, schwankte wie eine Schlange, und damals wünschte Oliver sich, sie würde auch bei ihm einmal so stehen.
Aus seiner Toter-Mann-Stellung heraus fragt er sie: »Wem gehört der Schädel?«
Juliet drückt seine Mutter an sich, aber die Waffe hält sie weiterhin auf Oliver gerichtet. »Dir, du Niete. Kannst du deinen eigenen Namen nicht lesen?« Dann fragt sie Olivers Mom: »Also, was ist das für eine weltbewegende Neuigkeit?«
Darauf Oliver: »He, ist der echt? Wo hast du ihn her?« Er springt auf und nimmt den Schädel von der Tür.
»Einer aus der Neurochirurgie hat ihn mir gegeben.«
»Dein Freund?«
»Geht dich nichts an. Er möchte mein Freund sein. Und der Schädel war gar keine so schlechte Idee. Auf jeden Fall besser als Blumen.«
»Also magst du ihn?«
»Du bist ein unglaublich neugieriger Schnüffler.«
»Ja, bin ich.« Er bewegt die Kinnlade des Schädels und

macht das Geräusch einer quietschenden Tür. »Grah-ah-ah. Also, magst du ihn jetzt oder nicht?«

»Wie kann ich ihn mögen, er ist doch Neurochirurg! Weißt du, wie unglaublich langweilig Neurochirurgen sind?«

»Hm-hm.«

»Wenn du noch zwei Stunden zu leben hast, verbring sie mit einem Neurochirurgen, dann kommen sie dir vor wie zwei Jahre. Du kannst den Schädel behalten, wenn du versprichst, ihn nicht in die Schule mitzunehmen. Ich glaube nämlich, es ist verboten, einen zu besitzen.«

»Wow. Danke.«

Juliet geht ums Haus herum und holt ihr Fahrrad, das sie irgendwo versteckt hat. Sie sagt: »Ja, hab ich mir schon gedacht, daß dir kleinem Perversling sowas gefällt.« Dann fragt sie Mom noch einmal: »Also, was ist jetzt mit der Neuigkeit?«

Oliver springt für sie ein. »Sie hat drei rote Punkte.«

Juliet versteht nicht, was er meint.

»Genau«, sagt Mom. »Drei rote Punkte.«

»Und sie wird noch mehr bekommen«, sagt Oliver.

Juliet streckt die Hände in die Höhe. »Hast du die Masern?«

Oliver und Mom grinsen. Auch der Schädel scheint sich zu amüsieren. »Ich habe drei Objekte verkauft.«

Juliet reißt überrascht den Mund auf. »Annie!«

»An einen sehr einflußreichen Sammler. Der davon redet, daß er ...« sie schnippt mit den Fingern, weil sie das richtige Wort nicht finden kann, »... daß er mich zum Superstar machen will.«

Juliet, noch immer mit weit aufgerissenem Mund, stößt einen Schrei aus. »IIIIeeeeh!«

»Pscht!« macht Mom.

»Annie!«

Mom hat eine Hand an der Hüfte und streckt die Hüfte heraus. »Zwölftausend Dollar hab ich bereits hier in meiner Tasche.«

»Annie!«
Juliet hüpft auf und ab. Hoppelt auf Mom zu, nimmt ihr Gesicht in die großen Hände und drückt es zusammen, so daß die Lippen hervorquellen wie bei einem Fisch.
»Annie, das ist ... einfach ... unglaublich ...«
»Pscht!« macht Mom.
Mom streckt ihr die erhobenen Handflächen entgegen wie ein Basketballspieler nach erfolgreichem Korbwurf. Juliet hämmert mit den Fäusten dagegen. Sie ist so aufgeregt, daß sie nicht weiß, was sie tut. Mom packt sie lachend bei den Handgelenken und versucht, sie zu stoppen, aber Juliet reißt sich los und nimmt Mom in die Arme. Klopft ihr auf den Rücken. So viel größer ist sie, daß sie über Mom hängt, und sie bearbeitet ihr den Rücken und hört dann auf und drückt sie an sich. Sie zwinkert Oliver zu und streckt ihren langen Arm aus wie ein Tentakel, packt ihn beim Hals und stranguliert ihn, ohne daran zu denken, daß sie ihn ja bereits getötet hat.

Der Lehrer hockt im Lotussitz auf dem Boden seines alten Schulhauses, das nur aus einem Raum besteht. Er konzentriert sich auf die Darstellungen der *salagramas*, die er auf den glänzenden Holzboden gezeichnet hat.
Die Pyramide der roten Scheiben.
Er atmet ein. *Puraka.*
Sein Atem fließt den Spiralkorridor seines Rückgrats hinunter, den Pfad entlang, den Schwarzer Elch den roten Pfad genannt hat, hinunter zu dem dunklen Teich und der breit wuchernden weißen Zypresse.
Rechaka. Der Atem wird ausgestoßen.
Er atmet wieder ein. *Puraka.*
Eine der roten Scheiben beginnt vor ihm zu schweben. Eine rote Kugel, so leicht und klein wie eine Distel, und in dieser Kugel ist sein Vater. Sein Vater ist betrunken. Er liegt auf dem Teppich des »Wrack-Raums«, wie sie dieses Zimmer im

Keller ihres Hauses in Bay Ridge genannt hatten. Er singt *Cinta di Fiori* von Bellini. In seinem lyrischen Bariton, mit weißen Spucketröpfchen in den Mundwinkeln.
Der Lehrer atmet aus. *Rechaka.* Die Kugel wabert, schwebt davon.
Eine andere Kugel schwebt vor seinen Augen. Er sieht hinein.
Er sieht sich selbst in der Küche dieses Hauses in Bay Ridge. Ein Chaos aus Geschirrstapeln und fauligem Essen. Er streicht sich Senf auf eine Scheibe Sunbeam-Brot. Im Kühlschrank findet er etwas alte Salami. Er reißt die verschimmelte, schrumpelige Haut ab. Als er sich umdreht, sieht er, daß eine Küchenschabe auf das Brot gekrabbelt ist und bis zum Bauch im Senf steckt. Er bewegt die Hand langsam über die Schabe. Dann greift er zu, packt sie und hält sie behutsam zwischen Daumen und Zeigefinger. Alle senfgelben Insektenbeine zappeln, aber sie tragen die Schabe nirgendwohin.
Rechaka. Er wischt diese Vision beiseite.
Er atmet ein. Eine dritte Kugel steigt auf.
Seine Mutter, die kreischend vor dem Bad steht und gegen die Tür tritt. Die Tür springt auf. Sein Vater sitzt beim Kacken, den Thomas von Aquin aufgeschlagen auf den Knien. Seine Mutter sagt: »Na, und jetzt, Princessa?« Sein Vater steht auf. Ein tropfenförmiger Kotklumpen fällt ihm dabei vom Arsch und klatscht auf den Toilettensitz. Mit heruntergelassener Hose macht er einen Schritt nach vorn. Er versucht, ihr ins Gesicht zu spucken, verfehlt es aber. Er lächelt seinem Sohn zu und schließt die Tür.
Der Lehrer ordnet mit seinem Atem die drei Scheiben zu einer Pyramide, zwei unten, eine darüber. Er korrigiert die Anordnung, bis die Geometrie makellos, unangreifbar ist.
Dann atmet er sie ein.
Er steht auf.

Er hört seinen Anrufbeantworter ab. Sari. Sari noch einmal. Sari ein drittes Mal.
Er geht zu seinem Empfänger, stellt Kanal eins ein, Annies Küche. Er horcht. Ihre Besucherin, diese Ärztin, ist noch immer da, sie unterhalten sich, und ihr Lachen erfüllt das Schulhaus des Lehrers. Es ist gut, bei ihnen zu sein. *Der Meister reist den ganzen Tag, ohne je sein Haus zu verlassen*, sagt Laotse.
Sie reden über Zach Lyde.

Annie ist entsetzt. »Das Gesmokte? Nein, nicht das Gesmokte.«
»Warum denn nicht? Ist doch total sexy, das Ding. Du siehst so sexy aus –«
»Juliet, hörst du jetzt endlich auf damit! Ich will doch gar nicht sexy aussehen. Dieser Mann ist mein potentieller Mäzen. Kein potentieller –«
»Was?«
»Geliebter. Oder was auch immer.«
»O nein. Natürlich nicht, Annie. Er ist nur großartig, aufmerksam, reich wie Krösus. Genügt deinen Ansprüchen einfach nicht. Ist richtig süß von dir, daß du dich aus Mitleid zu einem Rendezvous mit diesem armen Trottel herabgelassen hast.«
»Das *ist* kein Rendezvous. Und außerdem hast du selbstbewußt und humorvoll ausgelassen, und über seine Wangenknochen hast du auch nichts gesagt.«
»Aber hallo! Das klingt schon besser. Du wirst das Gesmokte tragen, Mädchen. Und sei nicht schüchtern –«
»Ich bin nicht schüchtern.«
»Bist du schon.«
»Nur ein bißchen zurückhaltend.«
»Du machst total zu.«
»Ich labere die Männer nicht voll, das ist alles.«
Juliet lacht. »Vollabern? Du nennst das Vollabern?« Sie

nuschelt das Wort. Annie merkt deutlich, daß ihre Freundin mehr als erschöpft ist. Sie sitzt im Schaukelstuhl, plappert und schiebt sich ein paar von Olivers Lorna-Doone-Keksen in den Mund – lauter raspelnde kleine Schnellfeuerbisse. Sie ist total überdreht. Ihr Griff nach der Tasse ist mehr ein Sprung.

»Das ist nicht Labern, Annie, das ist eine Kunst. Zuerst sagst du etwas, das sein Ego aufbläst. Dann sagst du etwas Verführerisches, etwas, das ihn zu dir hinzieht. Anschließend bringst du mit einer kleinen, aber feinen Stichelei seinen Ballon zum Platzen. Dann streichelst du sein albernes Ego wieder, und dann stößt du ihn zurück, ziehst ihn wieder an dich, hin und her, hin und her, bis du ihn soweit hast, daß er sich schwindlig im Kreis dreht und dir vor die Füße fällt.«

»Und was dann?«

»Dann sagst du ihm, daß es dir leid tut, daß du ihn wirklich bewunderst, aber daß er nie mehr für dich sein kann als dein Mäzen – und Annie, ich will zuhören, wenn du das tust, sonst bring ich dich um, Schätzchen!« Juliet bricht in schallendes Gelächter aus.

»Heh, Jul?«

»Was?«

»Wann hast du das letzte Mal geschlafen?«

Das ist eine harte Nuß für Juliet. »Du meinst richtig *schlafen*? Nicht nur bei einem Luftröhrenschnitt mal kurz die Augen zumachen? Hm, ich weiß nicht. Was für ein Tag ist heute?«

»Mittwoch.«

»Wirklich? Nein!«

»Doch.«

»Bist du sicher?«

»Ganz sicher.«

»Also, ich weiß, daß ich Montag nacht ein paar Stunden geschlafen habe. Noch gar nicht so lange her.«

»Mein Gott, was tust du dann hier? Du mußt ins Bett –«

»Nein, ich mußte einfach kommen. Als ich deine Nachricht

bekam. Ich meine, Annie, das Unglaubliche ist doch, daß du nie aufgehört hast zu träumen, daß du immer Kunst machen wolltest, und du hast es getan, hast gekämpft, bist dabeigeblieben, und jetzt endlich –«

»Ich bin dabeigeblieben, weil ich verrückt bin, Juliet.«

»Hast du Slivey schon angerufen? Deinen Job gekündigt?«

»Ich kann nicht kündigen.«

»Natürlich kannst du es!«

»Das könnte sich doch alles in Rauch auflösen.«

»Wird es aber nicht. Ab morgen könntest du nur noch deine Kisten machen.«

Annie lacht. »Morgen auf keinen Fall. Ich habe Geschworenendienst.«

»O Gott, das habe ich ganz vergessen. Wie ist es gelaufen?«

»Okay, ziemlich langweilig. Die Anwälte haben mir Unmengen von Fragen gestellt. Sie haben mich akzeptiert.«

»Für was?«

»Irgendein Prozeß. Ich hatte mir gedacht, das wäre mal 'ne Abwechslung, aber jetzt, ich meine, nach dieser Geschichte, ist es einfach nur noch lästig.«

»Schaff's dir vom Hals.«

»Dafür ist es jetzt zu spät.«

»Schaff's dir vom Hals.«

»Juliet, du mußt unbedingt ins Bett, Kleine.«

»Nee, ich geh' mit Henri ins Kino.«

»Du bist verrückt.«

»Dein Frechdachs kann mitkommen, wenn er will.«

»Kommt drauf an, wer fährt.«

»Okay, Henri wird fahren. Aber hör mal, Annie, ich will dir noch erzählen, was letzte Nacht passiert ist.«

»Was?«

»Du bist nicht die einzige mit Abenteuern.«

»Was ist passiert?«

Juliet bekommt diesen Ausdruck, der bei ihr jedem Gespräch über Sex vorausgeht – die Lippen werden schmaler, und der Blick beginnt schelmisch zu flackern. Sie senkt die Stimme. »Wo ist er?«

»Oliver? In seinem Zimmer. Er kann uns nicht hören.« Annie rückt näher. »Also?«

»Gestern nacht. Es war so gegen zwei, da wurde ich in die Notaufnahme gerufen. Schußverletzung. Eigentlich hätte ein Assistenzarzt das übernehmen sollen, aber der hat sich nicht sehen lassen, hat wahrscheinlich irgendwo ein Nickerchen gemacht, also war ich dran. Außer ich hätte den Oberarzt geweckt, aber das tu' ich nicht so gern. Auf jeden Fall schieben sie diesen Jungen herein, diesen schwarzen Jungen, so um die zwanzig. Er ist hellwach. Ziemlich aggressiv. Und er sieht großartig aus.«

Sie stürzt einen Schluck Tee hinunter und sagt: »Rate mal, welcher Pfleger mit mir gearbeitet hat?«

»Henri?«

»Sie lassen ihn jetzt manchmal mit mir Dienst schieben. Sie haben Angst davor, wie ich bin, wenn ich ohne ihn auskommen muß. Er also ist da und noch ein zweiter Pfleger. Ich schneide dem Jungen mit der Wundschere die Hose auf. Er trägt keine Unterwäsche. Die Wunde ist am Schenkel. Eintrittsloch hier, Austrittsloch dort – ziemlich sauber, einfach, eigentlich ziemlich langweilig, aber wer schaut denn schon auf seinen Schenkel? Annie, der Kerl hatte den großartigsten Schwanz, den du je in deinem Leben gesehen hast. Gar nicht so besonders groß, aber wie ein ... wie heißt dieser glatte schwarze Stein gleich wieder?«

»Onyx?«

»Wie ein Onyx. Mit diesen zwei knotigen Venen, wie Weinreben ... und der liegt so an seinem Schenkel und zeigt nach unten auf die Wunde, und ein klein wenig pulsiert er. Und irgendwie ist er, also irgendwie wie aufgebläht unter der Eichel ... ich meine, er hatte Flügel, wie eine Kobra, wie eine schlafende Kobra –«

Beide erröten sie und werfen die Köpfe zurück und lachen

laut, aber Juliet macht sich immer noch Sorgen, daß Oliver sie vielleicht hören könnte, und sie legt den Zeigefinger an die Lippen.

»Pscht.«

Doch das provoziert nur eine zweite Lachsalve.

»Und Henri, der hat nicht gewußt, ob er diesen Schwanz anschauen und geifern oder mich beobachten soll, ob ich Mist baue. Aber den Gefallen habe ich ihm nicht getan. Ich bin um den Jungen herumgegangen und hab' ihm die Infusion gesetzt. Und der Junge sagt: ›Scheiße. Das ist doch für wenn man zu alt ist zum Essen, oder? Wenn du keine Zähne mehr hast.‹ Und dann sagt er: ›Ich habe Zähne. Ich kann essen. Ich freß' dich gleich auf. Wie heißt du? Ich heiße Richard.‹

Und er hat diese unglaublichen weißen Zähne, und das ist eine kleine Schwäche von mir. ›Laß mich dir das reinstekken‹, sage ich, und er darauf: ›Hol den Doktor.‹ Ich sage: ›Ich bin der Doktor‹, und er sagt: ›O Scheiße. Du? O Scheiße! Ich bin ein toter Mann.‹ Und als ich dann anfange, die Wunde zu säubern, sagt er: ›Was hältste davon?‹ Und ich sage: ›Sieht aus, als hättest du dir bei irgend 'nem Blödsinn was eingefangen, Richard.‹ Und er sagt: ›Also, wenn ich den Scheißkerl erwische, der mir das verpaßt hat! Den könnt ihr dann in 'nem Sack hier reinkarren. Und du wirst den Sack aufmachen, Doktor, und ihn einfach rausschütten.‹

Aber ich höre ihm nur mit halbem Ohr zu, weil der Schenkel ein wenig geschwollen zu sein scheint, und ich denke an ein sich ausbreitendes Hämatom, was bedeutet, daß irgendwo eine Arterie blockiert ist und das Blut sich staut. Ich lege ihm meine Hände auf den Schenkel, weil man manchmal die Gewebespannung spüren kann. Und da ist wirklich Spannung unter meinen Fingern, aber Annie, dieser Kerl ist so muskulös, steinhart, und ich weiß nicht, ob es nicht vielleicht nur Muskel ist. Ich muß die Spannung mit der im anderen Schenkel vergleichen. Da halte ich also seine beiden Schen-

kel in den Händen, und er sieht mich an und sagt: ›Weißte was, Doc? Du hast geschickte Hände, Doc.‹
Aber das hatte ich bereits bemerkt. Weil nämlich, während ich seine Schenkel hielt ... also da fing doch sein Schwanz an zu –«
»Nein«, zischt Annie.
»Doch. Ich meine, also der richtet sich einfach auf, unter meinen Augen, und wunderschön war es, dieses Kobra-Ding ... und die Spannweite, die es hatte, du weißt schon –«
Eine Zeitlang keuchen sie nur vor Lachen.
»Und ich, also ich habe den Schwanz nur angestarrt, und der Schwanz hat mich angestarrt, und dann habe ich den Kopf gehoben, und Henri hat auch hingestarrt, und Richard hatte dieses breite Grinsen im Gesicht und die Hände hinter dem Kopf verschränkt, so als, als –«
Sie lehnt sich kurz zurück und lacht zur Decke hinauf. Dann fährt sie fort: »Aber ich wollte unbedingt diese Untersuchung zu Ende bringen. Also ließ ich meine Hände auf seinen Schenkeln und untersuchte ihn weiter, und dieser Schwanz zuckte und zuckte, und ich wurde rot, du weißt doch, wie rot ich werde. Puterrot war ich wahrscheinlich, und Annie, ich war so erregt, am liebsten hätte ich das Ding verschlungen. Und dann streckt er die Hand aus und legt sie auf die meine. Und ich laß es zu. Er sagt: ›Wie heißt du, Doc?‹ Und ich habe ihn angesehen und gesagt: ›Hämatom.‹ – ›Was?‹ fragt er. ›Das ist dein Name? Hämatom? Was heißt denn das?‹ Und ich sage: ›Daß du unters Messer mußt, Richard. Tschüs, Richard.‹
Und dann hab' ich ihn in den Operationssaal geschoben, und dort wurde eine Fasziotomie gemacht, und ich werde ihn nie wiedersehen.«

Oliver wünscht, er hätte nicht zugehört, hätte nicht in Moms Schlafzimmer das Ohr an den kühlen Holzboden gedrückt und Juliets Geschichte belauscht. Jetzt ist er davon ganz wirr im Kopf. Er sitzt an seinem Schreibtisch und versucht, seine Mathehausaufgaben zu machen, aber seine Gedanken schweifen immer ab.

Von den Ballerinas im Stadtballett von Marina City sind vier älter als sechzehn, fünfunddreißig Prozent sind zwischen zehn und sechzehn, drei sind zwischen sieben und neun, und eine ist eine schwarze, schwankende und zuckende Kobra mit einem Auge, und alle Ballerinas versammeln sich um sie und versuchen, sie zu verschlingen.

Und er muß wieder daran denken, was Juliet über den Schwanz dieses Kerls und über seine Spannweite gesagt hat, und wie schön der war – und seine Rippen schmerzen.

Sie ist zu alt für mich. Sie geht aus mit richtig reifen, älteren Kerlen, solchen mit Spannweite, was soll sie da schon von einem Kind wie mir wollen?

Aber vielleicht hilft ja das Geld. Wenn Mom wirklich reich wird, kann ich ein Haus neben dem von Juliet an der Orchard Road kaufen, ein ganzes Haus nur für Partys, und jeder wird kommen, weil ich der Sohn von Annie Laird bin, und eine Harley werde ich haben und ein eigenes Lacrosse-Feld hinterm Haus, und sogar Laurel Paglinino wird kommen, aber ich werde sie wieder wegschicken, ich werde sie alle wegschicken, damit ich mit Juliet allein sein kann …

O Gott. Wie blöd und kindisch das ist, was ich denke, aber meine Gedanken gehen einfach mit mir durch, es ist ihnen egal, wie blöd sie sind, die kommen, wie sie wollen …

»Oliver!«

»Mh?«

»Los, mach dich fertig.« Mom kommt die Treppe hoch, um ihn zu holen. »Du kannst die Hausaufgaben bei Mrs. Kolodny fertig machen.«

Plötzlich ist er hellwach. »Moment mal. Du hast doch gesagt, ich darf bei Jesse übernachten!«

»Ach ja, tut mir leid. Jesses Mutter ist dagegen. Du bist ihr zu ungezogen. Also mußt du zu Mrs. Kolodny.«

»Mom! Nein!«

Sie beugt sich zu ihm, formt die Hände zu einem Trichter und sagt mit tiefer, hohler Gespensterstimme: »Mrs. Kolodny.«

»Mom, du machst doch nur Spaß, oder?«

Sie nimmt seinen Kopf in die Hände und bearbeitet ihn mit einem Trommelwirbel leichter Knüffe (immer wenn sie mit Juliet zusammen war, schaltet sie auf die Große-Schwester-Tour). Sie sagt: »Aber geschluckt hast du es, oder? Nein, Juliet nimmt dich und Jesse mit ins Kino, und dann übernachtest du bei Jesse. Okay? Ein Rendezvous mit Juliet? Deiner wahren Liebe? Aber jetzt setz deinen Arsch in Bewegung. Ich habe auch ein Rendezvous.«

»Aber du hast doch gesagt, es ist ein geschäftliches Treffen.«

»Ach ja, stimmt. Geschäftlich. Nichts anderes. Beeil dich.«

Annie bekommt zwölf gelbe, rotkelchige Cattleyas. Annie bekommt ein Abendessen im *L'Auberge Conques.* Der Wein ist ein Chardonnay, *Domaine des Comtes Lafon,* aber was ihr wirklich den Rest gibt, ist die Schokoladen-Ganache. Und die scharfe, würzige Luft auf dem Weg zum Auto, der Mond hinter vorbeiziehenden Wolken, Zachs unbeschwertes, elegantes Lachen, als er unter den zwanzig Schlüsseln an seinem Bund den Autoschlüssel heraussucht. Und auch der Geruch seines Leinenjacketts, als er ihr die Tür öffnet.

Sie fahren, und Zach Lydes elegantes Auto ist erfüllt von Vivaldi.

Bei einer Biegung in der Nähe von Katonah sieht Annie im Licht der Scheinwerfer eine Ziege, die den Kopf auf die oberste Stange eines Holzzauns gelegt hat. Das Tier funkelt sie aus verengten Pupillen an. Es legt den Kopf schief und scheint der Leidenschaft von Vivaldis zwei Violinen zu lau-

schen. Die Welt ist voll solcher unerwarteter Schauer der Schönheit – wie hat sie ihr je trist vorkommen können?
Sie fragt Zach, wie er darauf kam, Kunst zu sammeln, und er erzählt es ihr.
»In der Straße, wo ich mein Büro habe, in der Maiden Lane, da war eine alte, zerbröckelnde Schlackensteinwand, und ich ging jeden Tag achtlos dran vorbei, aber eines Tages fiel mir etwas ins Auge. Ich ging hin und sah, daß es eine Stadt war. In einen Hohlraum in diese Wand hineingebaut. Wie eine winzige Akropolis aus Ton war sie, mit kleinen Tonsäulen. Und Tympanons. Und Treppenfluchten aus Ton. In dieser Wand. Und außenrum Graffiti und Plakate von Rockbands, *My Sister's Dead Cock* oder was weiß ich, und Abfall, Bierdosen und so weiter, die in den Ritzen dieser Wand steckten – und dann diese vollkommene Stadt.
Ich machte mich also auf die Suche nach dem Kerl, der sie gebaut hatte. Es war ein Obdachloser, ein Verrückter, der auf der Treppe einer Kirche herumlungerte. Ich besorgte ihm eine Wohnung, ich besorgte ihm Mäzene, ich besorgte ihm eine Galerie. Er ist immer noch verrückt, aber er muß sich sein Essen nicht mehr zusammenbetteln. Jetzt kann er einfach seine Städte bauen. Von denen die meisten kein Mensch je zu sehen bekommt. Ja, und danach war ich süchtig.«
Im Licht der Scheinwerfer tauchen Briefkästen auf, Kastanienbäume, burgunderfarbene Scheunen. Alles blitzt kurz auf und verschwindet wieder. Im Rhythmus von Vivaldi. Bis jetzt hat sie Vivaldi nicht sonderlich gemocht, aber zu diesem Abend paßt er phantastisch. Jetzt ein Andante – eine Geige und ein Cello marschieren nebeneinander. Macht sie ein wenig schläfrig. Sie hat Lust, den Kopf an die Schulter dieses Mannes zu legen.
Hör auf, du Idiotin, findest du das vielleicht lustig? Zärtlich und romantisch werden, glaubst du, daß wir das heute nacht brauchen? O ja, bring die Hormone zum Sieden. Tauch ein.

Laß eine Flut losbrechen, die dir dann die Chance auf eine Karriere davonspült, *nur weil du dich nicht beherrschen kannst.* Weil du diese Wangenknochen liebst. Weil du versessen bist auf sein Auto und sein schiefes Lächeln und seine Religion und seine tiefbraunen Augen, o Gott.
Setz dich auf, du Haufen Scheiße.
Sie richtet sich auf.
Sie hat Lust, ihm zu sagen, daß sie eben Lust hatte, sich an ihn zu kuscheln.
Hör auf, du Haufen Scheiße.
Plötzlich sagt Zach: »Wissen Sie, was mir an diesem Künstler wirklich gefallen hat? Daß er zurückgegriffen hat, daß er aus dieser Stadt hinaus nach einer früheren Stadt gegriffen hat. Eben dieses Zurückgreifen, dieses Greifen nach der Struktur, die all diesem Chaos zugrunde liegt – das ist es, was mich an guter Kunst so begeistert. Annie, das ist auch der Grund, warum ich Ihre Tastkisten liebe. Dieses Tasten in der Dunkelheit, in diesem Mutterschoß, was ist das anderes als ein Zurückgreifen? Laotse sagt, daß Rückkehr die Bewegung des Tao ist. Die Rückkehr! Ich habe das Gefühl, daß das, was wir Weisheit nennen –«
Er unterbricht sich. Und lächelt. Dieses schiefe, betörende Lächeln. »Ach, du meine Güte, jetzt habe ich mich aber ganz schön in Fahrt geredet.«
»Aber mir gefällt's«, sagt sie. »Ich rede nicht oft mit Leuten mit … mit so vielen Ideen.«
»Sie meinen, mit so viel wirrem Zeug im Kopf?«
»Dieser Name. Laotse. Er hat eine Religion begründet, nicht?«
»Den Taoismus. Allerdings ist Laotse vielleicht nur ein Mythos.«
»Sind Sie Taoist?«
Er lacht. »Ich weiß es nicht. Laotse sagt, wenn der Narr vom Tao hört, lacht er laut. Und das, das klingt nach mir. Aber ich finde ihn auch unwiderstehlich. Werde ein Tal, sagte er,

hör auf anzukämpfen gegen diese Struktur, das Schicksal oder was auch immer … und alles wird dir zufließen.«
Sie erreichen eine Kreuzung, und sie sagt: »Hier links.«
Er wirft ihr einen Blick zu. Er stellt keine Frage. Er fährt, wohin sie ihn dirigiert.
Beide wissen sie genau, daß sie ihn mit nach Hause nimmt.

In ihrem Atelier sagt sie: »Ich hasse dieses Licht. Einen Augenblick, ich will eine Kerze anzünden.«
Er sieht zu der Reihe fertiger Tastkisten an der gegenüberliegenden Wand hinüber. Und sagt: »Aber dann kann ich ja nichts sehen … Na ja, aber das brauche ich ja wohl nicht.«
Sie sucht in einer Schublade nach Streichhölzern und zündet eine Kerze an. »So.« Sie schaltet die Deckenbeleuchtung aus. Zündet eine zweite Kerze an und stellt sie ins Fenster. Sie flackert. Draußen weht ein ziemlich heftiger Wind, und das Studio ist zugig.
Er steht jetzt vor den Kisten. Er dreht sich zu ihr um und fragt: »Welche?«
Sie zündet eine dritte Kerze an.
»Egal. Irgendeine.«
»Sind sie so wie die in der Galerie? Einfach daruntergreifen und …«
»Grapschen. Ja.«
Er entscheidet sich für DER TRAUM DES SICHBEMERKBARMACHENS.
Einfach indem sie zusieht, wie sein Handgelenk verschwindet, indem sie das konzentrierte Stirnrunzeln beobachtet, das abwechselt mit kurzem, begreifendem Lächeln, weiß sie, was seine Hand gerade berührt. Zuerst den Blechboden des Vogelkäfigs. Dann spürt er das Loch und streckt die Hand hindurch. Er hat jetzt die Hand im Inneren des Käfigs, und er entdeckt die Computertastatur. Er verdreht das Handgelenk, damit er die Finger auf die Tasten legen kann.
Alle Tasten sind mit Sandpapier beklebt.

Schau ihm zu.
Er streckt den Arm noch weiter in die Höhe und berührt die Stangen des Käfigs. Und dann die winzige offene Tür. Dann das kaputte Vorhängeschloß. Er streckt den Arm noch mehr, streckt ihn, um die Finger durch die Tür des Käfigs zu bekommen. Er spürt den Luftzug von dem kleinen Ventilator, aber er bekommt nicht die ganze Hand durch die Tür.
Er ist auf die Knie gesunken. Seine Augen, die bisher ins Leere gestarrt haben, richten sich auf sie, und er sagt: »Es ist großartig. Und es ist übrigens kein Traum. Sie können sich wirklich bemerkbar machen. Von jetzt an dürfen Sie nichts mehr außer Kunst machen.«
Sie errötet.
Aber er ebenfalls. Und sagt: »Das ist ... das ist mir ein wenig peinlich.«
»Was?«
»Na, ich meine, daß ich unter diesen Rock greife und« – er fängt an zu lachen – »Ihren Intimbereich berühre.«
Annies Gesicht ist zu einem beschwipsten Grinsen verschnürt. Sie will es aufschnüren, aber es geht nicht. Schau ihn dir an, es ist so lustig, ihn anzuschauen. Etwas benebelt geht sie zu dem großen Schaukelstuhl mit den dicken weichen Kissen. Sie setzt sich. Räkelt sich. Fängt an zu lachen. Und sagt: »Fühlen Sie mal das da.«
»Welches?«
»Das da!« Sie zeigt auf KARDINAL O'CONNOR ERKLÄRT: GOTT IST MÄNNLICH.
»Das habe ich bereits.«
»Nein, das da.«
»Das habe ich bereits«, wiederholt er.
»Nein, nein. Das ist doch gerade erst fertig geworden. Ich meine –«
»Ich habe es gestern ertastet.«
Er grinst. Und ihr Lächeln verschwindet langsam, sie ist

verwirrt. »Gestern? Gestern kannte ich Sie doch noch gar nicht.«

»Aber ich war hier«, sagt er.

Soll das ein Witz sein? Vielleicht ein Witz oder ein Wortspiel, das sie nicht kapiert. Sie läßt es sich durch den Kopf gehen. Aber er grinst nicht mehr, er kommt auf sie zu, und die Atmosphäre hat sich verändert. Die Welt erstarrt an den Rändern, und in ihrer Panik denkt sie: *Oliver.* Bis ihr wieder einfällt, daß er gar nicht zu Hause ist, daß er inzwischen bei Jesses Mutter ist. Also gut, Oliver ist in Sicherheit, aber dieser Fremde ist immer noch zwischen ihr und der Tür, und sie muß hier raus, aber wohin soll sie laufen? Es ist gleichgültig, wohin. Sie muß raus aus diesem Stuhl und sollte sich besser etwas suchen, das sie als Waffe benutzen kann, und sie steht langsam auf –

»Bleiben Sie, wo Sie sind, Annie.«

Er zieht an der Kordel für die Deckenbeleuchtung. Das Licht geht an. Sticht ihr in die Augen. Er nimmt einen Hocker und stellt ihn vor sie. Setzt sich darauf.

»Okay, hören Sie mir jetzt zu.« Er spricht sanft. »Sie sind in Gefahr. Und Ihr Sohn ist in Gefahr.«

»Oliver? Was? Wo ist mein Sohn?«

»Er ist bei Jesse, nicht?«

»Bitte!« sagt sie.

Zach Lyde spricht so leise, daß es fast nur noch ein Flüstern ist. »Er ist ein außergewöhnliches Kind, habe ich nicht recht? Wissen Sie noch, als Sie gestern abend dieses Videospiel spielten? Erinnern Sie sich? *DragonRiders*? Und diese Spinne auf Sie zukam, und Sie in Panik gerieten, und Oliver sagte: ›Cool bleiben, Momba!‹ Erinnern Sie sich?«

Ihr Mund ist trocken, und Tränen treten ihr in die Augen. Als sie zu sprechen versucht, versagt ihr die Stimme. »Woher –« Sie probiert es noch einmal. »Woher wissen Sie –«

»Als ich Sie beide gestern abend lachen hörte, da habe ich mir geschworen, alles zu tun, damit er ungeschoren davonkommt. Annie, verstehen Sie, was ich sage? Das ist für ihn eine gefährliche Zeit. Er könnte vom rechten Weg abkommen, könnte sich verirren, einen kindischen Fehler machen. Wir könnten ihn verlieren.« Er schnippt mit den Fingern. »So schnell.«

Sie starrt auf das Nachbild dieses Schnippens. Er sagt zu ihr: »Er muß diese Zögerlichkeit ablegen. Verträumtheit ist schön und gut, aber er muß auch lernen zu handeln. Ich glaube allerdings, das wird er noch. Geben Sie ihm Zeit, ich glaube, er wird etwas aus sich machen. Ich glaube, er wird glücklich, kreativ und gutaussehend sein, ich glaube, eines Tages haben Sie das ganze Haus voller Enkelkinder. Und auch Ihre Freundin Juliet wird in Sicherheit sein. Sie haben doch eine Cousine in Titusville, Florida, nicht? Auch der wird nichts passieren. Alle, die Sie mögen, alle werden sicher sein wie in Abrahams Schoß. Verstehen Sie mich? Nicken Sie. Jetzt. Tun Sie, was ich Ihnen sage.«

Sie nickt.

»Und Sie, Sie müssen nichts anderes tun als warten. Okay? Warten, einfach warten, sehr geduldig sein und immer weiter warten, und irgendwann wird man Sie bitten, nur zwei Worte zu sagen. Zwei, nicht mehr. Sie wissen, wie die lauten?«

Sie kann nur vor sich hinstarren.

Er fragt: »Ja? Nein? Was? Können Sie die Worte nicht erraten?«

Sie schüttelt langsam den Kopf.

Er kneift die Augen zusammen. Beugt sich zu ihr und sagt leise, beiläufig: *»Nicht schuldig.«*

Der Lehrer erinnert sich, was er Annie zu Juliet sagen hörte: »Ich bin nicht schüchtern, ich bin nur ein bißchen zurückhaltend.«

Sie behält ihre Ansichten für sich. Sie behält ihre Probleme für sich.

»Ich labere die Männer nicht voll«, hat sie gesagt.
Eine Frau, die so zurückhaltend ist, daß sie sogar ihre Kunst im Dunkeln läßt, in diesen diskreten schwarzen Kisten. Sie will, daß man sich neugierig vorkommt und verlegen wird, wenn man in einer ihrer Kisten herumgrapscht. Sie will einen merken lassen, daß man ein Eindringling ist.
Am liebsten würde sie einem gar nichts geben.
Und doch ist sie die Frau, die er dazu bringen will, zur Wortführerin im Geschworenenzimmer zu werden. Zu derjenigen, die so lange schmeichelt, überredet, wettert, Druck macht, bis alle anderen Geschworenen nachgeben.
Er geht hinüber zum Flügelfenster des Ateliers. Sieht hinaus in die windige Nacht. Keine Eile. Immer mit der Ruhe. Gib ihr jetzt ein wenig Zeit.
Aber er denkt: Habe ich mir wirklich die ausgesucht? Ich muß verrückt sein.
Muß verrückt sein, daß ich mir gerade Annie Laird vornehme, denkt er und lächelt.

Annie kann nicht verstehen, warum das Licht nicht brennt. Wo ist das Licht? Das Atelier ist trostlos, düster, grau. Sie hört ihren eigenen, schweren Atem. Sie sieht sich um und merkt, daß die Deckenbeleuchtung an ist. Aber das Licht ist so schwach. Außerdem brennen drei Kerzen. Drei Kerzen. Eine von ihnen tropft, die Flamme flackert und tanzt. Woher kommen diese Kerzen? Warum hat sie bloß die Kerzen angezündet, und warum geben die kein Licht, in dem sie sehen kann?
»Annie.«
Diese sanfte Stimme, trocken wie das Zirpen einer Heuschrecke, einschläfernd. Jetzt ist er irgendwo hinter ihr. »Annie, hören Sie mir zu?«
Sie schließt die Augen.
»Sie müssen mir zuhören.«
Sie kann nicht antworten, findet ihre Stimme nicht. Sie holt

noch einmal Atem, und endlich kann sie antworten: »Ich höre zu.«
»Weil es, Annie, noch eine andere Möglichkeit für Sie gibt. Wenn Sie wollen, können Sie warten, bis ich gegangen bin, und dann die Polizei rufen. Oder sogar das FBI. Die schicken Ihnen innerhalb einer Stunde einen Agenten her. Das sind engagierte, ehrliche Leute, und ich kann Ihnen versichern, daß sie alles tun werden, um Sie zu verteidigen. Sie und Ihren Sohn.«
Er hält einen Augenblick inne. Er hat es nicht eilig.
»Aber Annie, wissen Sie, was die mit Ihnen tun müssen?«
Er wartet, bis sie den Kopf schüttelt.
»Zuerst bringen sie Sie und Oliver in ein sicheres Haus. Und wenn der Prozeß zu Ende ist, kommen Sie ins Zeugenschutzprogramm. Sie wissen doch, was das ist, oder? Sie geben Ihnen ein neues Leben. Irgendwo weit weg. Neue Namen. Vielleicht sogar neue Gesichter – plastische Chirurgie. Und einen netten Job in Ihrem Beruf. Der ist Datenverarbeitung, nicht? Aber Ihre Kunst können Sie vergessen. Denn ich verspreche Ihnen, falls Sie je irgendwann Ihre Objekte in irgendeiner Galerie zeigen, ist es gleichgültig, welchen Namen Sie benutzen und welche Art Kunst Sie machen, wir werden wissen, daß Sie es sind. Und dann kommen wir und finden Sie. Nein, wenn ich es mir recht überlege, stellen Sie Ihr Zeug ruhig auf der Biennale von Whitney aus. Veranstalten Sie eine Vernissage im MOMA. Weil wir Sie sowieso finden werden. Überall. Wir finden Sie auch am Ende der Welt.«
Er greift in seine Brusttasche, zieht ein kleines Notizbuch heraus und gibt es ihr. »Schlagen Sie es auf.«
Sie starrt es an. Und bewegt sich nicht.
»Bitte lassen Sie mich nicht alles wiederholen«, sagt er. »Wir müssen zusammenarbeiten. Es gibt keine andere Möglichkeit.«
Sie öffnet das Notizbuch, es sieht aus wie ein Sammelalbum.

Auf der ersten Seite ist ein Zeitungsausschnitt eingeklebt. Ein Porträt: ein bleicher Kerl mit müden Augen, und darunter die Schlagzeile:

MUTMASSLICHER MAFIA-CAPO
ALS ZEUGE DER ANKLAGE

Der Artikel selbst wurde weggeschnitten.
Sie kennt das Gesicht nicht. Sie weiß nicht, warum sie es ansehen soll. Er befiehlt ihr, umzublättern, sie tut es und findet auf der nächsten Seite einen weiteren Zeitungsausschnitt: eine Todesanzeige. Die besagt, daß der Verstorbene, Harold Brown, Besitzer einer Videothek in Lincoln, Nebraska, gewesen sei. Und daß er »sich offensichtlich das Leben genommen« habe. Daneben klebt ein Polaroid von einer Leiche in einem Sarg.
»Es ist derselbe Mann«, sagt er. »Unser ›mutmaßlicher Mafia-Capo‹. Natürlich war er im Zeugenschutzprogramm. Natürlich hat es ihn nicht geschützt. Fragen Sie sich, wie seine Feinde ihn gefunden haben? Irgendwelche Vermutungen? Meine Theorie ist, daß jemand das Telefon seiner Mutter angezapft hat. Jemand hat viel Geduld und Ausdauer bewiesen. Und jetzt blättern Sie um.«
Aber ihre Finger zittern, sie kann die Seite nicht von der folgenden lösen. Er greift ihr über die Schulter und blättert für sie um.

SAVANNAH:
MANN VON MASCHINE
IN ZELLSTOFFABRIK GETÖTET

»Also bei dem da«, sagt er, »bei dem ist es so, daß er eigentlich gar nicht an dieser Maschine hätte arbeiten dürfen. Der Mann war ein Straßendealer. Was weiß denn so einer von Maschinen? Warum haben die vom Zeugenschutz ihn zum Maschinisten gemacht?« Seine Stimme ist jetzt ganz nahe an ihrem Ohr. »Und warum haben sie geglaubt, sie könnten ihn auch nur einen Augenblick lang unbewacht lassen?«

Er blättert um.

»Sehen Sie sich das an.«

Ein grobkörniges Foto vom Portal eines offiziell aussehenden Gebäudes. Eine Frau kommt ohne Begleitung die Treppe herunter.

»Linda Berlin. Sie hätte nicht aussagen sollen. Es ist mein Fehler, weil ich glaube, ich hätte sie davon abbringen können, aber ich habe es nicht probiert. Mir war nicht bewußt, wie wütend meine Kollegen sein würden, und ich habe es deshalb sein lassen. Aber jetzt schauen Sie, was passiert ist. Blättern Sie um.«

Wieder muß er ihr helfen.

Sie hat ein Foto eines lächelnden älteren Paares vor sich. Ein Foto wie von einer Weihnachtskarte, und abgedruckt wurde es in einem Zeitungsartikel mit der Überschrift:

EHEPAAR AUS THOMPSONVILLE VERSCHWUNDEN

»Ihre Eltern«, sagt er.

Nach dem anfänglichen Schwindelanfall, bei dem sich ihr alles drehte, wird es jetzt in ihrem Kopf wieder etwas klarer. »Moment mal«, sagt sie. »Moment mal. Woher zum Teufel soll ich –«

»Woher Sie wissen sollen, ob diese Fotos echt sind? Ich nehme an, Sie wissen es nicht«, sagt er. »Sie können es nicht wissen.«

Er nimmt ihr das Buch aus der Hand.

Und sagt: »Sie haben recht, das ist dumm – das ist nichts als ein kindisches Spielchen. Es beweist überhaupt nichts.«

Er steckt sich das kleine Buch wieder in die Brusttasche.

»Ich wollte Sie überzeugen, Annie. Nichts weiter. Wenn ich

Ihnen den *Kopf* eines Menschen gebracht hätte, den Kopf eines Menschen in einer Kiste, hätte ich es geschafft. Ich will nichts anderes als Sie überzeugen. Denn wenn ich es nicht schaffe … wenn ich Sie nicht davon überzeugen kann, daß wir meinen, was wir sagen, wenn Sie beschließen, zur Polizei zu gehen – dann geht Louie Boffano unter und ich mit ihm, und jemand, der Ihnen sehr nahesteht, wird entsetzlich leiden müssen, und zu welchem Zweck? Zu gar keinem. Nur um der dummen Rache willen so viel sinnloses Leid. Wenn ich dann auf den elektrischen Stuhl komme, hilft Ihnen das auch nicht mehr. Also bitte, Annie, bitte. Glauben Sie mir.«
Als sie den Kopf hebt, kauert er direkt vor ihr. Sein Gesicht ist riesig, füllt ihr Blickfeld aus.
»Werden Sie mir glauben?« fragt er. »Werden Sie mir helfen?«
Sie hört, wie ihr Atem immer abgehackter, stockender kommt.
»Ich kann nicht. Ich würde es nicht schaffen, ich, ich werde weinen. Ich bin eine Heulsuse. Ich werde nicht mehr aufhören können zu weinen, und man wird mich als Geschworene entlassen, man –«
»Sie glauben, wenn der Richter Sie weinen sieht, entläßt er Sie?«
»Er … er wird es tun müssen.«
Er schüttelt den Kopf. »Aber wenn er Sie tatsächlich entlassen würde, dann müßten wir doch annehmen, Sie hätten uns verraten.«
»O Gott, nein, ich würde kein Wort sagen, nie, ich schwöre es …«
»Annie, ich weiß, daß Sie uns nicht mit Absicht schaden würden, aber trotzdem würde da ein winziger Zweifel in unseren Köpfen bleiben. Und dann? Ich weiß, daß jemanden, den Sie mögen, eine entsetzliche Tragödie ereilen würde.«
»Nein, bitte! Ich, bitte, hören Sie zu –«

Er winkt mit einer knappen Handbewegung ab. Er steht auf, geht zu der Bank in der Mitte des Ateliers und setzt sich.
»Es gibt keinen Ausweg. Es wäre mir lieber, wenn es einen geben würde. Es gibt nur diese eine Möglichkeit. *Wir brauchen Sie.*«
»Aber ich kann es nicht. Wenn er schuldig ist, kann ich es nicht. Bitte! Sie kennen mich nicht. Ich kann nicht lügen. Die Leute merken das immer sofort. Wenn ich sagen würde, ich glaube, er hat es nicht getan, aber in Wirklichkeit glaube, daß er es getan hat, würden die sofort merken, daß ich lüge. Und er hat sie doch getötet, oder? Er hat den alten Mann getötet und diesen Jungen, er hat sie doch beide getötet!«
Er lächelt. »Das ist vielleicht ein bißchen zu philosophisch für meinen Geschmack.«
»Ich frage Sie doch nur! Er ist schuldig, nicht? Er hat viele Leute getötet. Er –«
»Er gehört zum Clan, Annie. Man hat ihm einige Morde zur Last gelegt, ja. Aber seine sogenannten Opfer waren größtenteils selber Ungeziefer.«
»Nicht dieses Kind.«
»Der Junge war ein Versehen. Nicht einmal Louie Boffano würde mit Absicht ein Kind töten. Aber was den alten Mann angeht, wollen Sie wirklich um ihn weinen? Wollen Sie um einen eiskalten Killer wie Salvatore Riggio weinen? Denn eins kann ich Ihnen sagen, Annie, er würde nie weinen.«
Das Telefon klingelt. Es jagt ihr einen Schauer über den Rücken.
»Was, was soll ich tun?«
Er gibt ihr ein Taschentuch. »Wischen Sie sich die Augen. Und dann gehen Sie dran. Es ist wahrscheinlich Ihr Kind.«
»Was soll ich sagen?«
»Was Sie wollen. Sagen Sie, daß Sie wütend sind. Sagen Sie, daß Ihr Rendezvous ein Reinfall war.«
Er bietet ihr seine Hand an, um ihr aufzuhelfen. Sie winkt

ab, steht alleine auf. Sie schwankt zum Telefon und nimmt den Hörer ab.

»Ja?«

»Mom?«

»Ja.«

»Alles in Ordnung bei dir?«

»Ja.«

»Mom, was ist denn los?«

Sie zieht die Nase hoch. »Nichts. Es war nicht besonders schön. Mit diesem Kerl. Aber sonst geht's mir gut.«

»Was hat er getan, Mom?«

Sie holt Atem und sagt: »Nichts hat er getan, er war nur – wie geht's denn dir, Oliver?«

»Du hast gesagt, du rufst an.«

»Tut mir leid. Und, bist du höflich zu Jesses Mom?«

»Ja.«

»Gut.«

»Mom, du klingst echt komisch. Kauft der Kerl deine Kisten trotzdem?«

»Ist unwichtig. Schlaf gut, okay? Bis morgen dann. Bis nach der Schule.«

Sie legt auf.

Er sagt: »Übrigens, ich werde Ihre Kisten wirklich kaufen. Die drei in der Galerie auf jeden Fall. Und diese hier auch – wenn wir uns auf einen vernünftigen Preis einigen können.«

»Vergessen Sie es«, sagt sie. »Ich möchte nicht, mir wäre es lieber ...«

»Ich bestehe darauf. Ich will etwas für Sie tun. Mir ist bewußt, daß es im Vergleich zu der Angst, die Sie jetzt empfinden, nicht viel ist, aber trotzdem.«

Er steht auf.

»Annie, es tut mir leid wegen der Angst. Wenn ich nur eine andere Wahl hätte, einen Ausweg wüßte ... Mir ist klar, es wird eine furchtbare Zeit für Sie werden. Eine einsame Zeit.

Aber bitte verlieren Sie kein Wort darüber. Zu niemandem. Weil Sie jeden, dem Sie es erzählen, in Lebensgefahr bringen. Können Sie mir folgen?«

Sie starrt ins Leere. Schließlich schnieft sie, und er nimmt es als Zustimmung.

»Wenn ich Sie sehen muß, werde ich nach Ihnen schicken. Jemand wird zu Ihnen sagen: ›Ich kenne Sie aus der Bäckerei.‹ Tun Sie, was derjenige Ihnen sagt. Okay, wiederholen Sie, was wird er zu Ihnen sagen?«

»Ich kenne Sie aus der Bäckerei.«

»Annie, diese Sache wird schneller vorbei sein, als Sie denken. Und danach werden sich unsere Wege nie wieder kreuzen.«

Er geht zur Tür und öffnet sie. Die Luft, die hereinweht, ist beißend und kalt. Die drei Kerzen flackern.

Er schließt die Tür hinter sich.

Die Kerzen beruhigen sich wieder, und sie hört, wie er sein Auto anläßt. Sie hört den Vivaldi mitten in der Melodie einsetzen, unvermittelt jubilierend. Stolz, eigensinnig, dominant, präzise, wie vom Komponisten beabsichtigt. Kein Ton, der unangebracht ist, keiner, der nicht vorbereitet wurde, jeder Ton genau an seinem Platz, diese emporwachsenden Tonfolgen der Disziplin, und dann verklingen die Musik und das Schnurren des Motors, und Annie bleibt allein zurück in diesem Saal voller Schweigen, mit ihren stummen, armseligen, schwachen, schattigen Skulpturen, dem Schlagen ihres Herzens und ohne jeden Gedanken, der ihr weiterhelfen könnte.

Slavko Czernyk läßt sich tief in seine alte Badewanne mit den Klauenfüßen gleiten, weil der Geizkragen von Vermieter die Heizung immer noch nicht angestellt hat und dies die einzige Möglichkeit ist, warm zu werden. Er hebt einen Fuß aus dem Wasser und greift mit den Zehen nach dem Heißwasserhahn. Dreht ihn auf.

Und spendiert der Wanne eine hübsche, dampfende Stärkung.
Er kaut einen Nicarette-Gummi und raucht gleichzeitig eine Lucky Strike. Eine Tasse voll Jim Beam (mit einem Tropfen Honig) steht auf dem Wannenrand. Knapp über der Wasserlinie hält er ein Buch. Es ist ein Band mit ausgewählten Gedichten von Derek Walcott. Er besitzt dieses Buch, weil eine Frau, die er einmal geliebt hat, ihm erklärte, Derek Walcott sei »der größte Dichter aller Zeiten, im Ernst«. Er war damals in diese Frau verliebt. Er ist es immer noch. Also bewahrt er dieses Buch im Bad gegenüber seinem Büro auf, und immer wenn er aufs Klo muß oder badet, schlägt er es auf und versucht sich zu bilden.
Er starrt wütend ein Gedicht an.
Das Gedicht macht sich über ihn lustig.
In dem Gedicht stehen Sachen wie:

… und lese, bis das lampenhelle Blatt verwirbelt
zu einer weißen Stauung, deren Fremdheit strahlt
wie eines Propellers Regenbogenglanz.
Kreisend wie wir, kein Trost für ihre Lieben …

Er kneift die Augen zusammen. Er liest die Zeilen noch einmal. Er versteht sie immer noch nicht. Dann dreht er das Buch auf den Kopf und liest:

… und lese, bis das lampenhelle Blatt verwirbelt
zu einer weißen Stauung, deren Fremdheit strahlt
wie eines Propellers Regenbogenglanz.
Kreisend wie wir, kein Trost für ihre Lieben …

Das wird nie funktionieren. Er trinkt einen großen Schluck Jim Beam und blättert um.
In seinem Büro auf der anderen Seite des Gangs klingelt das Telefon.

Wen haben wir denn hier, fragt er sich. Wer ruft denn um diese Zeit bei der Detektei Czernyk an?
Wahrscheinlich Grassman Security, der Sicherheitsdienst. Vermutlich sind sie bei einer Beschattung und haben keine Ablösung, und Slavko, könntest du bitte deinen Arsch schleunigst hierher bewegen? Damit du für acht Dollar die Stunde zusammen mit Bill Farmer in einem eiskalten Mercury Zephir sitzen und in einer dunklen Straße einen dunklen Hoteleingang bewachen und dir Bill Farmers Schnarch-und-Furz-Serenade anhören kannst. Okay, Slavko?
Die ganze gottverdammte Nacht lang, wie wär's damit, Slavko?
Nein.
Nein danke, da bleibe ich lieber hier und lese, lese, bis das lampenhelle Blatt verwirbelt zu einer weißen Stauung, deren Fremdheit strahlt wie eines Propellers Regenbogenglanz. Kapiert, was ich meine?
Zweites Klingeln.
Er läßt sich bis zum Kinn ins Wasser sinken.
Oder vielleicht braucht mich das *Caruso Hotel* als Babysitter für einen Postbotenkongreß. Wie diese Truppe letzte Woche. Hab' mir auf einem Metallklappstuhl im Foyer die ganze Nacht um die Ohren geschlagen. Mit einem wachsamen Auge auf die Cola-Maschine, hätte ja sein können, daß sie einer dieser massenmordenden Postangestellten in Verkleidung ist.
Um vier Uhr morgens hat er dann schon fast gehofft, die Maschine wäre wirklich der Killer.
Drittes Klingeln.
Vergeßt es, Jungs. So dringend brauche ich das Geld auch wieder nicht. Ich meine, natürlich brauche ich Geld, ich habe meine Wohnung verloren, und bald wird man mich auch aus diesem Rattenloch von Büro rausschmeißen, aber trotzdem ... wenn ich aus dieser Wanne steige, klettere ich sofort ins Bett.

Der Anrufbeantworter schaltet sich ein.
Er hört seine eigene heisere Schmuddelstimme vom Band: »Sie haben die Nummer der Detektei Czernyk gewählt. Wir sind im Augenblick nicht im Büro …«
Für ihn selbst klingt seine Stimme wie eine Mischung aus einem verkaterten Leguan und der knarzenden Tür zu einem Spukkeller.
Er steckt sich die Lucky zwischen die Lippen, nimmt einen Zug und hält sie dann zwischen Zeige- und Mittelfinger, während er den Kopf unter Wasser taucht. Trotzdem kann er das Krächzen aus der Maschine noch hören.
Und dann eine andere Stimme, ein klarer, fast flüsternder Singsang. Er springt aus dem Wasser.
Diese Engelsstimme hinterläßt ihren Namen. Sari Knowles. Was für ein wunderschöner Name. Und ihre Telefonnummer. Sie sagt: »Ich brauche, ähm, ich brauche vielleicht Ihre Hilfe, bei etwas, ich meine, es ist wahrscheinlich kein Notfall, und ich weiß, daß es spät ist, aber wenn Sie –«
»Hallo.«
»Hallo? Mr. Sir-nik?«
»Czernyk. Mit *tsch* wie in *Hatschi.* Ich, ähm – einen Augenblick, ich komme gerade aus der Wanne, ich war, ich war im Bad, einen Augenblick …«
»Es tut mir leid, ich wußte nicht, daß Sie da sind, ich meine …«
»Schon gut. Schon gut.«
Eiskalt hier drin. Er schließt die Tür zum Gang. Er legt sich auf die Matratze am Boden und zieht sich die Decke über. Zieht sie über den Kopf und rollt sich zusammen. Eine Zeitung von gestern, eine Schachtel mit Oreo-Plätzchen und ein einsames *Penthouse* leisten ihm hier Gesellschaft. Und das Telefon.
»Ja, Ma'am. Was kann ich für Sie tun?«
»Ich weiß nicht.«
»Sind Sie in Schwierigkeiten?«

»Nein. Nicht mit dem Gesetz oder so. Es ist, es ist ...« Sie verstummt.
»Sind Sie verheiratet?«
»Ähm, nein.«
»Geliebter?«
Sie holt Atem. »Ja.«
»Probleme?«
»Hm.«
»Sie wissen nicht, wo er ist?«
»Aber er ist nicht in Gefahr, es ist ...«
»Sie glauben, daß er ... daß er vielleicht bei einer anderen ist?«
»Ich weiß nicht, was er tut.« Sie kämpft mit den Tränen. »Er sagt es mir nicht mehr. Ich meine, er ist sehr beschäftigt. Er verwaltet einen Vermögensfonds, und, ich weiß auch nicht, ich glaube, er ist sehr beschäftigt. Er behauptet, er hat da einen neuen Kunden. Eine Frau.«
»Und Sie sind ein bißchen eifersüchtig.«
»Ach, verdammt. Das paßt überhaupt nicht zu mir, wissen Sie? Ich meine, ich weiß, wie spät es ist, ich hätte bis morgen warten sollen, aber ich kann nicht, ich kann an nichts anderes mehr denken, ich kann nicht schlafen. Ich meine, ich sollte eigentlich rationaler mit so was umgehen. Ich bin Geschäftsfrau. Ich habe mein eigenes Reisebüro. Ich trage Verantwortung – ich meine, ich sollte –«
»Nein, ich versteh' schon. Es ist manchmal ziemlich schwer. Darf ich Sie etwas fragen, Miss –«
»Sari Knowles. Sari.«
»Sari. Es ist ein bißchen intim, und Sie müssen mir nicht antworten, aber sind Sie bei einem Therapeuten in Behandlung?«
Keine Antwort.
Er sagt: »Es ist nur so, wenn Sie so etwas durchmachen –«
»Aber wenn er eine andere hat, was würde es dann ausmachen? Wissen Sie? Wenn ich ihn verloren habe?« Unter-

drückte Panik schwingt in ihrer Stimme mit. »Was würde es dann ausmachen, ob ich normal bin oder nicht?«
Slavko kennt diesen Ton. Wenn er diesen Ton am Telefon hört, weiß er, daß er einen Klienten hat. Spüren Sie, wie die Wände erzittern? Spüren Sie, wie Ihr Liebesleben über Ihnen zusammenbricht? Ist es so, als würden die Wände Ihres Liebeslebens einstürzen, als würden Sie mit Einsamkeit überschüttet?
Dann rufen Sie einen Privatdetektiv an.
Weil Sie erkannt haben, daß das, was Sie wirklich umbringt, das Nicht-Wissen ist. Und Sie glauben, daß alles, was Sie gegen Ihre Beschwerden brauchen, eine Dosis *Wahrheit* ist. Deshalb rufen Sie einen Detektiv an, damit der die Wahrheit ans Licht bringt.
Natürlich ist das eine unsinnige Entscheidung.
Die Wahrheit ist, daß ein Detektiv nie für irgend jemanden herausfinden kann, was derjenige wirklich wissen will.
Die Wahrheit ist, Lady, Sie stecken in großen Schwierigkeiten.
Und wenn ich ein ehrlicher Mann wäre, würde ich Ihnen das unverblümt sagen. Wenn ich ein ehrlicher Mann wäre, würde ich jetzt einfach auflegen.
Aber Slavko sagt: »Und wie kann ich Ihnen helfen, Sari? Wie kann ich Ihnen zu Diensten sein?«

Annie sitzt im Bett. Es ist drei Uhr morgens. Der Fernseher läuft. Die Wiederholung einer *Gong Show*, das spannendste Seichtfutter, das sie finden konnte. Sie schaut nicht zu. Sie starrt auf einen Fleck an der Wand über dem Fernseher, einen alten Wasserfleck. Sie wirft nur einen kurzen Blick auf das Gerät, wenn der Gong ertönt. Sie wünscht sich, daß das öfters passieren würde. Der Rest der Show erreicht ihr Bewußtsein nicht.
Alle Lichter brennen. Jede Lampe im Haus. Und das Radio läuft, ein Sender aus der Stadt, der alte Reggaes spielt,

und die Bässe kommen verzerrt wegen des lausigen Empfangs.
Als sie den Fernseher einschaltete, hat sie vergessen, das Radio auszuschalten.
Sie überlegt, ob sie nicht Oliver holen sollte. Nein, es ist zu spät. Sie würde bei Jesse alle aufwecken. Ihn vor seinem Freund in Verlegenheit bringen. Warte lieber bis zum Morgen. Er ist okay, ihm geht es gut. Er ist okay. Warte bis zum Morgen.
Es kommt ihr so vor, als wäre die *Gong Show* zu Ende und nun würde etwas anderes laufen, aber sie hat nicht die Energie, den Blick zu senken und herauszufinden, was.
Das Telefon klingelt.
Du Scheißkerl, hast du was vergessen? Irgendeine Drohung, die dir noch nicht deutlich genug war? Irgendeine neue Tortur, die du mir in allen Einzelheiten beschreiben willst?
Aber es könnte ja auch Oliver sein, der anruft.
Sie hebt ab. »Ja?«
Knistern und Krachen. Eine kleine Pause, und dann: »Hallo, Annie. Wie geht's?«
Turtle.
Er sagt: »Arbeitest du? Hast du 'nen heißen Typen bei dir, oder was tust du?«
»Turtle! Mein Gott, wie geht's dir?«
»Mir geht's gut«, glaubt sie zu hören.
»Moment mal!« ruft sie, streckt sich zum Radio, dreht es ab und schaltet dann auch den Fernseher aus. Unvermittelt legt sich Stille über das Haus. Nur aus dem Hörer dringt das statische Knistern. Der Anruf kommt aus den Bergen von Guatemala. Wenn Turtle anruft, tut er das immer vom Büro der Guatel in Huehuetenango aus, der nächstgrößeren Stadt in der Nähe des kleinen Dorfes, in dem er seine Klinik hat.
»Ich verstehe dich nicht sehr gut«, sagt sie.

Er schreit. »Ist es jetzt besser?«
»Ja!« schreit sie.
Sie ist so froh, seine laute Stimme zu hören, daß sie beinahe weint.
Er sagt: »Ich mußte eins der Kinder hierher ins Krankenhaus bringen, und ich habe an dich gedacht, und wir haben doch ewig nicht mehr miteinander geredet ... wie lange schon?«
»Ich weiß es nicht«, sagt sie. »Frühjahr? War es im Frühjahr?«
Er fragt sie: »Wie geht's dir?«
»Okay«, sagt sie.
Und verstummt dann.
Sie bringen jeden, dem Sie es erzählen, in Lebensgefahr.
Sie kann nicht mit ihm telefonieren. Sie muß ihn loswerden.
Bevor er etwas sagt, das Zach Lyde wissen läßt, wer er ist, wo er sich aufhält.
Zach Lyde könnte genau in diesem Augenblick mithören.
Tut er es? Ist er jetzt hier, irgendwo in der Leitung, drückt er sein Ohr an den Hörer ...
Natürlich hört er mit.
Also leg auf.
Aber Turtle würde noch einmal anrufen.
Dann zieh den Stecker aus der Wand.
Nein, sie kennt Turtle. Wenn Turtle nicht mehr durchkommt, fängt er an, sich Sorgen zu machen. Steigt in den nächsten Bus nach Guatemala City und dann in ein Flugzeug hierher ...
»Annie, was ist denn mit dieser Gruppenausstellung, an der du teilnehmen solltest? Da sollte doch letzten Monat Eröffnung sein, nicht?«
Du weißt, was du zu tun hast.
Er fragt: »Wie ist es gelaufen? Diese Kunstwichser, haben die schon angebissen? Wissen die, wie gut du bist?«
Mach Schluß.
»He, Turtle! Ich will nicht mit dir reden.«

Das Zischen, das leise Pfeifen in der Leitung. Klingt wie ein Wüstentier, krank und durstig, eine Kette wimmernder Tiere von hier bis nach Guatemala.
Schließlich sagt er: »Was? Ist es nicht der richtige Zeitpunkt?«
»Es gibt keinen richtigen Zeitpunkt. Hör zu, vor Jahren war mal was zwischen uns. Und seitdem haben wir versucht, gute Freunde zu sein, aber es funktioniert doch nicht, oder? Ich habe jemanden bei mir. Okay? Und er mag diese Anrufe nicht. Okay? Und ehrlich gesagt, ich auch nicht.«
Nur das Knistern. So lange, daß sie sich schon fragt, ob er aufgelegt hat – doch dann hört sie ihn ausatmen und sagen: »Huh. Ach du meine Güte. Tut mir leid, Annie.«
Sie denkt, mein Gott, ich bin hier das Arschloch und du entschuldigst dich. Deshalb hat es zwischen uns nicht funktioniert. Du bist einfach zu nett.
»He, das ist keine große Sache«, sagt sie. »Laß mich einfach in Ruhe, okay?«

Der Lehrer liegt dösend im Bett in seinem alten Schulhaus und hört Kanal 4, ihr Schlafzimmer. Er hört, wie sie den Hörer auflegt. Er wartet auf das Geräusch ihres Weinens, aber ein solches Geräusch kommt nicht.
Er weiß, daß es nicht einfach für sie gewesen sein kann, ihren Freund so vor den Kopf zu stoßen. Er ist stolz auf sie.
Er hört ihr Bett ächzen und dann das Knarzen einer Bodendiele. Dann ihre Schritte, als sie auf den Gang tritt und die Treppe hinuntergeht.
Ach, Annie, denkt er, warum schläfst du jetzt nicht ein wenig, Darling? Ich weiß, daß du dir Sorgen machst. Aber morgen früh sieht alles viel besser aus.
Wir können alle etwas Schlaf gebrauchen.
Er schaltet auf Kanal 1. Die Küche. Er hört etwas Glattes rascheln. Ihre Jacke? Ja, sie zieht ihre Jacke an. Die Hintertür. Dann schwach das Quietschen des Fliegengitters. Dann

einen Augenblick lang Stille. Er dreht lauter. Er hört den Kühlschrank, das Ticken einer Uhr. Dann den Motor ihres Autos.

»Annie«, murmelt er. »Komm zurück, Mädchen. Komm wieder ins Bett.«

Er legt müde die Hand aufs Telefon und wartet auf Eddies Anruf.

Als Vorsichtsmaßnahme hält Eddie heute nacht in der Nähe ihres Bungalows Wache. Für den Fall, daß der Lehrer sie falsch eingeschätzt hat, für den Fall, daß sie in Panik gerät und an Flucht denkt. Aber der Lehrer weiß, daß er sie nicht falsch eingeschätzt hat.

Das Telefon läutet. Es ist Eddie, und er sagt: »Sie fährt weg, Vincent, sie ist in ihrem Auto. Ich weiß nicht, wohin sie fährt.«

»Ich schon«, sagt der Lehrer.

»Wohin?«

»Zu Jesse Grabowskis Haus. Wo ihr Junge übernachtet.«

»Sie holt ihr Kind? Will sie fliehen?«

»Ich glaube nicht, Eddie. Ich glaube, sie will einfach bei ihrem Jungen sein.«

Zehn Minuten später fährt Eddie durch eine stille Neubausiedlung und entdeckt ihr Auto, das gegenüber einem Briefkasten mit der Aufschrift GRABOWSKI parkt.

Er sieht ihre Silhouette. Sie sitzt in ihrem Auto. Er fährt schnell vorbei und sagt ins Telefon: »Ja, sie ist da.«

Aber er bekommt keine Antwort, Vincent ist wieder eingeschlafen. Eddie muß es noch einmal sagen: »Sie ist da.«

»Gut.«

»Wie du gesagt hast.«

»Mm.«

»Ich kapier's allerdings nicht.«

»Was kapierst du nicht?«

»Ich kapier' nicht, was sie da, verdammt noch mal, will. Ich

meine, was bringt es ihr denn, wenn sie vor dem Haus parkt, wo ihr Sohn schläft?«
Darauf Vincent: »Das ist ein Geheimnis.«
»Warum geht sie nicht hinein und holt ihn?«
»Soll sie etwa alle aufwecken?«
Ach so, denkt Eddie. Das klingt vernünftig.
Aber er denkt auch, woher zum Teufel weiß Vincent, was hier los ist? Vincent hat keine Kinder. Woher weiß er besser als Eddie, wie Eltern denken? Eddie hat eine Tochter, vierzehn Jahre alt, und er hat sie praktisch alleine aufgezogen. Vincent hat nichts. Vincent hat niemanden. Woher weiß er es dann? Wieso weiß dieser Arsch immer alles?
»He, Vincent?«
»Was?« Die Stimme klingt schläfrig.
»Ich möchte dich um Rat fragen.«
»Du möchtest von mir einen Rat? Ich würde dir raten, es gut sein zu lassen für heute nacht. Sie ist wirklich ganz in Ordnung. Sie wird ziemlich bald wieder allein nach Hause fahren.«
»Nein, du mußt mir helfen.«
»Bei was?«
»Es geht um meine Tochter, Roseanne.«
Ein Seufzen. »Okay.«
»Sie ist vierzehn, weißt du?«
»Knapp daneben. Sie ist fünfzehn, Eddie.«
»Was?«
»Deine Tochter ist fünfzehn. Sie hat doch gerade erst Geburtstag gehabt. Ich habe ihr ein Geschenk geschickt.«
»O Mann, Vincent. Du meinst diesen verdammten kleinen Sony-Fernseher, mh? Sie liebt ihn. Sie nimmt ihn sogar mit an den Strand.«
»Das ist schön.«
»Vincent, hat sie dir einen Dankesbrief geschrieben?«
»Hat sie.«

»Ja? Gut. Also laß dir erzählen. Ich werde in die Schule bestellt, okay? Vom Seelenklempner dort. Und der erzählt mir, daß sie bei Roseanne eine medizinische Untersuchung gemacht haben. Routinemäßig. Und dann sagt er, kannst du dir das vorstellen, ihre *labia*, sagt er. Ihre Lippen. Ihre Schamlippen, die von meiner Tochter.«

»Was ist mit ihren Schamlippen?«

»Sie hat sie sich durchstechen lassen. Und sie hat Ringe drangehängt. Einen auf jeder Seite. Und sie hat dieses kleine Vorhängeschloß, das sie durch die Ringe steckt. Damit niemand in ihre Möse kann, der keinen Schlüssel hat. Verdammt, sie ist doch erst fünfzehn, Vincent. Wenn du weißt, was ich meine. Und jetzt rate mal, was. Sie hat keinen Schlüssel. Nur ihr Freund hat einen. Ich komm' also heim und sage, Roseanne, wie heißt der Junge? Sag ich nicht, sagt sie. Und ich sage, dieser Märchenprinz, wie heißt er? Sie sagt es mir noch immer nicht. Ich sage, hör zu, Roseanne, mein liebes Kind, habe ich dich je geschlagen? Nein, sagt sie. Und ich sage, na, aber ich hätt's tun sollen! Du gottverdammte Spinnerin, das Hirn hätt' ich dir aus dem Schädel prügeln sollen! 'n Schloß an der Möse. Aber sie will mir den Namen des Jungen immer noch nicht verraten. Was soll ich denn tun, Vincent? Ich verliere dieses Kind, was zum Henker soll ich denn tun?«

Eddie fährt die Hauptstraße von Pharoah entlang. Die Lichtkegel der Straßenlaternen. Ein einsames Bullenauto auf Patrouille. Aus dem Telefon kommt leise Vincents Stimme: »Ich weiß auch nicht, Eddie. Vielleicht solltest du dir eine Mutter für dein Kind suchen?«

»Echt? Und wo finde ich eine gute Frau? Ein so häßlicher Kerl wie ich?«

»Du bist nicht häßlich.«

»Fett, das halbe Gesicht eingedrückt, also erzähl mir bloß keinen Scheiß.«

»Du hast viel Liebenswertes an dir, Eddie. Red mit einem

deiner Freunde. D'Appolito zum Beispiel, der hat doch diesen Nightclub. Der gibt dir eins seiner Mädchen.«
»Ich hatte schon genug Huren in meinem Leben. Die Mutter des Mädchens war auch 'ne verdammte Hure. Verdammte Rita! Vincent, bring mich bloß nicht so weit, daß ich mich wieder über die aufrege.«
»Schon gut. Das einzig Wichtige ist, liebst du deine Tochter?«
Er fragt dies mit der flüsternden Trance-Stimme, die er manchmal benutzt.
»Ja«, sagt Eddie.
»Na, dann glaube ich, sie wird's schon schaffen. Du mußt ihr einfach immer wieder zeigen, daß du sie liebst. Früher oder später wird sie das Schloß schon wieder ablegen. Und in der Zwischenzeit weißt du wenigstens, daß sie nicht rumvögelt. Aber jetzt laß mich schlafen, Eddie.«

DREI

Du hast vor überhaupt nichts Angst,
wenn dieser Mann in deiner Nähe ist.

ANNIE, EINES MORGENS IM GERICHTSSAAL. SIE BLÄTTERT EINE Seite ihres Transkripts um, und alle anderen tun es ebenfalls. Es ist wie bei einer Prüfung in der Schule: *Blättern Sie jetzt zur nächsten Seite.*

Vom Tonband kommt Louie Boffanos Stimme. Die Unterhaltung wurde mit einem Mikrofon aufgenommen, das im Hinterzimmer einer Schusterwerkstatt in Queens versteckt war. Meistens klingt die Aufnahme wie diese knisternden Gesprächsfetzen aus dem CB-Funk, die gelegentlich den Fernsehempfang stören. Ohne das Transkript würde Annie kaum ein Wort verstehen. Auch mit dem Transkript ist Louies Gefasel ziemlich unzusammenhängend.

»Also habe ich gesagt, weißt du, ich hab' gesagt, was, was ist denn los, verdammt noch mal, kommt er jetzt oder nicht? Kommt er mich besuchen? Und weißt du, Paulie? Er sagt, nein, er kommt nicht. Er kommt nicht, er will dich nicht sehen. Ich sage, okay. Also, was zum Teufel ist denn los bei Carbone Construction? Er sagt, daß er mit diesem Wilton geredet hat.«

Dann Paulie DeCiccos Stimme, wie rollender Kies, er murmelt etwas, das im Transkript interpretiert wird als »Mit wem?«

Darauf Louie: »Oder ... Walton. Was soll's? Walton oder so ähnlich, ich weiß auch nicht. Kennst du diesen Kerl?«

Diesmal gibt das Transkript bei Paulie DeCicco auf. Zu lesen ist: »(Unverständlich)«.

Louie plappert weiter: »Ich weiß nicht. Ich weiß nicht, Paulie. Aber wenn er für mich arbeitet, Wilton oder Walton, ich weiß nicht. Weißt du es?«

Paulie grunzt: »Er ist ein Arschloch.«

Louie sagt: »Wer? Walton?«

»Wer?« fragt Paulie.

»Oder Wilton oder was weiß ich. Kennst du diesen Kerl?«

»Ich (unverständlich). Aber hast du nicht über Vito geredet?«

»Vito«, sagt Louie. »Weißt du, was ich meine? Und die fackeln alle miteinander nicht lange. Die, Paulie, das sind die echt Guten. Aber dann fängt die Scheiße an. *Minchia*!«

Paulie DeCicco räuspert sich.

Annie hat keine Ahnung, nicht die geringste, nicht den winzigsten Funken einer Ahnung, worüber Louie Boffano redet.

Vielleicht hat es mit ihrem Schlafmangel zu tun oder mit ihrer Verwirrung.

Aber sie ist sich ziemlich sicher, daß keiner in diesem Gerichtssaal weiß, wovon er redet. Obwohl niemand sich das anmerken läßt.

Alle starren sie in ihre Transkripte, alle blättern sie gleichzeitig um, alle bis auf Annie, die es aufgegeben hat, und Louie Boffano.

Louie macht ein gelangweiltes Gesicht. Er schenkt der Bandaufnahme keine Beachtung. Annie beobachtet ihn. Er trommelt mit einem Kugelschreiber auf seinen Notizblock. Kurz grinst er über etwas, das ihm offenbar gerade eingefallen ist. Er reißt vom obersten Blatt des Blocks eine Ecke ab, zerknüllt sie und stopft sie sich in den Mund. Ein Spuckkügelchen, er macht sich ein Spuckkügelchen, wie ein ungezogener Schüler. Alle anderen sind fleißig und brav, nur Louie, der Klassenflegel, nicht.

Er lehnt sich zurück und streckt die Zunge Richtung Decke – und siehe da, auf seiner Zungenspitze: das kleine, gelbe Spuckkügelchen.

Aber sie lesen alle so eifrig mit, daß niemand es bemerkt, niemand lacht.

Deshalb zieht er nach einigen Sekunden Zunge und Spuckkügelchen wieder in den Mund zurück. Richtet sich auf. Sieht die Geschworene an. Annie senkt den Blick auf das Transkript, aber nicht schnell genug: Louie Boffano hat gesehen, daß sie ihn beobachtet.

Und dann hört sie plötzlich, in all dem nebelhaften Gequassel vom Band, einen Funken Bedeutung, eine Spur Absicht. Louie Boffano sagt:
»Ich meine, Paulie, glaubt der blöde Arsch wirklich, daß er sich vor *mir* verstecken kann? Weil das hat Salvatore nämlich geglaubt, weißt du noch? Der verfluchte Salvatore Riggio, der Unbesiegbare, was? Jeder hat gesagt, daß er unbesiegbar ist. Weißt du noch? Er ist nicht zu töten. Er kommt nicht aus seinem Haus heraus, und er hat zwanzig verdammte Wachen und einen verdammten Elektrozaun. Den ganzen Krempel. Aber dann habe ich mich mit dem Lehrer unterhalten, und der hat gesagt: ›Der Mann will sich nicht töten lassen? Der Mann kommt nicht aus seinem Haus? Na und? Dann graben wir eben einen Tunnel.‹ Weißt du noch, Paulie?«
Darauf Paulie: »(Unverständlich).«
Und Louie: »Ich hab' dem Lehrer gesagt: ›Okay, wenn du willst, wenn du einen Tunnel graben willst, dann grab einen Tunnel. Bring dieses Arschloch um! Mein Gott!‹«
Sagt Paulie: »Ja, das war lustig.«
Sagt Louie: »Für Salvatore Riggio war's nicht so lustig. Und es ist auch nicht lustig, wenn du ein verdammtes Arschloch bist, das nicht kommen will, das mich nicht sehen will, das sich vor Louie Boffano verstecken will. Hab' ich nicht recht?«
»(Unverständlich)«, sagt Paulie.
»(Unverständlich)«, sagt Louie.
»(Unverständlich)«, sagt Paulie.
Annie sieht wieder hoch, und Louie hat die Augen geschlossen. Sein Anwalt Bozeman muß diesen Schlag erst noch verdauen. Er hat wohl gewußt, daß das kommen würde, aber getroffen hat es ihn trotzdem. Und aus den Augenwinkeln heraus sieht Annie, daß der Geschworene neben ihr langsam, unbewußt, den Kopf schüttelt.
Annie weiß, daß sie im Verlauf des Prozesses diese Stelle der Aufnahme immer und immer wieder hören wird.

Ich hab' dem Lehrer gesagt: »Okay, wenn du willst, wenn du einen Tunnel graben willst, grab einen Tunnel. Bring das Arschloch um! Mein Gott!«
Warum hast du es nicht gleich in die ganze Welt hinausposaunt, nicht eine offizielle Erklärung abgegeben, nicht eine Anzeige in der *Times* geschaltet? Und Annie begreift, daß sie sich, bevor dieser Prozeß vorüber ist, überlegen muß, wie sie den Verplapperer dieses großspurigen Gockels wegerklären kann.

Slavko sitzt an einem Tisch im *Croton Dam Diner.* Und bei ihm sitzt dieser verblüffende Engel Sari Knowles.
»Also«, sagt er. »Sie wollen nur, daß ich herausfinde, wo er sich in den Nächten herumtreibt? Ob er mit seiner Klientin geschlafen hat?«
»Ja.«
»Irgendwelche Vermutungen?«
»Worüber?«
»Wohin er geht?«
Sie schüttelt den Kopf.
Slavko bohrt weiter. »Na, was sagt er denn, wohin er geht?«
»Ich weiß nicht, zur Arbeit. Geschäfte. Ich habe Ihnen doch gesagt, er verwaltet einen Vermögensfonds.«
»Aber wenn er sagt, daß er damit beschäftigt ist, warum glauben Sie ihm dann nicht?«
Sie überlegt. Sie zieht die Unterlippe zwischen die Zähne. Sie weiß bestimmt, was für ein Wahnsinnsweib sie ist. Diese Haare, diese honiggelben Haare, die ihr so üppig auf die Schultern fallen. Er sieht diese Haare im Spiegel neben ihr. Er sieht sie im Spiegel gegenüber. Sie scheinen das ganze Restaurant mit ihrem Glanz zu erhellen. Sie muß sich dessen bewußt sein. Der Koch an der Durchreiche, der sie anstiert, die beiden Lastwagenfahrer, die flüstern und feixen – sie achtet nicht darauf, aber sie weiß bestimmt, welche Wirkung sie hat.

Wahrscheinlich ist sie daran gewöhnt.
Vielleicht nimmt sie es für selbstverständlich.
Slavko bemerkt die exakte Linie ihres Eyeliners, die frisch aufgetragene Wimperntusche. Das City-Kostüm von Donna Karan mit dem Schal von Hermès – sie weiß genau, wie man zugleich elegant und lässig aussehen kann. Sie lebt vielleicht im Auge eines Hurrikans, aber sie hat nicht vor, das den Koch merken zu lassen.
Sie nippt an ihrem Tee und sagt zu Slavko: »Ich weiß nicht, warum ich ihm nicht glaube. Finden Sie, ich sollte ihm trauen?«
»Haben Sie *ihn* das schon gefragt?«
»Ob ich ihm trauen kann? Ob er mich anlügt? Nein.«
»Warum nicht?«
Sie blinzelt. »Sie meinen wirklich, ich soll ihn fragen, ob er mich anlügt?«
»Ja.«
»Ich kann es nicht.«
»Warum nicht?«
»Sie müßten ihn kennen.«
»Warum müßte ich ihn kennen?«
»Weil, wenn Sie ihn kennen würden, würden Sie mir diese Frage nicht stellen.«
»Warum nicht?«
»Reden Sie so mit allen Ihren Klienten?«
»Ich rede so mit meinen voraussichtlichen Klienten. Ja. Das kann eine kniffelige Sache werden. Ich muß erst einmal festen Boden unter den Füßen haben. Ich will wissen, wo der feste Boden aufhört und wo der, wo der –«
Sie hilft ihm weiter. »Wo der Morast anfängt?«
»Genau. Aber wenn Sie glauben, daß ich Sie unnötig quäle …«
»O nein, fragen Sie nur«, sagt sie und hebt die Hände, wie um zu zeigen, daß sie nichts zu verbergen hat. »Ich will nicht, daß mein Freund von meinen … Ängsten oder Zweifeln

oder was auch immer erfährt, weil ... ach, Sie wissen schon. Weil er mich sonst für schwach hält.«
»Und Ihr Freund – wie heißt er denn übrigens?«
»Eben Rackland.«
»Eben? Sie meinen als Kurzform von Ebenezer?«
Sie zuckt die Achseln. »Nur Eben.«
»Aha. Und dieser Eben, der mag keine schwachen Menschen?«
»Na ja, niemand liebt Schwäche, oder? Eifersucht und das alles? Ich glaube nicht, daß irgend jemand –«
»Sie mögen keine schwachen Menschen, nicht, Sari?«
Sie wirft ihm einen Blick zu: *Was hat denn das mit meinem Problem zu tun?* Slavko stellt sich diese Frage ebenfalls. Er fragt sich: Was soll denn das, Slavko? Nur weil Juliet einmal, bei diesem Ausflug zu Bannerman's Island, angedeutet hat, daß sie keine schwachen Männer mag, und du gedacht hast, daß sie damit dich meint? Verkrampfst du dich deshalb bei dieser Klientin so?
Aber er läßt die Frage im Raum stehen, und nach einer Weile geht Sari darauf ein.
»Also, ich nehme an, ich meine, ich finde Stärke schon attraktiver als Schwäche. Klar.«
»Verstehe. Und dieser Eben Rackland? Halten Sie ihn für stark?«
Sie zögert keinen Augenblick. »Er ist mächtig. Ja.«
»Was meinen Sie mit ›mächtig‹?«
Slavko, um Himmels willen, laß das. Was, bist du eifersüchtig auf Saris Freund? Stehst du auf diese Klientin? Wahrscheinlich. Wie dieser sabbernde Koch dort drüben. Sehr gut, sehr professionell, Slavko. Ich bin mir ziemlich sicher, daß du genau ihr Typ bist. Ohne Zweifel hat sie ihr ganzes Leben lang nach einer neugierigen, kleinen (um nicht zu sagen stummeligen), scharwenzelnden Niete mit beginnender Glatze gesucht.
Doch trotz dieser Selbstverhöhnung macht er weiter. Kann

offenbar nicht anders. »Meinen Sie damit, wenn er jetzt hier wäre, würde er mich einfach auseinandernehmen?«
Die Frage kommt ihr komisch vor, das sieht man.
»Sie auseinandernehmen? Ich verstehe nicht – Eben verletzt niemanden. Haben Sie das damit gemeint?«
»Ich meine, ich versuche herauszufinden, warum Sie nicht einfach das Handtuch werfen. Da ist dieser Kerl, da ist dieser tolle Kerl mit dem tollen biblischen Namen, aber Sie trauen ihm nicht. Sie können nie glücklich werden mit einem, dem Sie nicht vertrauen. Oder? Warum lassen Sie ihn nicht einfach sausen und suchen sich einen neuen? Mh?«
Sie starrt in ihren Tee. Sie scheint mit den Tränen zu kämpfen. Dann fragt sie: »Waren Sie je einem Menschen hörig?« Aber sie wartet seine Antwort nicht ab. Sie sagt: »Ich rede nicht gern darüber. Ich komme mir dumm dabei vor, wie ein kleines Kind. Ich meine, ich habe Ihnen doch gesagt, daß ich mein eigenes Reisebüro habe, Mr. Czernyk, ich bin erfolgreich, ich hatte noch nie zuvor Probleme mit meinem Selbstwertgefühl. Manchmal rede ich mir ein, wenn er so viele Nächte durcharbeitet, dann ist er eben ein Workaholic, na und? Wenn er bei mir ist, liebt er mich. Aber dann sage ich mir wieder, nein, er muß ein Verhältnis haben. Ich meine, ich drehe noch durch. Aber Eben – na ja, du brauchst nur fünf Minuten in seiner Nähe zu sein, und du hast das Gefühl, dieser Mann versteht. Du hast vor überhaupt nichts Angst, wenn dieser Mann in deiner Nähe ist. Ich habe gesagt, daß er mächtig ist, nicht? Er ist mächtig wegen seiner Seele. Ach, Sie verstehen das nicht. Ich würde mich umbringen, ich würde mich eher umbringen als diesen Mann zu verlassen. Aber für Sie, für Sie ergibt das keinen Sinn.«
»Doch, schon«, sagt Slavko.
Sie tupft sich mit der Serviette die Augen. Das Make-up verschmiert. Schwarze Schlieren auf dem Tuch. Warum trägt sie so viel Make-up, wo sie doch gar kein Make-up nötig

hat? Trägt sie es für ihn? Wer ist dieser Mann, der ihr so wehtut, wer kann dieser Scheißkerl nur sein?
Er sagt: »Ich weiß, was Sie durchmachen. Ich habe das auch schon erlebt.«
Er legt seine Hand auf die ihre, und sie dreht ihre Hand um und umklammert sein Gelenk, mit ganzer Kraft. Dann läßt sie wieder los.
Ich erlebe es noch immer, denkt er.

Oliver sitzt mit Jesse in seinem Zimmer. Sie stecken die Köpfe vor dem Computermonitor zusammen. Oliver zeichnet einen Drachen. Arbeitet eben an einem Fangzahn, aber der gelingt ihm nicht so recht. Zu niedlich, ein mickriges hervorstehendes Beißerchen.
»Komm, mach«, sagt Jesse. »Einen Fangzahn. Einen großen Fangzahn.«
Oliver sagt: »Echt? Willst du einen großen?«
»Einen großen.«
Oliver klickt die Farbpalette an und schiebt dann die Maus über die Unterlage. Zwischen den Hinterbeinen des Drachen wächst ein blutroter Phallus.
»Du Wichser«, sagt Jesse. Aber er lacht, als das Organ immer weiter wächst.
»Groß genug?«
»Größer!«
Oliver wickelt das Ding wie ein Lasso um einen der Hälse des Drachen.
»O ja«, sagt Jesse. »Das ist geil.«
Grellgelbe Stacheln sprenkeln das Glied.
»Was soll das sein?«
»Herpes«, sagt Oliver. »Drachenherpes.«
»Warte, laß mich mal«, sagt Jesse und greift nach der Maus.
»Nein, warte du«, sagt Oliver. Jetzt versieht er das Drachenglied mit Blättern. Aus irgendeinem Grund macht er einen Baum daraus, mit Dutzenden von Zweigen und Blättern.

Jesse versucht, ihm die Maus wegzunehmen, aber Oliver hält ihn mit der einen Hand in Schach und bedient mit der anderen die Maus, klickt immer mehr grüne Blätter auf den Monitor. Beide brüllen vor Lachen.
Dann hebt Oliver den Kopf und sieht, daß seine Mutter in der Tür steht.
Sie hat diesen komischen bitteren Gesichtsausdruck, wie schon seit Tagen, und sie sagt: »Was tut *er* denn hier?«
Oliver hört auf zu lachen. »Jesse? Was meinst du?«
»Du sollst doch deine Hausaufgaben machen.«
Winter in ihrer Stimme. So klingt sie nur, wenn sie fix und fertig ist. Und nicht einmal dann vor seinen Freunden.
»Mom, es ist doch, es ist noch nicht mal sechs ... ich muß nicht –«
»Du tust, was ich dir sage. Zuerst einmal verabschiedest du dich von deinem Freund.«
Das Blut steigt ihm in die Wangen. Seine Stimme schnappt über. »Mom, das ist nicht fair. Wir haben doch nur –«
»Auf Wiedersehen, Jesse«, sagt sie.
Jesse schlurft mit gesenktem Kopf die Treppe hinunter.
Oliver brennen die Augen. Er schluckt. »Mom, ich versteh' nicht, warum du das getan hast.«
Sie fragt: »Wer zum Teufel hat die Zeitung zerschnitten?«
»Ich«, sagt er und weicht ihrem Blick aus.
»Ach, wirklich? Du warst das? Und ich habe geglaubt, Mr. Slivey hat sich ins Haus geschlichen und es getan. Der fehlende Artikel, um was ging's in dem?«
Ihre Stimme ist so scharf, so voller Gift, daß er sie nur mit offenem Mund anstarren kann.
Sie sagt: »Es ging um den Prozeß, nicht? Ich habe die ganze Zeitung durchgeblättert, aber ich kann nichts über den Prozeß finden.«
»Mom, du hast mir doch gesagt, daß ich es tun soll. Du hast mir gesagt, ich soll alles über den Prozeß herausschneiden.«
»Ach du meine Güte.« Sie verdreht die Augen. »Du tust doch

nie, was ich sage. Sonst tust du nie, worum ich dich bitte, warum zum Teufel hast du dann gerade das getan? Wo ist er?«

Er zögert.

»Wo *ist* er?«

»Er ist ... ich hab ihn zerrissen, es sind nur noch Fetzchen.«

»Warum?«

»Du hast es mir doch gesagt!«

»Ich habe dir nicht gesagt, daß du Konfetti machen sollst. Habe ich dir gesagt, du sollst Konfetti machen, du Mistkerl?«

Jetzt ist es soweit, er verliert die Beherrschung. Er starrt in seinen Schoß, die Tränen tropfen herunter. »Mom, du hast mir gesagt –«

»Was habe ich gesagt?«

»Mom, daß du nichts wissen darfst. Daß du die Zeitung nicht lesen darfst, daß du nicht fernsehen darfst, daß du nicht –«

»Halt den Mund! Du Frechdachs! Sag mir, was dringestanden hat!«

»Ich weiß es nicht! Es hat dringestanden, daß – ja, was? Was über einen Kerl, so eine Art Polizist, und daß man ein Band abgespielt hat –«

»Was war auf dem Band?«

»Aber du warst doch dabei, Mom. Warum fragst du mich?«

»Was haben sie geschrieben, daß auf dem Band war?«

»Ich weiß nicht. Ich glaube, sie haben geschrieben, daß Boffano einem Kerl gesagt hat, er soll graben, einen Tunnel, und ihn töten.«

»Haben sie geschrieben, daß Boffano schuldig ist?«

»Ich weiß nicht.«

»Was haben sie geschrieben? Haben sie geschrieben, daß es ein überzeugender Beweis ist, ein zwingender Beweis oder so?«

»Was? Ich verstehe nicht.«

»Überzeugend. Kennst du das Wort ›überzeugend‹? Was haben sie geschrieben?«

»Sie haben geschrieben … da hat nur gestanden, daß es still geworden ist im Saal.«
»Aber was wollen sie, daß man denkt?« Sie hat ihn an den Armen gepackt. Drückt zu, gräbt ihre Nägel hinein. Tut ihm ein wenig weh, aber das ist nicht so schlimm. Was ihm wirklich angst macht, ist ihre Stimme. »Wollen sie, daß man ihn für schuldig hält?«
»Ich weiß es nicht, Mom!«
»Mit wem hast du darüber geredet?«
»Über den Prozeß? Mit niemandem. Du hast mir doch gesagt, ich darf es nicht.«
»Wirklich? Also jetzt sage ich nicht mehr, daß du es nicht tun darfst. Ich sage dir, daß du über den Prozeß reden sollst, und weißt du, was ich tue? Ich nehme dein Fahrrad und fahre mit dem Auto drüber, und dann nehme ich deinen Computer und schmeiß ihn aus dem Fenster, und dann komm ich hoch und bring dich um, ich schwör's dir. Ich bring dich um. Hörst du mir zu?«
»Ja.«
Sie läßt ihn los. Sie steht auf. Er drückt sein Gesicht in die Beuge des Ellbogens und schnieft. Aber sie packt ihn bei den Haaren und zerrt sein Gesicht ins Licht. »Was soll denn das? Glaubst du, weil kein Mann im Haus ist, kannst du die Heulsuse spielen? Denkste! So nicht. Das hört auf, augenblicklich!«

VIER

… weil ich herumgeschubst werde
wie ein Trottel und blöd glotze …

ANNIE, EINE WOCHE SPÄTER: SIE SIEHT ZU, WIE LOUIE BOFFANOS Anwalt Bozeman mit seinem großen, freundlichen Walroßschnauzer und dem gerissenen, gelbzähnigen Grinsen sich den Hauptzeugen der Anklage vornimmt.

Bozeman sagt: »Also, Mr. DeCicco, Sie haben wörtlich ausgesagt, Louie Boffano habe ›ein Problem‹ mit Salvatore Riggio gehabt, ist das korrekt?«

Paulie DeCicco hat einen imposanten haarlosen Schädel, sein Kopf sieht aus wie ein zerklüfteter Berg. Es vermittelt den Eindruck von Nachdenklichkeit, sogar Weisheit – wenigstens bis er den Mund aufmacht.

»Ha?«

Darauf Bozeman: »Haben Sie nicht ausgesagt, Louie Boffano habe angefangen, mit Kokain und Heroin zu handeln?«

»Doch.«

»Und woher wissen Sie das?«

»Ich war dabei.«

»Sie waren sein treuer Leutnant, richtig?«

»Leutnant? Nein.«

»Sie waren nicht –«

»Ich war ein Capitano.«

»Verzeihen Sie mir. Capitano. Nun, Capitano DeCicco, von wem hat Louie das Kokain gekauft? Könnten Sie da unsere Erinnerung etwas auffrischen?«

»Vom Cali-Kartell.«

»Aus Kolumbien also?«

»Ja.«

»Und Heroin. Wer war da die Quelle?«

»Die Ndrangheta.«

»Das ist eine Gruppe in Italien, sagen Sie?«

»In Kalabrien, hhm.«

»Eine Gruppe, die mit der Mafia in Verbindung steht?«

»Ha?«

»Würden Sie sagen, daß die Ndrangheta mit der Mafia in Verbindung steht?«

»Ich würde sagen, sie *ist* die Mafia.«
»Aber nun zu Salvatore Riggio. Der war doch das Oberhaupt der Familie Carmine, oder?«
»Stimmt.«
»Und die Carmine, ist das nicht Ihre Familie?«
»Ja.«
»Und Louie Boffano gehört ebenfalls zur Familie Carmine?«
»Ja.«
»Aber Salvatore Riggio war nicht einverstanden mit Mr. Boffanos Beziehung zu diesen Gruppen?«
»Er hatte da so 'ne Macke.«
»Okay. Bitte sagen Sie uns noch einmal, Mr. DeCicco, was genau war seine Macke?«
»Daß wir nicht mit Drogen handeln dürfen. Das war das Gesetz.«
»Sie meinen, das ungeschriebene Gesetz der Familie?«
»Stimmt.«
»Warum war das ein Gesetz, Mr. DeCicco?«
»Keine Ahnung.«
Bozeman steht am Geländer des Zeugenstands. Er zwirbelt seinen Schnurrbart und wirft einen verschmitzten Blick zu den Geschworenen hinüber. »Das scheint ein etwas merkwürdiges Gesetz zu sein, nicht, Mr. DeCicco? Für eine kriminelle Organisation?«
»Keine Ahnung.«
»Nun, ich glaube, wir alle hier versuchen, uns Salvatore Riggio vorzustellen als diesen ... Kreuzritter gegen Drogen ...« Unterdrücktes Lachen im Gerichtssaal. »Hätten Sie Salvatore Riggio einen Kreuzritter gegen Drogen genannt?«
Gleason, der Bezirksstaatsanwalt, springt auf. »Einspruch. Wir verhandeln hier nicht gegen Salvatore Riggio.«
Bozeman zuckt die Achseln. »Die Anklage versucht, Salvatore Riggio als vorbildlichen Bürger darzustellen, um die

Geschworenen gefühlsmäßig gegen meinen Klienten einzunehmen.«
Der Richter gibt dem Einspruch statt. Worauf Boffano flüstert: »Was soll der Scheiß?«
Es ist nur ein Flüstern, aber doch so laut, daß jeder es hört. Richter Wietzel beugt sich zum Mikrofon. »Ich habe das nicht ganz verstanden, Mr. Boffano. Würden Sie das bitte wiederholen?«
Louie Boffano grinst ihn an. »Nicht unbedingt.«
Darauf der Richter: »Ich ermahne Sie hiermit noch einmal, Ihre Ansichten über dieses Verfahren für sich zu behalten.«
»He, ich versuch's ja, Euer Ehren. Ich versuch's ja wirklich.«
Wietzel macht ein finsteres Gesicht. Dann: »Sie können mit dem Kreuzverhör fortfahren, Mr. Bozeman. Aber bitte fragen Sie Mr. DeCicco nicht nach seiner Einschätzung von Mr. Riggios Moralität.«
Bozeman fragt Paulie: »Nun gut. Aber Tatsache ist, daß das ungeschriebene Gesetz der Familie Carmine großangelegten Drogenhandel verbietet?«
»Ja.«
»Und die Strafe für Zuwiderhandlung?«
»Tod.«
»Und Sie haben ausgesagt, Mr. Boffano sei Mitglied der Familie Carmine, seit Sie ihn kennen?«
»Ja.«
»Dreiundzwanzig Jahre?«
»Ja.«
»Ein guter Soldat der Familie?«
»Weiß nicht. Glaube schon.«
»Und trotzdem war er bereit, mit der tief verwurzelten Tradition des ›Keine Drogen!‹ zu brechen?«
»Ja.«
»Warum?«
»Geld.«

»Viel Geld?«
»Ja.«
»Irgendwo in Ihrer Aussage geben Sie an, es sei von einem Profit von einer Milliarde Dollar die Rede gewesen.«
»Ja, aber das war doch nur Gerede.«
»Nun, ich rede auch manchmal vom Geldverdienen, Mr. DeCicco. Aber ich rede nicht von einem Profit von einer Milliarde Dollar.«
»Nein? Ist Ihnen eine Milliarde Dollar vielleicht nicht genug? Ach, ich hab' ja ganz vergessen, Sie sind Anwalt.«
Richter Wietzel verzieht das Gesicht. »Meine Herren!«
Aber Bozeman kichert freundlich, seine gelben Zähne blitzen und sein Walroßschnauzer wippt ein wenig. Er sagt: »Sehr witzig, Mr. DeCicco. Ich muß sagen, Sie haben Humor.«
DeCicco zuckt die Achseln.
Bozeman sagt: »Sehr scharfsinnig. Wären Sie nun wohl auch so scharfsinnig, sich daran zu erinnern, wer dieses Gerede begonnen hat?«
»Ha?«
»Wer schlug Mr. Boffano vor, ins Drogengeschäft einzusteigen?«
»Hm, weiß ich nicht.«
»Ich glaube, Sie wissen es sehr wohl.«
Gleason brüllt: »Einspruch!«
Bozeman gibt mit freundlichem Lächeln nach. »Oh, Sie haben natürlich recht. Mein Fehler, mein Fehler. Mr. DeCicco, haben Sie nicht gestern ausgesagt, ein Mann, den Sie nur als den Lehrer kennen, habe eine Strategie für Verhandlungen mit dem Drogenkartell von Cali vorgeschlagen?«
»Vielleicht, aber er hat nicht –«
»Und war es nicht derselbe Lehrer, der auch Vorschläge für Verhandlungen mit der Ndrangheta hatte?«
»Ja, aber er –«

»Und war das nicht derselbe Lehrer, der Louie Boffano vorschlug, einen Tunnel zu Mr. Riggios Haus zu graben und ihn zu töten?«

»Ja.«

»Wer ist dieser Lehrer, Mr. DeCicco?«

»Keine Ahnung.«

»Ist er in diesem Gerichtssaal?«

»Keine Ahnung.«

»Wie sieht er aus?«

»Keine Ahnung.«

»Sie haben ihn nie gesehen?«

»Nein.«

»Haben Sie je mit ihm gesprochen?«

»Ja, aber da hatte er eine Maske auf.«

»Warum trug er diese Maske?«

Paulie DeCicco zuckt die Achseln.

Bozeman schlägt vor: »Vielleicht, weil er Ihnen nicht traute?«

»Kann schon sein.«

»Es *kann* sein?«

»Hm. Also, Louie hat mir einmal gesagt, daß der Lehrer mir nicht traut. Daß er glaubt, ich würde sie verpfeifen.«

»Und diese Prophezeiung hat sich bewahrheitet, nicht, Mr. DeCicco?«

»Glaub' schon.«

»Sie haben sie verpfiffen, und das ist der Grund, warum –«

»Einspruch«, ruft Gleason.

Darauf Bozeman: »Das ist seine Formulierung, Euer Ehren. Nicht die meine.«

Wietzel lehnt den Einspruch ab.

»Sie haben der Familie den Rücken gekehrt, Mr. DeCicco, so wie der Lehrer es vorausgesagt hat, richtig?«

»Ja.«

»Und tatsächlich hatte der Lehrer sehr oft recht, nicht?«

»Glaub' schon.«

»Diese Drogengeschäfte, verdiente die Familie damit viel Geld?«
»Ja.«
»Ein ziemlich kluger Kopf.«
»Ja.«
»Und doch weiß niemand, wer er ist?«
»Louie Boffano weiß es.«
»Sonst noch jemand?«
»Keine Ahnung.«
»Und eines Tages sagte dieser Lehrer, er könne einen Tunnel zum Haus von Salvatore Riggio graben, um ihn zu töten.«
»Genau.«
»Und Mr. Boffano sagte: ›Okay, wenn du willst, wenn du einen Tunnel graben willst, grab einen Tunnel?‹ Richtig?«
»Richtig.«
»Schließlich war der Lehrer der Chef, er konnte tun, was er wollte, oder?«
»Moment mal – der Lehrer war nicht der Chef.«
»Wirklich? Kennen Sie einen Fall, in dem der Rat des Lehrers nicht befolgt wurde?«
»Na ja, bei mir zum Beispiel. Ich meine, der Lehrer hat mir nicht getraut, aber Louie hat mich trotzdem behalten.«
»Wollen Sie damit sagen, daß der Lehrer trotz seiner Befürchtungen es Mr. Boffano gestattet hat, Ihre Dienste weiterhin in Anspruch zu nehmen?«
Lachen brandet im Gerichtssaal auf.
Paulie DeCicco sagt: »Er hat überhaupt nichts gestattet! Louie war der Chef! Er hat die Befehle gegeben!«
»Ich glaube, Sie meinen, daß Louie die Befehle ausgesprochen hat.«
»Was soll das heißen?«
»Wissen Sie, was eine Marionette ist, Mr. DeCicco?«
Gleason ist sofort auf den Beinen. »Einspruch!«
»Entschuldigung, Entschuldigung«, murmelt Bozeman und

geht zu seinem Tisch zurück. »Ich werde die Frage umformulieren.«
Er bückt sich hinter seinen Tisch und kommt mit einer Papiertüte wieder hoch. »Mr. DeCicco, wissen Sie, was das ist?«
Als er die Hand aus der Tüte zieht, steckt eine Stoffpuppe darauf. Mit schwarzen Haaren, einem Walroßschnauzer und finsterer Miene. Ein genaues Abbild ihres Herrn, Mr. Bozeman.
Bozeman hält sie in die Höhe. Er fragt laut: »Das ist eine Puppe, nicht?«
Überraschtes Aufatmen aus dem Zuschauerraum.
Die Puppe dreht sich, blickt Mr. Bozeman finster an und krächzt: »Nein, bin ich nicht! Ich bin der Chef! Du bist die Puppe!«
Dröhnendes Gelächter, und Wietzel schwingt heftig sein Hämmerchen. Er ist wütend. »Mr. Bozeman! Mr. Bozeman!«
Paulie DeCicco schreit: »Louie Boffano war keine Marionette!«
Die Puppe nickt Paulie bedeutungsschwer zu, wendet sich dann wieder ihrem Herrn zu und keift: »Genau. Da hörst du's.«
Richter Wietzel schreit: »Mr. Bozeman!«
Bozeman setzt ein dümmlich-verlegenes Grinsen auf und steckt die Puppe zurück in die Papiertüte. Aber die Puppe kämpft sich wieder heraus und schreit: »Entschuldigung, Euer Ehren!«
Der Richter donnert: »Mr. Bozeman, wollen Sie einen Zirkus aus diesem Verfahren machen? Ich belange Sie wegen Mißachtung des Gerichts! Noch eine solche ... Na schön! Ruhe! Ru-he! Zur Ordnung!«
Das Hämmerchen saust auf den Tisch.
»Für diese komödiantische Einlage werde ich ein Disziplinarverfahren gegen Sie einleiten, Mr. Bozeman. Noch eine

solche Vorstellung, und ich lasse Sie des Saals verweisen, haben Sie mich verstanden?«
Annie begreift nicht, warum er sich so aufregt. In ihren Augen hat Bozeman eine gute Show abgezogen. Sie wirft den Geschworenen links von sich und rechts von sich kurze Seitenblicke zu, weil sie wissen will, ob sie sich ebenso amüsieren wie sie.
Aber sie zeigen nicht einmal die Andeutung eines Lächelns. Ach, seid doch nicht so verkrampft, denkt sie. Lacht ein bißchen! Dieser Mistkerl Bozeman hat uns doch eben etwas gegeben, mit dem wir arbeiten können. Müßt ihr denn so spießig sein, könnt ihr nicht hin und wieder mal einen schlechten Witz würdigen, wenn er dazu dient, einen Unschuldigen freizubekommen?

Der Lehrer sitzt bei leichtem Nieselregen im Lotussitz auf dem Dach der Familiengruft der Boffanos und beobachtet die Näherkommenden, Louie Boffanos Bruder Joseph und sein Leibwächter. Er sieht zu, wie sie über den mit Marmorengeln gesäumten Pfad heranschlendern.
Joseph sieht sich immer wieder um. Er ist nervös. Aber er ist immer nervös. Vor allem außerhalb seines vertrauten Viertels in Astoria. Obwohl er wahrscheinlich gerade in Astoria eines Tages eine Kugel abbekommen wird – vielleicht sogar in seiner eigenen Auffahrt oder in dem Delikatessengeschäft an der Ecke, oder vielleicht drei Häuser weiter bei seinem Bruder Louie.
Oder vielleicht, überlegt der Lehrer, in seinem Schlafzimmer, so wie der arme Salvatore Riggio.
Der Lehrer zieht sich die Haube über den Kopf. Sie sitzt straff und hat Schlitze für Mund und Augen. Er wartet, bis seine Besucher die Umfriedung unter ihm erreichen, Joseph ein hastiges Kreuzzeichen gemacht hat und auf die Stufen zugeht. Dann steht der Lehrer auf, sieht zu ihnen hinunter und sagt: »Hallo, Joseph.«

Die beiden greifen in ihre Jacketts nach den Waffen. Ihr Blick zuckt nach links und nach rechts, aber keiner von beiden denkt daran, nach oben zu sehen. Joseph springt die Stufen hoch und sucht im Portal der Gruft Deckung.
Dürftige Deckung allerdings.
Von einem Ast des roten Ahorns, der das Dach überschattet, pflückt der Lehrer einen zweiflügeligen Samen. Er hält ihn über das glänzende Ziel von Josephs kahler Stelle und läßt ihn los. Er schwirrt nach unten, fällt wie eine winzige Bombe. Und dreht erst im letzten Augenblick ab. Trudelt Joseph vor die Augen. Er springt zurück und schlägt sich den Kopf am Marmor der Gruft an.
»Scheiße.«
Der Lehrer sagt: »Ganz ruhig, Joseph. Ganz ruhig.«
Joseph wirbelt herum und wirft den Kopf zurück. Starrt mit seinen kleinen Eichhörnchenaugen zum Lehrer hoch. Zielt auf ihn mit der Halbautomatik, die in seiner Hand zittert.
Der Lehrer lächelt zu ihm hinunter. Er sagt: »Wäre es meine Absicht gewesen, dich zu töten, hätte ich es sofort getan. Da würdest du jetzt schon da unten vor deiner letzten Ruhestätte liegen. Willst du lieber die Koje unter oder über deiner seligen Mutter?«
»Mach, daß du von unserer Scheißfamiliengruft 'runterkommst.«
»Ich glaube, du meinst die Scheißgruft deiner Familie. ›Scheißfamilie‹ hast du wohl kaum sagen wollen.«
Der Lehrer bemerkt, daß Josephs Leibwächter Frankie sich ein Lächeln verkneifen muß. Gut. Für einen Schläger ist er ein ziemlich hochentwickeltes Exemplar. Gescheiter, schmalgesichtiger Junge. Unerschütterlich, anmutig in den Bewegungen, mit einem gewissen Humor. Hebt sich wohltuend ab von Boffanos großer Herde aus Eseln und Böcken.
Der Lehrer sagt: »Wie geht's, Frankie?«
Frankie zuckt die Achseln. »Nicht schlecht.«
»Gehst du noch immer mit diesem irischen Mädchen?«

»Molly? Ja. Woher –«
»Jemand hat mir ein Foto gezeigt. Sie ist großartig. Kannst du fangen?«
Der Lehrer zieht einen länglichen, braunen Karton hervor. Er wirft ihn behutsam nach unten.
»Scheiße«, sagt Frankie, fängt ihn aber. Er öffnet ihn und findet darin eine Orchidee.
»*Lycaste skinneri*«, sagt der Lehrer. »Frisch gepflückt. Riechst du das? Leg sie heute nacht neben das Kopfkissen, wenn du's mit der Kleinen treibst. Sie wird nicht genug von dir kriegen, Junge.«
»Toll, Mensch«, sagt Frankie. »Vielen Dank.«
Joseph murmelt: »He, das ist ja großartig, Frankie, jetzt hast du einen eigenen Floristen.« Und dann zum Lehrer: »Hast du nicht gehört, was ich gesagt habe? Mach, daß du 'runterkommst.«
Der Lehrer hält sich am Sockel des Steinengels in der einen Ecke des Säulengebälks fest und schwingt sich behende über den Rand. Er steckt einen Fuß in das Eisengitter vor dem kleinen Fenster, faßt nach einem Mauervorsprung und läßt sich zu Boden gleiten.
Joseph sagt: »Was hast du überhaupt da oben gemacht?«
Der Lehrer antwortet nicht.
Joseph sagt: »Du wolltest sichergehen, ob ich nicht verfolgt werde. Hör mal, du Arschgesicht. Wenn ich verfolgt werde, weiß ich das.«
»Joseph. Sag mir einfach, warum du mich sehen wolltest.«
»Warum? Weil ich gehört habe, daß du mit den Geschworenen herummachst.«
»Ach so. Vielen Dank für die Mitteilung.«
Joseph deutet mit dem Zeigefinger auf ihn. »Schnauze, du Drecksack! Ich brauche deine Klugscheißerei nicht.«
»Ich hab's vernommen.«
»Und ich will nicht, daß du mit den Geschworenen herummachst. Es ist zu riskant.«

»Wär' dir was Sicheres lieber, Joseph? Zum Beispiel, daß dein Bruder für den Rest seines Lebens einsitzt – und du dann zum Familienoberhaupt wirst?«

»Mein Bruder wird freikommen, du Arschloch.«

»Soweit ich weiß, haben sie heute ein Band abgespielt –«

»Wen schert denn dieses Band? Wenn Bozeman damit fertig ist, wird's nicht mehr wie 'ne Mordverschwörung klingen. Dann klingt's bloß noch wie die Muppet-Show. Ich meine, vergiß diesen Prozeß. Diese Typen, Gleason, das verdammte Westchester County, das sind doch alles Amateure. Das ist nicht das FBI. Das ist nicht mal 'ne verdammte Spezialeinheit – bloß eine Handvoll Provinztrottel, die sich für Bundescowboys halten und uns diese lächerliche, an den Haaren herbeigezogene Mordgeschichte auftischen wollen.«

»So ist's recht, Joseph, das ist der richtige Geist. Aber ich habe gehört, daß Bozeman selber sagt, wir werden in dieser lächerlichen Mordgeschichte verlieren.«

»Der deckt doch nur seinen eigenen Arsch.«

»Und ich decke deinem Bruder den Arsch.«

Joseph kneift die Augen zu dünnen Schlitzen zusammen.

»Also, welcher Geschworene, du Pfeife?«

Der Lehrer grinst ihn an.

»He«, sagt Joseph. »Wenn ich dich was frage, antwortest du besser. Wenn mein Bruder im Gefängnis ist, bin ich der Chef der Familie.«

»Aber nicht mein Chef.«

»Du bekommst Geld von meiner Familie.«

»Ich bekomme viel Geld von deiner Familie, Joseph, aber du bist trotzdem nicht mein Chef. Dein Bruder weiß, was ich tue.«

»Ja, meinen Bruder hast du dir um den Schwanz gewickelt. Um deinen schrumpeligen Stummelschwanz. Aber mich nicht. Ich mag dich nicht. Ich mag deine verdammte Faschingsmaske nicht. Warum zeigst du dein beschissenes Gesicht nicht?«

»*Der beste aller Führer,* sagt Laotse, *ist der, von dem man nichts weiß.*«

»Was? Du blöder Scheißkerl, dir trau' ich nicht über den Weg. So ein richtiger Besserwisser, das bist du. Ich mag diese Scheiße nicht, in die du und mein Bruder uns hineinreitest. Diese Ndrangheta-Scheiße, diese Cali-Scheiße. Und weißt du, was ich sonst noch nicht mag? Ich mag es nicht, Normalbürger unter Druck zu setzen.«

»Ach, Joseph, was für ein zartfühlendes Herz du doch hast! Es ist eine Schande, daß man dich erst heiligsprechen kann, wenn du tot bist.«

Frankie kichert.

Joseph wirft dem Jungen einen bösen Blick zu, und das Kichern verstummt.

Dann tritt Joseph nahe an den Lehrer heran. »Laß mich dir nur noch eins sagen, du Arsch.«

»Okay, Joseph. Nur noch eins. Schieß los.«

Josephs geblähte Nasenlöcher zittern. Sein Atem riecht faulig, und der Gestank dringt unter die Maske des Lehrers.

»Wenn sie meinen Bruder ins Kittchen stecken, dann läufst du besser um dein beschissenes Leben. Am besten gehst du gleich ins Wasser, du blöder Wichser.«

Oliver kommt, wie jeden Mittwoch nachmittag, auf seinem Fahrrad vom Lacrosse-Training zurück. Als er das Rad auf die Veranda trägt, hört er das Telefon klingeln. Mom hebt ab.

»Hallo? Hi, Juliet ...«

Normalerweise fängt seine Mutter, wenn sie mit Juliet redet, sofort zu kichern an, aber diesmal nicht. Diesmal bleibt ihre Stimme glatt und kalt wie Glas.

»Nein. Heute abend? Nein ... Haben wir? Tut mir leid, hab' ich vergessen ...«

Oliver tritt in die Küche. Sie legt ihre Hand über den Hörer und sagt zu ihm ohne ein Wort der Begrüßung: »Such deine schmutzige Wäsche zusammen. Wir gehen in den Waschsalon.«

Er geht durchs Fernsehzimmer zur Treppe. Doch dort bleibt er stehen. Er will mithören.

»Nein, Juliet, das ist nett von dir«, sagt Mom. »Aber heute abend muß ich wirklich meine Wäsche waschen ... Mir geht's gut ... Nein, der Kerl war eben nicht ... ich meine, es hat einfach nicht funktioniert. Juliet, ich sag dir's doch, ich habe keine Lust ... Na, ich hab auch 'nen engen Terminplan ... Ja, ich glaub's ja. Ich glaub's ja, daß es eine tolle Geschichte ist. Aber weißt du, ich will sie eigentlich nicht hören. Ich meine, also ganz ehrlich, ich will nicht schon wieder von einer deiner Eskapaden hören. Es klingt ja, als würd's dir Spaß machen, aber es klingt, ich meine, willst du denn nie jemandem wirklich nahekommen? Ich meine, bekommst du diese Abenteuer nicht langsam satt?«

Oliver steht im Fernsehzimmer und betrachtet den Rücken seiner Mutter. Sie lehnt an der Hintertür und sieht hinaus ins Abendlicht. Sie sagt: »Nein, ich bin nicht ... Ich bin nicht ... Ich bin *nicht*, mein Gott. Es ist nur, es klingt nach hohlem Sex, nach sonst nichts. Als ginge es dir bloß um irgendeine Nummer. Willst du denn nie erwachsen werden? ... Na gut, Juliet, wenn es mich nichts angeht, dann erzähl mir nichts davon. Ich will nichts davon hören, und, offen gesagt, ich will nicht, daß mein Sohn etwas mitbekommt von dieser verqueren ... Nein, das Problem hast du. Du glaubst, du kannst herkommen, wann immer du Lust hast, und mir irgendeine verdrehte Geschichte erzählen, aber was ist denn das für ein Leben, das du führst? Hör zu, ich will nicht –«

Einen Augenblick lang steht sie stumm da, dann nimmt sie den Hörer vom Ohr. Oliver hört das betrübte Jaulen des Freizeichens. Sie legt auf. Dann dreht sie sich schnell um und sieht hin. Ihr Gesicht ist rot, vor Zorn und Erregung. Aber ihre Stimme ist immer noch kühl und sachlich, als sie zu ihm sagt: »Nicht. Starr mich nicht an.«

Slavko Czernyk schiebt Wache, er sitzt in seinem Auto und beobachtet Eben Racklands Reihenhaus. Versucht, wach zu bleiben. Hört WFAN. Das Thema der heutigen, lebhaften Diskussion: Fördert die Gehalts-/Bonus-Struktur bei den New York Giants im Angriff eine optimale Balance zwischen Frontlinie und Hinterfeld? Anscheinend hat sich jeder Trottel in Stadt und Umland seit Monaten über nichts anderes Gedanken gemacht. Kerle mit der Intelligenz von Stiefelknechten produzieren sich mit zwanzigminütigen Beiträgen.

Slavko gräbt sich die Fingerknöchel tief in die Augenhöhlen, versucht, Langeweile und Müdigkeit zu verscheuchen. O Gott! Wie spät ist es? Zwanzig Uhr fünfunddreißig. *Erst?* Um Mitternacht mach ich auf jeden Fall Schluß. Hier passiert sowieso nichts.

Slavko ist der festen Überzeugung, daß das Konzept der Überwachung von Satans Gehilfen erfunden wurde, um ihm noch in seinem irdischen Leben die schlimmstmögliche Strafe aufzuerlegen.

Slavko schraubt die Thermoskanne auf und trinkt einen Schluck Kaffee.

Im Radio meint ein Sportfan: »Meiner Ansicht nach, Jerry, liegt das Problem an dem Übermaß von Leistungsklauseln in den mehrjährigen Verträgen, vor allem –«

Slavko rammt das Knie gegen den Aus-Knopf. Schneidet dem Trottel das Wort ab. Sitzt in der Stille. Schraubt noch einmal die Thermoskanne auf. Trinkt noch einmal Kaffee. Zwanzig Uhr sechsunddreißig. O Gott!

Sein Leben funktioniert einfach nicht.

Natürlich, wenn ich geduldig bin, werde ich irgendwann einmal sterben und darf dann noch einmal anfangen. Aber was ist, wenn sie mir eine Bonus-Runde verweigern? Wenn man bedenkt, wie bös ich schon diesen Durchgang vermasselt habe …

Er trinkt einen Schluck Kaffee.

Ein unbehagliches Gefühl, das er sich nicht recht erklären kann. Ein Schatten? Jemand klopft auf der Beifahrerseite ans Fenster.

Er schreckt hoch, läßt aber wie durch ein Wunder die Thermoskanne nicht fallen.

Es ist Sari, wie sich herausstellt. Die ihn anlächelt. Er beugt sich hinüber und entriegelt die Tür.

»Was tun Sie denn hier?« fragt er, als sie sich neben ihn setzt.

»Heh, ich bin Ihr Chef«, sagt sie. Heute abend trägt sie einfache Jeans und ein Sweatshirt. Ist aber deswegen kein bißchen weniger großartig als beim letzten Mal. Sie sagt: »Ich wollte nur mal sehen, ob Sie auch was tun für Ihr Geld. Außerdem habe ich mir gedacht, daß Sie vielleicht Hunger haben. Daß Sie vielleicht ein Sandwich mögen.«

»Danke, aber mein Gott –«

»Ja, und außerdem ist mir allein zu Hause die Decke auf den Kopf gefallen.«

»Wo steht Ihr Auto?«

»In einer Parallelstraße. Ich wollte nicht, daß *er* mich sieht. Was treibt mein Junge denn? Ist er heute abend ein braver Junge?«

Sie wirft einen Blick zu Ebens erleuchtetem Fenster hoch. Als Slavko nicht antwortet, wendet sie sich wieder ihm zu. »Ist das okay, wenn ich hier bei Ihnen sitze? Ich meine, es stört doch nicht …«

»Schon in Ordnung.«

Er riecht ihr Parfum, folgt den Bewegungen ihrer langen, schmalen Hände. Er denkt, wie sehr er sich seines Autos schämt, dieses vergammelten, verrosteten 1980er Ford Granada, den er Bussard nennt und der getränkt ist vom Gestank Tausender Lucky Strikes und über Jahre eingesickerter Auspuffgase. Zu Saris Füßen türmen sich Reklameprospekte, Einwickelpapier von schmierigen Hamburgern und zwei Bierflaschen. Unter seinen Füßen ist ein fünfzehn mal fünf Zentimeter großes Loch: Der Boden ist einfach durchgerostet. Normalerweise versteckt er es unter einem alten Stück Linoleum, aber als er heute nach einem Vierteldollar suchte, um eine Maut zu bezahlen, muß er es verschoben haben, denn es ist nicht, wo es sein soll, und er muß den Riß mit seinem Schuh abdecken. Damit Sari nicht das Licht bemerkt, das von unten hereindringt.

Aber sie würde es sowieso nicht bemerken. Es ist ihr nicht wichtig. Das einzige, was ihr wichtig ist, ist Eben Racklands erleuchtetes Fenster.

Sie sagt: »Ich weiß, daß es falsch ist, ihn auszuspionieren. Aber irgendwie geht es mir besser dabei. Einfach nur hierzusein. Heh, wollen Sie dieses Sandwich? Es ist Roastbeef. Ich dachte, Sie sind bestimmt kein Vegetarier.«

»Sari.«

»Was?«

»Ich glaube nicht, daß Ihr Freund zu Hause ist.«

Sie sieht noch einmal zum Fenster hoch. Und kontrolliert dann die Parkbuchten. »Nein, er muß da sein«, sagt sie. »Ich meine, da drüben steht sein Auto.«

Sie deutet auf den schicken roten Lotus.

Slavko sagt: »Na ja, das steht da, seit ich hier bin. Seit fünf.«

Sie überlegt. »Hm. Vielleicht ist er heute gar nicht zur Arbeit gefahren. Er ist ganz sicher da oben, Mr. Czernyk. Er hat mich vor drei Stunden von hier aus angerufen.«

»Wirklich? Nennen Sie mich doch Slavko. Was hat er gesagt?«

»Das gleiche wie immer. Es tut ihm leid, aber er habe viel zu recherchieren, für diese neue Klientin, und daß er nicht wegkann –«

Er unterbricht sie. »Das Licht da oben im Fenster ging um achtzehn Uhr siebenunddreißig an.« Er zieht sein kleines schwarzes Notizbuch aus der Tasche. »Achtzehn Uhr siebenunddreißig und zwölf Sekunden, nach meiner Uhr.«

»Und?«

»Um achtzehn Uhr zweiundvierzig und zwölf Sekunden, genau fünf Minuten später, ging das Licht über der Eingangstür an. Und um achtzehn Uhr zweiundfünfzig und zwölf Sekunden das Licht unten.«

»Und was soll das –«

»Das heißt, daß nicht Ihr Freund das Licht eingeschaltet hat, sondern ein elektronischer Timer. Den ganzen Abend gab's da oben kein Geräusch, keine Bewegung, keinen Schatten, nichts. Ich glaube nicht, daß da oben jemand ist.«

»Wo ist Eben dann?«

»Gute Frage.«

Plötzlich öffnet sie die Tür. Im Schein der Deckenlampe sieht er deutlich ihren Zorn. »Wenn der nicht da ist ...« murmelt sie.

Sie steigt aus, schließt die Tür und marschiert über die Auffahrt zur Haustür des Reihenhauses. Sie drückt auf die Klingel.

Slavko greift nach dem Sandwich, das sie mitgebracht hat, und wickelt es aus.

Er sieht, wie sie die Klingel mit dem Finger bearbeitet.

Sie trommelt mit den Fäusten gegen die Tür. Sie ruft den Namen ihres Freundes.

Slavko schüttelt den Kopf und denkt, nein, Schätzchen, er ist nicht da. Unser kleiner Ebenezer, er hat sich verdrückt, hat sich aus seinem eigenen Leben verdrückt. Einer dieser Typen. Schlechte Nachrichten. Und zwar immer. Diese Typen! Ich bin mir sicher, wenn du das nächste Mal mit ihm redest, hat er 'ne perfekte Erklärung für sein Verhalten, aber egal, was er sagt – glaub ihm nicht.

Oliver sitzt in einem der Plastikschalensessel im Waschsalon und versucht, seine Hausaufgaben zu machen. Aber es ist schwer bei dem Lärm, den die Waschmaschinen und Trockner machen und diese Familie mit den fünf blassen Kindern, die eine Version von *American Gladiators* spielen. Und sich gegenseitig an die Schlackensteinwand schleudern. Schließlich legt Oliver sein Buch weg und nimmt ein eselsohriges, verkritzeltes *Highlights for Children* in die Hand.

Auch daran verliert er schnell das Interesse, und er versucht es mit einem *People*-Magazin.

Dann spielt er mit der Kordel seines Parkas und wickelt sie sich um die Hand. Er späht in den Mahlstrom einer laufenden Maschine.

Die Mutter der Kinder herrscht sie an, nicht so herumzutollen. Sie ignorieren sie. Was für eine Schlampe, und was für eine Horde die hat! Die sind alle so unheimlich blaß, daß sie fast blau aussehen.

Oliver nimmt sein Mathematikbuch und sein Heft, durchquert den Salon und setzt sich neben seine Mutter.

Sie arbeitet sich durch einen Stapel Zeitschriften. Die *Times*, die *Post*, die *News*, den *Reporter Dispatch*, die *News-Times*. In jeder blättert sie sofort zu dem Artikel über den Prozeß, alles andere ignoriert sie. Sie liest. Sie sagt nichts, ihr Gesicht ist ausdruckslos.

»He, Mom.«

»Ja.« Sie hebt den Kopf und starrt ihn direkt an, aber sie scheint ihn nicht zu sehen. Dann wendet sie sich wieder ihrem Artikel zu.

Er sagt: »Ich habe gewartet, bis du wieder bessere Laune hast.«

»Hhm-hm.«

»Also, ich muß dir was zeigen.«

Er zieht den Mathematiktest aus seinem Heft und gibt ihn ihr. Auf dem Blatt wimmelt es von grellroten Tintestrichen. Am oberen Rand steht die Note: Siebenunddreißig Punkte. Sie wirft einen flüchtigen Blick auf die erste Seite. Die zweite. »Okay. Das ist gut.« Sie gibt ihm den Test zurück.

»Du mußt unterschreiben«, sagt er.
»Ich hab' keinen Kuli.«
»Da.« Er gibt ihr einen. Sie unterschreibt. Gibt ihm Test und Kuli zurück und vertieft sich wieder in ihre Lektüre.
»Mom, wirst du dich daran erinnern, daß du es unterschrieben hast? Wenn sie dich anruft?«
»Wenn mich wer anruft?«
»Meine Lehrerin.«
»Okay.«
»Du wirst dich daran erinnern?«
»Ja.«
»Mom, sagst du denn gar nichts? Ich habe siebenunddreißig Punkte.«
Keine Antwort.
»Siebenunddreißig von hundert, Mom.«
»Willst du, daß ich was sage?« Sie wirft ihm einen verbitterten, mürrischen Blick zu und sagt: »Mach nur weiter so.«
Die Mutter der blauen Kinder zerrt ihre Wäsche aus einem Trockner. Ihre Kinder knallen immer noch gegen die Wand.
Mom faltet die Zeitung zusammen, in der sie gelesen hat. Sie legt sie auf den Schalensitz neben sich.
»Was sollte ich denn sagen, Oliver? Sollte ich sagen: ›Ach, Oliver, du gibst dir einfach nicht genug Mühe. Es ist doch nicht so schwer, warum konzentrierst du dich nicht?‹ Willst du das hören? Aber warum sollte ich mir die Mühe machen? Du weißt es so gut wie ich, du weißt, was du alles schaffen könntest, wenn du dir nur Mühe geben würdest. Aber du tust es nicht. Du zeichnest lieber deine Drachen, und der Rest ist dir egal. Der Rest macht keinen Spaß, und deshalb sitzt du lieber da und starrst diesen Mathetest an und träumst davon, daß du ein Künstler sein willst wie deine Mom. Und was soll's, daß du dann nie Geld hast? Was soll's, wenn du dir beschissen vorkommst, weil du deine Stromrechnung nicht bezahlen kannst und den ganzen Tag am

Computer schuften mußt und du nirgends hinfahren kannst, weil dein Auto kaputt ist und du kein Geld für die Reparatur hast? Wen kümmert denn das? Du bist ja *Künstler.* Du kannst einfach dasitzen und das Leben anstarren, das alle anderen führen. Bis du tot bist.«

Sie wird immer lauter und lauter, und ihre Stimme ist durchzogen von einer Doppelhelix aus Rasierklingen, und das ist die längste Rede, die er je von ihr gehört hat. Ihr Trockner hat aufgehört, was bedeutet, daß im Augenblick keine Maschine mehr läuft. Im Waschsalon ist es ganz still. Die blassen Bälger spielen nicht mehr, sondern starren Mom an wie Touristen. Sogar ihre Mutter hat aufgehört, den Trockner zu entladen, und schaut mit dem gleichen unverschämten Blick herüber.

»Und was soll's«, sagt Mom, »wenn jede wichtige Entscheidung in deinem Leben von Leuten getroffen wird, die du nicht einmal kennst? Von Arschlöchern wie all diesen Kuratoren und Sammlern, die Kunst nicht von der Tapete hier unterscheiden können. Ich meine, wenn das deine Meinung ist, Oliver, wenn du denkst, was soll's – was soll ich dann dagegen tun? Du willst dir von diesen Mistkerlen sagen lassen, daß du Mathe nicht bestehst? Was soll ich da tun? Niemand kann diese Schweine davon abbringen außer du selber. *Du* mußt den Mut haben. Wenn du dir von den Mistkerlen sagen lassen willst, wer du bist, kann ich dir nicht helfen. Ich kann dir nicht helfen! Ich kann dir nur zeigen, was sie mir angetan haben.«

»Mom«, sagt er.

»Was sie mir immer noch antun.«

»Mom.«

»Was?«

»Du … du mußt aufhören.«

Sie hört auf. Und starrt ihn böse an.

Er steht auf, läßt Mathebuch und Heft zu Boden fallen, geht an der glotzenden, käsebleichen Familie vorbei, bahnt sich

einen Weg zur Tür. Er geht hinaus in die herbstliche Dunkelheit. Geht auf den Grand-Union-Supermarkt zu und bleibt dann vor einem blöden mechanischen Pferd für kleine Kinder stehen. Er weint, er kann nichts dagegen tun. Bitte laß jetzt keins der Kinder aus der Schule vorbeikommen. Er steht da mit gesenktem Kopf, schluchzt laut, und ein älterer Kerl fragt ihn, ob er okay ist.
»Ja«, sagt er.
»Du hast dir doch nicht wehgetan, oder?«
»Laß mich in Ruhe, okay?« Er läßt ein wenig von der Gemeinheit in der Stimme seiner Mutter mitschwingen, und es funktioniert, der Kerl verschwindet. Nach einer Weile hebt Oliver den Kopf und sieht seine Mom auf den Subaru zugehen, den Wäschekorb unter dem einen Arm, seine Schulbücher im anderen.

Annie wirft Wäsche und Bücher in den Kofferraum ihres Autos. Schließt die Hecktür und geht auf den Grand Union zu, vorbei an Oliver, der immer noch das Pferdchen anstarrt, als wolle er darauf reiten.
»Oliver«, sagt sie knapp. Ihre Stimme hallt auf dem dunklen Parkplatz.
»Was?«
»Komm. Sofort.«
Im Grand Union stürmt sie durch die Gänge, mit Oliver im Schlepptau. Den einen Gang hinunter, den anderen hinauf. Da sie nicht nur keinen Appetit hat, sondern einen richtigen Ekel vor Essen, muß sie, sooft sie etwas in den Wagen legt, ihren ganzen Willen aufbieten. Kein frisches Gemüse. Sie hat keine Lust, Gemüse zu schnippeln. Aber Rice-a-Roni, klar doch, vier Dosen. Rice-a-Roni hat sie nicht mehr gehabt seit diesem einen Sommer bei ihrer Tante in Pittsburgh. Eine ganze Latte Lean-Cuisine-Tiefkühlmenüs und Stouffer's Pizza. Oliver trottet mit gesenktem Kopf neben ihr her. Ein- oder zweimal fragt sie ihn, was sie nehmen soll, aber

ihm ist es egal. Vor den Frühstücksflocken bleiben sie stehen. Ein fetter Kerl mit aufgedunsenem Gesicht in einer neonfarbenen Windjacke kommt nicht an ihrem Wagen vorbei, und sie schiebt ihn für den Mann zur Seite. Zu Oliver sagt sie: »Nimm, was du willst.«
Er zuckt die Achseln.
Sie packt eine Schachtel Corn Chex, wirft sie in den Wagen.
Eine Stimme sagt: »He, ich kenne Sie.«
Sie dreht sich um. Der Mann mit dem aufgedunsenen Gesicht hat sie angesprochen. Gebrochene Nase. Der eine Wangenknochen sieht aus, als hätte ein riesiger Daumen ihn eingedrückt. Er lächelt Oliver freundlich an. Und sagt zu Annie: »Sie sind die Künstlerin. Die Lady mit den Kisten.«
Er kichert fröhlich. Aber woher kennt er sie bloß? Wahrscheinlich von der kleinen Ausstellung, die sie vergangenes Jahr in der Bibliothek von Pharoah hatte.
»Kennen wir uns aus der Bibliothek?« fragt sie.
»Nein, aus der Bäckerei, wissen Sie nicht mehr? Wir kennen uns aus der Bäckerei.«
Sie zwingt sich zu atmen. Was soll sie jetzt tun? Was wird von ihr erwartet? Sie erinnert sich einfach nicht.
Der häßliche Mann sieht Oliver an und fragt: »Ist das Ihr Junge?«
Er will, daß sie Oliver los wird.
»He, Liebling, wir brauchen ... wie heißen diese gefrorenen Dinger, die du so gerne magst?«
»RoboPops?« murmelt Oliver.
»Geh und hol welche.«
Er trottet davon. Wie ein Schlafwandler.
Sobald er außer Hörweite ist, sagt der Mann: »Morgen. Am frühen Vormittag. Wissen Sie, wo der Park & Ride ist? In Banktree? Bei der 684?«
»Hm.«
»Sie müssen es *wissen*.«
»Ich weiß es.«

»Warten Sie dort. Ich komme hin, und Sie steigen in mein Auto. Okay?«

»Ja.«

»Sind Sie okay?«

»Ja.«

»Sie sehen ziemlich mitgenommen aus.«

»Mir geht's gut.«

»Was habe ich gesagt?«

»Auf dem Park & Ride bei der 684. Ich warte und dann ... steige ich bei Ihnen ein.«

»Richtig.«

Er sieht aus, als wollte er gehen, aber er geht nicht. Er sagt: »Hören Sie, es wird Ihnen nichts passieren. Er wird sich um Sie kümmern. Er ist ein guter Kerl. Ich meine, er kann schon hart sein. Wenn jemand ihn aufs Kreuz legt, dreht er durch. Aber wenn Sie tun, was er sagt, passiert Ihnen nichts.«

Sie steht nur da und versucht, ihre Atmung unter Kontrolle zu bekommen.

Er sagt: »Ich habe auch ein Kind. Eins, das nur ein bißchen älter ist als Ihres. Ich weiß, was Sie durchmachen.«

Dann schiebt er langsam seinen Wagen davon, den Gang hoch.

»Wie heißen Sie?« fragt sie.

Er dreht sich um. »Was?«

»Wie heißen Sie?«

»Sie brauchen meinen Namen nicht zu wissen. Wie könnte ich – ich kann Ihnen meinen Namen nicht sagen.«

»Wie soll ich Sie dann nennen?«

»Überhaupt nicht. Nennen Sie mich, wie Sie wollen. Nennen Sie mich – –« Er sieht sich um und sein Blick fällt auf eine Auslage mit Johnny-Appleseed-Müsli. »Nennen Sie mich Johnny Appleseed, mir ist's egal.«

Oliver kommt mit zwei Packungen RoboPops zurück.

Sie sagt: »Okay, Johnny. Vielen Dank. Vielen Dank für das, was Sie gesagt haben.« Sie denkt, wenn du sie dazu bringen kannst, dich zu mögen, wenn du ihnen zeigen kannst, wer du bist und wer Oliver ist, dann tun sie dir vielleicht nichts.

Slavko wartet, bis Sari wieder eingestiegen ist, die Tür geschlossen hat und weinend den Kopf in die Hände stützt. Er gibt ihr eine fettige Serviette. Etwas anderes hat er nicht. Weil er nicht weiß, was er sagen soll, hält er den Mund. Er hätte nichts dagegen, sie in den Arm zu nehmen, aber das ist wahrscheinlich auch nicht angebracht.

Sie nimmt sich zusammen, atmet tief durch und schüttelt traurig den Kopf. Slavko denkt, vielleicht sollte ich jetzt etwas sagen. Aber dann verzieht sich wieder ihr Mund. Die Tränen rinnen ihr aus den Augen, sie heult und schlägt mit den Fäusten auf das Armaturenbrett.

Es dauert lange, bis sie sich wieder gefangen hat.

Schließlich sagt sie: »Erzählen Sie mir etwas.«

»Was?«

»Irgendwas. Reden Sie mit mir. Erzählen Sie mir eine Geschichte.«

»Was könnte ich Ihnen denn erzählen?«

Langes Schweigen.

»Erzählen Sie mir von ihr«, sagt sie.

»Von wem?«

»Sie haben doch gesagt, daß Sie das auch schon durchgemacht haben. Also, wer war sie? War sie eine krankhafte Lügnerin? Wie dieser Mistkerl von meinem Freund?«

»Nein. Sie war ... sie hat mich einfach nicht geliebt. Sie ist Ärztin. In einem Krankenhaus. Im St. Ignatius, kennen Sie das? Juliet heißt sie. Wir sind nur eine Weile miteinander gegangen, vielleicht einen Monat oder zwei.«

»Wie lange ist das her?«

»Fast ein Jahr.«

»Mein Gott. Und Sie denken noch immer an sie?«

»Nein, nein, jetzt nicht mehr so viel. Ich meine, inzwischen können schon fünf oder sechs Sekunden vergehen, ohne daß ich an sie denke.«

Sari kichert, zieht die Nase hoch.

Sie fragt ihn: »Und warum hat sie Sie nicht geliebt?«

»Ziemlich unglaublich, nicht?«

Er greift an ihr vorbei zum Handschuhfach. Die Klappe schwingt auf, und er zieht eine kleine Flasche Jim Beam heraus.

Er sagt: »Ich trinke zwar nicht gerne bei der Arbeit, aber ich bin mir nicht sicher, ob ich überhaupt noch bei der Arbeit bin. Wollen Sie einen Schluck?«

Er deutet ihre Kopfbewegung als Nicken. Er schraubt den Deckel ab, gibt ihr die Flasche, und sie nimmt einen Schluck. Es überrascht ihn, wie kräftig sie anzieht. Als sie die Flasche zurückgibt, murmelt sie: »Slavko, wenn es Ihnen schwerfällt, darüber zu reden ...«

»Nein, schwer war es nur, darüber hinwegzukommen. Darüber reden macht mir eigentlich gar nichts aus.« Er trinkt ebenfalls einen großen Schluck. »Sie wollte etwas anderes. Sie wollte einen Dichter oder sowas. Kennen Sie Derek Walcott?«

»Nein.«

»Na, also ich würde ihn auch nicht kennen, wenn sie mich nicht dazu gebracht hätte, ihn zu lesen. Er ist ein Schwarzer. Er kommt aus der Karibik, er hat eine tanzende Seele, er ist Sex pur, er schreibt all diese Gedichte, die ich nicht mal verstehe, er ist der Typ, den sie will, und das ist ja okay, das macht ja nichts, aber warum hat sie mich dann nicht einfach in Ruhe gelassen?«

»Aber das hat sie doch, oder?«

»Ja. Als es zu spät war. Als ich schon verknallt war in sie wie jeder andere auch.«

Er zuckt die Achseln. Er erzählt Sari von seinem Verknalltsein, und er trinkt einen Schluck Schnaps, und sie trinkt einen Schluck Schnaps, und als er das nächste Mal auf die

Uhr am Armaturenbrett sieht, ist es fast elf und zwei Stunden sind vergangen wie im Flug.
Und Sari erzählt ihm, wie sie zum erstenmal eine gewisse Distanziertheit in Ebens Verhalten bemerkt hat. »Aber so subtil, daß ich geglaubt habe, ich bilde mir etwas ein, kennen Sie das?«
»Ja«, sagt er. »Gott, und wie ich das kenne. Man hofft, daß man sich etwas einbildet, aber in Wirklichkeit weiß man, daß etwas nicht stimmt. Man weiß, daß man verliert.«
»Ja. Es ist, als wäre alles sonnig und perfekt, aber man spürt diesen winzigen Hauch eines kalten Windes auf dem Gesicht –«
»Genau«, sagt Slavko.
»Und man weiß, da zieht ein riesiger kalter Sturm auf und alles wird sich ändern und man wird alles verlieren.«
»Ja«, sagt er.
»Haben Sie denn noch was?«
»Hm, nein. Wenn man erst mal diese Kälte spürt, ist es vorbei, glaube ich ...«
Sie legt ihm die Hand auf den Arm. »Nein, ich meine, ist von dem Jim Beam noch was da?«
»Oh. Ja, ein Schluck.«
»Dann trinken Sie ihn.«
»Nein, ich brauche nichts mehr.«
Sie leert die Flasche, wischt sich über den Mund und sagt: »Aber Sie haben recht, man kann dann nichts mehr tun. Nichts. Nichts nichts nichts nichts nichts. Wissen Sie, alles ist sonnig, alles ist wunderbar. Und dann diese ... diese Kälte.«
Als er das nächste Mal auf die Uhr sieht, ist es ein Uhr morgens, und sie beide lümmeln in den Sitzen, und ihr Knie berührt sein Knie.
Und plötzlich merkt er, daß er nur von ihrer Anwesenheit, vom Duft ihres Atems in diesem Auto, von ihrer Stimme, die irgendwie tapfer und fröhlich klingt, und von der Berüh-

rung ihres Knies einen Steifen bekommen hat. Keinen schmerzhaften allerdings, denn der Alkohol und die Unbeschwertheit des Gesprächs mildern den Druck.
Sie erzählt ihm von diesem Kerl, mit dem sie vor drei Jahren ging, diesem Kerl, der in einer Garagenband Schlagzeug spielte, und wie lange sie brauchte, um zu erkennen, daß er nicht nur manchmal hohl vor sich hinstarrte, sondern daß er wirklich hohl *war*.
Und dann sagt sie unvermittelt: »Wissen Sie, ich muß Ihnen etwas sagen. Raten Sie mal was?«
»Was?«
»Ich glaube, ich werde diese Geschichte überstehen.«
Sie lacht.
»Ich meine, bis jetzt war ich mir nicht sicher, ob ich es schaffe. Aber die Wahrheit ist, ich bin okay. Ich weiß auch nicht. Vielleicht liegt's nur daran, daß ich mit Ihnen zusammen bin und Sie ein guter Gesprächspartner sind.«
»Sie auch, Sari.«
»Warum glauben Sie, daß Sie schwach sind?«
»Habe ich gesagt, daß ich schwach bin?«
»Als ich beim letztenmal gesagt habe, daß ich keine schwachen Männer mag, sind Sie komisch geworden.«
»Wirklich?«
»Ich habe das Gefühl, Sie halten sich für einen Versager.«
»Ach ja, wirklich? Und ich habe geglaubt, ich würde Selbstvertrauen ausstrahlen.«
»Oh.«
»Glauben Sie nicht, daß ich das sollte, als Detektiv?«
»Das sollten Sie, ja. Ich hab' Durst.«
»Vielleicht ist das der Grund, warum ich so ein lausiger Detektiv bin.«
Sie hebt die Flasche in die Höhe. »Alles weg. Sie sind kein lausiger Detektiv.«
»Reichtümer verdiene ich nicht gerade.«
»Nicht?«

»Eigentlich nicht.«
»Na, Slavko, vielleicht sollten Sie etwas anderes probieren.«
»Und was zum Beispiel?«
»Gibt es sonst nichts, was Sie sein wollen?«
»Ich will Derek Walcott sein.«
Sie lacht.
»Früher war ich mal Bulle«, sagt er.
»Echt?«
»Ja, aber das hab' ich auch vermasselt.«
»Wie?«
»Davon fang ich lieber nicht an, aber es ging um eine Frau.«
»Natürlich.«
»Und Alkohol.«
»Scheiße«, sagt sie. »Ich weiß nicht, Slavko. Wenn Sie ein Dichter sein wollen, warum versuchen Sie es nicht?«
»Ich hab' es versucht. Ich kann nur darüber schreiben, daß ich mich manchmal fühle wie eine Flipperkugel.«
Das gefällt ihr, sie lacht.
Er sagt: »Also, wie man mich zum Beispiel auf diesem bizarren Planeten ausgesetzt hat und ich so durch die Gegend geschleudert werde und ich keinen Schimmer habe, was ich hier soll, und wie ich manchmal das Gefühl habe, ich kapiere, was hier los ist, aber meistens finde ich mich einfach nicht zurecht. Und glotze blöd. Verstehen Sie? Ich kann verdammt noch mal nicht über Sonnenuntergänge und meine Seele und über griechische Götter und den ganzen Quark schreiben, weil ich herumgeschubst werde wie ein Trottel und blöd glotze. Kein Wunder, daß Juliet mit mir Schluß gemacht hat.«
»Heißt sie so? Ihre Ärztin? Juliet?«
»Ja.«
»Romantischer Name.«
»Ja.«
»Also, ich muß jetzt los, Romeo.«
»Sie können nicht.«

»Ich muß aber.«
»Sie können nicht fahren, Sari. Sie haben zu viel getrunken.«
»Weniger als Sie.«
»Schon, aber ich ... ich bleibe hier. Diese Überwachung ist noch nicht abgeschlossen.«
Sie macht ein finsteres Gesicht. »Was, Sie machen sich immer noch Gedanken über diesen Saukerl, diesen Eben? Vergessen Sie diesen Saukerl. Machen Sie sich nicht mehr die Mühe. Ich bin fertig mit ihm.«
»Das glauben *Sie*. Warten Sie, bis Sie meine Rechnung bekommen.«
»Küß mich«, sagt sie, und er rutscht unbeholfen näher. Er faßt sie beim Nacken, reibt seine rauhen Lippen gegen die ihren, atmet ihren Atem ein, und einen Augenblick lang würde er sie am liebsten Juliet nennen. Aber er beherrscht sich.
»Sari«, flüstert er.
Sie drücken sich so fest, daß sie beide keine Luft mehr bekommen. Er versucht sich ins Bewußtsein zu hämmern, daß das nur eine oberflächliche Vernarrtheit ist, nur das flüchtige Grapschen einer einsamen Klientin, und daß es zum Job gehört und er es bis zum Morgen wieder vergessen haben sollte. Aber er ist betrunken, und er weiß nur eins: Er ist wieder verliebt. Er steckt in Schwierigkeiten. In Juliet ist er zwar immer noch verliebt, aber jetzt zusätzlich auch noch in diese da. Die Scheiße wird immer tiefer.
Sie löst sich von ihm.
»Danke«, sagt sie.
Dann öffnet sie die Autotür und sagt: »Ja, ich werde wieder in Ordnung kommen. Das wird einfacher sein, als ich gedacht habe. Okay. Bis bald, Slavko.«
Und ihm fällt einfach nichts ein, was er sagen könnte, um sie zu halten, und bevor er sich's versieht, ist sie verschwunden.

Annie schreibt:

Lieber Turtle,
es ist mitten in der Nacht und der Saukerl will mich morgen wieder sehen, und ich würde so gerne mit Dir reden. Ich warte darauf, daß Du mich noch einmal anrufst oder mir schreibst, und jeden Tag gehe ich zum Briefkasten und bete, daß ein Brief von Dir drin ist, aber ich weiß, daß Du zu stolz dazu bist, und daß ich Dich schon einmal verletzt habe, aber trotzdem stelle ich mir immer vor, ich brauche mich nur umzudrehen und Du stehst vor mir. Und wenn Du vor mir stehen würdest? Ich weiß, dann würde ich zusammenbrechen und Dir alles erzählen. Ich muß es jemandem erzählen. Turtle, ich muß es jemandem erzählen. Aber ich kann nicht zur Polizei gehen, also frag mich erst gar nicht, ich kann es nicht. Okay, Du würdest es tun. Du würdest denken, daß Zach Lyde nur blufft. Du würdest denken, warum sollte Zach Lyde sich die Mühe machen, mich und Oliver zu jagen, nachdem ich zur Polizei gegangen bin – was würde es ihm denn bringen? Aber er hat dieses Buch mit all den Leuten, die er gejagt hat, und er hat gewußt, auch wenn ich ihm diese Geschichten vielleicht nicht ganz abnehme, jagen sie mir doch so viel Angst ein, daß ich überhaupt nichts tun kann.
Du würdest wollen, daß ich ein Risiko eingehe. Nicht wahr, Turtle? Aber warum? Die Welt da draußen ist mir sowieso egal, warum sollte ich ihr da mein Kind opfern? Heute abend habe ich in der Zeitung nach einem Artikel über den Prozeß gesucht und statt dessen einen über einen Richter in Kolumbien gefunden. Drei seiner Kinder wurden von Drogenbossen getötet, aber er geht immer noch jeden Tag zur Arbeit. Er ist ein Held, Turtle, aber ich verstehe ihn absolut nicht – von was ist er so überzeugt, daß es ihm wichtiger ist als seine Kinder? Du mußt mir das erklären, Turtle, Du mußt herkommen und uns fortbringen und mir das erklären. Ich liebe Dich und Du fehlst mir.

Annie

Vorsichtig reißt sie das Blatt aus dem Notizbuch und faltet es zusammen. Sie steht auf und geht nach unten. In der Küche durchwühlt sie alle Schubladen nach einem Streichholz, kann aber keins finden. Sie vergißt, was sie tun wollte, und steht eine Zeitlang nur da. Dann fällt es ihr wieder ein. Sie sucht weiter. Und merkt, daß sie allmählich durchdreht. Ihre Hände wühlen zu schnell, sie fühlen sich an wie elektrisch aufgeladen. Sie hört auf zu suchen. Sie schaltet eine Heizschlange auf dem Elektroherd ein, und als sie rot glüht, hält sie den Brief daran. Er fängt an zu rauchen, und sie bläst heftig darauf. Schließlich lodert eine Flamme auf, und sie trägt den Brief zum Waschbecken. Als die Flammen anfangen, ihr die Fingerspitzen zu versengen, wirft sie das Blatt ins Becken. Danach spült sie die Asche in den Ausguß.

FÜNF

Ach du mein krankes Hirn,
das du so nach Elend gierst …

SLAVKO ÖFFNET DIE AUGEN SO WEIT ER KANN, ZU EINEM haarfeinen Schlitz, und fragt sich, was um alles in der Welt dieses Ding ist? Ein Flügel? Ein silbernes UFO? Vielleicht ist es ja gar nicht von dieser Welt. Vielleicht kommt es von einer anderen? Glänzend und fremd segelt es durch die Dunkelheit ...

Er braucht eine halbe Minute, bis er merkt, daß es sein eigener Rückspiegel ist, den er da anstarrt.

O Scheiße. Bin ich bei einer Überwachung eingeschlafen?

Er versucht, sich aufzusetzen. Durch sein Hirn zucken Nordlichter.

Habe ich mich bei einer Überwachung betrunken? Bin ich schon wieder soweit?

Er packt das Lenkrad und zieht sich hoch. Er versucht, sich zu erinnern, wo er eigentlich ist, sieht auf die Uhr: fünf Uhr dreißig. Leichter Nieselregen auf der Windschutzscheibe. Und dann steigt ihm ein schwacher Hauch vom Duft dieser Frau in die Nase ... und die ganze Nacht stürzt auf ihn ein.

Sari.

Süße, wunderschöne Sari.

Fast im selben Moment überfällt ihn ein schmerzhafter Gedanke an Juliet. Aber er zischt ihn innerlich an: Du warst nicht das erste, was mir eben durch den Kopf geschossen ist, was, Juliet? Nicht heute morgen. Heute morgen bist du nicht die Königin meiner Gedanken.

Im Spiegel blitzen Scheinwerfer auf.

Slavko taucht instinktiv ab.

Ein Auto mit zwei Männern darin fährt langsam an ihm vorbei und bleibt dann stehen. Slavkos Augen sind gerade so hoch, daß er über das Armaturenbrett sehen kann, und er beobachtet, wie die Beifahrertür aufgeht. Die Deckenlampe springt an. Der Beifahrer steigt aus und winkt dem Fahrer zu, eine knappe, entlassende Geste. Er hat kräftige Wangenknochen, wirkt sympathisch. Slavko ist sich ziemlich sicher, daß es Saris Freund Eben ist.

Das Auto fährt davon. Langweilige Limousine. Ein Camry aus den späten Achtzigern? Irgendwas in der Richtung. Mit Baujahren und Modellen hat sich Slavko noch nie sonderlich gut ausgekannt. Und es ist zu dunkel, um Schilder lesen zu können.

Eben Rackland geht zur Tür seines Reihenhauses. Er schließt auf und geht hinein.

Slavko zieht sein kleines schwarzes Buch aus der Tasche. Er notiert sich Zeit, Ort und seinen Eindruck von E. R. Er hat den Eindruck, daß E. R. frisch und wach und ausgeschlafen ist. Er hat außerdem den Eindruck – den er sich allerdings nicht notiert –, daß E. R. in letzter Zeit woanders geschlafen hat, es jedoch so aussehen lassen will, als würde er hier schlafen. Vor allem aber hat Slavko den Eindruck, daß sein Hirn, wenn er es nicht bald mit Kaffee füttert, zu grauer Pampe zerrinnt.

Aber er bleibt, wo er ist.

Er duckt sich in seinen Sitz und fixiert die Reihenhaustür.

Er wartet.

Die Blätter der Bäume am Straßenrand verfärben sich von schwarz zu rostbraun, von rostbraun zu rosa –

Er hustet. Schmeckt Roastbeef, Jim Beam, Galle und Mayonnaise.

In den anderen Reihenhäusern gehen die Lichter an. Eine Frau tritt mit ihren Hunden an der Leine auf die Straße. Ein Mann geht zur Arbeit. Kurz darauf verläßt E.R. das Reihenhaus wieder, er trägt einen Anzug und unter dem Arm eine Aktentasche. Er steigt in seinen roten Lotus. Slavko hört ein paar Takte barocker Violinmusik vom CD-Player des Autos, bevor die Tür zugeschlagen wird.

Slavkos Bussard röchelt unterdessen nur, er springt nicht an, beklagt sich über die Kälte und die Uhrzeit und die Feuchtigkeit.

Dann endlich läuft der Motor.

Jemanden zu verfolgen ist etwas, das Slavko glaubt, ziemlich gut zu können. Man muß *wissen* – genauer in seinen Eingeweiden *spüren*, weil man es nicht lernen kann –, wann man sich zurückfallen lassen muß und wann man dichter auffahren kann. Heute hat Slavko den Vorteil, daß er sich in diesem Teil von Westchester auskennt. Außerdem ist es von Vorteil, daß sein Opfer offensichtlich nicht damit rechnet, beschattet zu werden.

Der Lotus fährt durch Yorktown Heights und dann auf den Interstate Highway, und Slavko bleibt dran. Richtung Süden. Auf die Stadt zu.

Aber je weiter sie nach Süden kommen, desto weniger Begeisterung bringt Slavko für diese Verfolgung auf. Er friert. Der Wind pfeift durch das Rostloch neben seinem linken Fuß ins Auto. Er will ins Bett. Schließlich weiß er ja bereits, wohin der Kerl fährt. In die Wall Street. Zur Arbeit. Und auf keinen Fall wird Slavko vor irgendeiner Garage in Manhattan herumsitzen, Alka Seltzer kauen, eine Parkuhr mit Vierteldollars füttern, sich die Augen reiben, die Stellenanzeigen in der *Post* lesen und den ganzen Tag im Auto herumhängen wie diese Maskottchen, die sich manche Leute an den Rückspiegel hängen.

Apropos herumhängen und Zeit vertrödeln: Warum vertrödelt er eigentlich immer noch seine kostbare Zeit mit diesem Fall?

Schließlich hat Sari ihm doch gesagt, er soll die ganze Geschichte vergessen. Habe ich überhaupt noch eine Klientin? Was mach' ich hier? Für wen arbeite ich?

Schau in den Spiegel.

Richtig. Genau. Und wieviel zahlt dir diese Witzfigur im Spiegel?

Das Übliche.

Und er beschließt, die nächste Ausfahrt zu nehmen, nach Hause zu fahren und zu schlafen.

Aber an der nächsten Ausfahrt verläßt E.R. vor ihm den Highway. Offensichtlich nicht, um zu tanken, denn in dieser

Gegend gibt es nirgends Tankstellen. An der Route 22 biegt er rechts ab, und Slavko folgt ihm.
Einige Meilen geht es wieder Richtung Norden. Pferdekoppeln – Slavko ist es mittlerweile furchtbar übel –, eine weiße Kirche. Slavko überläßt E.R. die Kurven und die Hügel, aber auf Geraden hält er Ausschau nach dem roten Blitz.
Bei einer Kreuzung im Wald hält der Lotus sich rechts. Der Bussard ebenfalls. Sie fahren an einem Damm und einer Pumpenstation vorbei und dann windet sich die Straße am Ufer eines schiefergrauen Wasserreservoirs entlang. Slavko folgt ihr blind. Das ist einer der Fälle, denkt er, bei denen man nur hoffen kann, daß man seinen Mann nicht verloren hat.
Die Straße beschreibt eine scharfe Kurve und überquert dann auf einem langen, geraden Damm das Reservoir.
Der Lotus ist nicht auf diesem Damm. Der Lotus ist nirgends zu sehen. Seine Rechnung ist nicht aufgegangen. Der Lotus ist verschwunden.
Könnte E.R. so schnell einen so großen Vorsprung herausgefahren haben? Slavko glaubt es nicht. Aber wo ist er dann? Könnte er irgendwo abgebogen sein?
Slavko überlegt. Seit seinem letzten Blick auf das rote Auto, seit der Kreuzung, hat er nur Wald und das Reservoir gesehen. Keine Einfahrten, keine Häuser.
Obwohl … da war doch diese Pumpenstation …
Er tritt aufs Gas. Drückt auf die Tube, damit er so schnell wie möglich von diesem Damm herunterkommt und wenden kann …

Annie wartet, wo Johnny ihr befohlen hat zu warten, am Felsufer des Reservoirs. Sie hört Schritte und dreht sich um. Zach Lyde ist da, er sitzt auf einem Felsen ganz in ihrer Nähe.
Er sieht sie mit zärtlicher Besorgnis an.
»Wie geht es Ihnen, Annie?«

»Gut.«
Sie versucht, ihre Wut unter Verschluß zu halten. Aber schon in dem einen Wort ist sie zu hören.
»Und Oliver? Alles in Ordnung mit ihm?«
Sie sagt: »Wissen Sie, ich habe mich gefragt, was *Sie* eigentlich über Oliver denken. Da Sie alles hören, was wir reden, haben Sie vielleicht eine bessere Idee –«
»Es macht mir keinen Spaß, in Ihre Privatsphäre einzudringen.«
»Es macht Ihnen keinen *Spaß?* Sie klingen wie ein Leichenbestatter, wissen Sie das?«
Er läßt das unkommentiert. »Sie machen so etwas zum erstenmal«, sagt er ihr. »Da ist es reine Vorsicht, daß ich Sie abhöre. Glauben Sie vielleicht, einer von uns kann sich einen Fehler erlauben?«
Sie sieht aufs Wasser hinaus. Ein Auto überquert den Damm. Es kommt in ihre Richtung und scheint es sehr eilig zu haben.
Zach Lyde sagt: »Sehen Sie, ich weiß, daß Sie das nicht gern hören werden, aber ich sage es trotzdem: Sie sind zu streng mit Ihrem Kind.«
Inzwischen hat ihre Wut ihr halbes Gehirn kurzgeschlossen, weshalb sie, auch wenn ihr eine giftige Erwiderung eingefallen wäre, nicht die Geistesgegenwart hat, sie zu äußern.
Er sagt: »Ich will Ihnen nicht vorschreiben, wie Sie ihn zu erziehen haben. Aber wenn Sie ihn weiterhin so merkwürdig, so barsch behandeln – mal angenommen, er errät, was los ist. Angenommen, er redet mit einem Freund darüber.«
»Er wird es nicht erraten«, sagt sie. »Er ist doch noch ein Kind.«
»Aber ein aufgewecktes. Seien Sie vorsichtig, gehen Sie behutsam mit ihm um. Und mit Ihren Freunden ebenso. Ich kann verstehen, daß Sie sie auf Distanz halten wollen. Das

ist vernünftig. Aber wenn Sie sie vor den Kopf stoßen, werden sie sich Gedanken machen. Und Ihnen Fragen stellen. Dieser Turtle, wer ist das? Ein Geliebter?«

»Was hat denn das für eine Bedeutung?«

»Wo lebt er, Annie?«

»Was geht Sie das an?«

»Beantworten Sie meine Frage.«

»Irgendwo in Kalifornien. Wollen Sie ihn umbringen? Ich weiß nicht genau, wo. Irgendeine Kleinstadt. Ich habe seit Jahren nicht mehr mit ihm gesprochen –«

»Sie haben gesagt, daß Sie im letzten Frühjahr miteinander geredet haben.«

»Wirklich? Er ist ziemlich lästig, ruft dauernd an. Wollen Sie ihn umbringen?«

»Annie!«

»Machen Sie nur, töten Sie ihn.«

»Ich will überhaupt niemanden töten.«

»Es würde mich nicht vernichten.«

»Ich will nur diese Geschichte zu Ende bringen. Schmerzlos. Leise. Helfen Sie mir dabei.«

»Ich werde tun, was ich kann. Klar? Sie Hurensohn ...«

Sie wischt sich mit dem Blusenärmel die Augen – eine schnelle Bewegung, um die Tränen vom Gesicht zu bekommen. Dann wendet sie sich ihm zu und sieht ihm unverwandt in die Augen.

Er sagt: »Sie können mehr tun, als Sie glauben.«

Sie hören ein Auto, das sich der Pumpenstation hinter ihnen nähert. Er befiehlt ihr: »Ich weiß nicht, wer das ist, aber sehen Sie nicht hin. Sehen Sie aufs Wasser hinaus. Mein Kollege wird sich darum kümmern.«

Slavko hält neben dem Pumpenhaus an. Nicht weit von dem Lotus entfernt. Und da ist auch der Camry – das Auto, das E.R. zu seinem Reihenhaus gebracht hat.

Auf dem Fahrersitz des Camry sitzt ein Schlägertyp. Häßlich

wie die Sünde, der Typ, mit einer eingedrückten Nase. Vielleicht, denkt Slavko, sollte ich mich besser aus dem Staub machen.
Doch er sieht sich noch einmal kurz um und entdeckt sie. Sie sitzen auf den Felsen am Wasser, E.R. und eine Frau. Von ihr sieht er nicht viel. Nur den Hinterkopf, die langen braunen Haare.
Aber wenn er nicht hinüberlatschen und sich ihr Liebesgeturtel aus der Nähe betrachten will, wird er kaum mehr Informationen bekommen. Zeit zum Verschwinden. Der Schlägertyp, Mr. Häßlich-wie-die-Sünde, hat die Tür geöffnet, steigt aus und wird von Sekunde zu Sekunde häßlicher. Slavko winkt dem Mann freundlich zu. Und legt den Rückwärtsgang ein.
Der Bussard kracht mit dem Heck in ein Gestrüpp, und der Auspufftopf kratzt eine Melodie auf den Steinen.
Das Auto schießt vorwärts. Slavko reißt das Steuer herum, der Bussard schlingert und schleudert, und Häßlich-wie-die-Sünde springt zur Seite. Slavko macht sich davon.

Annies Blick ruht auf dem Wasser. Hinter ihr verliert sich das Motorengeräusch in der Ferne.
Zach Lyde fragt sie: »Annie, gestern im Gerichtssaal, beim Kreuzverhör von Paulie DeCicco: Haben Sie unsere Strategie verstanden?«
Sie nickt.
Er sagt: »Was ist unsere Strategie, Annie?«
»Daß Louie Boffano den Mord nicht befohlen hat. Er gehört zur Mafia, und vielleicht ist er ein Böser, aber er ist nur eine Marionette. Er gibt nicht die Befehle.«
»Gut. Das stimmt. Aber wenn er nicht schuldig ist, wer dann? Wer hat Salvatore Riggio und seinen Enkel tatsächlich getötet?«
Sie hebt den Kopf, kneift die Augen zusammen und sagt: »Sie?«

Sein Lächeln kriecht an der einen Gesichtshälfte hoch. »Sie glauben, ich bin der Lehrer?«
»*Sind* Sie es?«
»Ich möchte, daß Sie es glauben. Der Lehrer jagt Ihnen Angst ein, nicht? Und wenn ich dafür sorgen kann, daß Sie weiterhin Angst haben, kann ich Ihr Leben retten.«
An den getrockneten Tränen auf ihrer Wange klebt eine Haarsträhne. Er schiebt seine Finger unter die Haare, löst sie, streicht sie zurück.
Er sagt: »Wenn wir wieder mit Ihnen reden müssen, werden wir uns auf der Straße melden. Wir geben Ihnen ein Signal mit der Lichthupe, erst einmal, dann zweimal. Verstanden?«
Sie nickt.
»Sie und Oliver, ich kann Sie noch immer beide retten, nicht, Annie?«

Slavko spricht mit dem Becher Kaffee, den er sich bei *Wendy's* geholt hat. Brenn mich wach, sagt er stumm. Quäl meine Zunge. Sag mir, was zum Teufel ich bei diesem Reservoir gesehen habe.
War das ein heimliches Treffen mit einer Geliebten?
Also gut. Wenn E.R. nicht verheiratet ist, warum dann diese Heimlichtuerei? Vor wem versteckt er die Frau, vor Sari? Aber er geht doch erst ein knappes Jahr mit Sari. Warum macht er sich dann solche Umstände, um eine andere Frau vor ihr zu verstecken? Riecht irgendwie nach Feigheit. Und paßt absolut nicht zu dem mächtigen, seelenvollen E.R., nach dem Sari so verrückt ist.
Sonst noch 'ne brillante Idee?
Slavko verläßt die Route 114 und biegt in die Straße ein, die hinter dem Gebäude der Telefongesellschaft entlangführt. Er schätzt, wenn ihn keine rote Ampel aufhält, kann er in zwanzig Minuten im Bett sein. In seiner krümelübersäten, aber trotzdem heißersehnten Falle.

Er hebt die Tasse zum Mund, trinkt einen Schluck schwarze Flammen.
Vielleicht ist es die Frau, die gebunden ist. Sie hat reich geheiratet, verfügt über einen persönlichen Leibwächter, aber dann hat sie Eben den Mächtigen getroffen, und jetzt muß sie sich aus dem Haus schleichen und sich mit ihrem Geliebten an der Pumpenstation treffen …
Aber warum hat sie dann nicht mit E.R. geschmust? Warum ist sie so weit weg von ihm auf dem Felsen gesessen, und warum ergibt das alles keinen Sinn? Und darüber hinaus, warum fühlt sich Slavko heute morgen so frei, so geistig und gefühlsmäßig gesund – trotz seines Katers –, wie er sich nicht mehr gefühlt hat seit …
Seit ich das letzte Mal mit Juliet geschlafen habe, aber … ach du mein krankes Hirn, das du so nach Elend gierst, müssen wir uns jetzt unbedingt damit befassen?

SECHS

Wer seine eigene Angst durchschauen kann,
wird von der Angst befreit.

ANNIE IM GERICHTSSAAL, AN EINEM NEBLIGEN VORMITTAG, eine Woche nach dem Treffen am Reservoir. Man merkt allerdings nicht, daß es ein nebliger Vormittag ist, denn es gibt keine Fenster in dem Saal, bloß eine Art dekonstruktivistisches Oberlicht ganz oben in einem der komischen Deckenwinkel, aber das ist schwarz lackiert. Warum wohl?

Sie betrachtet das zierliche Frauchen im Zeugenstand. Mrs. Riggio. Witwe des ermordeten Salvatore und Großmutter des ermordeten Jungen. Ihre Haare sind ein dünnes Gespinst, ihre Haut ist wie eine Zwiebelschale, aber sie hält sich gerade und spricht mit klarer Stimme.

Sie sagt: »Dann ich gehen, um meinem Enkel gute Nacht zu sagen.«

Darauf Gleason, der Staatsanwalt: »Thomas?«

»Ja. Tommasino, er vier Tage bei uns sein. Ich ihn nicht gesehen, seit er elf Jahre. Und dann er bleiben vier Tage bei uns.«

»Und als Sie in sein Zimmer kamen, war er da noch wach?«

»Er schauen seinen kleinen Fernseher.«

»Seinen Fernseher?«

»Den kleinen Fernseher, den Sal ihm zum vierzehnten Geburtstag schenken. Und ich sagen: ›Tommasino, so spät. Mußt ausschalten. Mußt jetzt schlafen.‹ Er sagen: ›Okay, Nonna.‹ Dann ich ihn küssen. Ich sagen: ›Ich liebe dich, Tommasino.‹ Und dann ich gehen zu Bett.«

»In Ihr Schlafzimmer?«

»Ja.«

»Und dort ist auch Ihr Gatte Salvatore Riggio?«

»Ja. Und ich weinen. Ich sagen: ›Sal, laß uns nach Florida gehen. Warum wir nicht nach Florida gehen wie alle? Ich will meine Tochter sehen.‹ Ich sagen: ›Ich mag nicht mehr, wir nie kommen aus dem Haus. Vier Tage ich kann meinen Enkel sehen.‹ Ich sage: ›Zu wenig. Warum wir müssen uns immer verstecken?‹«

»Hat Ihr Gatte Ihnen geantwortet?«

»Ja, er sagen: ›Wir können erst weg, wenn die Sache mit Louie Boffano geklärt ist.‹«
»Was wollte er damit sagen?«
»Ich weiß nicht. Bis Louie ihn nicht mehr will töten, vielleicht.«
»Was haben Sie gesagt?«
»Ich sagen: ›Ich haben Angst.‹ Und er: ›He, wir haben Wachen, Wachen überall im Haus, unten ist Aniello, niemand kommt hier rein, es ist alles in Ordnung. Wir müssen nur warten.‹ Ich sagen: ›Ich haben Angst, daß dich jemand umbringen.‹«
»Und was war seine Antwort?«
»Er mich auslachen.«
»Was ist dann passiert?«
»Dann Tür gehen auf und ein Mann reinkommen. Mit Haube auf dem Kopf. Er hat eine Waffe. Und ich, ich schreien. Der Mann sagen: ›Nicht schreien.‹ Er sagen: ›Salvatore, mach, daß sie aufhört zu schreien, sonst bringe ich sie auch um.‹ Und Salvatore, er zu mir sagen: ›Sag kein Wort, Angela.‹«
»Und was ist dann passiert?«
»Dann Sal, er sagen: ›Wie bist du hereingekommen?‹ Und der Mann sagen: ›Durch einen Tunnel. Von nebenan haben wir einen Tunnel bis in deinen Keller gegraben.‹ Und er lachen.«
»Und dann?«
»Dann er sagen, daß er von Louie Boffano kommen und Sal jetzt umbringen.«
»Und was hat Ihr Gatte darauf gesagt?«
»Er sagen: ›Das ist mir egal. Glaubt ihr, daß meine Leute wirklich werden verkaufen Drogen? Sie werden *nicht* verkaufen Drogen.‹«
»Ihr Gatte hat zu dem Eindringling gesagt –«
»Mein Mann, er Drogen nicht mögen. Louie Boffano, er wollen Drogen verkaufen an jeden –«

Bozeman erhebt Einspruch.
»Stattgegeben«, sagt der Richter. »Streichen Sie die Bemerkung, die Geschworenen werden Sie nicht in Betracht ziehen. Mrs. Riggio, bitte beschränken Sie sich auf das, was Sie gesehen und gehört haben, was gesagt und getan wurde –«
»Aber ist doch so passiert. Er verkaufen die Droge an kleines Kind. Meinem Jungen, meinem eigenen Enkel er wollen verkaufen –«
»Einspruch.«
»Stattgegeben. Die Geschworenen werden nicht in Betracht ziehen, was ...«
Aber da es mehr oder weniger der Wahrheit entspricht, denkt Annie, und da diese uralte Elfe es gesagt hat, wie um alles in der Welt sollen wir es nicht in Betracht ziehen?
Um Himmels willen, denkt Annie, warum verbieten sie dieser Frau nicht den Mund? Wir wissen, daß ihr Mann ermordet wurde, wir wissen, daß ihr Enkel ermordet wurde, das alles wissen wir bereits. Also, warum lassen sie es nicht auf sich beruhen und hören auf, all diesen Schmerz wieder aufzuwühlen? Warum verbieten sie ihr nicht den Mund?
Aber Gleason dringt weiter in sie. »Und dann, was hat der Mann mit der Maske dann getan?«
»Er sich ins Bett legen.«
»Ins Bett zu Ihnen und Ihrem Gatten?«
»Ja. Zwischen uns. Auf den Bauch. Er dort liegen.«
»Und was hat der Eindringling dann getan, Mrs. Riggio?«
»Er, er –«
Weiter kommt sie nicht. Sie winkt ab. Und senkt den Kopf.
»Es tut mir leid, Ma'am, aber ich muß Sie das fragen. Was hat der Mann dann getan?«
Mrs. Riggio stammelt etwas, das aber niemand versteht.
Darauf der Richter: »Gerichtsdiener, würden Sie bitte ihr Mikrofon neu einstellen?«
Der Gerichtsdiener geht zum Zeugenstand und biegt das Mikrofon nach unten, auf die Höhe des gesenkten Kopfes

der alten Dame. Sie bringt die Lippen nahe ans Mikrofon und sagt: »Er, er Sal zwingen, den Mund zu öffnen.«
»Er hat ihn gezwungen? Wie hat er ihn dazu gezwungen?«
»Er sagen: ›Wenn du den Mund nicht aufmachen, ich dir ins Gesicht schießen. Wird eine ziemliche Sauerei geben, und deiner Frau wird nicht gefallen.‹ Er sagen: ›Komm schon, Sal. Wir müssen zusammenarbeiten.‹«
»Und hat Ihr Gatte den Mund geöffnet?«
»Ja. Und der Mann sagt: ›Noch weiter. Noch ein bißchen weiter.‹ Wie ein Zahnarzt. Und dann er stecken … er stekken Sal die Pistole in den Mund.«
»Und dann?«
»Und ich mich umdrehen, will mich wegdrehen, aber er, er, er nehmen mein … der Mann nehmen mein Gesicht und mich zwingen zuzusehen, und ich sagen: *Ci vediamo.* Wir werden uns wiedersehen. Zu meinem Mann. Weil nur Sie sagen, er ein schlechter Mann. Aber er kein schlechter Mann. Er ein guter Mann. Er, ja, er vielleicht manchmal Böses tun, aber er keine Drogen verkaufen, er –«
»Und was ist dann passiert, Mrs. Riggio?«
»Und dann er Sal töten. Er ihn erschießen.«
»Und was ist dann passiert?«
»Dann die Tür aufgehen, und mein, mein, mein –«
Die Frau fängt an zu weinen.
»Ist jemand hereingekommen?«
»Ja.«
»Wer?«
»Mein Tommasino. Mein Kleiner. Gar nicht mehr so klein.«
»Ihr Enkel?«
»Mein Tommasino.«
»Wie alt war Thomas?«
»Vierzehn. Ich ihn nie sehen. Nie. Er wie ein Fremder. Seit er elf war. Dann er bleiben vier Tage bei uns. Vier Tage.«
»Und hat er etwas gesagt, als er hereinkam?«
»Ja.«

»Was hat er gesagt?«
»Er sagen: ›Alles in Ordnung, Nonna?‹ Und dann er sehen.«
»Was hat er gesehen?«
»Meinen Sallie.«
»Ihren Gatten, Mr. Riggio?«
Sie nickt. »Ja.«
»Und Mr. Riggio war tot.«
Sie nickt.
»Und was ist dann passiert?«
»Der Mann, er sich umdrehen und er mein Baby sehen. Tommasino weglaufen. Und ich versuchen, ich, ich versuchen zu ... aber er nicht hören. Er, er, er ihm nachlaufen. Und dann ich hören den Schuß. Er, er erschießen ...«
Sie bricht ab.
Der Richter sagt: »Brauchen Sie etwas Zeit, Mrs. Riggio? Sollen wir eine kurze Pause machen?«
Sie sitzt mit gesenktem Kopf da, bebt und schluchzt.
Gleason sagt: »Nein, wissen Sie was, Euer Ehren, ich habe vorerst keine weiteren Fragen.« Er kehrt zu seinem Tisch zurück. Im Hinsetzen murmelt er Bozeman zu: »Sie gehört Ihnen.«
Aber die Geschworenen sehen nur den starren und vernichtenden Blick, mit dem der Staatsanwalt Louie Boffano ansieht.

Der Lehrer steigt vom bemoosten Ufer in den Bach. Zwei behutsame Schritte durch das eiskalte Wasser zum Rand des Felssockels. Dann beugt er sich vor und springt. Dreht sich langsam um die eigene Achse und bleibt eine volle Minute zusammengeklappt unter Wasser.
Dann taucht er wieder auf.
Sitzt auf dem Felssockel, die betäubend kalte Strömung des Baches reicht ihm bis zum Brustkorb. Aber seine Schultern sind im Sonnenlicht, und er lehnt sich gegen den Moosstreifen und schließt die Augen.

Provozier sie, denkt er, und sie verwandelt sich.
Sie klingen wie ein Leichenbestatter, wissen Sie das?
Er lacht, als er sich daran erinnert.
Provozier sie, und sie stellt die Stacheln auf und wird gefährlich.
Sie versucht, nicht zu zeigen, wie sehr sie ihn verabscheut. Aber er spürt ihren Kampf. Ihren Überlebenskampf. Er bringt ihre diamantenen Stacheln zum Vorschein.
So ein Juwel, woher kommt sie?
In den vergangenen Wochen hat er eine Menge über Annie Laird erfahren. Sie wurde von ihrer Mutter allein aufgezogen. Der Vater, mit einem Vorstrafenregister von vier Verurteilungen wegen Alkohol am Steuer und zweien wegen Körperverletzung, verschwand von der Bildfläche, als Annie vier war. Ihre Mutter hatte einen Schönheitssalon in Allentown, Pennsylvania, und sie und Annie lebten in der Wohnung darüber. In der vierten Klasse gewann Annie in der Kunstausstellung der West Allentown Elementary School den ersten Preis. Ihre Noten in der High-School waren nur mittelmäßig. Dreimal fiel sie in Mathematik durch. Aber künstlerisch war sie mutig und persönlich und originell, und so erhielt sie von der Tyler School of Art ein Stipendium.
Dann versuchte sie eine Zeitlang ihr Glück in New York, wo sie in einem Loft in Greenpoint wohnte. Sie wurde zum Kunststudium in Yale zugelassen, trat es aber nie an. Stattdessen bekam sie ein Kind.
Kein Hinweis auf den Vater ihres Kindes.
Vor sechs Jahren zog sie in das Städtchen Pharoah. Als Annies Mutter an Alzheimer erkrankte, nahm Annie sie zu sich und pflegte sie, bis sie letztes Jahr starb.
Ihre Karriere als Künstlerin kam nie so recht aus den Startlöchern. Zu wenig Beziehungen in der New Yorker Kunstwelt, und Inez Gazarragas Galerie ist auf dem absteigenden Ast. Trotzdem arbeitet Annie fieberhaft weiter, quält sich tagsüber als Tippse und macht abends diese Tastkisten. Sie

scheint einen unerschütterlichen Glauben an sich selbst und den Wert ihrer Kunst zu haben.
Als das Telefon klingelt, dreht er sich in dem eiskalten Wasser halb um und greift nach dem Funkapparat am Moosufer.
»Ja?«
Blätter wirbeln auf ihn herab.
Eddie sagt: »Kannst du dich noch an den neugierigen Kerl erinnern, der da letzte Woche am Reservoir aufgetaucht ist? Als du dich mit ihr getroffen hast?«
»Ja.«
»Wir konnten ihn jetzt endlich anhand des Nummernschilds identifizieren.«
»Und?«
»Er ist ein Detektiv.«
Polizei. Der Lehrer checkt seine körperliche Reaktion. Also, immerhin sitzt er im Oktober in einem Bergbach, und das könnte sein Zittern, sein Herzklopfen erklären. Aber da ist auch diese Überdeutlichkeit, die die auf ihn herabwirbelnden Blätter plötzlich haben. Ein verstärktes Achten auf Details, das er seiner Angst zuschreibt.
Mein süßer Mentor, die Angst.
Wer seine eigene Angst durchschauen kann, sagt Laotse, *wird von der Angst befreit.*
»Vom Bund?« fragt er. »Oder Ortspolizei?«
»Ein Privater.«
»Ein Privater?«
Er lacht so laut, daß Eddie am anderen Ende der Leitung mit einfällt und schließlich sagt: »Was? Was habe ich gesagt?«
»Nichts. Ich dachte, du hättest die Polizei gemeint.«
Er steigt aus dem Wasser, geht ein paar Schritte im Gras, in den klaren Sonnenschein hinein, und legt sich hin.
»Was um alles in der Welt kann denn ein Privatdetektiv von uns wollen?«

»Von dir, Vincent – mich hat er nicht verfolgt. Ich hab' nach einem Schatten Ausschau gehalten.«
»Okay, was will er von mir?«
Eddie meint: »Vielleicht hat Annie ihn angeheuert?«
Ein faszinierender Gedanke. Der Lehrer läßt ihn sich eine Weile durch den Kopf gehen.
»Nein. Erstens ist sie zu klug dafür, zweitens würde kein Detektiv einen solchen Fall annehmen, und drittens, falls er den Fall wirklich angenommen hätte, hätte er keinen so üblen Patzer gemacht. Sich uns zu zeigen.«
»Was glaubst du dann, Vincent? Zufall? Oder was? Was zum Teufel wollte er?«
Drei braune Schmetterlinge, Eulenfalter, tummeln sich in dem schwarzen Kirschbaum über dem Lehrer.
Er sagt: »Kennst du diesen Frankie? Arbeitet für Joseph Boffano.«
»Klar.«
»Bring ihn dazu, daß er dir hilft. Sag ihm, daß er dem Lehrer einen persönlichen Gefallen tut. Sag ihm, daß ich seinen Charakter bewundere. Bring Frankie dazu, daß er mit dir geht, und statte diesem Detektiv einen Besuch ab. Würdest du das für mich tun?«
»Klar doch.«
»Ich kann mir nicht vorstellen, daß er weiß, auf was er sich da eingelassen hat. Aber es dürfte amüsant sein, es herauszufinden.«

Annie verfolgt das Kreuzverhör von Mrs. Riggio.
Bozeman fragt: »Ma'am, kennen Sie diesen Mann? Man möge doch bitte im Protokoll vermerken, daß ich auf den Angeklagten zeige.«
Mrs. Riggio richtet den Blick in die angegebene Richtung. Sie sagt: »Dieser Mann? Das ist Louie Boffano.«
»Haben Sie ihn zuvor schon einmal gesehen?«
»Ja.«

»Wo haben Sie ihn gesehen?«
»Er kommen in mein Haus zum Abendessen. Viele Male.«
»Hat er sich bei diesen Abendessen je mit Ihrem Mann gestritten?«
»Nein.«
»Haben Sie je gesehen, daß er jemanden getötet hat?«
»Nein.«
»Oder daß er kleinen Kindern Drogen gegeben hat?«
»Ob ich sehe, er verkaufen Drogen? Ich weiß, er verkaufen Drogen.«
»Was für Drogen, Mrs. Riggio?«
»Alle möglichen.«
»Heroin?«
»Ja. Bestimmt.«
»Haben Sie gesehen, daß er Heroin verkauft hat?«
»Nein.«
»Haben Ihnen dann vielleicht andere Personen gesagt, daß er diese Sachen verkauft?«
»Sicher.«
»Waren dies vertrauenswürdige Personen, Ma'am?«
Gleason ist aufgesprungen. »Einspruch. Die Zeugin ist nicht im entferntesten in der Lage, die Vertrauenswürdigkeit von –«
»Stattgegeben.«
Darauf Bozeman: »Wer hat Ihnen gesagt, daß Louie Boffano Drogen verkauft?«
»Wer es mir gesagt hat?«
»Wer es Ihnen gesagt hat.«
»Jeder.«
»Zum Beispiel?«
Sie zögert einen Augenblick. Dann verzieht sie höhnisch die Oberlippe und fragt: »Warum Sie arbeiten für ihn?«
»Wie bitte?« fragt Bozeman.
»Sie wissen, warum er immer weiter töten? Mh? Weil niemand ihm sagen halt, niemand.«

Der Richter ermahnt sie: »Mrs. Riggio, bitte –«
»Alle haben Angst!« ruft sie. »Wenn er wollen, er töten.«
Gleason ist wieder auf den Beinen. Und Wietzel tadelt sie: »Ma'am, Sie müssen die Frage beantworten –«
»Ach, Sie doch auch Angst«, sagt sie zum Richter. Und wendet sich dann Bozeman zu. »Sie Angst.« Sie sieht zu den Geschworenen hinüber: »Sie Angst.«
Wietzel ruft: »Mrs. Riggio! Seien Sie still!«
Sie zuckt die Achseln. »Also schade um die Kinder, oder?«
Natürlich hält Wietzel ihr eine lange Strafpredigt und ermahnt die Geschworenen, dies nicht in Betracht zu ziehen, aber Annie fragt sich, warum er überhaupt zugelassen hat, daß sie das sagt. *Ihr Geschworenen habt alle Angst, also schade um die Kinder.* Warum hältst du nicht den Mund, Weib? Warum hat er dich nicht auch getötet? Du häßliche alte Hexe, du redest wie ein Pfarrer, warum müssen wir uns deine Predigt anhören? Woher nimmst du das Recht, *schade um die Kinder* zu sagen, wo doch dein Mann ein Mafia-Arsch war, und ich bin froh, daß er getötet wurde, und wenn dein Enkel tot ist, wer ist denn schuld daran? Ich nicht, du Hexe. Halt den Mund.
Annie fragt sich: Werde ich das durchstehen?
Ich glaube nicht, daß ich es durchstehen werde.

Slavko sieht auf die Uhr. Sechzehn Uhr vierzig. Wer dieser Mr. Flanagan auch ist, auf jeden Fall ist er spät dran.
Sechzehn Uhr dreißig hat der Kerl gesagt. Punkt halb fünf in Ihrem Büro, Mr. Zornig. Hat aber nicht gesagt, weswegen. Na schön, vielleicht hat er einen anderen Privatdetektiv gefunden. Was Slavko nur recht wäre, denn dann könnte er sich ganz auf Sari konzentrieren.
Er starrt auf die Uhr, bis der Zeiger eine Minute weitergerückt ist, und ruft dann noch einmal ihre Nummer an.
Er will Sari unbedingt von den mysteriösen Abwegen ihres Freundes erzählen. Aber wieder meldet sich nur ihre ver-

dammte Maschine. Er hat ihr bereits zwei Nachrichten hinterlassen. Trotzdem hört er dem Band zu, um wenigstens den Klang ihrer Stimme im Ohr zu haben. Als er den Pfeifton hört, legt er auf.
Slavko weiß, daß es ihn schwer erwischt hat. Daran führt kein Weg vorbei. Noch eine unglückliche Liebe, noch eine unerreichbare Frau. Anscheinend mach ich mich leidenschaftlich gern zum Clown. Und was soll ich dagegen tun?
Aber jetzt dieser Flanagan, kommt er oder kommt er nicht? Ich würde nämlich ganz gern Schluß machen für heute und mir im *Gillespie's* eine kleine Stärkung genehmigen. Würde nämlich gern aus diesem verräucherten, klaustrophobischen Müllhaufen von 'nem Büro rauskommen und ein bißchen frische Luft schnappen.
Also, fünfzehn Minuten warte ich noch.
Er zündet sich eine neue Zigarette an.
Dann steht er abrupt auf und sagt: »Scheiß drauf«, packt sein Jackett und geht zur Tür.
In diesem Augenblick klopft es.
Er erstarrt. Und hofft, daß der Besucher wieder geht, wenn er nicht reagiert. Er wartet.
Ein zweites Klopfen.
Dann geht die Tür auf.
Ein hakennasiger, ziemlich brutal aussehender junger Mann steckt den Kopf zur Tür herein. »Mister Zornig?«
Slavko korrigiert seine Aussprache. »Czernyk.«
»Das habe ich doch gesagt. Tut mir leid, daß ich mich verspätet habe, Zornig.«
»Sind Sie Mr. Flanagan?« fragt Slavko.
»Korrekt.«
Der junge Mann schlendert ins Büro. Er trägt einen Anzug, der aussieht, als wäre er eine Nummer zu klein. Vielleicht gefällt ihm das, weil es all seine Muskeln und sein kräftiges Ofenrohr von einem Hals besser zur Geltung bringt.
Slavko geht zum Drehstuhl hinter seinem Schreibtisch und

zeigt auf den einzigen anderen Stuhl im Zimmer. »Setzen Sie sich. Wie kann ich Ihnen helfen?«
Flanagan setzt sich nicht. Er wedelt die Rauchfahne vor seinen Augen weg. Und sagt: »Die Lüftung scheint aber nicht besonders zu sein hier drinnen.«
»Stimmt«, sagt Slavko. Er mag diesen Mr. Flanagan nicht. Die Unverschämtheit dieses Kerls geht ihm auf die Nerven. Aber auch wenn ihm seine neue Liebe den Verstand raubt, weiß er noch, daß er einen potentiellen Klienten nicht vergraulen darf.
»Ist das eine Detektei?« fragt Flanagan. »Haben Sie denn keine Partner? Sitzen Sie den ganzen Tag allein in diesem Scheißloch?«
Knallhart, das Auftreten dieses Kerls. Ob's Probleme gibt? Vielleicht nicht, vielleicht überreagier ich nur. Laß es aber besser nicht drauf ankommen. Sieh zu, daß du die alte Smith & Wesson in die Finger bekommst. Die ist in der Schublade. Entspann dich, ganz ruhig, aber sieh zu, daß du sie sofort in die Finger bekommst.
Er greift nach dem Knauf der Schublade. »Ich will nur erst mal schnell ein Anmeldungsformular herausholen –«
Flanagan knallt die Hände auf die Tischplatte und schiebt sie vorwärts, bis die Finger so über die Kante reichen, daß er die Schublade zuhalten kann.
Er fletscht die Zähne und sagt: »Muß ich erst 'n vertrotteltes Formular ausfüllen, bevor ich dich in den Arsch ficke?«
Schnell und kräftig rammt er Slavko beide Hände gegen die Brust. Der Drehstuhl schlingert ein Stück rückwärts, dann verklemmen sich die Rollen, und Slavko kippt aus dem Stuhl. Sein Kopf kracht gegen die Wand, gegen einen Aktenschrank und kommt schließlich am Boden zu liegen.
Steh auf.
Natürlich würdest du jetzt am liebsten ohnmächtig werden – aber das kannst du dir nicht leisten. Werd wieder klar. Das

da unten sind deine Knie, siehst du sie? Verlagere dein Gewicht drauf. Stütz dich mit dem Arm ab und steh auf. Gut. Und jetzt hol dir die S&W.

Aber die S&W ist bereits in Mr. Flanagans Hand.

»Was wolltest du denn mit der, Zornig? Raubst du deine Klienten aus, ist das deine Masche?« Er steckt die Pistole ein. Er kommt um den Tisch herum. »Du Arsch.«

Slavko will zurückweichen, aber der umgekippte Stuhl liegt hinter ihm, er hat keinen Platz zum Zurückweichen. Flanagan kommt auf ihn zu, bis er direkt vor ihm steht. Sein Knoblauchatem ist nur Zentimeter von Slavkos Nase entfernt.

»So nennt man dich doch, oder? Einen privaten Schnüffelarsch?«

Das Zimmer wird erhellt von einem Blitz, der aus Slavkos Lenden zuckt. Er fällt nur aus einem einzigen Grund nicht – weil Flanagan ihn hält.

Und Flanagan sagt: »Oh, tut mir leid, ich glaub', da hab' ich was durcheinandergebracht. Vielleicht bist du ja ein öffentlicher Arsch.«

Slavko holt zum Schlag aus, aber die Luft im Zimmer ist dick und sirupartig und traumartig geworden, und der Schlag bleibt darin stecken. Flanagan wehrt ihn mit einem schnaubenden Auflachen ab, packt Slavko am Revers, lacht noch einmal und schleudert ihn gegen die Wand. Das Zimmer macht eine halbe Drehung nach links und bleibt dann wieder stehen. Slavko fällt das Kinn auf die Brust, er sabbert auf sein Hemd.

Flanagan fragt ihn: »Was hast du heute am Damm gemacht?«

»Dem was? Dem Damm? Ach so. Falsch abgebogen.«

»Falsche Antwort.«

Noch ein Blitz.

Als Slavko wieder zu sich kommt, ist noch jemand im Zimmer.

Der Schläger, den er beim Damm gesehen hat. Mr. Häßlich-wie-die-Sünde. Er durchwühlt Slavkos Taschen, und bald hat er das Notizbuch gefunden. Er blättert es durch. Slavko taumelt vorwärts, will sich das Ding zurückholen. Flanagan wirft ihn wieder gegen die Wand, und diese Kollision ist noch entmutigender als ihre Vorgänger. Slavko findet sich am Boden wieder.

Mr. Häßlich-wie-die-Sünde hat in dem Büchlein einen Eintrag gefunden, der ihn zu amüsieren scheint. Er kichert.

»Na, leck mich doch. Schau dir mal das an. Sari Knowles.«

Er beugt sich über Slavko. »Dann arbeitest du also für Sari? Ja? Sie denkt, er treibt's mit 'ner anderen, und hat dich angeheuert, damit du die fremde Möse ausschnupperst? Ist das dein Job?«

Er packt Slavko bei den schütteren Haaren und zerrt. Er zieht Slavko an den Haaren hoch.

»Ist das dein Job?«

»Ja.«

»Aber weißt du, die beiden lieben sich einfach. Und was geht dich das an? Mh? Deren Probleme. Überhaupt nichts geht dich das an. Du Scheißhaufen! Kannst du zwei Liebende nicht in Ruhe lassen? Schau mich an. Mach die Augen auf. *Mach die Augen auf!*«

Slavko sieht Mr. Häßlich-wie-die-Sünde in die blutunterlaufenen Triefaugen, und der Mann sagt ihm: »Ich werde dir noch eine Chance geben, du Glückspilz. Sollte Sari dich anrufen, sieh zu, daß du sie loswirst. Mir egal, was du ihr sagst. Sag ihr, eine deiner Filzläuse ist gestorben, du trauerst. Aber komm mir nie mehr unter die Augen. Wenn du mir auch nur noch ein einziges Mal unter die Augen kommst, radier' ich dich von diesem Planeten. Kapiert?«

Slavko nickt.

»Dann kannst du dir 'nen anderen Planeten suchen. Klar?«

Slavko nickt.

»Schon mal den Namen Louie Boffano gehört?«

Slavko starrt ihn mit weit aufgerissenen Augen an.
»Na, jetzt hast du ihn gerade noch mal gehört.«

Oliver hört das Klopfen und geht zur Gittertür. Vor der Veranda wartet Jesse, lümmelt auf seinem Fahrrad. Er sagt: »Was is' los, Mann?«
Oliver zuckt die Achseln.
Jesse fragt: »Wo hast du denn gesteckt?«
»Weiß auch nicht. Hatte keine Lust zum Rauskommen.«
»Kommst du am Mittwoch zum Lacrosse?«
»Ja, glaub schon. Wenn's schön bleibt. Wenn's nicht wieder anfängt zu regnen.«
»Ja«, sagt Jesse. »He, was hältst'n davon? Ist das 'n Ding oder was?«
»Was?«
»He, schau her.«
Oliver öffnet die Tür. Hält sich am Knauf fest und hängt sich halb zur Tür hinaus. Jesse legt den Kopf schief, posiert ein wenig – und Oliver entdeckt den kleinen runden Ohrring.
»Na, was sagste?«
»Cool.«
»Findste? Ich wollt's ja eigentlich nicht. Aber Chloe hat dauernd gesagt, komm mach, also hab ich's gemacht. Und jetzt gefällt's mir.«
»Chloe?«
»Ja.«
Oliver sieht ihn mit großen Augen an. »Chloe Boepple?«
»Ja. Weißt du das noch nicht von mir und Chloe? Ich geh' jetzt mit ihr.«
»Chloe mit den Titten?«
»Geil, was?«
»Hast du sie geküßt?«
»Ich *geh'* mit ihr, Mann. Weißt du denn nicht, was das bedeutet?«
»Hast du sie gebumst?«

»Na, ich hätt's können, wenn ich gewollt hätte. Komm, fahren wir ein Stück. Ich muß es dir erzählen, von Mann zu Mann.«
»Kann nicht. Ich koch' gerade Abendessen.«
»Du kochst?«
»Mikrowelle.«
»Wo ist deine Mom?«
»Oben.«
Oben in ihrem Zimmer, denkt Oliver, wo sie im Bett liegt und noch einen Brief schreibt, den sie nie abschickt. Aber das geht Jesse nichts an.
Jesse senkt die Stimme. »Läßt sie dich nicht raus?«
»Nö, ich will nur einfach nicht.«
»Was is' denn los mit dir?«
»Nichts. Wie ist denn das Küssen?«
»Die ist echt 'ne Nummer, Mann.«
»Hast du ihre Titten angefaßt?«
»Ihre Dinger? Also, wenn ich gewollt hätte!«
»Wow.«
»Komm raus, Mann.«
»Nö.«
»Weißt du, was Larry Hitt sagt? Er sagt, er glaubt, du bist ein Außerirdischer. Ich hab' ihm gesagt, er soll sich ins Knie ficken. Aber ich meine, du wirst ja wirklich zum Einsiedler.«
Die Mikrowelle schaltet sich ab. Drei Piepser.
»Das ist mein Abendessen.«
»Scheiße.«
»Trotzdem, danke fürs Vorbeischauen.«
»He«, sagt Jesse. »Ist doch klar.«
Oliver geht in die Küche und holt die beiden Hühnchenpasteten aus der Mikrowelle. Geht zur Treppe und ruft Mom. Sie sagt, daß sie gleich herunterkommt. Kein Grund, ihr das zu glauben, wenn es nicht Zeit wäre für die Lokalnachrichten im Fernsehen. Wegen denen kommt sie manchmal herunter. Er schaltet den Fernseher ein. Dreht die Lautstär-

ke auf. Dann geht er in die Küche, setzt sich und stochert in seiner Pastete, wobei er alle Erbsen, die er findet, herauspickt.

Und wenn seine Mom will, daß er Erbsen ißt? Dann soll sie herunterkommen und sie mit ihm essen.

Er bricht ein Stück von der Kruste ab und stupst es in der Soße herum. Die Kruste ist das einzige an der Pastete, was er mag. Aber auch die nicht sehr.

Er spießt das Stück mit der Gabel auf, hebt es hoch und sieht es an.

Er hört die Worte »Boffano-Prozeß« und sieht Richtung Fernseher. Das Gerät steht im angrenzenden Zimmer und der Bildschirm ist von ihm weggedreht, aber ein kleines Stückchen kann er sehen. Ein Stück einer Zeichnung, eine Gerichtsszene.

Der Reporter sagt: »... auch wenn sie schmächtig, fast zerbrechlich aussieht, wirkte Anna Riggio heute im Zeugenstand wütend wie eine Tigerin. Sie beharrt darauf, daß Louie Boffano, ich zitiere, ›die Droge an Kinder verkaufen‹ wollte, und daß ihr Gatte versucht habe, ihn davon abzuhalten. Auch als Louie Boffano drohte, ihn umzubringen, habe ihr Gatte, so ihre Aussage, sich geweigert, eine Beteiligung am Drogenhandel zu akzeptieren.«

Oliver hört über sich die Bodendielen knarzen. Er hört Schritte und dann, wie sich die Tür seiner Mutter öffnet. Dann weitere Schritte.

Sie will zuhören. Aber sie will nicht herunterkommen.

Der Reporter sagt: »Als der Verteidiger Lawrence Bozeman ihr Wissen von den Aktivitäten seines Klienten in Zweifel zog, schien Mrs. Riggio förmlich zu explodieren, sie fragte ihn: ›Warum arbeiten Sie für ihn?‹ und beantwortete sich dann die Frage gleich selbst. ›Sie haben Angst‹, sagte sie. Dann deutete sie auf die Geschworenen und sagte: ›Sie haben auch Angst‹.«

Auf dem Bildschirm eine Skizze der Geschworenen. Oliver

geht ins Wohnzimmer, um besser sehen zu können. Auf einer der Skizzen hat eine Geschworene die Augen niedergeschlagen und stützt das Gesicht in die gespreizten Finger. Sieht fast wie Mom aus.

Der Reporter sagt: »Einige der Geschworenen schienen sichtlich bewegt, als die alte Witwe sagte: ›Schade um die Kinder. Schade um die Kinder.‹«

Oliver hört noch einmal die Dielen knarzen. Mom geht wieder in ihr Zimmer zurück.

Ein Werbespot unterbricht die Sendung.

Er denkt darüber nach, was die Frau gesagt hat.

Sie haben Angst.

Ein bestimmter Gedanke, der schon seit Tagen am Rand seines Bewußtseins herumschwirrt, bricht jetzt durch. Oliver verschlägt es den Atem. Lange Zeit steht er nur da und starrt den Fernseher an, ohne etwas zu sehen. Er kann sich nicht bewegen, und sooft er auch versucht, diesen Gedanken zu verdrängen, er kehrt immer wieder zurück. Er kann nichts dagegen tun. Dumme Paranoia nennt er es. Blöd nennt er es. Kindisches Zeug. Er schüttelt den Kopf. Er verdreht die Augen und lacht über sich selbst.

Aber der Gedanke bahnt sich immer wieder einen Weg in sein Bewußtsein.

Ich brauche jemanden, der mir hilft, beschließt er. Jemanden, der mir sagt, was für ein Trottel ich bin, ich bin ja übergeschnappt, *das kann doch nicht wahr sein.* Ich muß zu Juliet, damit die mich mit ein paar von ihren Sprüchen wieder zur Vernunft bringt.

Juliet denkt, wie immer, wenn der Piepser 5555 anzeigt, daß sie einfach nicht geschaffen ist für die Arbeit einer Ärztin. Vor allem nicht für die einer Ärztin in der Notaufnahme. Sie denkt, daß sie eigentlich nichts anderes sein will als Calypso-Tänzerin auf Trinidad. Oder noch besser, daß sie für den Rest ihres Lebens ans Bett gefesselt sein will mit einem Berg Bücher neben sich und einer endlosen Reihe gefesselter Liebhaber mit Schlafzimmerblick, die sie beim Zimmerservice bestellen kann.

Statt dessen aber ist es Mitternacht im St.-Ignatius-Krankenhaus, und 5555 erscheint auf dem Piepser.

Sie rappelt sich aus dem Halbschlaf hoch und taumelt auf den Gang. Geht zur Neugeborenenstation, für die sie diesen Monat zuständig ist. Dort ist niemand außer einem Assistenzarzt im zweiten Jahr und einem Pfleger. Und ein Neugeborenes auf dem Wärmetisch. Das gern schreien würde wie jedes Neugeborene, aber keine Luft bekommt.

Der Assistenzarzt ist ein Trottel, auch wenn er hellwach ist, und im Augenblick schläft er mit offenen Augen. Aber Gott sei Dank ist der Pfleger Henri da, Henri aus Haiti – neben Annie Juliets bester Freund. Sie geht zum Wärmetisch und wirft Henri einen fragenden Blick zu.

Henri berichtet ihr: »Die Entbindung war normal. Jetzt scheint es aber Atemprobleme zu geben.«

Die Haut des kleinen Jungen ist schrumpelig wie die Schale einer Walnuß. Aber er ist größer, als sie erwartet hat. Während sie dem Baby den Puls fühlt, fragt sie: »Keine Frühgeburt?«

»Fristgemäß, vaginal«, sagt Henri. Er zuckt die Achseln. Fristgemäße Geburten sind selten in dieser Abteilung.

Der Puls des Babys geht sehr langsam.

»Wo ist der zuständige Geburtshelfer?«

Henri zuckt die Achseln. »Ein Notfall, Kaiserschnitt, soweit ich weiß. Tut mir leid, Schätzchen.«

Mit einer DeLee-Saugpumpe reinigt sie die Nase. Dann schiebt sie dem kleinen Jungen einen Endotracheal-Tubus in den Mund und an den Stimmbändern vorbei in die winzige Luftröhre. Noch während sie intubiert, zeigen sich in dem Schlauch bräunliche Flecken.

»Scheiße.«

»Was ist?« fragt Henri.

»Scheiße. Sein eigener Kot. Er hat in die Plazenta geschissen, hat es in den Mund bekommen und sofort nach der Geburt eingeatmet. Das behindert jetzt die Sauerstoffaufnahme. He, Sie da!« ruft sie dem Assistenzarzt zu. Der Assistenzarzt rührt sich nicht.

»Heh, Doc!« Sie schnippt mit den Fingern.

Der Assistenzarzt öffnet die Augen.

Sie befiehlt ihm: »Holen Sie den Beatmungsbeutel.«

»Was?«

»Den Beatmungsbeutel!«

Sie ist in keiner guten Stimmung.

Sie klemmt dem Baby einen Pulsoximeter ans Ohrläppchen. Liest die Sauerstoffkonzentration ab. Sechzig. Sieht nicht gut aus.

Der Assistent bringt den Beatmungsbeutel, sie legt ihn dem Baby an und fängt an zu pumpen.

Wenn sie mit ihrem Daumen draufdrückt, wird Luft in die Lungen des Babys gepreßt. Sie läßt los und drückt wieder. Alle zwei Sekunden. Auf dem Kontrollgerät sieht sie, wie die Sauerstoffkonzentration steigt. Von sechzig auf vierundsiebzig. Normalerweise atmet ein Baby dreißigmal pro Minute. Sie pumpt den Beutel doppelt so schnell, einmal pro Sekunde, bis dieses Baby eine turbogeladene Atemmaschine ist. Trotzdem braucht sie lange, um die O_2-Konzentration aus der Gefahrenzone zu bringen.

»Wer ist dieser Junge, Henri?« fragt sie. »Weißt du etwas über ihn?«

»Ich kenne die Mutter.«

»Irgendwelche Probleme? Drogen?«

»Kann ich nicht sicher sagen. Aber jung ist sie. Vierzehn, vielleicht fünfzehn. Ein Mann war bei ihr.«

»Der Vater?«

»Möglich. Und wahrscheinlich auch der Vater der Mutter.«

Während Juliet auf den Beutel drückt, hebt sie ein Bein des Säuglings. »Ringelschwänzchen hat er keins«, meint sie.

Henri sieht genauer hin. »Nein.«
»Das schwächt deine Inzesttheorie.«
»Vielleicht hab' ich mich getäuscht.«
»Na ja. Irgendwas ist auf jeden Fall schiefgegangen.«
Schließlich hat die Sauerstoffkonzentration neunzig erreicht. Sie gibt dem Assistenzarzt den Beutel. Und sagt: »Genau da wollen wir sie, bei neunzig. Halten Sie sie da, okay? Ich werde mich mal um Hilfe kümmern.«
Sie geht zum Telefon. Läßt sich die Säuglingsstation des Columbia geben, und dort sagt ihr ein Arschloch von der zweiten Nachtschicht: »Tut mir leid, Doktor, aber ein solches Ersuchen darf nur von einem Oberarzt kommen. Wir brauchen die Diagnose eines Oberarztes, wir brauchen –«
Darauf Juliet: »Die kriegen Sie, sobald wir einen Oberarzt auftreiben können. Aber unterdessen –«
»Das bringt auch nichts, wir haben nämlich keinen Platz.«
»O Scheiße! Wann haben Sie denn Platz?«
»Im Augenblick haben wir vier Kandidaten für die Säuglings-Intensivstation. Zwei Plätze, vier Babies. Also ich weiß auch nicht. Morgen abend vielleicht.«
»Wann?«
»Oder vielleicht am Nachmittag. Um fünf vielleicht.«
Sie sagt: »Wir halten den Sauerstoff-Level mit einem Beatmungsbeutel. Was anderes haben wir nicht. Verdammt –«
»Sobald wir Platz haben, Doktor, und wenn Sie erst einmal einen Oberarzt gefunden haben, werden wir das Baby sehr gerne aufnehmen.«
Juliets Blick fällt auf den Monitor. Es zeigt siebzig an und fällt weiter.
Sie schreit den Assistenzarzt an: »Hoch damit, verdammt noch mal! *Hoch damit!*«
Die Stimme am Telefon: »Doktor?«
»Sie waren nicht gemeint. Wo sonst?«
»Wie bitte?«
Sie sagt: »Wo ist die nächste Säuglings-Intensivstation?«

Schweigen. Dann zögerlich: »Im Johns Hopkins?«
»Baltimore?«
»Hhm.«
»Oh, Scheiße.«
Sie legt auf.
Die Sauerstoffkonzentration ist noch immer bei siebzig.
Sie nimmt sich den Assistenzarzt vor.
»Neunzig!« schreit sie. »Ich will sie bei neunzig!« Sie reißt ihm den Beatmungsbeutel aus der Hand. Und fängt an, heftig zu pumpen.
Er sagt: »Fünfundsechzig ist doch vollkommen ausreichend. Bei fünfundsechzig ist er –«
»Bei fünfundsechzig bleibt er sein Leben lang ein Kohlkopf. Weil Ihnen der Daumen wehtut, bleibt er ein verdammter Kohlkopf!«
»Jetzt aber mal langsam –« setzt der Assistenzarzt an.
»Gehen Sie mir aus den Augen!«
Er flieht.
»Henri«, sagt sie. »Was siehst du?«
»Nichts.«
»Du glaubst, daß du die Hexe von St. Ignatius vor dir siehst, nicht?«
»Genau.«
»Du glaubst, ich habe ihn behandelt wie Hundescheiße?«
»Genau.«
»Er ist Hundescheiße.«
Darauf Henri: »Ich meine mich daran zu erinnern, wie du als Assistenzärztin im zweiten Jahr versucht hast, einem Matrosen eine Infusion zu setzen. Ich glaube, fünfzigmal hast du es versucht. Sein Arm hat ausgesehen wie ein Nadelkissen.«
»Wer sagt, daß er Matrose war?«
»Er hatte ein Segelschiff auftätowiert.«
»Wo?«
»Genau hier in diesem Krankenhaus.«

»Nein, ich meine, wo war die Tätowierung?«
»Ach so.« Er zuckt die Achseln und lächelt. »Daran kann ich mich nicht mehr erinnern.«
Sie sagt: »Das bildest du dir nur ein, daß er ein Matrose war. Er war ein Junkie, Henri. Er hatte keine Venen mehr.«
Langsam bringt sie den Sauerstoffwert wieder auf neunzig.
Henri sagt: »Ich erinnere mich, daß dir dieser junge Mann irgendwann die Nadel weggenommen und sie sich selbst reingesteckt hat.«
»Das beweist es doch. Natürlich konnte er gut mit der Nadel umgehen. Er war ja ein Junkie.«
»Du warst so verlegen, daß du am liebsten gestorben wärst.«
»Dabei konnte ich doch nichts dafür, daß er keine Adern mehr hatte.«
»Ich hab' dich den ganzen Tag wegen akuter Selbstmordgefahr nicht mehr aus den Augen gelassen.«
»Und das Segelschiff, Henri, an das du dich so gut erinnerst, hatte er auf seinem häßlichen Junkiehintern tätowiert.«
Sie hört nicht auf zu pumpen. Als ihr nach einer Weile der Daumen schmerzt, nimmt sie die andere Hand. Nach einer halben Stunde tun ihr beide Daumen so weh, daß sie bedauert, den Assistenten weggeschickt zu haben.
Sie sagt: »Weißt du was? Vor ein paar Tagen hat Annie mich zum Teufel gejagt.«
»Was hat sie getan?«
»Mir gesagt, ich soll aus ihrem Leben verschwinden.«
»Annie? Wirklich?«
»Sie schien ... ich habe sie noch nie so erlebt. Ich hätte einen schlechten Einfluß auf Oliver, hat sie gemeint. Aber sie weiß doch, daß ich ihn liebe. Ich liebe ihn wie sonst niemand auf der Welt. Bis auf Annie. Warum hat sie das nur gesagt, Henri?«
»Hat Annie das wirklich gesagt?«
»Weißt du, was mir am meisten Kummer macht, Henri? Was mir wirklich Kummer macht, ist, daß ich so verdammt

viel arbeite, daß ich gar keine Zeit habe, beleidigt zu sein. Das macht mir Kummer. Kannst du das mal bedienen, Honey?«
»Den Beutel? Ich kann's versuchen.«
»Okay, ich zähle bis drei, und dann übernimmst du. Eins, zwei, drei.«
Er übernimmt. Der Wert fällt, aber nicht sehr.
Sie intubiert das Baby. Intubiert noch einmal, geht dann zum Telefon und sagt zur Vermittlung: »Ich brauche das Johns Hopkins in Baltimore. Die Neugeborenenstation. Sofort.«
Zu Henri sagt sie: »Ich habe das Gefühl, wir werden die ganze verdammte Nacht hier sein.«

Oliver ißt seine Apple-Jack-Flocken. Er sitzt seiner Mutter gegenüber, die sich mit einer halben Scheibe Toast abmüht. Ihre Wangen sind eingefallen, die Haut ist fleckig. Ihre großen Augen, das sieht er, als sie zu ihm herüberblickt, sind blutunterlaufen und in den Winkeln noch milchig-weiß verklebt.
Er ißt, so schnell er kann. Kaum ist er fertig, holt er seinen Lacrosse-Schläger von der Veranda und hängt ihn in die Schlaufen hinten am Fahrrad. Er legt seine Schulbücher in den Korb und will eben davonfahren, als seine Mutter an der Gittertür auftaucht.
»Warum fährst du nicht mit dem Bus?«
»Hab' nach der Schule Lacrosse.«
»Ich dachte, Lacrosse ist am Mittwoch.«
»'ne Art Sondertraining heute. Wir haben nächste Woche das Spiel gegen die Brewster.«
Sie starrt ins Leere. Er wartet darauf, daß sie noch etwas sagt, aber sie scheint schon wieder völlig in sich versunken zu sein. Er fährt den Hügel hoch.
Aber an der Warbler Hollow Road biegt er nicht links ab Richtung Schule, sondern fährt geradeaus weiter. Langsam

strampelt er die Steigung zum Onion Creek hoch, vorbei an der Schlucht des alten Steinbruchs, vorbei an der Felsenquelle. An der Gabelung nimmt er die linke Straße, steigt vor Allens Lebensmittelladen ab und trägt das Rad die Steintreppe hinunter.

Juliet wohnt hier, in der Wohnung unter dem Lebensmittelladen.

Ihr Auto ist allerdings nicht da.

Er hält die Hände an die Augen und sieht durchs Fenster. Ihr Rad ist da, aber kein Licht brennt, keine Bewegung ist zu sehen. Natürlich hätte er das erwarten müssen, weil er weiß, daß sie neunzig Prozent ihrer Zeit in der Klinik verbringt, aber trotzdem. Scheiße.

Er überlegt sich, ob er ihr eine Nachricht hinterlassen soll oder nicht, oder ob er den ganzen Tag auf dem Rasen kampieren soll. Oder soll er vielleicht versuchen, sie im Krankenhaus anzurufen?

Plötzlich biegt ihr uralter VW Käfer in die Auffahrt.

Sie steigt aus. Und ist überrascht, ihn hier zu sehen.

»Oliver?«

»Hi.«

»Wie bist du hergekommen? Mit dem Fahrrad?«

Er nickt. Ihm fällt auf, daß ihre beiden Daumen bandagiert sind.

Sie fragt: »Hast du heute keine Schule?«

Er zuckt die Achseln.

»Du solltest in der Schule sein, aber du –«

»Ich mußte dich sehen.«

»Also ich habe nicht viel geschlafen. Ich wollte, äh, den ganzen Tag schlafen.«

Dann sieht sie ihn von der Seite an. Offensichtlich hat sie bemerkt, daß irgend etwas los ist, denn ihr Tonfall verändert sich. »Was ist denn?«

»Ich muß mit dir reden.«

»Über was?«

»Über Mom.«
Sie führt ihn in die Küche mit der niederen Decke und dem Erkerfenster zum Garten. Der schwache Geruch von feuchtem Verputz.
Sooft er Juliet besucht, überrascht es ihn, wie klein und beengt ihre Wohnung ist. In seinen Träumen ragt sie meistens riesig auf. Gigantisch, exotisch. Paradiesisch und zugleich bedrückend.
»Willst du was?« fragt sie. »Hast du Durst?«
»Wasser.«
»Nur Wasser? Kein Coke oder einen Saft oder so?«
»Wasser.«
Sie gibt ihm ein Glas. Nickt in Richtung eines Stuhls, und er setzt sich. Sie nimmt sich einen anderen und stützt die Ellbogen auf den Tisch. Er trinkt einen Schluck Wasser. Betrachtet die Bläschen, die sich an der Glaswand sammeln. Weiß nicht, wie er anfangen soll. Er sagt: »Du kommst direkt von der Arbeit, oder, Juliet?«
»Ja.«
»Warum diese Verbände?«
Sie zuckt die Achseln. »Ich hab' so 'ne Art künstliche Lunge gedrückt. Die ganze Nacht. Ich hatte ein Neugeborenes mit Atemproblemen.«
»Was ist passiert?«
»Schließlich ist vom Johns Hopkins ein Hubschrauber gekommen und hat das Baby mitgenommen. Vor ungefähr einer Stunde.«
»Wird's durchkommen? Das Baby?«
»Keine Ahnung. Ich hab' damit nichts mehr zu tun. Oliver?«
»Ja?«
»Was ist los?«
»Ach so. Also weißt du ... Aber du sagst doch niemandem etwas?«
Sie tut etwas, das ihm immer sehr gefällt: Sie verzieht den Mund ein bißchen wie ein Hase, ihre gespitzten Lippen

verschieben sich nach links. »Na ja«, sagt sie. »Ich sag nichts, außer es muß unbedingt sein. Was ist denn passiert?«

»Da ist doch dieser Kerl. Der Mom Geld für ihre Kunst gegeben hat. Erinnerst du dich noch an diesen Kerl? Du warst doch bei uns an dem Tag, als sie das Rendezvous hatte –«

Juliet nickt. »Ich erinnere mich.«

»Und am Tag darauf hat Mom geweint. Sie hat nicht gesagt, warum, aber sie wollte nicht über den Kerl reden, wollte einfach nicht. Keinen Ton. Und sie weint immer noch. Es ist, als hätte sie den Verstand verloren.«

»Glaubst du, sie ist spitz auf den Kerl?«

»Spitz?«

»Verliebt in ihn?«

»Hhm.«

»Glaubst du, daß er ihr weh getan hat?«

»Ich glaube, also ich glaube, er hat sie bedroht. Sag's mir ruhig, wenn du das alles nur für Einbildung hältst, okay, Juliet? Aber ich glaube, es stimmt, ich glaube, daß dieser Kerl sie in der Hand hat. So wie sie jetzt alle ankeift – es ist, als würde sie irgendwie in der Falle sitzen.«

»Was für eine Falle?«

»Weißt du, wer Louie Boffano ist?«

»Der Mafia-Boß? Dem jetzt der Prozeß gemacht wird?«

»Ja. Also gut. Hm. Na schön, hör zu. Sie ist eine der Geschworenen.«

SIEBEN

Orions kalte Disziplin und das süße,
wilde Durcheinander der Plejaden

ANNIE IST OBEN IN IHREM ZIMMER, OLIVER STEHT IN DER TÜR, und sie fragt ihn, ob er noch alle Tassen im Schrank habe. Und es komme überhaupt nicht in Frage. »Wenn es so wichtig ist«, sagt sie, »hättest du eben daran denken und mich früher fragen müssen.«

»Mom, ich habe doch nicht gewußt, daß das Training so spät ist. Ich bin gleich nach der Schule hingefahren, aber da war niemand, also habe ich den Trainer angerufen, und der hat gesagt, daß es erst um fünf anfängt. Wenn es vorbei ist, ist es bestimmt schon dunkel. Ich könnte mit dem Fahrrad fahren, aber ich weiß doch, daß du es nicht magst, wenn ich im Dunkeln Fahrrad fahre.«

»Ich mag nicht, daß du bei dieser Mannschaft mitspielst«, sagt sie. »Die Mittwoche gehen in Ordnung. Aber wenn es jetzt auch noch die Dienstage sind, und wenn ich dich fahren muß –«

»Nur dieses eine Mal! Ein Sondertraining. Weißt du, Mom, wenn ich nicht hingehe, nennen sie mich eine Schwuchtel.«

»Laß das, Oliver.«

»Ich kann doch nichts für das, was sie sagen, Mom.«

Sie schüttelt den Kopf. Aber was würde es eigentlich ausmachen? Herumsitzen und sich Sorgen machen, innerlich kochen kann sie im Auto genausogut wie in ihrem Zimmer.

»Und du hast jemand, der dich nach Hause fährt?«

»Ja.«

»Dann komm.«

»Laß mich erst schnell Jesse anrufen, er hat meinen Helm. Ich muß ihm sagen, daß er meinen Helm mitbringen soll.«

»Um Gottes willen, laß uns endlich fahren.«

Sie klimpert ungeduldig mit den Schlüsseln. Sie geht nach unten und hinaus zum Auto, wo sie auf ihn wartet.

Aber er ist so langsam. Immer so langsam. Sie hupt, und endlich kommt er.

Sie biegen auf die Seminary Lane ein. Sie wirft einen Blick in den Rückspiegel, wie immer, seit diese Geschichte angefangen hat. Aber dort hinten ist niemand. Sie fährt den Hügel hoch. Biegt bei der Warbler Hollow rechts ab und fährt dann vier oder fünf Meilen durch Weideland und flammenden Laubwald. Kurz vor der Schule sieht sie noch einmal in den Spiegel, und diesmal entdeckt sie ein Auto. Den zerbeulten VW Käfer von Juliet.

Davor hat Annie Angst, sooft sie aus dem Haus geht: daß sie irgendwo Juliet trifft. Sie beugt sich ein bißchen vor, damit man im Spiegel ihren Blick nicht sieht.

Sie steuert auf den großen Parkplatz neben den Sportplätzen. Zu dieser Tageszeit ist er fast leer. Sie späht in den Rückspiegel, und Juliet fährt dicht hinter ihr auf den Parkplatz.

Vielleicht kann ich so tun, als würde ich sie nicht bemerken. Losfahren, sobald Oliver ausgestiegen ist …

»Mom, da ist noch immer niemand da.«

»Mmh?«

Sie sieht zum Lacrosse-Feld hinüber, und da ist wirklich kein Mensch. Auch auf der Tribüne nicht.

»O Mann«, sagte Oliver. »Hab' ich das vielleicht schon wieder falsch verstanden? Moment mal. Vielleicht benutzen sie den hinteren Platz. Warte hier, ich will schnell nachsehen, warte, ich bin gleich wieder da.«

»Nein, Oliver, ich werde nicht –«

Er springt aus dem Auto. Scheint Juliets Auto nicht zu bemerken, läuft einfach auf dem baumbestandenen Weg auf einen anderen Sportplatz zu.

Annie steigt aus, stellt sich neben die Tür und ruft ihm nach: »Oliver! Komm zurück!«

Aber er ist schon verschwunden, und Juliet hat ihren VW abgestellt und kommt auf sie zu. Annie sieht keinen Ausweg mehr, sie muß sich zu ihr umdrehen und ein wenig lächeln.

Juliet sagt: »Wir müssen reden.«

»Ich würde ja gern, Juliet, aber ich kann jetzt nicht. Ich bin spät dran, ich muß mich beeilen, aber laß uns –«

Aber Juliet hat Annie bereits am Arm gepackt. Sie hält ihn fest umklammert und befiehlt: »Geh ein Stückchen mit mir.«
»Ich, ich kann wirklich nicht …«
»Und wenn ich in Schwierigkeiten wäre?« fragt Juliet.
»Was für Schwierigkeiten?«
»Wenn es wirklich ernste Schwierigkeiten wären?« fragt Juliet und führt sie zu einer Gruppe alter Ahornbäume am Rand des Parkplatzes.
»Was, ein Mann? Dein Job?«
»Ich weiß nicht, ob ich's dir erzählen kann.«
Das macht Annie wütend. »Was soll das heißen, ob du's mir erzählen kannst? Was redest du denn da, du bist meine beste Freundin, wenn du in Schwierigkeiten bist, *mußt* du es mir sagen.«
Juliet bleibt abrupt stehen. Sieht Annie in die Augen.
»Würdest du es mir erzählen?«
»Natürlich.«
»Dann tu's.«
»Was?«
»Es mir erzählen. Was los ist. Ich weiß, daß jemand dir weh tut. Wie können wir ihn stoppen?«
»Hoppla.« Annie hebt die Hände. Und geht einen Schritt zurück. »Was zum Teufel soll denn das?«
Sie sieht sich um. Zuerst hinüber zu den stillen Spielfeldern. Dann zu ihrem Auto auf dem Parkplatz. Im Auto Oliver, der geduldig auf ihre Rückkehr wartet.
»Das ist ein abgekartetes Spiel, nicht? Du hast mich doch nicht zufällig getroffen. Hat mein Junge dir das in den Kopf gesetzt?«
»Ich mußte einen Weg finden, um mit dir zu reden.«
»Und warum rufst du mich nicht einfach an?«
»Das bringt nichts, wenn das Telefon angezapft ist«, sagt Juliet, und Annie gibt es einen Ruck. »Also, was ist los, Annie?«

»Nein.«
»Sag's mir.«
»O Gott.« Das ist zu unvermittelt. Sie wird schwach, sie verliert die Kontrolle. »Ich kann es nicht. Ich kann es dir nicht sagen.«
Sie dreht sich um und geht aufs Auto zu. Aber ihre Freundin holt sie schnell wieder ein. »Weil du Geschworene bist, nicht?«
Annie hält den Kopf gesenkt, damit Juliet ihre Tränen nicht sieht. »Laß mich in Ruhe«, sagt sie. »Verdammt, laß mich in Ruhe!«
»Was macht er mit dir?«
Annie bleibt stehen und hält sich die Hand vors Gesicht. »O mein Gott«, sagt sie, sieht aber noch immer nicht hoch.
»Beobachtet uns irgend jemand?«
»Nein.«
»Schau dich gut um. Du mußt sichergehen. Auf der Straße« –
»Da ist niemand.«
»Irgendwelche Autos?«
»Nein.«
»Bist du ganz sicher, daß wir allein sind?«
»Wir sind allein.«
»Okay.« Annie schließt die Augen. »Okay. Er hat gesagt, wenn ich ihm nicht helfe, bringt er Oliver um. Er hat gesagt, Juliet, er hat gesagt, er bringt mein Kind um.«

Juliet und Annie sitzen nebeneinander in zwei baumelnden Schaukeln, und der dicke Stamm eines Zuckerahorns verbirgt sie vor Blicken von der Straße. Annie erzählt Juliet alles, alles, was sie weiß, und alles, was sie vermutet.
Und danach fragt sie ihre Freundin: »Und was denkst du jetzt? Was denkst du, was ich tun soll?«
Juliet schüttelt den Kopf. Mit leiser, trockener Stimme sagt sie: »Ich kann dir nicht sagen, was du tun sollst.«

»Was würdest du tun?«
»Ich habe kein Kind.«
»Aber du liebst ihn doch auch. Du liebst ihn beinahe so sehr wie ich, nicht?«
»Annie. Du willst ihn beschützen. Das klingt einleuchtend.«
»Hältst du mich für einen Feigling?«
»Nein.«
»Sag mir, was du tun würdest, Juliet. Sag's mir.«
Juliet sitzt unbeweglich auf der Schaukel. Geht im Geist noch einmal ihre Strategie durch. Schließlich richtet sie sich ein wenig auf. »Also gut. Alles, was dieser Kerl tut, plant er sorgfältig. Richtig?«
»Sieht so aus.«
»Ist er ordentlich? Penibel?«
»Ja.«
»Er hat einen *Grund* für alles, was er tut?«
»Ja.«
»Wenn er sich also selber für einen vernunftorientierten Mann hält, kannst du ihn schlagen. Verstehst du? Du mußt dafür sorgen, daß er einen Preis bezahlen muß, wenn er dir weh tut, und du mußt dafür sorgen, daß er diesen Preis kennt. Und es muß ein hoher Preis sein.«
»Ich habe kein Ahnung, was du sagen willst.«
»Geh zum Richter. Sag ihm, du willst heraus aus diesem Prozeß. Sag ihm ... sag ihm, dein Junge ist krank. Sag ihm, daß man bei ihm eben Leukämie festgestellt hat.«
»Also komm, Juliet. Das kauft er mir doch nie ab.«
»Er muß es. Weil du ihm einen Brief von Olivers Ärztin vorlegen wirst. Von mir. Er muß dich entlassen. Dann schicken wir Oliver nach Long Island, er kann dort eine Zeitlang bei meinen Leuten wohnen. Und dann, also dann lassen wir diesem Mann eine Nachricht zukommen. Du wirst dich irgendwo mit ihm treffen. Zum Beispiel noch einmal bei diesem Reservoir. Und dort sagst du ihm: ›Wenn Sie mir noch einmal zu nahe kommen, erzähle ich alles den Bullen‹.

Und dann, ich weiß nicht, ich weiß nicht, was er darauf sagen wird, vielleicht lacht er nur, aber du sagst: ›Da drüben sind Freunde von mir‹. Und ich und Henri, wir stehen am anderen Ufer und winken ihm zu, und ich zeige ihm, daß ich eine Kamera habe. Und daß ich alles aufgenommen habe. Okay? Und damit, na ja, also ich meine, damit hat sich's.«

Annie fragt mit müder Stimme: »Das soll ich also deiner Meinung nach tun?«

»Du hast mich gefragt, was ich tun würde.«

Den ganzen Tag lang, während Juliet sich das ausgedacht hat, zwischen Phasen alptraumschweren Schlafs immer und immer wieder darüber nachgedacht hat, ist es ihr vorgekommen wie ein klarer, schnörkelloser, kaltblütiger Plan. Aber jetzt erscheint er ihr naiv und gefährlich. Diese Idee, daß sie dem Kerl zuwinkt und ihm eine Kamera zeigt? Eine Spinnerei. Vom Schlafentzug bedingter Wahnsinn.

Sie beobachtet Annies Augen. Annie schaut einfach zu ihrem Auto hinüber. Juliet schaut in dieselbe Richtung, aber dort ist nichts zu sehen. Auch von Oliver sind nur sein zum Fenster heraushängender Unterarm und die Hand sichtbar.

Annie sagt: »Ich weiß nicht. Klingt irgendwie ziemlich verrückt.«

»Ja. Du hast ja recht. Die Art, wie du das machst, ist wahrscheinlich viel gescheiter.«

»Aber warum würdest du –«

Juliet zuckt die Achseln. »Ich weiß auch nicht. Weil ich mich nicht gern herumkommandieren lasse. Vor allem nicht von Monstern. Aber so bin *ich* eben. Und es ist nicht *mein* Kind.«

Annie sieht noch immer zum Auto hinüber. Ihre großen grauen Augen sind weit aufgerissen. Ob sie nachdenkt? fragt sich Juliet. Sie sagt kein Wort. Ist sie überhaupt noch hier? Denkt sie oder starrt sie nur vor sich hin?

Schließlich sagt sie: »Also, ich kann nicht ...« Es vergeht fast eine Minute. »Ich meine, ich kann nicht *so* weitermachen.«
Juliet wartet. Annie schaukelt ein wenig. »O mein Gott. Ich, Gott, ich weiß es nicht.«

Sari Knowles ist zu Hause. Sie macht sich einen Salat, kann ihn aber nicht essen. Sie schafft es gerade noch, an einem einzelnen Blatt Kopfsalat zu mümmeln.
Wenn Slavko doch nur ans Telefon gehen würde.
Gestern hat er ihr auf Band gesprochen, daß er etwas über Eben herausgefunden hat, aber jetzt kann sie ihn nicht mehr erreichen. Immer und immer wieder ruft sie an, aber er ist nie da.
Ich sollte in Slavkos Büro gehen, denkt sie. Heute abend. Gleich jetzt. Und wenn er nicht da ist, kann ich ihm wenigstens eine Nachricht hinterlassen.
Etwas über Eben. Er weiß etwas über Eben. Eben Eben Eben. Hör auf, dauernd den Namen zu wiederholen, Mädchen, sonst fängst du wieder an zu flennen.
Sie geht unter die Dusche, aber kaum hat sie den Kopf unter den Strahl gesteckt, glaubt sie, das Telefon zu hören. Sie muß das Wasser abdrehen und horchen. Stille. Es war nur ein Geräusch in den Rohren. Sie dreht das Wasser wieder auf. Erneut glaubt sie das Telefon zu hören. Sie *weiß*, daß es nicht das Telefon ist – trotzdem, möglich wäre es ja. Also das Wasser abdrehen. Wieder Stille. Ein Scheißleben. Tropfnaß steht sie da, ohne Wasser von oben. Das tut weh. O Gott, Eben, es tut zu sehr weh. Diese verdammte Kuppel aus Schweigen, unter der ich lebe ... Eben, du Arsch, schau, was du aus mir gemacht hast.
Versuch nur ja nicht, zu mir zurückzukommen, Eben, ich werde dir ins Gesicht spucken, ich werde dir die Augen auskratzen, ich schwöre es, das werde ich tun.
Sie hört ein Auto in ihrer Auffahrt und denkt: Eben? Könnte

es Eben sein? Nein. Aber es könnte Slavko sein, der ihr etwas über Eben erzählen kann. Sie springt schnell aus der Dusche, schnappt sich ein Handtuch, senkt den Kopf und trocknet ihre Haare. Es klingelt an der Tür.
Ach du meine Güte, der Kerl sollte eigentlich nicht vorbeikommen, ohne vorher anzurufen, aber mir ist's egal, es tut bestimmt gut, mit ihm zu reden. Mein neuer Freund, mein Tröster. Wir können uns wieder miteinander betrinken. Sie zieht einen Bademantel an, läuft zur Tür und öffnet sie.
Es ist Eben.
Er hat ihr eine Orchidee mitgebracht. Er trägt ein wunderbares Brioni-Jackett und Converse-Turnschuhe. Und im Gesicht sein schiefes Grinsen. Er sagt: »Es tut mir leid.«
»Behalt deine Blume«, sagte sie. »Und verschwinde von hier.«
»Es tut mir leid, daß ich nicht angerufen habe. Du hast mir gefehlt. Das ist das schwierigste Geschäft meines Lebens, Sari. Und das tollste, wenn ich es schaffe. Aber du hast mir in jeder Minute jedes Tages gefehlt.«
Sie haßt ihn. Sogar den Klang seiner Stimme, alles widert sie an. Sie sagt: »Vor ein paar Tagen an dem Abend, als du mich angerufen hast – von wo hast du mich da angerufen?«
»Von zu Hause.«
»Ja, ja. Ja, das hast du mir zumindest damals gesagt.«
»Es stimmt.«
»Leck mich. Du hast mich also aus deinem Reihenhaus in der Stadt angerufen?«
Er zwinkert, sieht einen Augenblick zur Seite und begegnet dann wieder ihrem Blick.
»Na ja, nein.«
Genau, du schmieriger Lügner. Und welche neue Ausrede wirst du mir jetzt auftischen?
»Ich habe dich aus einem anderen Haus angerufen, Sari.«
»Ein anderes Haus? Was zum Teufel versuchst du –«
»Ich habe dir doch einmal davon erzählt. Ich habe eine

Hütte. In der Nähe von Garrison, am Fluß. Ich nehme nie jemanden dorthin mit, die ist nur für mich allein. Ist ja auch kaum mehr als ein Schuppen. Aber wenn ich viel Streß habe, gehe ich immer dorthin. Letzte Woche war ich jede Nacht dort. Woher hast du gewußt, daß ich nicht in meinem Haus in der Stadt war?«

Sie funkelt ihn böse an.

Er fragt sie: »Traust du mir nicht, Sari? Du solltest mir vertrauen.«

Sie senkt den Blick. Sie spürt, wie der Haß in ihr zerbröckelt. Aber sie will nicht, daß er zerbröckelt. Sie will diese solide Mauer des Hasses aufrechterhalten. Nein, denkt sie. Er lügt schon wieder. Er hat gar keine geheime Hütte. Das ist alles Unsinn.

Aber dann sagt er sanft: »Ich habe das noch nie jemanden gefragt, aber würdest du sie gern sehen?«

»Was sehen?«

»Meine Hütte?«

»Hinfahren?«

Er nickt.

»Wann?«

Er faßt sie bei der Hand und zieht sie nach draußen.

»O Gott, Eben, nein.«

Er zieht. »Komm mit mir.«

»Du hast doch diese Hütte nicht wirklich, oder?«

»Komm jetzt gleich mit.«

»Aber ich muß doch ... ich muß mir doch was anziehen –«

»Es ist eine wunderbare Nacht, Sari. Ich leih dir was zum Anziehen, wenn wir dort sind.«

Sie lacht.

Nein. Lach nicht.

Mein Gott, gib doch nicht so schnell nach, tu's nicht! Aber sie kann nicht anders, sie muß lachen. Sie läßt sich von ihm nach draußen ziehen. In ihrem Bademantel, barfuß. Er schließt ihre Wohnungstür und führt sie über den kühlen

Kies zu seinem Auto, er hält die Tür für sie auf, und sie lacht noch einmal.
Wo ist der Schmerz?
Sie hat nur noch eine undeutliche Erinnerung an einen großen, kindischen Schmerz, der jetzt Gott sei Dank hinter ihr liegt.

Olivers Mom steigt ins Auto und wirft Oliver einen scharfen Blick zu, und als er etwas sagen will, legt sie den Zeigefinger an die Lippen. Sie biegt vom Parkplatz auf die Warbler Hollow Road ein, und er denkt sich, jetzt krieg' ich mein Fett weg. Hausarrest für mindestens einen Monat, was schon unangenehm genug ist, aber schlimmer ist noch, daß sie jetzt wahrscheinlich denkt, ich bin ein Spinner und ein Schizo. Sie und Juliet – beide denken sie wahrscheinlich, sie müssen mich einsperren, bevor ich noch jemandem was tue.
Mom fährt den langen Weg nach Hause. Über die Ratner Avenue und zur Old Willow Avenue und dann am dämmrigen Seeufer entlang.
Am Seeufer, neben der Statue von Hannah Stoneleigh auf ihrem Pferd, hält sie ohne ein Wort der Vorwarnung an.
»Was ist das?« fragt sie. »Hinter der Statue, was ist das?«
»Ein Skelett, Mom. Für Halloween.«
»Wirklich? Laß uns mal nachsehen.«
Sie gehen um die Statue herum.
Sie sehen sich Hannah und das Pferd an und dann das Skelett mit dem Zylinder. Oliver wartet nur darauf, daß sie zur Sache kommt. Daß sie sagt: Junge, ich glaube, es ist Zeit, daß du zu einem Therapeuten kommst.
Aber sie sagt etwas ganz anderes: »Oliver, im Auto können wir nicht reden. Nie. Es kann nämlich sein, daß sie es verwanzt haben. Daß sie unser Haus verwanzt haben, weiß ich mit Sicherheit. Weißt du, was eine Wanze ist?«
Er nickt.

So lebhaft er sich diese Geschichte auch vorgestellt hat – es verblüfft ihn, sie von seiner Mom bestätigt zu bekommen.
Sie sagt: »Was weiß ich, vielleicht hören sie auch jetzt mit. Vielleicht haben sie unsere Schuhe oder sonst was verwanzt, aber dieses Risiko gehe ich ein. Doch sobald wir wieder im Auto sitzen, verlierst du kein Wort mehr darüber. Keine Frage. Ein Ausrutscher, und alles ist ruiniert, hast du verstanden?«
Er nickt.
»Sag's. Sag: ›Ich werde über diese Sache nie im Auto reden.‹«
»Ich werde über diese Sache nie im Auto reden.«
»Und auch im Haus nicht.«
»Und auch im Haus nicht.«
»Du hast recht, er ist einer von Louie Boffanos Männern. Er sagt, ich muß für nicht schuldig stimmen, sonst tut er uns was. Es tut mir leid, daß ich es dir nicht schon früher erzählt habe. Verstehst du, warum ich es dir nicht erzählen konnte?«
»Ja.«
»Hast du es schon irgend jemand erzählt?«
»Nein.«
»Bestimmt nicht? Vielleicht hast du, hast du Angst bekommen und Jesse angerufen –«
»Nein! Mom, ich bin doch erst gestern abend auf die Idee gekommen.«
»Wir können nicht zur Polizei.«
»Okay.«
»Diese Männer, Oliver, denen ist die Polizei egal. Die würden uns trotzdem umbringen.«
Er nickt.
Sie sagt: »Wir werden etwas ausprobieren. Ich meine, *ich* werde es, aber die Idee ist von Juliet. Ich werde … vielleicht werde ich mit dem Richter reden und versuchen, aus dem Prozeß rauszukommen. Vielleicht wird sich unser Leben

schon morgen ändern. Vielleicht verlassen wir Pharoah und kommen nie zurück. Hast du Angst?«

Wenn er ehrlich ist, müßte er sagen, daß er in diesem Augenblick überhaupt keine Angst spürt. Er spürt nur, daß jetzt, da seine Mom und Juliet, die beiden Cracks, zusammenarbeiten, die Sache in fähigen Händen liegt.

Aber er will nicht kindisch großspurig klingen, und deshalb verstellt er sich. »Ja, ein bißchen Angst habe ich schon.«

»Ich auch«, sagt sie. »Aber ich bin auch froh, daß wir etwas unternehmen. Ich kann nicht einfach nur tun, was dieser Saukerl von mir verlangt. Ich habe gedacht, ich könnte es, aber es hat mich schier umgebracht. Ich bin froh, daß du herausgefunden hast, was los ist mit mir, Oliver. Ich bin froh, daß du zu Juliet gegangen bist. Es macht mir angst, aber ich bin froh. O Gott, am liebsten würde ich diesen Wichser umbringen.«

»Wichser?« sagt er und lächelt kaum merklich. Und sie lächelt kaum merklich zurück.

»Hast du Hunger?« fragt sie.

»Ja.«

»Pizza?«

»Ja. Mom, können wir in die Mall gehen?«

»Wir können in die Mall gehen, wir können in deinen Spielsalon gehen, du kannst unzählige Vierteldollar verschwenden, und ich werde dir dabei helfen.«

Der Lehrer vor seiner Hütte, unter Sternen und einer Mondsichel. Er steht hinter Sari, die vor Staunen über den Ausblick den Kopf schüttelt. Er sieht zu, wie sie ihn genießt. Die dunklen, knorrigen Obstbäume. Die Lichter der Dörfer, die entfernten Neonschlieren. Im Sternenlicht die Segel von drei Schaluppen weit draußen auf dem schwarzen Hudson.

»Oh«, sagt sie.

Auch der Lehrer ist gerührt. Seit einem Monat war er nicht

mehr in dieser kleinen Hütte, und er vergißt immer wieder, wie wunderbar es hier ist.
Er berührt Sari, und sie dreht sich um. Er fragt sie: »Ist dir kalt?«
»Hm, ein bißchen.«
Dann legt sie ihm die Hände auf die Schultern, springt hoch und schlingt ihm die Beine um die Taille. Sie trägt noch immer ihren Bademantel, er öffnet sich, und ihr nacktes Geschlecht drückt gegen das Metall seiner Gürtelschließe. Er trägt sie in die Hütte. Sie reibt ihre Wange an den Stoppeln auf seinem Kinn.
Er legt sie aufs Bett und streckt sich neben ihr aus.
Keine Lampen, keine Kerzen. Nur das Licht der Sterne auf dem derben Bett. Die tiefen Schatten des Gebälks über ihnen. Lange Zeit liegen sie da und bewegen sich kaum, ihre Lippen berühren sich, jeder atmet den Atem des anderen. Seine Finger streichen über ihre Stirn, ihr Ohrläppchen.
Geduld, denkt er und macht sich an die Arbeit.
Viel später fährt er behutsam mit der Zunge ihre Brüste nach, leckt ihre Warzen zu Spitzen, schürt das Feuer in ihr, treibt sie langsam zur Ekstase. Sie windet sich. Sie will mehr. Sie schiebt seine Hand in ihren Schoß, aber seine Fingerspitzen auf ihren Schamlippen sind wie die eines Geistes. Kein Druck. Soll die Blüte sich von alleine öffnen.
Und er sagt zu ihr: »Schau nach draußen.«
Durch die offene Tür sieht sie unten auf dem Fluß einen Lastkahn, eine Raute aus Lichtern, so fahl wie Glühwürmchen. Der Kahn zieht langsam von dem einen Türpfosten zum anderen. Diese gigantische, reine Nacht da draußen, die sich ihm inzwischen vollkommen unterworfen hat. Ein unmißverständlicher Sieg. Mein Universum. Eine lange Zeit vergeht, dann rutscht er nach unten und kniet vor ihr. Mit der Zungenspitze umkreist er ihre Klitoris und läßt sie dann ihre Spalte hinuntergleiten. *Dunkelheit innerhalb von Dunkelheit innerhalb von Dunkelheit*, sagt Laotse, *das Tor zu jedem*

Geheimnis. Er beschreibt noch einen Kreis. Sie stöhnt und drückt ihr Becken gegen seinen Mund, aber er weicht zurück. Sie senkt sich. Er kehrt zurück. Aber er schenkt ihr nur eine leichte sanfte Berührung mit der Zunge.

»O Gott, Eben. Bitte! Laß mich kommen.«

Er flüstert ihr zu: »Noch nicht.«

»O bitte«, sage sie. »Ich will jetzt kommen.«

»Du kommst erst, wenn ich es dir sage.«

Viel später, nach Mitternacht, sitzt sie auf seinem Schoß, beide mit dem Gesicht zur Tür, sein Schwanz ist tief in ihr, und er schaut zum Südfenster hinaus und sieht nebeneinander den Orion und die Plejaden. Die eherne Gestalt des Jägers und der verschwommene Nebel des Siebengestirns. Wie ich und Annie. Auf der ganzen Hemisphäre sehen Menschen, die in den Himmel blicken, Orions kalte Disziplin und das süße, wilde Durcheinander der Plejaden: der Lehrer und die Geschworene. Welchen Namen die Völker dieser Erde ihren Sternmythen auch geben, immer reden sie über den Lehrer und die Geschworene. Er lacht laut auf.

»Was ist?« fragt Sari.

Ihre Stimme erinnert ihn daran, daß er nicht mit Annie zusammen ist, nicht körperlich, nicht jetzt. Er ist mit dieser anderen Frau zusammen. Aber das macht nichts. Er sagt zu ihr: »Diese Nacht!«

Viel später flattert eine Fledermaus in die Hütte. Sari erschrickt, aber er flüstert ihr zu: »Alles in Ordnung, sie wird uns nichts tun, sie ist bald wieder verschwunden, ich bin bei dir«, und er fickt sie weiter, läßt sich in seinem Rhythmus nicht stören. Sie hält den Atem an, sie hören das merkwürdige Motorengeräusch der Fledermausflügel, und dann findet die Fledermaus wieder zur Tür hinaus.

Später liegt er auf ihr, und nun scheint es ihm, als sei seine Zeit gekommen. Er bewegt sich schneller. Hämmert in sie, mit einem kleinen Haken am Ende jedes Stoßes, ein rauhes Reiben gegen ihr Becken, das sie an den Rand des Höhepunkts treibt, und noch einmal bis an den Rand, und noch einmal – und dann gewährt er ihn ihr. Aus ihrem Stöhnen wird ein Heulen. Sie schlägt um sich, gräbt ihre Finger in seine Brust.

Er gestattet auch sich die Eruption, und während sie in ihm hochkocht, öffnet er den Mund, um aufzuschreien, und er sucht und findet in der Dunkelheit Annie. Annie. Die lacht, wie sie gelacht hat, als er in ihrem Atelier war und ihre Skulpturen ertastete. Als sie so laut lachte, weil er sie reich und glücklich machen wollte und weil sie sich in ihn verliebte, und so wird er sie nie wieder lachen sehen. Er hat Schmerzen, und er brüllt. Verletzt, in bitterer Wut, in der ganzen Herrlichkeit seines Triumphes, brüllt er.

ACHT

Wer wird Sie beschützen?

ANNIE STELLT IHR AUTO AUF DEM PARKPLATZ VOR DEM monströsen Bezirksgerichtsgebäude ab. Es war kein Problem, einen freien Stellplatz zu finden. Sie ist früh dran, es ist fast niemand da.

Hier parkt sie heute zum ersten Mal. Bis jetzt hat sie an jedem Morgen des Verfahrens ihr Auto auf einem Polizeirevier in der Nähe der I-684 abgestellt und dann mit den anderen Geschworenen auf den Bus gewartet, der sie zum Gericht bringt. Die Behörden scheinen zu befürchten, daß man ihr eines Tages nach Hause folgt, wenn sie hier am Gericht parkt.

Rührend, diese Sorge um ihren Seelenfrieden.

Sie läuft eine Treppe hoch. Geht unter den Pseudo-Ruinen eines Torbogens hindurch und betritt den Innenhof. Bizarr, dekonstruktivistisch, Beton pur. Offensichtlich wurde dieser Alptraum von einem Gerichtsgebäude irgendwann in den späten Siebzigern erbaut, als Imitationen von Chaos und Anarchie der letzte Schrei waren.

In der Mitte des Innenhofs wachsen Kakteen und eine Weide. Drei hoch aufragende Klötze aus schwarzem Glas drängen sich um einen riesigen, formlosen Schotterhügel.

An der Tür zu den Gerichtsbüros sagt sie dem Wachposten, sie habe einen Termin bei Richter Wietzel. Er schickt sie durch einen Metalldetektor.

Einen tristen Korridor hinunter, der die Atmosphäre einer Höhle vermitteln soll. Pseudo-Flackern aus Pseudo-Fackeln.

Vor Wietzels Amtsräumen versucht eine Sekretärin, sie aufzuhalten, aber Annie kann direkt in das Büro des Richters sehen. Er zieht eben seine Robe an. Annie flüstert der Sekretärin zu: »Es tut mir leid, aber ich kann Ihnen nicht sagen, warum ich ihn sehen muß.«

Dann geht sie an der verblüfften Frau vorbei, betritt das Büro des Richters und schließt die Tür hinter sich.

Wietzel dreht sich um. Von seiner gewohnten schlaffen Selbstzufriedenheit ist nichts zu spüren. Er ist erschrocken,

und sein Blick zuckt zu ihren Händen. Er sieht nach, vermutet Annie, ob ich eine Waffe habe.
Sie hält ihm ihre Handflächen hin.
»Entschuldigen Sie«, sagt er und weicht vor ihr zurück, flüchtet sich hinter seinen Schreibtisch. »Aber können Sie mir sagen, was Sie hier wollen?«
»Ich muß Sie sehen. Sie wissen, wer ich bin?«
»Ja.« Vernichtende Kälte in seiner Stimme. »Ja, Sie sind eine Geschworene. Bitte öffnen Sie diese Tür.«
»Ich muß allein mit Ihnen sprechen.«
»Haben Sie ein Problem?«
»Ich habe, ich bin –«
»Nun, lassen Sie mich Ihnen erklären, daß ein Besuch in meinen Amtsräumen eine sehr schwerwiegende Angelegenheit ist. Man kommt hier nicht einfach herein, um sich zu unterhalten. Wenn ein Geschworener einen Richter besucht, kann das ernste Konsequenzen haben.«
Sie starrt ihn an.
Was will er mir damit sagen?
Will er mir damit sagen, daß er zu ihnen gehört?
Er räuspert sich. »Also, wenn Sie wirklich ein ernstes Problem haben und Sie noch immer darüber reden wollen, werde ich den Verteidiger und den Staatsanwalt rufen, und wir können –«
»Nein!«
»Wie bitte?«
Sie sagt: »Ich will allein mit Ihnen reden. Ich will nicht ... ich will nicht, daß die dabei sind. Ich will nur mit Ihnen reden.«
»Allein?«
»Allein.«
Sie öffnet Ihre Handtasche und zieht den Brief von Juliet heraus.
»Sie können nicht allein mit mir sprechen«, erklärt er ihr. »Und was Sie da auch haben, ich will es nicht sehen. Nicht

ohne die Anwesenheit der Anwälte.« Er stützt die Hände auf den Tisch und beugt sich zu ihr.
Sie weicht zurück.
Ja. Er gehört zu ihnen.
Natürlich gehört er zu ihnen. Sie haben alles Geld der Welt, warum sollten sie da nicht auch ihn auf ihrer Gehaltsliste haben? Sie sagt: »Was wollen Sie mir damit sagen? Wollen Sie mir damit sagen, daß ich einen Fehler mache?«
»Ma'am, ich erinnere mich noch sehr gut daran, daß ich Ihnen jede Gelegenheit gegeben habe, Ihr Geschworenenamt niederzulegen. Aber Sie haben darauf bestanden, Sie wollten Ihre Pflicht erfüllen. Wissen Sie noch?«
Sie nickt.
»Also. Einmal wollen Sie Ihre Pflicht erfüllen, dann wieder nicht. Sie haben ein Problem, aber Sie glauben nicht, daß der Angeklagte das Recht hat, davon zu erfahren. Ich glaube, Sie irren sich. Ich glaube, er hat sehr wohl das Recht. Zufällig steht er wegen Mordes vor Gericht. Soll ich jetzt versuchen, seinen Verteidiger ausfindig zu machen?«
Er hebt den Hörer. Sieht sie an. Sie hört das Freizeichen. Sie steht langsam auf. Steckt den Brief wieder in die Tasche.
»Nein«, sagt sie. »Nein, ich habe es mir anders überlegt.«
Sie tritt einen Schritt zurück, dreht sich dann um und verläßt das Zimmer.

Es ist drei Uhr nachmittags. Slavko sitzt auf dem Boden seines Büros und schreibt ein Gedicht. Es trägt den Titel *Heilige Scheiße*, und obwohl es sein erstes Gedicht ist, ist es ein verdammt gutes Gedicht. Er liest, was er bis jetzt geschrieben hat. Greift nach der Flasche Jim Beam zu seiner Linken. Er sieht nicht hin, weil das bedeuten würde, daß er den Kopf nach links drehen müßte, und den Kopf nach links zu drehen tut zu weh. Nach rechts ebenfalls. Also greift er ohne hinzusehen nach der Flasche und gerät dabei mit der Hand in einen Straßenverkaufskarton von Luk Dhows Im-

biß. Das gestrige Abendessen. Er zieht die Hand zurück, und auf ihr steckt der Pappkarton wie ein Handschuh. Er schüttelt ihn ab.
Er zwingt sich, den Kopf zu drehen. Sieht den Bourbon und zieht ihn heran.
Während er sich die Hand ableckt, liest er noch einmal sein Gedicht:

Heilige Scheiße

Scheiße, was?
Alles ziemlich beschissen? Oder was meinst du?
Arschkopf, he, Arschgesicht, Sprache verschlagen?
Absolute Scheiße.
Was hast denn du gedacht? Daß es besser wird?
Würde ja gern antworten, aber ich kann nicht wegen diesem
Piep Piep Piep
von dem Sattelschlepper draußen auf der Main Street.
Er stößt zurück!
Leck mich doch,
im Verkehr ist jeder besoffen. Piep Piep Piep
macht er, so laut, daß ich nicht denken kann.
Es ist die Nationalhymne
meines Lebens. Was für eine Scheiße! Okay? Und das
ist mein Gedicht.
Juliet, erst wollt ich's
dir nicht schicken,
aber jetzt hab' ich ein neues Mädchen,
dem ich's nicht schicke.

Muß man eigentlich eine gewisse Mindestzahl von Gedichten geschrieben haben, fragt er sich, um für den Nobelpreis in Frage zu kommen? Würde denn nicht schon eins reichen, wenn's ein echter Knaller ist?
Irgendwo müssen hier noch Mais-Chips herumliegen.

Er entdeckt die Tüte unter dem Schreibtisch. Fünf Zentimeter Mais-Chips-Krümel am Boden der Tüte, essen könnte man das noch. Aber da ist auch eine Küchenschabe mit drin, sieht ziemlich zufrieden aus, fast schon keck, und ihre kleinen Fühler zittern. Na gut, wenn du fertig bist, mein Freund. Immer die Gäste zuerst.
Tageslicht fällt durch das verdreckte Fenster. Warum schaltet denn nicht jemand das verdammte Tageslicht ab? Irgend jemand?
Statt dessen klopft jemand.
O Mann, glaubst du wirklich, daß ich aufmache? Wohl nicht mehr alle Tassen im Schrank, was?
Mr. Czernyk bedauert, aber er kann heute leider keine Gäste empfangen, die größer sind als eine Küchenschabe. Bitte keine Schläge heute. Schläge bitte erst morgen wieder.
Die Tür geht auf. Natürlich hat er vergessen abzuschließen. Es ist Sari.
Er zuckt zusammen.
Das Büro sieht gräßlich aus, absolut gräßlich. Und er ebenfalls. Sein Kinn ist geschwollen und schwarz und blau und laubwaldgrün. Seine Nase sieht aus wie eine Wassermelone, die jemand ganz hinten in den Kühlschrank gelegt und dann für zwei Monate vergessen hat. Außerdem haben die Schläge seine Augenhöhlen aus dem Gleichgewicht gebracht. Und zu guter Letzt hat er Brösel und Bourbonflekken und Tropfen von Luc Dhows Spezialsoße auf dem Hemd.
Wenigstens ist er sich ziemlich sicher, daß sein Hosenreißverschluß hochgezogen ist. Immerhin, denkt er, wenn einem solche Kleinigkeiten auffallen, kann der Mannesstolz doch nicht ganz gebrochen sein.
Sari hält den Atem an, als sie ihn sieht. »Tut mir leid, ich hab' nicht –«
Sieht das, was von ihm übrig ist, von oben bis unten an.
»Was ist passiert? O Gott!«

Wie wunderschön sie ist. Ist eigentlich ein Schwerverbrechen, etwas so Schönes auf ein solches Schlachtfeld zu lassen. Er fühlt sich so gedemütigt, daß er am liebsten sterben würde.
Diese Demütigung macht ihn wütend. Er keift: »Habe ich vielleicht ›Herein‹ gesagt?«
»Was ist mit dir passiert?«
»Beim Rasieren geschnitten.«
»Mein Gott, warst du schon im Krankenhaus?«
Er schüttelt den Kopf. »Ich würde ja gern, aber ich hatte zu viel zu tun. Habe gearbeitet wie ein Stier, wenn du weißt, was ich meine.«
Warum tut er ihr das an? Sie kann doch nichts dafür. Aber die Art, wie sie dasteht, die geht ihm unter die Haut. Sie steht da, betrachtet das Chaos in seinem Büro und schüttelt unentwegt den Kopf. Er sieht, daß ihr Blick an dem Blutfleck an der Wand hängenbleibt, und dann an den Blutspritzern auf seinen Papieren und schließlich an der Jim-Beam-Flasche neben ihm. Sie ist entsetzt, ja. Sie bedauert ihn. Trotzdem behält sie eine Hand am Türknauf, hält die Schultern gerade in ihrem frisch gebügelten Designer-Blazer, reckt die Nase ein wenig in die Höhe. Sie will die Distanz wahren zu alldem hier.
Sie fragt: »Leute, die du beschattet hast oder so? Haben die das getan?«
Wieder übermannt ihn sein Zorn. »Das sind vertrauliche Informationen, Ms. Knowles. Sagen Sie mir, was kann ich für Sie tun?«
»Ich habe ... ich habe dauernd versucht, dich anzurufen. Hast du meine Nachricht erhalten? Ich wollte dir sagen, also, du hast wirklich gute Arbeit geleistet, und ich wollte dir danken. Und dich bezahlen, die Sache abschließen.«
»Was denn abschließen?«
»Ich meine, ich brauche dich nicht mehr. Deine Dienste. Weil, na ja, weil Eben mir alles erklärt hat. Wirklich alles.

Und wir verstehen uns wieder. Ich meine, ich sag's zwar nicht gern, aber größtenteils war die Sache mein Fehler. Ich mit meiner Ungeduld. Und meinem Mangel an Vertrauen. Du weißt schon.«

Er senkt den Blick. Er kann sie nicht ansehen.

»Und deshalb wollte ich die Sache abschließen. Also, wenn du deine Stunden zusammenrechnen könntest und das alles ...«

Er kann sie immer noch nicht ansehen, aber er sagt: »He, weißt du was? Ich hab' mir das zufällig gerade ausgerechnet. Und es ist unglaublich, aber der Vorschuß deckt alles ab. Bis zum letzten Penny. Bis zum letzten Zehntelpenny, um genau zu sein. Du schuldest mir gar nichts mehr.«

»Oh.«

»Bis zur Warze auf Abe Lincolns Nase«, sagt er.

Sie lacht nervös auf. »Na, dann ist's gut.«

»Bis zu dem Haar, das aus der Warze wächst«, sagt er.

»Super.« Und bevor er dazu kommt, die einzelnen Zellen des Warzenhaares anzuführen, wechselt sie das Thema. »Ach übrigens, hast du mir nicht die Nachricht hinterlassen, daß du etwas herausgefunden hast? Etwas Wichtiges?«

Sie muß auf seine Antwort warten.

»Ja«, murmelt er schließlich. »Ich habe geglaubt, ich hätte was. Eine Indiskretion seitens Ebenezer Racklands, ich meine eine Indiskretion von gigantischem Ausmaß, o Mann. Aber dann hat sich herausgestellt, daß sie von einem anderen Ebenezer Rackland begangen wurde.«

»Oh.« Wieder das nervöse Auflachen. Doch dann entspannt sich ihre Stimme ein wenig, wird wieder weicher. »Slavko, hör zu, ich wollte dir sagen, diese Nacht im Auto, die werde ich nie vergessen. Wenn du nicht gewesen wärst, hätte ich durchgedreht. Du warst großartig.«

»Hab' nur meine Arbeit getan«, sagt er.

Verdammt, was soll er denn sagen?

Was er sagen will, ist: *Geh!*

Sie fragt ihn: »Kann ich irgendwas für dich tun, Slavko?«
»Ja. Du kannst die Tür leise zumachen. Hinter dir. Schlag sie nicht zu. Ich hab' Kopfschmerzen.«
Sie murmelt etwas zum Abschied. Er hält den Blick auf die Bodendielen gerichtet bis er die Tür zuklicken hört.
Dann zieht er den Drehstuhl zu sich. Er kippt ihn um, stemmt ihn gegen den Aktenschrank und zieht sich unter Schmerzen daran hoch. Er humpelt zum Fenster. Er kommt gerade noch rechtzeitig, um sie die Straße überqueren, in ihr Auto einsteigen und wegfahren zu sehen. Er drückt das Gesicht gegen das schmutzige Glas und starrt ihr nach und starrt immer noch, als sie schon lange verschwunden ist.

Eddie wartet an der Route 22 etwa eine Meile nördlich des Park & Ride, und als Annie vorbeifährt, reiht er sich hinter ihr ein. Bleibt etwa eine halbe Meile weit an ihr dran und betätigt dann die Lichthupe. Einmal, dann zweimal. Das Signal. Sie bremst und läßt ihn vorbeifahren. Beim Überholen sieht er zu ihr hinüber.
Sie erwidert seinen Blick nicht.
Sie haben ihr keine Vorwarnung für diese Aufforderung zu einem Treffen gegeben. Wahrscheinlich hat sie geglaubt, daß sie bald zu Hause sein würde, zu Hause mit ihrem Jungen, daß sie Abendessen machen oder fernsehen oder was auch immer tun würde, und jetzt muß sie plötzlich Eddie folgen, wohin er sie auch führt, und bestimmt ist sie müde und verängstigt und aufgeregt. Sie sieht starr geradeaus. Dunkle Ringe unter den Augen. Die Haare straff nach hinten gekämmt.
Sie zerbricht unter der leisesten Berührung, denkt Eddie. Schon bei dem geringsten Druck.
Ach Scheiße, denkt er.
Was Vincent für sie in petto hat, wird ihr den Rest geben.
Mädchen, warum hast du diese Schau abgezogen? Zum

Richter gehen – hast du wirklich geglaubt, du kommst damit durch?
Ich meine, wenn du jetzt schon so bekümmert und erschöpft aussiehst …
Annie folgt dem Auto des Mannes, den sie Johnny nennt. Es ist eine komische Zickzackroute, die er da fährt. Zuerst nach Norden, in langsamen, vertrackten Windungen, in eine Gegend mit Pferdeweiden und Wäldern. Dann nach Westen, und dann möglicherweise nach Süden. Annie macht sich Sorgen wegen Oliver. Heute ist Mittwoch, sein Lacrosse-Tag. Nach dem Training fährt er mit dem Rad nach Hause, und sie sollte eigentlich dasein, wenn er kommt. Wenn sie nicht da ist, bekommt er Angst.
Der Gedanke geht ihr nicht mehr aus dem Kopf. Sie steigert sich immer mehr hinein, so sehr, daß sie sich, beinahe laut, sagen muß: Was macht es denn schon, wenn ich ein bißchen später komme? Er wird es überleben.
Konzentriere dich auf das, was jetzt anliegt.
Und das ist: Wenn Zach Lyde herausgefunden hat, daß sie beim Richter war, wie soll sie ihn besänftigen?
Wie es aussieht, hat sie keine andere Wahl als die Wahrheit zu sagen, ihm – bis auf Juliets Rolle – alles zu gestehen und ihn dann um Gnade bitten. Und was kann er ihr denn schon groß vorwerfen? Sie ist zum Richter gegangen, aber sie hat kein Wort gesagt. Eigentlich sollte er ihr jetzt noch mehr vertrauen als vorher.
Schmier ihm Honig ums Maul. Laß dich nicht von ihm einschüchtern. Schmier ihm Honig ums Maul, und er läßt dich gehen. Und vielleicht kannst du dich heute nacht davonschleichen, zu Juliet fahren und mit ihr den nächsten Schritt überlegen. Es muß doch jemanden geben, der uns helfen kann. Es muß. Irgend jemand.
Johnny biegt auf den Parkplatz eines Restaurants namens *Vic's* ein, und sie folgt ihm. Sie weiß ungefähr, wo sie ist. *Vic's* ist ein italienisches Restaurant tief im Wald nördlich von

Pharoah. Mit einer Kundschaft, die vorwiegend aus der Stadt kommt. Eher von der konservativen Sorte. An den Wochenenden ist der Parkplatz gesteckt voll mit großen amerikanischen Straßenkreuzern, Lincolns und Cadillacs.

Als sie einparkt, sieht sie Zach Lyde aus dem Restaurant kommen. Er hat jemanden bei sich, einen Kerl, der aussieht, als wäre er sturzbetrunken. Zach führt ihn zu einer großen weißen, klapprigen Cabrio-Limousine auf dem Parkplatz. Dann sieht er zu Annie herüber und winkt ihr: *Komm!*

Sie steigt aus und geht zu ihm.

Der höfliche Zach Lyde weiß, was sich gehört. »Annie, darf ich Ihnen Rodney vorstellen? Rodney, das ist Annie, eine gute Bekannte.«

Annie murmelt ein Hallo. Rodney sieht sie von oben bis unten an. Er würde ihren Busen ins Auge fassen, wenn er überhaupt noch etwas ins Auge fassen könnte.

»O Mann«, sagte er und dreht sich zu Zach um. »Was soll'n das heißen, eine gute Bekannte? Ich weiß doch, was du treibst. Ich mein', die Puppe da ist doch 'n absoluter Knaller. 'n Knaller.«

Rodney hat lange schwarze fettige Haare. Er trägt eine große, runde Brille und einen grünen Golfblazer, der ihm an den Armen zu kurz ist. Zach sagt grinsend: »Rodney ist ein Faß voller Dreck aus der New Yorker Kanalisation.«

»He, komm mir nicht so«, sagt Rodney. »Du und deine beschissenen '69 Knicks. Dein beschissener Earl the Pearl. Das soll'n Basketballspieler sein? Du glaubst, er kann's mit Ewing aufnehmen? Ewing würde ihn –«

»Fertig zum Heimfahren, Rodney?«

»Ewing würde ihm ... also er würde ihm ... würde ihm das verdammte Licht ausknipsen –«

»Ich habe Rodney angeboten, ihn in seinem Auto heimzufahren. Ich glaube, er hat ein wenig zu viel getrunken. Fahren Sie mit uns, Annie?«

»He, leck mich doch!« sagte Rodney. »Ich fahr mein verdammtes Auto selber. Ich kann fahren. Bin ja auch hergefahren, oder?«
Zach ignoriert ihn. Er zieht sein Jackett aus und sagt: »Rodney, laß mich deinen Blazer anprobieren.«
»Was is'?«
»Ein hübscher Blazer. Laß ihn mich anprobieren.«
Als Zach Lyde den Blazer anzieht, sieht das absurde Ding fast schick aus.
»Okay. Steig jetzt ins Auto, Rodney.«
»Fick dich ins Knie.«
»Hinten rein. Ich will Annie vorn bei mir.«
»Kann ich mir denken«, sagt Rodney.
Zach öffnet die hintere Tür, und Rodney klettert auf den Rücksitz seines eigenen Wagens. Er lümmelt sich in die Polster.
»Und *wie* ich mir denken kann, daß du das willst!«
Sie fahren durch den Tannenwald. Rodneys alte Kiste rukkelt durch die unteren Drehzahlbereiche, aber sobald sie ein wenig auf Touren gekommen ist, läuft der Motor runder.
»Rodney macht aus seiner Zeit auf Erden nicht gerade einen großen Erfolg«, sagt Zach. »Er ist ein Säufer. Er ist ein Trottel. Er ist –«
»He, halt die Schnauze!« knurrt Rodney von hinten. »Was bist denn du, was bist denn du, was bist denn du, 'n Engel aus 'm Himmel?«
»Aber er hat eine gewisse Bauernschläue«, fährt Zach fort. »Er vergißt nie, wer seine Freunde sind. Und seine Freunde halten ihm den Kopf über Wasser. Nach all seinen Verurteilungen wegen Alkohols am Steuer ist er noch immer auf der Straße. Letztes Jahr hat er einen Fußgänger auf die Intensivstation geschickt, aber seinen Führerschein hat er noch.«
Unvermittelt taucht Rodneys Kopf zwischen Annie und Zach

auf. »Du hast gesagt, du hast noch Scotch, du Wichser. Her damit!«
»Annie«, sagt Zach, »suchen Sie bitten in meiner Tasche nach der Flasche?«
Eine Art Sporttasche steht neben ihr auf dem Sitz. Sie wühlt darin herum. Und muß dabei an ihre Kunst denken, an ihre Tastkisten. Eine flüchtige Erinnerung, daß sie früher einmal Künstlerin war. Sie berührt etwas, das sich anfühlt wie ... eine Brille? Und dann ein Babyfläschchen. Sie zieht es heraus. »Das da?«
»Geben Sie es Rodney.«
Aber schon der Gedanke läßt Rodney aufschäumen. »Glaubst du vielleicht, ich steck mir das da ins Gesicht?«
»Da ist guter Scotch drin, Rodney. Ich will nicht, daß du was verschüttest. Es ist ganz einfach. Saug daran. Glaubst du, das mindert die Wertschätzung, die ich für dich empfinde? Bestimmt nicht.«
»Du Arschloch«, raunzt Rodney, nimmt aber Annie die Flasche aus der Hand. Aus den Augenwinkeln heraus sieht sie, daß er sie in den Mund gesteckt hat und am Sauger nuckelt.
»Und jetzt leg dich hin, Rodney.«
»Was?«
»Leg dich hin. Mach's dir bequem. Ich habe da was reingetan, das dich schläfrig macht, also schlaf jetzt.«
Rodney brummt unwillig vor sich hin. Aber Annie hört, daß er sich hinlegt.
Zach sagt: »Und jetzt, Annie, würden Sie mir bitte die Brille geben?«
Als sie sie aus der Tasche holt, sieht sie, daß es keine richtige Brille ist. Nur ein Rahmen. Schwarz und groß und rund wie der Rahmen von Rodneys Brille.
Zach setzt sie auf.
»Und was denken Sie?« fragte er sie und zeigt sein schiefes Grinsen. »Wie sehe ich aus?«

Sie sagt: »Was haben Sie vor?«
»Ich spiele Rodney«, sagt er. »Ich will mir das Leben mit Rodneys Augen ansehen.«
Aus der Sporttasche kommt ein Geräusch wie das Zirpen einer Grille. Zach sagt: »Da ist ein Telefon drin. Würden Sie es mir bitte geben?«
Sie gibt ihm das Telefon.
»Ja?« sagte er.
Sie hört schwach, wie die Stimme am anderen Ende ihm sagt: »Der Dragon Boy ist unterwegs.«
Er sieht auf die Uhr. »Okay. Perfekt.«
Er legt das Telefon weg. Gibt ein wenig mehr Gas. Sieht noch einmal in den Rückspiegel.
»Sehen Sie sich Rodney jetzt an. Sehen Sie hin.«
Sie dreht sich um. Rodney hat sich, die Flasche im Arm, wie ein Baby zusammengerollt. Scotch tropft ihm aufs Kinn. Er schnarcht leise.
Zach lacht: »Was glauben Sie, warum er so ist?«
Versuch, freundlich zu sein. Spiel sein Spiel mit. Zach Lyde ist in einem gefährlichen Zustand. Manisch. Es funkelt in seinen Augen.
Sie fragt: »Sie meinen, warum er trinkt?«
Er scheint sie nicht gehört zu haben. Er sagt: »Er mag die Flasche, die ich ihm gegeben habe, was? Sie hat ihm seine Ruhe wiedergegeben. Im Grunde genommen ist dieser Saugschnuller alles, was er will. Alles andere macht ihm angst, und er hat nicht gern Angst. Er ist wie wir alle: Er bringt fast seine ganze Zeit damit zu, Angst zu vermeiden. Er würde alles tun, um keine Angst empfinden zu müssen. Alles. Den Sex aufgeben, die Liebe aufgeben, auch noch den letzten Rest Selbstachtung aufgeben, sich zu Tode trinken – aber bitte, Gott, keine Angst.«
Dann Schweigen. Sag was, Annie. Laß dir was einfallen, das ihn zum Weiterreden bringt.
Sie versucht es: »Haben Sie denn nie Angst?«

»Doch, die ganze Zeit. Erst gestern nacht mußte ich mich mit ihr herumschlagen.«
Er bremst bei einer Straßengabelung, nimmt dann die linke Abzweigung. Warbler Hollow Road. Olivers Schule liegt an dieser Straße.
Er wirft ihr einen Blick zu. In seinen braunen Augen funkeln diese goldenen Flecken. Er sagt: »Aber ich füge mich der Angst, ihrer Notwendigkeit. Das Entsetzen ist es, was mich formt. Verstehen Sie?«
»Warum fahren Sie auf dieser Straße?« fragt sie. »Wohin bringen Sie mich?«
Er gibt Gas. Die Reifen quietschen in den Kurven.
Er sagt: »Ich gehe so lange in eine Richtung, bis ich gegen so viel Angst anrenne, daß ich keinen Schritt mehr machen kann. Man kann in der Dunkelheit nur so und so weit gehen. Nur so und so weit hinaus aufs Meer, bevor die Angst uns zurücktreibt. Wir sagen nur so und so viel unserem Chef, unserem Partner oder unserer Mutter – und kein Wort mehr. Wir haben die Grenze erreicht. Wir haben die Gestalt unseres Lebens gefunden.«
Dann lacht er.
»Tut mir leid«, sagt er. »Schwadroniere ich? Das kommt von dem Alptraum letzte Nacht. Immer wenn ich aus dem Entsetzen wieder auftauche, bin ich voller Ideen. Euphorisiert, albern. Ausdauernd.«
Sie erreichen die Schule. Das Unterrichtsgebäude, der Parkplatz, dann die Sportplätze.
Annie sieht verstohlen zum Lacrosse-Feld hinüber. Aber es ist leer bis auf zwei Nachzügler, die auf der Bank ihre Schuhe wechseln. Auf dem Parkplatz läuft ein Junge zu einem wartenden Minibus. Er wirft seinen Lacrosse-Schläger hinten rein und springt ins Auto.
Zach wird nicht langsamer.
Er sagt: »Lacrosse. Es heißt, das sei der gefährlichste Sport im ganzen Land. Aber wenn es nicht gefährlich wäre, wür-

den die Jungs es nicht spielen. Dann würde es ihnen nichts bedeuten. Oder?«
Er sieht sie an.
Sie weiß, was er sagen will, bevor er es ausspricht.
Er sagt: »Ihr Sohn Oliver, er spielt Lacrosse, nicht?«
»Was tun wir hier?« fragt sie. Soll er doch die flatternde Panik in ihrer Stimme hören, was macht das schon? »Wer ist der Dragon Boy?« fragt sie. »Warum bringen Sie mich –«
»Sie wissen nicht, was Sie lieben, Annie. Sie lassen sich von den Typen in den grauen Anzügen einreden, daß das, was Sie lieben, die Gerechtigkeit ist. Oder die Gesetze des Staates New York. Oder ihr Ansehen in der Gesellschaft. Und es ist das Entsetzen nötig, der Alptraum des drohenden Verlustes, um Ihnen beizubringen, daß diese Nebensächlichkeiten für Sie ohne jede Bedeutung sind, daß Ihnen nur Ihr Junge und Ihre Arbeit und eine Handvoll Freunde wichtig sind, und wenn die grauen Anzüge die nicht beschützen können, wozu braucht man dann die grauen Anzüge?
Und sie können es nicht, sie können Sie nicht beschützen. Richter Wietzel? Der ist doch viel zu sehr mit seiner eigenen Karriere beschäftigt, wie soll er Ihnen helfen können? Haben Sie das nicht gewußt? Haben Sie noch nicht genug Entsetzen erlebt, wollten Sie deshalb noch mehr provozieren? Der Richter, die Bullen – Annie, wie sollen die Sie vor jemandem wie mir beschützen? Sehen Sie mich an. Ich bin Rodney Grosso, ich bin betrunken, ich bin ein Stück menschlicher Unrat, und ich weiß es. Ich fahre zu schnell, weil ich fett und alt werde, und das macht mir angst, aber auf der Straße bin ich noch immer ein junger Hirsch, und deshalb nehme ich diese Kurve zu schnell –«
Sie fahren wirklich zu schnell. Die Straße beschreibt eine scharfe Kurve, und sie schlittern fast vom Asphalt, bevor er die Räder wieder unter Kontrolle hat.
»Aufhören«, sagt sie. »Bitte … hören Sie auf.«
»Glauben Sie, Sie können mich davon abbringen, Annie?«

»Nein«, sagt sie. »Nein bitte, ich –«
»Glauben Sie, daß Sie es mit mir aufnehmen können?«
»Nein. Nein, ich wollte doch nicht ... ich habe dem Richter nichts gesagt, wirklich nicht, bitte!«
»Wenn Sie glauben, Sie können mich davon abbringen, warum versuchen Sie es nicht? Jetzt sofort. Springen Sie mich an, stechen Sie mir in die Augen! Ich glaube, jetzt ist Ihre beste Gelegenheit.«
»Nein! Nein, ich schwöre Ihnen –«
»Aber ich bin Rodney, und ich bin betrunken, und ich spiele mit dem Feuer, und Sie wissen, wenn Sie mich ablenken, könnten wir von der Straße abkommen. Ich könnte jemanden töten.«
»Ich werde es nicht tun. Sie können, Sie können –«
»Wer wird Sie beschützen, Annie?«
»Sie.«
»Sie meinen Zach Lyde?«
»Ja!«
»Sie meinen den Lehrer?«
»*Bitte.*«
»Sagen Sie es, Annie. ›Der Lehrer wird mich beschützen.‹«
»Der Lehrer wird mich beschützen.«
»Vertrauen Sie ihm?«
»Ich vertraue ihm!«
»Aber dazu ist Entsetzen nötig, nicht?«
»Ja.«
»Dazu ist eine Wahnsinnsfahrt mit Rodney Grosso nötig, nicht?«
»Ja.«
Sie kommen aus einer Kurve auf ein gerades Stück. Ein langgestreckter, flacher Sattel, Weideland zu beiden Seiten der Straße, Staketenzäune.
Er sagt: »Eine Wahnsinnsfahrt mit dem Chaos am Steuer. Sie könnten den Lehrer hinter Gitter bringen, Sie könnten Louie Boffano auf den elektrischen Stuhl bringen, Sie könn-

ten die Bande bis zum letzten Schläger ausradieren – aber was können Sie gegen diesen Betrunkenen am Steuer machen? Ich komme aus dem Nichts. Ich weiß nicht, wo ich bin, ich fahre zu schnell, ich sehe die Straße entlang, und es ist alles verschwommen, aber ich glaube, ich sehe diesen Jungen auf dem Fahrrad ...«

Oliver.

Ein gutes Stück vor ihnen, etwa eine halbe Meile entfernt, fährt Oliver auf seinem Fahrrad nach Hause. Es muß Oliver sein: Kurz sieht sie sein dunkelrotes Hemd aufblitzen. Und da ist auch sein Lacrosse-Schläger, der von seinem Rad hochragt wie eine Fahnenstange.

Er fährt auf der rechten Seite der Straße, ihrer Seite, und er hat keine Ahnung, was von hinten auf ihn zukommt ...

»Nein!«

Sie packt Zachs Arm.

»Haben Sie kein Vertrauen in den Lehrer, Annie?«

Sie zwingt sich, den Arm loszulassen.

»Doch. Ich vertraue Ihnen. Ja.«

Oliver, sieh dich um. Bitte, Oliver, kannst du uns denn nicht hören? Dreh dich um!

Sie preßt sich das Handgelenk an den Mund und beißt zu. Sie drückt die Schultern gegen die Rückenlehne. Sie windet sich, um aus dieser Angst herauszukommen, aber sie kann den Blick nicht losreißen von ihrem Sohn, von diesem dunkelroten Hemd, diesem Lacrosse-Schläger, diesem schwankenden Fahrrad.

»Bitte!«

»Aber es ist, als würde man den Launen Gottes vertrauen, nicht? Dieser unberechenbare Rodney, er tut, was er will. Er treibt einfach ...«

Er läßt das Auto auf die linke Spur gleiten. Aber das ist auch besser so. Es kommt ihnen kein anderes Auto entgegen, und sie will Oliver so viel Spielraum wie möglich geben. Ja, bitte, gib ihm Platz.

»Der geringste Fehler, und ab geht's in die Hölle. Und wer wird Sie davor beschützen, Annie? Was ist, wenn Rodney plötzlich aufwacht und merkt, daß er auf der falschen Spur ist und überkorrigiert ...«

Er reißt das Lenkrad herum, drückt das Gas bis zum Anschlag durch, und plötzlich schießen sie direkt auf Oliver zu. Ihre Hand zuckt in seine Richtung, doch dann beherrscht sie sich, denn sie weiß, sie darf ihn nicht berühren, er ist ein Psychopath, er wird ihn töten. Sie fahren direkt auf Oliver zu, und sie zerkratzt sich das Gesicht und schreit:

»O Gott! O Gott! Bitte!«

Sie sind nur noch wenige hundert Meter von Oliver entfernt und kommen immer näher, und Annies Augen treten ihr schier aus den Höhlen, und irgendwie hat sie sich so verdreht, daß ihre Füße gegen die Windschutzscheibe drükken ...

»Wer wird Sie beschützen?«

»Der Lehrer!«

»Der Richter?«

»Nein! Nur Sie! Nur Sie! Mein Gott! Mein Gott! Bitte! O mein Gott! Bitte!«

Das Auto nähert sich dem Straßenrand. Gleich wird es ihr Kind töten.

Sie schlägt mit der Hand gegen das Seitenfenster, schlägt noch einmal, drückt ihre Wange dagegen, und sie schreit, ihre Füße hämmern gegen das Armaturenbrett, und keinen Augenblick lang sieht sie weg: Ihr Blick ist starr auf das rote Hemd direkt vor ihnen geheftet. Die Reifen rumpeln über das steinige Bankett, sie wird hochgeschleudert, stößt mit dem Kopf gegen den weichen Himmel des Autos, und die ganze Welt zerbirst.

Oliver ist aus ihrem Blickfeld verschwunden. Sie kracht gegen das Seitenfenster, ihr Gesicht wird plattgedrückt und sie kreischt, und die Reifen kreischen mit ihr, und dann sieht sie ihn, ihren Sohn, einen Augenblick lang, sein Ge-

sicht ist direkt neben dem ihren, er hat sich zur Seite gedreht und sieht jetzt erschrocken das Auto so nahe –
Aber er sitzt noch auf seinem Rad.
Sie schießen an ihm vorbei. Der Außenspiegel verfehlt ihn nur um Zentimeter.
Sie reißt den Kopf herum und schaut zu ihm zurück. Stocksteif steht er unter einer Platane neben seinem Fahrrad, und das vorbeirauschende Auto hat um ihn herum einen Blättersturm aufgewirbelt. Er starrt dem Auto nach. Er lebt, er ist okay, er lebt. Sie schlägt die Arme über dem Kopf zusammen und rollt sich auf dem Sitz ein und flennt und wiegt sich, wie von Sinnen. Er lebt. Er lebt. Er lebt. Er lebt. Er lebt. Er lebt. Er lebt. Er lebt. Er lebt.

NEUN

Ein winzig kleines Geräusch

EDDIE WARTET AUF SIE, AUF DER ANHÖHE ÜBER DEM ONION-Creek-Steinbruch. Er hilft Annie, die zittert wie Espenlaub, aus dem Auto.

Dann zerren er und Vincent den bewußtlosen Rodney von der Rückbank und hieven ihn auf den Vordersitz.

Annie versucht etwas zu sagen. »Sie können nicht … Sie können doch nicht …«

»Was?« fragt Vincent.

»Sie können nicht zulassen, daß er fährt.«

»Das stimmt«, sagt Vincent. Er stellt Rodneys rechten Fuß auf das Gaspedal und den linken darüber, um zusätzliches Gewicht zu bekommen. Dann schließt er die Tür, greift durchs Fenster und dreht den Schlüssel. Das Auto springt dröhnend an.

Vincent murmelt: »Das stimmt, Annie. Er könnte jemanden totfahren.«

Vincent greift nach dem Ganghebel. Gibt ihm einen Schubs, dann noch einen, und plötzlich rastet der Gang ein. Als das Auto anfährt, zieht Vincent die Hand heraus. Es rumpelt den Feldweg hinunter, verläßt dann den Weg, holpert auf den Klippenrand zu.

Eddie wendet sich ab. Er kennt diese Scheiße, er braucht nicht hinzusehen.

Sie hören junge Bäume krachen, eine lange Pause und schließlich das Platschen. Wellen, die am Ufer des Baggersees lecken. Dann ist alles vorbei. So einfach ist das. Eddie öffnet für Annie die Beifahrertür seines Wagens und hilft ihr beim Einsteigen. Vincent braust bereits in seinem Lotus davon.

Einige Meilen fahren sie schweigend dahin, dann sagt Eddie zu ihr: »Wenn Sie abgesondert werden und in dem Motel sind, werden Sie eine Zimmergenossin haben. Sorgen Sie dafür, daß Sie neben dem Telefon schlafen. Okay?«

Sie nickt.

Dann fragt sie mit dünner, müder Stimme: »Warum hat er das getan?«
»Was getan? Sie meinen mit Rodney? Ach, Rodney, der war ein Blutsauger. Der war zu nichts nütze. Sie konnten ihn einfach nicht von der Straße bekommen, er hätte irgendwann ein Menschenleben auf dem Gewissen gehabt. Meinen Sie das? Was meinen Sie denn?«
Aber Eddie weiß, was sie meint. Er sagt: »Sie meinen, warum mein Freund Ihnen einen solchen Schrecken eingejagt hat? Es war, he, brutal, ich weiß, aber es mußte so brutal sein –«

Leise sagt sie: »Sie haben gesagt, Sie haben auch ein Kind.«
»Ja. 'ne Tochter.«
»Aber er hat keine Kinder?«
»Nein. Nein. Aber hören Sie zu, es war zu Ihrem eigenen Besten.«
»Zu meinem eigenen Besten.«
»Sie waren kurz davor, Scheiße zu bauen. Zum Richter zu gehen. Wenn Sie einen Ton gesagt hätten, hätten wir Sie umgelegt. Wir hätten es tun müssen. Es war zu Ihrem eigenen Besten.«
»Sie kennen ihn schon lange?« fragt sie.
»Ja.«
»Warum tut er das?«
»He.« Eddie zuckt die Achseln.
Sie sagt: »Er gehört doch nicht einmal zur Familie, oder? Er muß das doch gar nicht tun. Warum tut er es dann?«
»Sie stellen zu viele Fragen.«
»Warum lassen Sie zu, daß er so etwas tut?«
Sie sind wieder beim Parkplatz vor *Vic's* angelangt. Eddie zuckt noch einmal die Achseln und sagt:
»Also hören Sie mal, Annie. Sie haben ihm angst gemacht, kapiert? Er ist ein großartiger Kerl, er ist clever, aber Sie sollten ihm keine Angst machen. Annie, lassen Sie sich das gesagt sein. Versuchen Sie so eine Scheiße ja nie wieder.«

Der Lehrer kümmert sich um seine Orchideen: Disziplin, wo Disziplin sein muß. Sein steriles Skalpell säbelt die breiigen Wurzeln der *Broughtonia* weg. Kämmt das Torfmoos unter dem *Catasetum pileatum.* Die *Paph. Maudiae* hat unter der Kälte gelitten, deshalb streicht er die Blätter mit einem Aquarellpinsel und einer Lösung aus RD-20 und Benomyl ein. Wie schnell verliert Lebendiges ohne Pflege doch seine Form. Seine Klarheit. Seine Ordnung.

Es überrascht ihn, dieses Hochgefühl, das er jetzt empfindet. Er hat Annie nicht gern einen solchen Schrecken eingejagt. Es war ihm zuwider, daß es nötig war. Aber jetzt schwebt er. Segelt durch die Lüfte. Er beschneidet die *Maudiae.* Jede seiner Bewegungen ist Teil der Bewegung des Tao.

Wie kommt es, daß die einfache Erledigung einer so unerfreulichen Aufgabe wie der heutigen mir ein solches Hochgefühl vermittelt?

Ist es einfach so, daß meine Seele mich belohnt, weil ich mich der Dunkelheit gestellt habe, weil ich die Kraft hatte, ihr standzuhalten?

Und dann erinnert er sich ohne erkennbaren Grund an die Rakete.

Er war zwölf oder dreizehn, in dem Alter, in dem Oliver jetzt ist. Sie waren draußen in dem kleinen, eingezäunten, mit Gerümpel vollgestellten Hinterhof in Brooklyn, er und Eddie. Sie standen vor der Rakete, die er gebastelt hatte.

Die Verantwortung über den Countdown hatte er Eddie überlassen.

Die Rakete war einen Meter zwanzig hoch, mit einer blauen Spitze und einem gelben Rumpf. Der Treibstoff bestand aus einem Kanister flüssigen Stickstoffs und einem Kanister flüssigen Sauerstoffs, die Eddies Cousin aus der Apotheke gestohlen hatte.

Hätte er bei der Konstruktion nur einen winzigen Fehler gemacht, wäre die Rakete explodiert und hätte einen Großteil von Bay Ridge in die Luft gejagt.

Aber das hatte er Eddie nicht gesagt.
»Start minus sechsundfünfzig Sekunden«, sagte Eddie. »Und Unterbrechung.«
»Warum ›und Unterbrechung‹?«
»Weil dein Alter kommt.«
Der Alte war betrunken. Er stellte sich vor die Rakete und sagte: »Sie ist wunderschön. Ein Ding von Schönheit, was?«
»Ja, Dad, aber es ist besser, wenn du ins Haus gehst.«
»Nein, einem Ding von Schönheit muß ich ein Lied singen.«
»Bitte, Dad.«
Dad sang eine Arie aus einer seiner Opern. *»Ferito Prigioner«* aus *Germania.* Er stand da, sang die gelbe und blaue Rakete seines Sohnes an und ließ seine Stimme in den Himmel steigen.
Irgend jemand beugte sich im Nachbarhaus aus einem Fenster und applaudierte.
»Mein Sohn!« schrie Dad. »Seine Rakete! Das ist Poesie, jawohl.«
»Dad, komm schon, eigentlich dürften wir eine solche Rakete gar nicht haben –«
Sein Vater fing wieder an zu singen.
»Hör auf, Dad!«
»Was? Was? Franchetti magst du wohl nicht? Hat keinen *groove* für dich? Ist kein Rock and Roll, und deshalb –«
»Dad.«
»Leck mich doch.«
Dad ging ins Haus.
»Start minus fünfzehn«, und seine Mamma kam heraus.
»Was hast du da zu deinem Vater gesagt?«
»Was meinst du damit, Ma?«
»Du behandelst deinen Vater wie Dreck. Er kommt heraus, um für dich zu singen, er liebt dich ...«
Das Schlafzimmerfenster öffnete sich, und sein Vater schrie heraus: »Mary! Laß ihn in Frieden! Klar? Er spielt mit seinem Freund, kannst du den armen Jungen nicht –«

»Halts Maul, du Wichser. Du schmierige Spaghetti-Schwuchtel.«
»Laß meinen Sohn in Frieden, du blöde Schlampe!«
Sie sagte zu ihrem Sohn: »Dein Vater ist eine Schwuchtel, weißt du das? Weißt du, warum –«
Aber weiter verstand er sie nicht, denn er hatte die Mischung aus Stickstoff und Sauerstoff bereits gezündet. Ein riesiger weißer, donnernder Furz aus Rauch und Flammen. Seine Mutter schrie auf und rannte zum Haus, und er und Eddie grinsten übers ganze Gesicht, und das Ding stieg hoch in den cremefarbenen Himmel. Blaue und gelbe Rakete, weißer Rauch, zimtroter Flammensaum. In seinen Ohren dröhnte es, sein Schädel, alle seine Gedanken waren wie blankgescheuert, im Feuer geläutert. Sauber!

Oliver versucht, sie aus dem Haus zu bekommen, damit sie ihm erzählen kann, was passiert ist. Aber sie scheint seine Andeutungen nicht zu verstehen. Sie schüttet eine Packung Rice-a-Roni in einen Topf, rührt um. Und achtet nicht auf ihn.
Er sagt: »Ich habe mir gedacht, wir könnten uns, ahm, vielleicht Pizza besorgen. Oder was anderes.«
Noch immer kein Wort von ihr.
»Komm mit, ich will dir erzählen, was ich heute in der Schule gemacht habe.«
Sie rührt den Reis um. »Erzähl's mir, Oliver.« Wieder schwingt Groll in ihrer Stimme mit. Die alte Barschheit. »Erzähl mir, was du getrieben hast.«
»Ach, es war ...« Er zuckt die Achseln. »Aber wie war denn dein Tag?«
Keine Antwort.
»Mom?«
»Was?«
»Ich habe dich gefragt, wie dein Tag war?«
»Weiß ich nicht mehr.«

Sie weicht seinem Blick aus.
Er schlägt vor: »Sollen wir nachher noch mal weggehen? Vielleicht ein Eis essen?«
»Nein«, sagt sie.
Er versucht eine neue Taktik. »Hast du heute mit Juliet geredet?«
Sie wirbelt herum. Hält sich den Zeigefinger an die Lippen. »Pscht.« Dann sagt sie: »Nein.«
Er steht auf, geht ins Fernsehzimmer und kommt mit seinem Schulheft zurück. Er schlägt die letzte Seite auf und schreibt ihr eine Nachricht.
Der Kerl weiß doch, daß Juliet deine Freundin ist. Warum können wir nicht über sie reden?
Sie schreibt als Antwort:
Erwähne im Haus nie ihren Namen. Niemals.
Er schreibt: *Was ist heute passiert?*
Sie schreibt: *Es hat nicht funktioniert.*
Er: *Warum nicht? Was ist passiert?*
Sie: *Ich erzähl's dir später.*
Er: *Mom, wir müssen gegen ihn kämpfen.*
Sie: *Wenn wir gegen ihn kämpfen, bringt er dich um.*
Er: *Das Risiko geh' ich ein.*
Sie starrt ihn an. Sie packt den Stift, sie ist wütend. Sie schreibt: *Wenn wir gegen ihn kämpfen, bringt er mich um.* Sie unterstreicht *mich.*
Das bringt ihn zur Besinnung.
Sie steht auf, geht um den Küchentisch herum und kniet sich vor seinen Stuhl. Sie weint, läßt aber keinen Ton hören. Sie nimmt ihn in die Arme, führt ihre Lippen an sein Ohr und flüstert: »Nein, Oliver. Nein.«
Nach einer Weile steht sie wieder auf. Sie reißt die Seite aus dem Heft, rollt sie zusammen und zündet sie an.

Der Lehrer denkt: Da stimmt was nicht. Irgendwas stimmt da nicht.

Er löst sich aus dem Lotussitz. Er steht auf und geht hinüber zu seinem Steuerpult.
Schaltet den Kassettenrecorder an. Spult zurück. Drückt einige Sekunden lang PLAY, spult wieder zurück. Drückt noch einmal PLAY.
Er hört es Oliver noch einmal sagen: »Sollen wir nachher noch mal weggehen? Vielleicht ein Eis essen?«
Warum ist er so erpicht darauf, aus dem Haus zu kommen? fragt sich der Lehrer.
Annie: »Nein.«
Oliver: »Hast du heute mit Juliet geredet?«
Schweigen. Dann ein winziges Zischen. Eine Verzerrung vielleicht? Vielleicht Dampf, der aus einem Topf entweicht?
Er spielt es noch einmal ab. Ein winzig kleines Geräusch. Aber er glaubt zu wissen, was es ist. Er glaubt, sie zischt Oliver an, damit er den Mund hält.
Er spielt es noch einmal ab.
Okay. Warum sollte sie wollen, daß er Juliet nicht erwähnt? Die Frage, die er ihr gestellt hat, war doch eigentlich recht vernünftig.
Er hat sie nur gefragt, ob sie heute mit Juliet gesprochen hat. Danach hört er ein schwaches, kratzendes, flüsterndes Knistern – was ist das?
Moment mal.
Er holt einen Bleistift aus einer Schublade. Und auf das Deckblatt eines Buches über tibetanische Meditation schreibt er:
AnnieLairdAnnieLaird
Er hört auf zu schreiben. Und spielt das Band noch einmal ab.
Er schreibt:
meineSeelemeineSeelemeineSeele
Ja, was er da gehört hat, war ein Schreibgeräusch.
Sie haben sich gegenseitig Nachrichten geschrieben.
Und das Knistern am Ende? Die Seite wurde verbrannt.

Und dann das Zischen, als sie ins Waschbecken geworfen wurde.
Natürlich, Sie haben geglaubt, sie müßten das Blatt verbrennen, sonst würde der Lehrer in ihrem Müll wühlen und es finden.
Oliver weiß also über mich Bescheid. Und über die Wanze. Er weiß alles.
Wer weiß es sonst noch?
Juliet.
Natürlich, diese Ärztin. Annie muß es dieser blöden, arroganten Ärztin erzählt haben. Und vermutlich hat sie ihr geraten, etwas zu unternehmen. Juliet, die wilde Abenteurerin.
Sie ist es, die das Leben des Jungen in Gefahr bringt.
Dr. Juliet Applegate, North Kent Road, Pharoah, NY.
Er erstaunt ihn, dieser Mangel an Klugheit. Für diese banale Chance, ihr Selbstwertgefühl zu erhöhen, für diesen schäbigen Kitzel wirft sie sich Hals über Kopf dem Rhythmus des Tao entgegen.
Wie kann sie ihrer Seele diesen Leichtsinn durchgehen lassen?
Es muß Zeiten geben, denkt er, in denen ihre arme Seele sich danach sehnt, diesen selbstsüchtigen, lüsternen Körper – diese Körperfalle – zu verlassen und ein wenig Frieden zu finden.

Eddie, am folgenden Nachmittag. Er fährt den Hutchinson Parkway entlang. Er ist müde. Es war ein hektischer Tag, und er ist noch nicht zu Ende. Zuerst mußte er Vincent helfen, die Wohnung von Juliet Applegate zu verwanzen. Das war etwas kniffelig, da sie über einem Lebensmittelgeschäft wohnt und das Geschäft geöffnet hatte, während sie arbeiteten.
Danach mußte er bis nach Queens fahren, wo ihn ein großes Problem mit den Jamaikanern erwartete. Anstatt der erwar-

teten 28 000 Dollar im Papierhandtuchspender in Lucas Texaco-Tankstelle fand er nur 24 000 Dollar.
Was denkt sich dieses Arschloch eigentlich!
Wahrscheinlich hat der jamaikanische Dealer den Rest abgezweigt. Aber Eddie hat mit dem Boß des Jungen gesprochen. Falls es der Junge war, wird sein Boß es schon aus ihm herausprügeln, da ist Eddie sich ziemlich sicher. Und dann bringen sie ihn um. Da wird nicht lang gefackelt. Seine Familie bringen sie auch um. Und die Nachbarn. Und das ganze Personal des Schnapsladens an der Ecke noch dazu. Alles vor Einbruch der Dunkelheit.
Eddie beneidet die Jamaikaner um ihre straffe Organisation und um ihre Unverblümtheit.
Außerdem hat er noch immer höllische Kopfschmerzen.
Und er ist noch immer auf der Straße. Er fährt jetzt wieder auf dem Hutch Richtung Norden, weil er noch bei Frankie vorbeischauen und ein Geschenk von Vincent abliefern muß. Ein Dankeschön an Frankie für seine Hilfe beim Aufmischen dieses neugierigen Privatschnüfflers. 20 000 Dollar in bar und eine Orchidee für seine Freundin.
Dieser spezielle Auftrag ist nicht so übel. Frankie wird einer abgehen, wenn er das ganze Geld sieht. Und auch die Orchidee wird ihn freuen. Vincents Gesicht hat er noch nie gesehen, aber er hält ihn für die Reinkarnation der Heiligen Jungfrau. Und jetzt bekommt er 20 000 Dollar von ihm. Für eine Stunde Arbeit? Er wird ihm einen verdammten Altar errichten.
Eddie hat Vincent angebetet, schon als kleiner Junge. Vielleicht tut er es immer noch. Obwohl er in den letzten vierundzwanzig Stunden an nichts anderes hat denken können als an die Frage, die Annie ihm gestellt hat:
»Warum lassen Sie zu, daß er so etwas tut?«
Lady, verschwinde aus meinem Kopf mit deinen dämlichen Fragen, okay? Ich will jetzt nur noch dieses Geschenk abliefern und dann nach Hause fahren und meine Tochter

Roseanne mehr oder weniger bei Verstand vorfinden. Ich will uns ein paar schöne Steaks braten, vorher Shrimps und Salzkartoffeln, und mit ihr *Married with Children* ansehen. Mehr will ich nicht. Ich will nicht den ganzen verdammten Abend über Vincent nachdenken.

Warum ich zulasse, daß er so etwas tut? Was soll das heißen, ich lasse es zu? Vincent tut, was er will.

Das hat er schon immer. Seit St. Xavier's. Seit der vierten Klasse. Hat sich nie drum geschert, was die Nonnen ihm gesagt haben. Hatte seinen eigenen Kopf, hat sich von keinem dreinreden lassen. Wie damals, als sie diesen Riesencomputer UNIVAC studierten. Vincent hat die Hand gehoben und gesagt, daß es bald einen Computer geben würde, der nichts anderes tun würde als versuchen herauszufinden, wie Gott ist.

Das war in Schwester Francescas Klasse.

Vincent hat gesagt: »Wir füttern ihn mit allem, was wir wissen, okay, und dann findet er die Struktur.«

Darauf Schwester Francesca: »Was für eine Struktur?«

»Die Struktur hinter der Schöpfung. Die Struktur hinter Gott.«

Und Schwester Francesca: »Junger Mann, ich glaube, daß die Bibel uns alles sagt, was wir über Gott wissen müssen.«

Vincent ging gar nicht auf sie ein. »Aber wenn ein Computer Gott begreifen will? Dann muß er Gott *werden.* Er muß sein eigenes Universum erschaffen. Und das wird dann vielleicht das unsere ersetzen. Glauben Sie nicht auch, Schwester Fancesca?«

Im Gewühl der Cafeteria oder der Aula, im wilden Treiben der Pausen war Vincent immer steif und verklemmt. Man mußte ihn in einer Situation sehen, in der er das Gefühl hatte, die totale Kontrolle zu haben – da konnte er einem ganz schön angst machen, allein schon, wie er einen ansah. Allerdings, erinnert sich Eddie, gab es auch immer gewisse Zweifel an seinem Geisteszustand.

Zum Beispiel damals, als er in seinem Hinterhof eine Rakete startete und seine Mom und sein Dad betrunken waren, und niemand außer ihm und Eddie wußten, daß Vincents Katze in der Spitze der Rakete saß.

Drei oder vier Tage nachdem die Rakete mit ihrer Fracht im Himmel über Bay Ridge verschwunden war, kam Eddie vorbei und sah Vincent weinen.

»Warum weinst du denn?«

»Lucifer.«

»Deine Katze? Bist du traurig wegen deiner Katze?«

»Sie fehlt mir.«

»Warum hast du sie dann in den Himmel geschossen?«

»Sie haben sie die ganze Zeit immer nur gestoßen und getreten. Nie haben sie das Katzenklo ausgeleert. Mein Dad hat seinen Whiskey in ihre Schale getan. Irgend etwas mußte ich tun.«

Eddie erinnert sich noch, daß Vincent immer Geschichten über Eddies Vater und Onkel und Cousins in der *Cosa Nostra* hören wollte. Die Verbrechen waren ihm ziemlich egal. Was ihn aufgeilte, war das, was er die Hierarchie nannte. Er wollte immer, daß Eddie ihn seinen Verwandten vorstellte, aber Eddie fand das keine so gute Idee.

Als Vincent dann in der Abschlußklasse der High-School war, hatte er seine Verklemmtheit abgelegt. Dieses wunderbare Mädchen, dieses intellektuelle Hippie-Mädchen verknallte sich in ihn, und am Anfang wurde sie von allen ausgelacht. Aber dann verfielen ihm immer mehr Mädchen. Er erzählte ihnen von seinen östlichen Religionen, er redete und redete, und man konnte richtig sehen, wie sie immer entspannter wurden, wie sie es sich gemütlich machten und sagten: »Hhm, ich weiß«, und bald konnte man wieder eine für Vincent verbuchen.

Er bekam ein Stipendium für Fordham. Damals hatte Eddie die Schule bereits verlassen und war Mitglied der Bande seines zweiten Cousins Louie Boffano. Sie machten vorwiegend Autoaufbrüche. Kassettenrecorder ausbauen und anderen Kleinkram. Die ganze Zeit wurden sie schikaniert von diesem Wichser Gambino, der meinte, Louie wäre noch so jung, so grün hinter den Ohren, daß man ihn problemlos unter Druck setzen könnte.

In diesem Sommer sagte Louie, wenn er wüßte, wie man eine Bombe baut, würde er eine unter Gambinos Auto klemmen.

Eddie sagte: »Ich kenne einen Typen, der dir eine Bombe bauen kann, Louie. Eine richtige.«

Also brachte er Vincent dazu, eine Bombe zu bauen. Gambinos Auto flog auf der nach Norden führenden Fahrspur der BQE in die Luft, und als es wieder herunterkam, landete das meiste davon auf der nach Süden führenden Fahrspur. Das Chassis, die Antriebswelle, der Kühler und das Reserverad. Und, separat, das Lenkrad mit Gambinos Hand daran. Der Rest von Gambino wurde nie gefunden. Der Rest von Gambino leistete der Katze Lucifer im Ozon Gesellschaft.

Louie veranstaltete ein Grillfest, um Gambinos Tod zu feiern. Natürlich kam auch Vincent, und Louie brachte einen Toast auf ihn aus. Er sagte: »Also weißt du, dieser Kerl ist wie ein junger, ein junger ... Scheiße, wie heißt der gleich wieder?«

»Wer?« fragte jemand.

»Weiß auch nicht. Irgendein Erfinder oder sowas. Aber laßt ihn auf jeden Fall Applaus hören.«

Alle klatschten bis auf Cousin Tony Speza, dem Vincent nicht grün war. Er sagte zu ihm: »Du bist kein Sizilianer, oder?«

»Ich bin aus dem Norden«, sagte Vincent.

»Du bist nicht mal das, du Scheißer. Schau dir bloß deine Hautfarbe an, wie ein Gespenst. Deine Mutter ist doch 'ne Irin, oder? Und dein Vater, der zählt nicht. Das ist doch der Spinner, der Opern singt, oder?«

Ein paar Monate später hatte Vincent ein geheimes Treffen mit Louie Boffano. Eddie hatte es organisiert. Und bei diesem Treffen behauptete Vincent, daß Tony Speza hinter Louies Rücken irgend etwas aushecke. Als Beweis legte er Tony Spezas Telefonrechnung vor. Geduldig erklärte er, wie sich daraus ein Verrat ablesen lasse und daß einige Anrufe an Strafverfolgungsbehörden gegangen seien. Louie lachte und meinte, er ziehe voreilige Schlüsse. Als aber ein paar Wochen später Tony Speza verschwand, weinte Louie ihm keine Träne nach.

Und seit dieser Zeit war etwas zwischen Vincent und Louie, etwas, das niemand so recht begreifen oder erklären konnte. Vincent verfolgte weiter seinen eigenen Lebensweg – College, ein Diplom in Betriebswirtschaft, Arbeit an der Wall Street, seine Kunst, seine Frauen und seine Religionen –, aber sooft Louie in der Klemme steckte oder er durch irgendein Nadelöhr mußte, sagte er zu Eddie: »Such deinen Freund. Ich muß mit ihm reden«, und Vincent war dann immer zur Stelle. Mit leuchtenden Augen. Immer gern bereit zu helfen. Gern bereit, jemanden verschwinden zu lassen oder eine Falle zu stellen, gern bereit, die Loyalität eines Verbündeten zu prüfen, gern bereit, diesen irren Drogendeal mit der Ndrangheta und den Jamaikanern einzufädeln. Und was Vincent macht, macht er perfekt.

Und Louie bleibt auf freiem Fuß, zumindest so lange, bis er über sein eigenes lockeres Mundwerk gestolpert ist.

Nur sehr wenige von unseren Leuten werden getötet. Louie wird stinkreich. Wir alle werden stinkreich. Und du, Annie, fragst dich, warum wir zulassen, daß er das tut?

Juliet sagt: »Komm rein, bevor die Wanzen es tun.«

Aber Annie rührt sich nicht. Sie bleibt an der Tür stehen.

Sie sagt: »Er hat mir gezeigt, wozu er fähig ist. Und du hast gesagt, er läßt mit sich reden.«

»Ich habe gesagt –«

»Nein, das läßt er nicht.«
»Moment mal, Annie. Ich habe gesagt, wenn wir stark sind, läßt er vielleicht mit sich reden. Aber zuerst müssen wir stark werden. Wir müssen Oliver verstecken, wir –«
»Er wird ihn finden. Nein.«
»Warum kommst du nicht rein und setzt dich? Wir trinken einen Tee, okay, Annie? Damit wir reden können.«
»Versprich mir, daß du es keinem Menschen erzählst.«
»Moment.«
»Du mußt uns ab jetzt in Ruhe lassen.«
»Moment mal. Was denkt Oliver über diese Sache?«
»Oliver ist zwölf, es ist egal, was er denkt. Ich glaube, er denkt, wir sollten die Helden spielen. Ich habe ihn eben zu Mrs. Kolodny gebracht. Ab morgen werden wir Geschworenen abgesondert. Mrs. Kolodny wird Oliver bei sich behalten, bis wir zu einem Urteil gekommen sind. Er war wütend, er war sauer auf mich. Aber er hat mir versprochen, den Mund zu halten, und das ist das einzige, was mir wichtig ist. Du mußt mir das auch versprechen, Juliet.«
»Was versprechen? Daß ich dich im Stich lasse?«
»Daß du keinem Menschen etwas sagst. Es ist mein Leben, Juliet. Weißt du noch, was du gesagt hast? Er ist *mein* Kind.«
Ende der Geschichte. Was kann Juliet da noch tun? Sie legt den Kopf ein wenig schief, hebt die Hände und fügt sich. Und Annie wendet sich zum Gehen.
Juliet ruft ihr nach: »He, hör mal, Mädchen, ich geh' heute abend ins *Nightbone's*, ich und Henri, warum kommst du nicht mit?« Sie meint das *Nightbone's Poetry Café* im East Village in Manhattan. Sie weiß, daß Annie nicht mitkommen wird, aber sie fragt trotzdem, vielleicht nur, um ihr zu zeigen, daß es auch noch eine Welt außerhalb der engen Grenzen gibt, die dieser Schweinehund um sie herum gezogen hat. Oder vielleicht sagt sie es nur, um sie noch einen Augenblick länger bei sich zu halten.
»Ich meine, was spricht denn dagegen?« fragt Juliet. »Du bist

doch nicht seine Gefangene. Geh aus, entspann dich ein wenig. Ich schwöre dir, ich werde nicht über den Prozeß reden ...«

»Juliet, du verstehst nicht. Ich werde abgesondert, morgen bin ich schon irgendwo in einem Hotel. Ich könnte dich nicht sehen, auch wenn ich wollte. Und ich will nicht, ich kann es einfach nicht. Und das weißt du ganz genau.«

Sie verabschiedet sich nicht einmal. Sie dreht sich einfach um und geht zu ihrem Auto.

ZEHN

Schon eher Konquistador

ANNIE IM GESCHWORENENZIMMER FRÜH AM NÄCHSTEN Vormittag. Sie faltet ihren gelben Notizzettel zusammen und gibt ihn weiter. Tageslicht fällt schräg durch ein Flügelfenster. Der gesprenkelte Splitter eines Regentages – mehr sieht Annie nicht. Die Vorsitzende schiebt mit den Unterarmen die Stimmzettel zu einem Haufen zusammen. Dann fängt sie an zu lesen.

»Schuldig. Schuldig. Schuldig. *Nicht* schuldig.«

Unter den Geschworenen kommt Bewegung auf. Das bin ich, denkt Annie. Das ist meiner. Sie müssen mich für verrückt halten. »Schuldig«, liest die Vorsitzende. »Schuldig. Und hier hat jemand ›Ja‹ geschrieben. Ich weiß nicht, was ›Ja‹ bedeuten soll.«

»Es bedeutet ›schuldig‹«, sagt Maureen, eine Großmutter in einem lila Kostüm.

Die Vorsitzende liest weiter.

»Schuldig. Nicht schuldig.«

Das verblüfft Annie. Mein Gott, noch jemand? Wie ist das möglich?

»Schuldig. Schuldig.«

Die Vorsitzende faltet den letzten Stimmzettel auf.

»Nicht schuldig.«

Drei!

Annie glaubt an ein Wunder.

»Also, jetzt Moment mal.« Das kommt von einem kleinen, drahtigen Kerl, Pete, der für OSHA arbeitet, diese Bundesbehörde für Sicherheit am Arbeitsplatz. Er trägt einen billigen Anzug, und aus den Ohren wachsen ihm Haare. »Ich meine, es tut mir leid. Darf ich ... darf ich etwas sagen?«

»Natürlich«, sagt die Vorsitzende.

»Ich ... also ich meine, wie kann irgend jemand diesen Kerl für unschuldig halten? Ich, ähm – wer hat für nicht schuldig gestimmt? Darf ich das fragen?«

»Fragen dürfen Sie«, sagt die Vorsitzende. »Aber wer nicht will, muß nicht antworten. Das glaube ich wenigstens.«

»Also ich habe für nicht schuldig gestimmt«, sagt eine Hausfrau aus Mount Kisco, die aussieht wie aus einem Roman von Anne Tyler.
Darauf OSHA-Pete: »Wollen Sie mir erzählen, Sie glauben, daß Boffano den Mord nicht befohlen hat?«
Sie zuckt die Achseln. »Also, ich weiß nicht. Vielleicht hat er es getan. Aber sollen wir darüber nicht diskutieren? Wir wollen doch nicht –«
»Und ob wir es diskutieren werden!« sagt OSHA. Und wird laut dabei. Jetzt schon. »Wir, also, ich meine, verdammt. Wer sonst noch? Wer hat sonst noch für nicht schuldig gestimmt?«
»Ich.« Das kommt von einem pensionierten Postbeamten.
»Sie, Roland? Warum?«
Der Pensionist zuckt die Achseln. Es dauert lange, bis er etwas sagt, und als er es dann tut, spricht er langsam.
»Ich glaube nicht ... daß die Staatsanwaltschaft ... schlüssige Beweise ... vorgelegt hat. Das ist alles.«
Der Pensionist schiebt sich die Zunge in die Wange. Seine Haut ist fahl, und seine Augen sind blutunterlaufen und verquollen. Er sieht hoch zur schallschluckenden Decke, und Annie versucht sich vorzustellen, was in seinem Kopf vorgeht. Arbeitet er für den Lehrer? Vielleicht könnte sie es herausfinden, wenn er ihr in die Augen sehen würde.
»Keine Beweise?« sagt OSHA, »Die sind doch wasserdicht.«
»Sagen *Sie*«, sagt der Pensionist.
»Ich meine, da ist doch ein Tonband, nicht? Ein Band! Haben Sie das Band gehört?«
»Sagen *Sie.*«
»Ich sage überhaupt nichts. Ich frage Sie.«
»Sagen *Sie.*«
»Was soll das heißen, sage *ich*? Hören Sie auf, das zu sagen, Roland, Sie machen mich wahnsinnig.« Er sieht sich um. Seufzt und verschränkt die Arme. »O Gott.«

Die Vorsitzende fragt: »Sonst noch jemand?«
Annie holt Atem. Das genügt schon. Alle Blicke richten sich auf sie.
Die Vorsitzende sagt: »Und Sie, welche Gründe haben Sie, Annie?«
Aber Annie merkt, daß sie nicht sprechen kann. Ihre Stimmbänder sind wie zusammengenäht. »Na ja«, sagt sie. Einige Augenpaare wenden sich mitfühlend ab. Sie probiert es noch einmal. »Also, ich denke nur –«
Eine neue Stimme mischt sich dazwischen. »Vielleicht ist es nicht fair, nur auf denen herumzuhacken, die für nicht schuldig gestimmt haben. Vielleicht sollten wir auch unsere Argumente darlegen. Verstehen Sie?«
Groß und lässig, ein legerer Typ. Er heißt Will, trägt Bluejeans und eine schwarze Jacke und hat lange, blonde Haare. Er spielt Klarinette in einer Jazz-Combo in Briarcliff. Auf Hochzeiten und Versammlungen.
Er sagt: »Am besten schreiben wir alles auf die Tafel, was wir für ein schlüssiges Indiz halten. Okay? Und dann gehen wir es Punkt für Punkt durch.« Er schlendert zur fahrbaren Tafel. »Okay? Also, was haben wir? Wie viele Zeugen der Anklage waren es?«
»Drei«, sagt OSHA. »Zuerst dieser große Kerl, dieser, ähm, Capitano. Wie hieß der gleich wieder?«
»DeCicco« , sagt die Matrone aus Mt. Kisco. »Paulie DeCicco.«
»Genau«, sagt Klarinetten-Will. Er schreibt »DeCicco« auf die Tafel. »Und was halten wir von ihm? Trauen wir ihm?«
Darauf OSHA: »Mein Meerschweinchen würde ich ihm nicht anvertrauen. Aber in dieser Sache? Ja, er klang, als würde … also ich habe mir gedacht, daß er mehr oder weniger –«
»Aber er hat versucht, für sich eine mildere Strafe herauszuschlagen.« Das kommt von einem Bäcker, einem Schwarzen aus New Rochelle.

»Ja, aber das ist der einzige Weg, sie in den Zeugenstand zu bekommen«, sagt Klarinetten-Will. »Das ist der einzige Weg, einen Mafioso überhaupt zu fassen zu bekommen. Das und Tonbänder.«
»Tonbänder!« donnert OSHA. »Schreiben Sie ›Tonbänder‹ auf. Schreiben Sie das auf!«
»Also, im Augenblick reden wir noch über –«
»Schreiben Sie ›Tonbänder‹ in Rot«, beharrt OSHA.
»Haben wir rote Kreide?« fragt jemand.
Darauf sagt der pensionierte Postler:»So sollten wir es machen. Wir sollten rote Kreide benutzen. Für wichtige Indizien. Und Grün für Indizien, die *Comme çi comme ça* sind.« Er wackelt mit der Hand.
Darauf OSHA: »*Comme çi comme ça*?«
»Das ist Französisch. Das ist Französisch, mein Freund.«
»Jetzt mal langsam«, sagt OSHA. »Moment mal, hören Sie.« Er sieht Annie direkt an.
»Angenommen«, sagt er. »Angenommen, Sie haben alle gelogen. DeCicco, dieser Dealer, dieser Bulle. Angenommen, die kennen Louie Boffano überhaupt nicht. Aber wir haben immer noch dieses Band. Richtig?«
Freundlich und sanft erwidert ihm Klarinetten-Will: »Hören Sie, eigentlich wollten wir da doch der Reihe nach vorgehen.«
»Reihe hin, Reihe her, ist doch egal«, sagt OSHA. Und wieder wendet er sich direkt an Annie. »Lady, wenn Sie dieses Band hören, wenn Sie ihn das ... wie ging das gleich wieder ... über diesen Tunnel sagen hören –«
Drei Stimmen auf einmal, die aus dem Gedächtnis zitieren – schließlich haben sie es alle unzählige Male gehört. »›Ich hab' dem Lehrer gesagt: ›Okay, wenn du willst, wenn du einen Tunnel graben willst ...‹«
Drei andere fallen mit ein »› ... grab einen Tunnel. Bring das Arschloch um! Mein Gott!‹«
Vereinzelte Lacher. OSHA fragt Annie: »Wenn Sie das hö-

ren, was um alles in der Welt denken Sie da? Denken Sie vielleicht, er redet vom Tunnel der Liebe?«

Annie weiß, daß sie errötet, und sie weiß, daß alle es sehen. Na komm schon, antworte ihm. Ich kann sprechen, ich weiß, wie das geht. Wovor habe ich denn solche Angst?

Ich habe Angst, daß sie alle sofort merken, was für eine Lügnerin ich bin, daß ich kein Wort meine von dem, was ich sage.

Aber sie muß es versuchen. »Ich glaube nicht ... ich glaube nicht, daß das Band irgend etwas beweist. Er könnte ... vielleicht ... ich weiß auch nicht, vielleicht war es kein direkter Befehl.«

»›Bring dieses Arschloch um‹ – ist das kein direkter Befehl?«

»Aber er hat doch eine Geschichte erzählt, oder? Vielleicht wollte er nur prahlen. Er hat geprahlt, daß er den Befehl zum Mord an Riggio gegeben hat, aber in Wirklichkeit hat er gar nicht ...«

Sie verstummt. Sie sieht zu Klarinetten-Will hinüber. Er hat ein so nettes Gesicht, wirkt in seiner Lässigkeit so freundlich, und sie fühlt sich so schwach, und vielleicht kommen ihr gleich die Tränen. Sie wünscht sich jemanden, der sie beschützt, jemanden, der ihr diese ganze Sache abnimmt ...

OSHA sagt: »Wollen Sie sich über mich lustig machen, Lady? Halten Sie ihn wirklich für unschuldig? Es war also nur Angeberei, wenn er sagt, er hätte einen Killer zu Riggio geschickt?«

Viele Gesichter am Tisch verziehen sich zu einem Grinsen. Na und, sollen Sie doch grinsen. Ist eigentlich ziemlich egal, denkt sie, weil ich nichts anderes tun muß als standhaft zu bleiben. Bleib standhaft, wie sehr sie dir auch zusetzen. Sei hart wie Granit, das ist alles. Hör gar nicht auf sie. Eine Woche mußt du diese Quälerei durchstehen. Vielleicht zehn Tage. Vielleicht sogar zwei Wochen – aber dann werden sie dir nachgeben müssen, werden erklären müssen, daß sie sich nicht einigen können ...

Slavko bei den Anonymen Alkoholikern.
Er wartet, bis er an der Reihe ist. Hört sich eine trübselige Geschichte über Mehr-Tod-als-Leben nach der anderen an und fragt sich, wie um alles in der Welt dieses Ritual irgend jemandem helfen soll. Dieser Singsang, was bringt der? Die Liebhaber, die uns verlassen, die Kinder, die uns verachten, der Fernseher, der verführt und verdummt, die Politiker, die uns manipulieren: Die Probleme und Beschwerden sind universell, aber warum soll das sie erträglicher machen?
Gott, wie er diese Treffen haßt.
Obwohl er glaubt, daß sie vielleicht gar nicht so schlecht wären, wenn nur Cocktails serviert würden.
Endlich ist Slavko an der Reihe.
Er sagt: »Mein Name ist Slavko, und ich bin Alkoholiker.«
»Hallo, Slavko«, schallt es im Chor.
»Ich bin Alkoholiker, und ich bin außerdem sexsüchtig und nikotinabhängig und ein Versager in meinem früheren Beruf als Privatdetektiv, den ich sowieso nie sehr mochte. Jetzt bin ich Dichter, und das läuft nicht schlecht. Das ist ein Lichtblick. Genaugenommen habe ich gerade mein erstes Gedicht abgeschlossen, aber diese neue Beschäftigung bringt mir noch keine Tantiemen ein, wenn ihr wißt, was ich meine. Dauert 'ne Zeit, bis man sich einen Namen gemacht hat, bis man die große Kohle verdient. Bis jetzt habe ich in meinem Büro gewohnt, aber heute wurde mir gekündigt, also wohne ich ab jetzt in meinem Auto. Was noch? Rauchen, mein Gott, das Rauchen frißt mir die Lunge auf. Unbestimmtes Druckgefühl im Kreuz, also wird demnächst mal wieder ein Nierenstein abgehen. Und mein Herz? Mein Herz ist nicht nur gebrochen, sondern zersplittert. Ich meine pulverisiert. Ich sag's euch, mein Herz ist so gründlich versalzen, da wächst nie mehr was. Ich bin ein hoffnungsloser Bummler, ich habe Selbstmitleid, daß man es in Großbuchstaben schreiben muß. Ich habe keine Lust mehr, in

euren Scheißspelunken den Trottel zu spielen. Reicht das für eine Sitzung?«

Er wartet noch ein paar andere Tränendrüsengeschichten und noch ein paar langsame Tode ab, dann macht er sich aus dem Staub.

Er steigt in den Bussard und fährt davon.

Bald darauf findet er sich vor *Gillespie's Tavern* in North Tarrytown wieder. Drei Autos stehen vor der Kneipe. Eins gehört Gillespie selbst und eins einem unausstehlichen Säufer, der hier Stammgast ist. Das dritte Auto kennt Slavko nicht, aber der Besitzer muß ziemlich übel sein, wenn er es in der Gesellschaft von Gillespie und diesem Säufer aushält. Also, was wollen wir hier noch, Slavko? Können wir nicht weiterfahren?

Er trinkt nur drei Gläser im *Gillespie's.*

Und dann fährt er weiter.

Er merkt, daß er nach Ossining fährt. Er merkt, daß er an Saris Haus vorbeifährt und langsamer wird. Wie gestern abend auch schon. Vorbeifahren, langsamer werden und kontrollieren.

Was kontrollieren?

Keine Ahnung, aber wen interessiert das schon?

Heute abend ist ihr Auto da, aber nirgends brennt Licht. Im Bett kann sie nicht sein, dazu ist es noch zu früh. Hat wahrscheinlich irgendwo ein heißes Rendezvous. Ein kochendheißes, leidenschaftliches Rendezvous mit diesem Saukerl.

Vielleicht ist sie im Reihenhaus von diesem Saukerl.

Er fährt mehr oder weniger in diese Richtung, bis er zufällig auf die Benzinuhr sieht und merkt, daß sie auf Null steht. Weit unter Null, genaugenommen. Der Tank ist leer bis auf den letzten Tropfen.

Zum Glück ist ganz in der Nähe eine Tankstelle. Eine dieser neuen Tankstellen, die aussehen wie eine Mondbasis. Er fährt hinein und hält bei einer grell fluoreszierenden Zapf-

insel. Die Pumpe springt an, kaum daß er auf den Hebel gedrückt hat. Die lassen einen erst tanken und dann bezahlen. Was für Trottel das doch sind, denkt Slavko. Was für klassisch naive Idioten!
Er tankt voll. Geht dann hinein, und der traurige Kerl an der Kasse sagt zu ihm: »Fünfzehn Dollar und zweiundvierzig Cents.«
»Tatsächlich? So viel? So viel habe ich nicht.«
»Wie bitte?«
»Glauben Sie, ich bin aus Geld gemacht?«
»Natürlich nicht. Wieviel haben Sie denn?«
»Überhaupt nichts.«
»Haben Sie Ihre Brieftasche vergessen?«
»Nein, meine Brieftasche habe ich. Ich hab' nur kein Geld drin.«
»Moment mal. Bleiben Sie hier.«
Der Kassierer greift zum Hörer, drückt auf den A-Knopf. Slavko sagt: »Rufen Sie die Polizei an? Wollen Sie mich ins Gefängnis stecken? Das klingt fair. Sechs Monate lang Messerstechereien, Prügel, Vergewaltigung, bloß weil meine Brieftasche leer ist? Das klingt echt fair.«
»Ich rufe meinen Chef an«, sagt der Kassierer. Der Kassierer wechselt ein paar Worte mit seinem Arbeitgeber und gibt dann Slavko den Hörer.
»Hier Mr. Hooten. Wo liegt denn das Problem?«
»Genau, Mr. Hooten, Sie haben den Nagel auf den Kopf getroffen. Wo liegt das Problem? Schließlich ist Slavko ja nicht hoffnungslos blöd. Einige finden ihn sogar recht geistreich. Er ist ehrlich, er sieht nicht schlecht aus. Also, was hält uns hier auf? Wo liegt das Problem? Irgendwo kann doch da was nicht stimmen, oder?«
Mr. Hooten sagt etwas Irrelevantes. Aber Slavko redet weiter. »Wenn ich nur herausfinden könnte, was denn da nicht stimmt, welches winzige Stückchen. Ich sollte Neurochirurg sein! Oder Dichter! Statt dessen werde ich mit jeder Demü-

tigung bestraft, mit der man einen amerikanischen Mann aus der Vorstadt bestrafen kann. Mit einer Ausnahme. Ich habe meinen Karren noch. O ja, vielen herzlichen am Arsch, Mr. Hooten, kann sein, daß ich nicht bezahlen kann, aber ich habe trotzdem einen vollen Tank in meiner alten Mühle, und ich kann von hier nach –«

Mr. Hooten schreit ihn wütend an: »*Geben Sie mir den Kassierer!*«

Das tut Slavko auch. Er dreht sich zu den anderen wartenden Kunden um und sagt: »Ich habe meinen Karren noch. Ich habe noch einen vollen Tank. Wer will mich da einen Verlierer nennen?«

Der Kassierer legt auf und sagt zu ihm: »Mein Chef sagt, wenn Sie innerhalb von dreißig Sekunden von hier verschwunden sind, brauche ich nicht die Polizei zu rufen.«

Juliet sitzt mit Henri im *Nightbone's Poetry Café.* Es ist »Nacht der offenen Bühne«, halb elf, und in dem Laden ist der Teufel los. Ein sich langsam drehender Zyklon aus Rauch, Dummschwätzern, Junkies und Schickimicki-Zombies. Ein paar unbestreitbar Verrückte (zum Beispiel der Mann da drüben, der in einen halbierten Plastikkegel bläst), ein paar Prominente (zum Beispiel Paul Simon oben auf der Empore mit dieser Frau, die dreimal so groß ist wie er).

Bob Bozark, der Conferencier, steht auf der Bühne in seinen Markenzeichen, greller Anzug und flacher Filzdeckel auf dem Kopf, und läßt die Sau raus. Seine Giftzwerg-Nummer. Er spuckt Galle nach links, dann nach rechts. Er hampelt und zappelt, versprüht Arroganz. Schließlich stellt er den nächsten Dichter vor und stürmt von der Bühne, um sein nächstes Bier zu kippen.

Juliet bemerkt, daß jemand sie anstarrt. Ein sehr gutaussehender Kerl in schwarzer Lederjacke.

Juliet erwidert seinen Blick.

Sie ist nicht hier, um Spielchen zu spielen. Es ist ihr einziger

freier Abend in den nächsten zwei Wochen. Für Unentschlossenheit ist keine Zeit, wenn sie einen Typen aufreißen will. Wenn sie die Gefahr, in der Annie schwebt, aus dem Kopf bekommen will, wenn sie dem schiefen Lächeln und den eleganten Wangenknochen und den waldgrünen Augen dieses Mannes näherkommen will, muß sie ihm ihre Absichten zu verstehen geben und darf nichts dem Zufall überlassen.
Sie schickt ein riesiges Lächeln in seine Richtung.
Doch dann setzt sich eine blonde Tussi neben ihn.
Seine blöde Begleiterin. Zurück vom Nasepudern.
»Diese Kuh«, sagt Juliet.
»Mh?« macht Henri.
Juliet nickt in Richtung der Störerin.
»Was hat sie denn getan?« will Henri wissen.
»Sie hat mir den Typen weggeschnappt. Ich hoffe nur, sie kommt nie in mein Krankenhaus.«
Nun tritt die Dichterin der Stunde ans Mikrofon: eine kompakte, ausgelassene, schwarze Lesbe. Als der Applaus verklungen ist, verkündet sie den Titel ihres Gedichts:
»Ich will dich ficken oder Klartext mit dieser Rothaarigen am Tisch da in der Ecke.«
Jeder dreht sich zu Juliet um.
Die Dichterin legt los. Eine atemlos gebellte, aggressiv erotische Ballade, und sie schreit sie heraus, übertönt Gelächterstürme, und sie ist wirklich irgendwie süß. In ihrem Gedicht liegt Juliet mit gespreizten Beinen im steinernen Schloß der Alice im Wunderland im Central Park, und die Dichterin beugt sich über sie, und durch die Bäume zucken Blitze.
Jeder liebt die fiebrige Lust der Dichterin, ihre draufgängerische Großmäuligkeit. Und jede heterosexuelle Frau in dem Laden befallen Zweifel.
Und Juliet – voll bis zum Anschlag, tiefrot im Gesicht –, Juliet hat den Kick ihres Lebens. Wenn nur Annie hier wäre, um

es mit ihr zu genießen. Das Gedicht explodiert in einem kreischenden Orgasmus. Das Café johlt. Die Dichterin springt von der Bühne und zwängt sich zwischen den Tischen hindurch, und Juliet steht auf und breitet die Arme aus, und die Dichterin stürzt sich hinein. Juliet schließt die Augen und wartet auf den Kuß. Eine kleine Zunge zuckt in ihren Mund. Was soll's, Juliet läßt die ihre ebenfalls zucken. Warum nicht, warum eigentlich nicht? Es ist, als würde sie einen Mann küssen, nur daß sie sich so weit hinunterbeugen muß und hundert Augenpaare sie anstarren. Der Laden tobt. Eine Kakophonie aus Pfeifen und Buhen. Die Preisrichter halten ihre Punktekarten in die Höhe: lauter Zehner. Natürlich war das Gedicht selbst beschissen, darüber sind sich alle im klaren, aber die Show war zum Brüllen, und der Kuß war toll und verwegen, ein Riesenspaß, also was soll's?

Dann sieht Juliet hoch, und der nächste Dichter ist dieser attraktive Kerl in der schwarzen Lederjacke.

Was er liest, ist ein richtiges Gedicht. Das ist allen hier peinlich. Kein Party-Gedicht, nicht noch eine Hymne auf die Dekadenz, sondern eine rührende Villanelle über einen Winter auf einem Vulkan in Island. Mit einer Krähe in einer Eberesche.

Der rauhe Wind seiner Stimme ist so unwiderstehlich, daß er sogar diese Säufer und Wichser und Szenehänger verstummen läßt. Sie verstehen das Gedicht nicht, aber sie geben ihm wenigstens anständige Noten. Und als Bob Bozark wieder ans Mikrofon tritt, tropft Sarkasmus von seinen Giftzähnen. Er muß wirklich beeindruckt sein.

Dann ist diese Runde vorbei, und Juliet schiebt sich durch das Gedränge zur Bar und bestellt Bier für sich und Henri. Der schwarzbejackte Dichter zwängt sich neben sie.

Er sagt: »Hallo, Doc.«

»Woher wissen Sie, daß ich Ärztin bin?«

»Ich habe einmal einen Freund in Ihr Krankenhaus ge-

bracht. Das St. Ignatius, nicht? Ein Autounfall. Nichts Ernstes. Sie haben ihn gut versorgt.«
»Ach wirklich?«
Na toll. Mein Gott, denkt Juliet, fällt dir nichts Besseres ein? *Ach wirklich*?
»Wir haben nicht miteinander gesprochen«, sagt er. »Aber Sie vergißt man nicht so leicht. Mein Name ist Ian Slate.«
»Ich bin Juliet. Haben Sie wirklich in Island gelebt?«
»Ist schon ziemlich lange her. Ich war als Reporter dort, habe über den Gipfel in Reykjavik berichtet. Und danach habe ich ein paar Monate Urlaub gemacht.«
Er läßt sein schiefes Grinsen aufblitzen. Und Juliet hängt bereits an seinen grünen Augen.
»Haben Sie noch mehr Gedichte?« fragt sie.
»Klar. Soll ich Sie irgendwann mal damit langweilen?«
»Sehr gerne.«
»Ich bin heute abend in Begleitung. Aber vielleicht könnten Sie mir Ihre Nummer geben?«
Sie zuckt die Achseln.
Er zieht einen Stift aus der Tasche. Sie schreibt Namen und Telefonnummer auf eine Serviette. Aber gerade als sie sie ihm gibt, verdammt, kommt seine Freundin. Wie aus dem Nichts taucht sie auf, mit einem erstarrten, säuerlichen Grinsen. Doch Ian Slate macht das sehr geschickt.
»Sari«, sagt er. »Das ist Juliet Applegate. Sie ist Ärztin im St. Ignatius. Ich soll ihr Bescheid sagen, wenn ich das nächste Mal in Westchester meine Gedichte lese, damit sie zusehen kann, wie ich einen Narren aus mir mache.«
Seine Freundin sagt bestimmt: »Eben, wir müssen jetzt gehen. Aber es hat mich sehr gefreut, Ihre Bekanntschaft zu machen, Juliet.«
Und sie streckt Juliet ihr wohlgeformtes Händchen hin.

Annie liegt in ihrem Hotelzimmer im Bett. Ihre Zimmergenossin, die Matrone aus Mount Kisco, schläft schon seit

Stunden, aber Annie ist noch immer wach. Sie versucht, nicht an das zu denken, was sie in diesem Geschworenenzimmer tun muß. Also denkt sie statt dessen an Turtle und Drew. Die Erinnerungen an diese Tage in Brooklyn sind immer schmerzhaft gewesen; aber jetzt wirken sie tröstend und prickelnd. Jetzt ist das die gute alte Zeit.

Der erste Winter nach der Kunstakademie. Sie wohnte in diesem Lagerhaus in Greenpoint, an der Franklin Street direkt am East River. Nachts konnte man aufs Dach steigen und die Lichter Manhattans betrachten. Die Eisskulptur des Chrysler-Gebäudes, das kalte Citicorp. Und im Vordergrund den schwarzen Zylinder des Scheißebottichs, wo die gefrorene Scheiße der ganzen Stadt auf Kähne verladen und wegtransportiert wurde.

Das Leben in diesem Loft, diese Eiseskälte. Sie formte riesige Tiere, schläfrige Mammuts, aus Löschkalk und Holz und Teer und Federn. Sie versuchte, auch politische Kunst zu machen, damit die Galerien von ihr Notiz nahmen, aber sie schaffte es einfach nicht. Sie baute weiter diese riesigen, zottigen Tiere, und sie war so einsam und traurig in diesem Winter, daß sie glaubte, sterben zu müssen – bis sie Turtle kennenlernte, den Bassisten der Band, die jeden Dienstagabend im Erdgeschoß übte.

Turtle hatte einen flaumigen Bart, winzige Schweinsäuglein und eine kleine Hakennase wie der Schnabel eines jungen Adlers. Er haßte die Stadt. Er brachte sie zur Grand Central, und sie stiegen in einen Zug und fuhren Richtung Norden zu einem x-beliebigen Bahnhof, und von dort wanderten sie, bis sie zu einer Wiese kamen, und sie wischten den Schnee von einem Felsen und machten zähneklappernd Picknick.

Auf der Rückfahrt war es dampfig im Abteil, und sie kuschelte sich in Turtles Arme und schlief ein.

Und plötzlich war der Winter nicht mehr so schlimm für Annie.

Turtle studierte Sanitätswesen an der New York University, nur für den unwahrscheinlichen Fall, daß es mit seiner großen Rockmusikkarriere nichts wurde. Er wollte den Menschen helfen. Daß Menschen litten, bekümmerte ihn sehr. Er war schusselig und linkisch. Und er verströmte Liebe und Zärtlichkeit.

Bei einem anderen Picknick auf einer anderen Wiese küßte er sie mit eiskalten Lippen. Sie war sich nicht sicher, ob sie das wollte. Sie war sich nicht sicher, ob sie mit ihm schlafen wollte. Aber in dieser Nacht tat sie es, auf ihrer staubigen Matratze, und es war gar nicht so übel. Also schlief sie noch zweimal mit ihm.

Aber irgend etwas fehlte, was war es nur? Wenn sie es sich jetzt überlegt, in diesem kalten Hotelzimmer, zuckt sie zusammen bei dem Gedanken, daß ihm eine gewisse Macht fehlte. Bei dem Gedanken, daß seine simple Gutmütigkeit nicht die Macht war, nach der sie sich sehnte.

Dann bekam seine Band einen neuen Sänger, Drew, der schlaksig war und ein Junkie und kaputt und manchmal gemein und der ein wenig scharf roch. Aber er hatte einen hellwachen Verstand und Augen und ein Kinn, denen Annie einfach nicht widerstehen konnte, und er fuhr mit Annie in seinem alten Brottransporter zur Brooklyner Seite der Manhattan Bridge, und sie krochen in den Laderaum und redeten stundenlang, und dann saugte sie inmitten des Werkzeugs an seinem Schwanz, der lang, würzig und ungestüm war. Er richtete ihren Mund übel zu. Während sie ihm einen blies, preßte sie die Schenkel zusammen, und als es ihm kam, kam es ihr auch, und sie trat aus und stieß sich den Zehen an der Ladetür des Transporters.

Romantisch konnte sie es nicht nennen – aber es schien einen Durst zu stillen.

Immer wieder machte sie mit ihm Ausflüge in diesem Transporter. Turtle brach es das Herz. Sie hatte ein schlechtes Gewissen deswegen, aber das tat ihrer Vernarrtheit keinen

Abbruch. Als sie schwanger wurde, überredete Drew sie, das Kind zu behalten. Eineinhalb Jahre blieb er bei ihnen, doch dann wurde er ruhelos und floh nach Bali.
Das letzte, was sie gehört hat, war, daß er in Prag lebt und auf der Karlsbrücke jungen Mädchen alte Beatles-Songs vorsingt.
Und Turtle ist in ein Dorf im Hochland von Guatemala gegangen, wo sie ihn für einen Arzt halten und Tag und Nacht zu ihm kommen. Er hat gelernt, die Flöte zu spielen, die sie *chirimía* nennen. Er spielt sie bei ihren Festen. Hin und wieder muß er in der Stadt Huehuetenango etwas erledigen, und dann ruft er Annie an. Zumindest hat er es bis vor ein paar Tagen getan.
Und heute nacht, in diesem fremden Bett, mit der Fassadenbeleuchtung des *Caruso Hotel,* die durchs Fenster scheint, und ohne Schlaf, ohne Hoffnung auf Schlaf, merkt Annie, daß Turtle, seine Schweinsäuglein, seine linkische, klammernde, ungewollte Liebe das einzige sind, was von diesem anderen ablenkt, von diesem anderen, das sie umbringt.

Es ist lange nach Mitternacht. Slavko, der nichts Besseres zu tun hat, beschließt, noch einmal bei Saris Wohnung vorbeizufahren. Nur um nachzusehen, ob sie schon zu Hause ist.
Sie ist es.
Und er ist bei ihr.
Sein Lotus in ihrer Auffahrt. Oja, der mächtige, weil so seelenvolle E.R. ist bei ihr.
Slavko parkt ein Stückchen weiter unten. Er dreht am Radio. Er wartet und beobachtet.
Saris Haus ist still. Bestimmt schiebt er ihr in diesem Augenblick seinen anmutigen, klassisch geformten Penis in den Mund. In ihren Rosenknospenmund. Wie schön für sie beide. Und ich, meine sexuellen Tage sind ja vorbei, da ist es für mich ganz in Ordnung, hier draußen in der Kälte zu sitzen, in dieser arschkalten Oktobernacht, und dem Rau-

schen des Radios und den High-School-Football-Ergebnissen zu lauschen und an diesem Haus hochzusehen und zu wissen, daß ihr zwei es da oben gemütlich habt, euch die Seele aus dem Leib fickt und euch großartig amüsiert.
Friß Scheiße, Eben Rackland. Erstick dran, Eben Rackland.
Slavko gestattet sich einen kleinen Schluck Bourbon.
Laß dir Zeit, Ebenezer, du hast die ganze Nacht. Wegen mir brauchst du nichts überstürzen. Mach nur, fick sie noch einmal. Wirst doch nichts von deinem kostbaren, silbernen, seelenvollen Samen verschwenden wollen.
Saris Außenbeleuchtung springt an.
E.R. tritt heraus.
Auch Sari kommt einen Schritt vor die Tür. In ihrem Bademantel, den sie sich noch zuzieht, ihn gegen die Kälte eng um sich wickelt. E.R. dreht sich um, nimmt ihren Kopf in die Hände und führt ihre Lippen an die seinen. Er küßt sie sanft und zieht dann seinen Mund zurück.
Aber ihre Wangen hält er noch mit den Fingerspitzen. Er bestimmt den Rhythmus, er gibt den Ton an. In seinen Händen ist Sari ein Porzellanpüppchen. Und Slavko in seinem Bussard spürt giftgrüne Wut im Bauch.
Komm, küß sie und verschwinde, du Arschloch.
Schließlich kommt E.R. die Stufen herunter und geht zu seinem Auto. Sie ruft ihm etwas nach, aber Slavko versteht es nicht. Leise, ganz leise kurbelt er sein Fenster herunter. Und lauscht. Er hört E.R. in der frischen, hohlen Nacht sagen: »Wann immer ich kann, sobald ich kann, das weißt du.«
Sari runzelt die Stirn. Nimmt sich dann aber zusammen, lächelt dünn und dreht sich um.
»He«, ruft E.R. ihr leise nach.
»Was?«
»Geliebte.«
»Zeig's mir.«
Ihr Lächeln wird breiter, gegen ihren Willen, wie es aussieht.

»Also komm, Eben, die Leute –«
»Was für Leute? Um zwei in der Früh? Zeig's mir«, sagt er und zieht jungenhaft die Unterlippe zwischen die Zähne. Ein Trick, bei dem Slavko am liebsten kotzen würde, aber Sari scheint er umzustimmen. Unvermittelt reckt sie das Kinn in die Luft, öffnet ihren Bademantel und posiert.
Ihr Busen ist ein erhebender Anblick. Die Schamhaare sind zu einem schmalen Streifen rasiert, wie ein umgedrehter Tropfen, wie ein Ausrufungszeichen ohne Punkt. Sie stemmt die Hände in die Hüften, um den Mantel offenzuhalten, und sogar aus dieser Entfernung kann man sehen, was für einen Spaß es ihr macht, sich E.R. zu präsentieren.
Und Slavko?
Dieser Verlierer! Ach, der ist doch nichts. Er ist nur ein Klumpen Trübsal in der Nacht. Er ist der perverse Spanner, den Sari fürchtete. Der Abartige.
Aber er hat nichts davon. Ihre Schönheit tut ihm nur weh. Er sieht weg. Er hört E.R. sagen: »Du weißt, daß du mich an der Leine hast. Du weißt, ich kann nicht sehr lange sehr weit weggehen. Ich liebe dich.«
Slavko hört ihn ins Auto einsteigen. Er hört, wie der Motor mit weichem Schnurren anspringt. Slavko beobachtet, wie er rückwärts auf die Straße rollt und dann wegfährt, den Hügel hoch. Sari wickelt sich zitternd wieder in den Bademantel und sieht Eben nach.
Slavko zieht sein kleines Notizbuch heraus und schreibt:

2:40. E.R. verläßt S.K.s Haus, Arning Road. V.

Das V steht für Verfolgung. Er steckt das Notizbuch wieder in die Jackentasche.
Sari steht noch immer an der Tür. Starrt die Hügelkuppe an, hinter der E.R. verschwunden ist.
Geh ins Bett, Sari. Wärm dich auf.

Laß mich diesem Kerl nachfahren.
Schließlich geht sie ins Haus – und in dem Augenblick, da sie die Tür schließt, startet Slavko den Bussard. Er läßt die Scheinwerfer ausgeschaltet und fährt so leise, wie es mit seiner alten Klapperkiste geht, den Hügel hinauf. Aber sobald er über der Kuppe ist, drückt er das Gaspedal bis zum Anschlag durch. Der Bussard jault auf. Und versucht, E.R.s entfernten roten Schein einzuholen.
Ohne Licht zu fahren ist ein großes Risiko, denkt er. Wenn die Bullen mich sehen, bin ich dran. Kein Licht, Alkohol am Steuer, grob fahrlässiges Fahren, keine Versicherung, abgelaufener TÜV, Widerstand gegen die Staatsgewalt, Angriff auf einen Polizeibeamten, Ermordung und Zerstückelung desselben usw.
Aber auf dieser Straße sind nur ich und E.R. Und wenn E. R. im Rückspiegel Scheinwerfer sieht, macht er sich aus dem Staub. Also muß Slavko blind fahren. Er kneift die Augen zusammen, um die Mittellinie zu sehen, und vertraut auf sein armseliges Glück.
An der Eastgate Road biegt E.R. nach links Richtung Fluß ab. Fährt vorbei am Priesterseminar und an der großen Steinkirche und dann in die Auffahrt des *Caruso Hotel.*
Ehrwürdiger alter Kasten. War früher mal ein herausgeputzter Luxuspalast, aber jetzt blättert die Farbe ab und das Gitterwerk der Balkone rostet. Inzwischen finden dort nur noch zweitklassige Kongresse und halbseidene Hochzeiten statt. Und wenn bei einer dieser Veranstaltungen zusätzliche Sicherheit nötig ist, ruft das Management Slavko an.
E.R. parkt und geht mit schnellen Schritten auf den Eingang zu. Slavko bleibt auf der Straße, bis E.R. im Hotel verschwunden ist, und biegt dann in die Auffahrt ein. Er parkt am Rand des riesigen Hotelparkplatzes, kritzelt eine Notiz in sein schwarzes Büchlein und folgt dann E.R. ins Gebäude.
Als er auf die Rezeption zugeht, wirft Jerome ihm einen Blick zu. »Bißchen spät, was, Slavko?« sagt er. Dann wendet er sich

wieder seiner Arbeit zu. Er tippt etwas in den Computer. »Du solltest doch gestern schon hier sein.«
Was für einen komischen runden Kopf Jerome hat und was für ein komisches Näseln.
»Spät?« sagt Slavko. »Wofür?«
Ohne aufzusehen, nuschelt Jerome: »Der Kongreß der Melkmaschinenhersteller?« Er versieht jedes Wort mit einem Fragezeichen, so als müßte es in Slavkos Kopf klingeln und pfeifen. Slavko erinnert sich schwach daran, daß er versprochen hat, sich um die Sicherheit für diese Trottel zu kümmern. Aber das war vor anderthalb Wochen. Zu einer Zeit, als eine solche Verpflichtung noch im Bereich des Möglichen war.
»Jerome«, sagt Slavko. Er versucht, sich über den Tresen zu beugen, versucht, einen Blick auf den Computermonitor zu erhaschen. Aber der Tresen ist zu hoch und Slavko zu klein. Er sagt zu Jerome: »Schau mich an.«
Jerome hebt den Kopf und erschrickt.
»O Gott«, sagt er.
»Fröhliches Halloween«, sagt Slavko.
»Was ist denn mit dir passiert?«
Slavko zuckt die Achseln. »Ach weißt du, Jerome, ich hätte es wissen müssen. Die Wände waren Scheiße. Der erste große Sturm …«
»Wände? Was für Wände?«
»Genau, Kumpel. Hast den Nagel auf den Kopf getroffen. Was für Wände?«
Während er so vor sich hinplappert, stützt er die Hände auf den Tresen, stemmt sich hoch und legt sich mit der Brust auf das Resopal. Die Füße baumeln in der Luft. Jetzt sieht er den Monitor. Er sieht die Anmeldung, die Jerome eben eingetippt hat. Aber er kann sie kaum entziffern, denn für ihn stehen die Buchstaben auf dem Kopf.
»Was soll denn das?« fragt Jerome.
Weiterplappern. »Was für Wände, fragst du? O Gott. Ist 'n

Schloß, der reinste Palast, hab' ich mir gedacht. Scheiße war's. Und in der stecke ich jetzt bis zum Hals.«

»Slavko«, sagt Jerome. »Du darfst dir das nicht ansehen.« Er gibt Slavkos Kopf einen kleinen Schubs.

Slavko stellt sein Hirn auf die kopfstehenden Buchstaben ein und liest: Roger Boyle. SZDB (Standardzimmer mit Doppelbett). Adresse: St. Paul, Minnesota. Zimmer 318.

Jerome drückt ESCAPE, die Schrift verschwindet. Slavkos Füße berühren wieder den Boden.

Er fragt Jerome: »War das der Kerl, der eben reingekommen ist?«

»Slavko, was willst du?« Allmählich klingt Jerome wie ein Teekessel.

Darauf Slavko: »Hast du sein Auto gesehen? O Mann! Und das war doch ein Armani-Jackett, oder?«

»Nicht ganz«, sagt Jerome. »Brioni. Mailand. Mindestens zweitausend Dollar.«

»Was tut der denn hier?«

»Was tust *du* hier?«

»Zimmer 318, das ist auf der Seite, oder?«

»Für jemand, der nicht zur Arbeit erscheint, bist du ziemlich neugierig.«

»Hat da eine Frau auf ihn gewartet?«

»Um halb drei morgens?«

Slavko grinst. »Da kommt bestimmt noch eine. Und zwar 'ne teure. Mindestens tausend Dollar.«

»Das geht mich nichts an.«

»Mich auch nicht. Ist reine Neugier. Ja, ja, die Reichen. Die machen einen verrückt, was?«

»Nein«, sagt Jerome. »Eigentlich nicht.«

»Man sieht sich, Jerome. Schöne Grüße an deinen Chef. Gib dem Trottel einen schönen feuchten Schmatz von mir.«

Er schlendert nach draußen. Er spürt Jeromes Blick in seinem Rücken. Auf dem Parkplatz geht er am dunklen Salon, am dunklen Speisesaal und am dunklen Rakettspielfeld vorbei. Er geht zur Rückseite des Gebäudes. Dort gibt es neben der Küche einen Eingang für das Nachtpersonal, der meistens unverschlossen ist. Slavko schleicht sich hinein und geht zur Hintertreppe.

Hoch in den zweiten Stock. Am Cola-Automaten vorbei. Einen breiten Korridor hinunter. Der Klang seiner Schritte wird von dem dicken Teppich geschluckt. Er kommt zu 318. Er hat nicht vor einzudringen. Keine Szene, kein Krach. Er weiß nicht so recht, was er eigentlich vorhat. Vielleicht nur ein wenig an der Tür lauschen.

Aber dann sieht er, daß nicht einmal das funktionieren wird.

Im Korridor sitzt ein Bulle.

Ein Hilfssheriff. Hockt mit auf die Brust gesunkenem Kopf auf einem kleinen Klappstuhl ein paar Schritte neben 318. Er öffnet ein Auge. Slavko stiert auf den Teppich und marschiert an ihm vorbei. Erreicht das Ende des Gangs und geht die Treppe wieder hinunter.

Was hat es denn nur auf sich mit diesem Kerl?

E.R. hat einen Hilfssheriff als Leibwächter?

Vielleicht ist E.R. ein Bezirksinspektor oder etwas Ähnliches. Und er wird rund um die Uhr ...

Nein.

Okay, ist es vielleicht nur Zufall? Ist der Hilfssheriff vielleicht aus einem ganz anderen Grund da? Hat der Melkmaschinenherstellerkongreß vielleicht eine Bombendrohung von unzufriedenen Kühen erhalten?

Ich könnte natürlich Jerome deswegen ausquetschen, aber ich bin ein bißchen betrunken, und ich habe mich ein bißchen aufgeführt, und ich glaube, ich habe es mir mit Jerome verscherzt.

Slavko geht zu seinem Auto zurück, setzt sich hinein und überlegt.

Was bewachen Hilfssheriffs?

Gefangene, oder?

Okay, wie wär's dann damit? E.R. hat eine Freundin, die im

Gefängnis sitzt. Man hat sie für eine Nacht hierhergebracht, damit sie ihren nichtehelichen Pflichten ...

Während Slavko an diesem Hirngespinst strickt, starrt er durch die Windschutzscheibe auf die breite, verzierte Fassade des großen Hotels. In einige der Zimmer kann er hineinsehen. Aber das ist kein Hotel für hitzige junge Liebespaare, und zu dieser Stunde gibt es nicht viel zu sehen. In ein paar Zimmern läuft noch der Fernseher. In einer großen Suite in der Nähe des Büros scheint noch eine Party zu laufen. Und daneben ...

Und dann fällt es ihm ein: Zimmer 318, das ist doch auf dieser Seite des Hotels, oder? Eigentlich müßte er Zimmer 318 von hier aus sehen können.

Er öffnet das Handschuhfach und zieht sein Fernglas heraus.

Er rechnet. 318 müßte im zweiten Stock sein, neun Balkone vom zentralen Aufzugsschacht entfernt. Er beugt sich vor, und mit dem Kinn auf dem Lenkrad und der Nase an der Windschutzscheibe zählt er die Balkone ...

Mit seinem Mobiltelefon ruft der Lehrer Zimmer 316 an. Dann drückt er die Membran seines Stethoskops gegen die Wand. Er wartet.

Auf der anderen Seite der Wand klingelt das Telefon. Durch das Stethoskop hört er ein schläfriges, überraschtes »Oh, verdammt.« Das kommt nicht von Annie, sondern von ihrer Zimmergenossin.

Aber es ist Annie, die abnimmt.

»Ja?«

Der Lehrer sagt: »Ist dort das Zimmer 106?«

»Oh, nein.«

»Wenn Ihre Zimmergenossin wieder eingeschlafen ist, kommen Sie auf den Balkon heraus. Ziehen Sie die Tür hinter sich zu.«

Er legt auf.

Durch das Stethoskop hört er Annies Zimmergenossin fragen: »Was war los?«
»Falsche Nummer.«
»O Mann.«
Eine der beiden benutzt die Toilette.
Bettenrascheln. Und dann wird alles wieder still.
Der Lehrer hört zwei Atemrhythmen und meint, den von Annie heraushören zu können. Etwas kurz, rasselnd. Er kann ihre Angst spüren. Er schließt die Augen und horcht. Die Atmung der anderen Frau wird langsamer, gleichmäßiger.
Er zieht das Stethoskop aus den Ohren und steckt es in seine kleine schwarze Tasche.
Er tritt auf den Balkon hinaus.
Eine wunderbare Nacht. Ein wenig kühl und nieselig – dieser dauernde Nieselregen –, aber voller herbstlicher Düfte. Sogar hier oben kann er noch den Geruch der Blätter und der Erde riechen. Er stellt sich an die Trennwand zwischen seinem Balkon und ihrem. Und wartet.
Schließlich hört er sie auf den Balkon treten.
Er flüstert: »Annie.«
Sie stellt sich neben ihn, so daß nur noch die Trennwand zwischen ihnen ist. Sie trägt ihr Nachthemd, über das sie einen Pullover gezogen hat. Beide beugen sich über das schmiedeeiserne Geländer. Er gibt ihr ein Päckchen Zigaretten und eine Schachtel Streichhölzer. Und sagt zu ihr: »Zünden Sie sich eine an. Tun Sie so, als würden Sie rauchen.«
Sie gehorcht.
Er sieht sie an. Der Schein einer Fassadenlampe fällt von hinten auf sie. Sie ist wunderschön.
Aber sie weicht seinem Blick aus.
»Diese Unterhaltung ist etwas riskant«, sagt er. »Aber ich wollte Sie wissen lassen, daß ich immer an Sie denke.«
»Vielen Dank.« Sie meint das natürlich nicht ernst. Aber ihm

fällt auf, daß sie auch nicht sarkastisch klingt. Es schwingt überhaupt kein Ausdruck in ihrer Stimme mit.
»Werden wir gewinnen?« fragt er sie.
»Nein.«
»Warum nicht?«
»Er ist schuldig. Die anderen wissen das.«
»Haben Sie heute für uns gekämpft?«
»Hm.«
»Was haben Sie ihnen gesagt?«
»Ich habe gesagt, daß er es nicht getan hat. Ich habe gesagt, der Lehrer hat es getan.«
»Annie. Das funktioniert nicht.«
»Was?«
»Mich anlügen.«
»Das habe ich nicht, ich meine –«
»Drei Geschworene haben für nicht schuldig gestimmt. Und als Sie nach Ihren Gründen gefragt wurden, haben Sie keinen Ton gesagt. Sie waren zu nichts zu gebrauchen.«
Er weiß, was sie sich jetzt fragt. Woher weiß er das? Eine Wanze im Geschworenenzimmer? Oder ein Spitzel, einer der anderen Geschworenen? Er merkt, daß er wieder ihrer Atmung lauscht. Dieses leichte Rasseln, die Trockenheit ihres Atems – das liebt er. Er möchte sie in den Arm nehmen, sie trösten. Aber jetzt muß er stark sein.
»Annie, wenn die Geschworenen nicht zu einer Entscheidung kommen können, weil Sie faul oder ängstlich oder schwach sind, wie kann das verziehen werden? Die Leute, für die ich arbeite, die werden Sie bestrafen, nur um mich zu bestrafen.«
»Ich dachte – ich dachte, es würde reichen, wenn ...«
»Nein. Wir brauchen einen *Freispruch*. Sie können einen für uns erreichen. Deshalb haben wir Sie ausgesucht. Von all den Geschworenen habe ich Sie dazu bestimmt, unseren Fall zu vertreten, weil ich weiß, wie Sie sein können, wenn Sie erst einmal aufwachen. Wenn Ihre Leidenschaft hoch-

kocht, wenn Sie sich einer Sache verschreiben, mein Gott, Annie, dann sind Sie nicht mehr zu bremsen.«

»Ich kann nicht aus schwarz weiß machen«, zischt sie.

»Aber Sie können einem Unschuldigen die Freiheit schenken. Sehen Sie mich an, Annie.«

Widerstrebend wendet sie ihm das Gesicht zu.

Er sagt: »Louie Boffano kann das nicht getan haben. Er konnte es geschehen lassen, ja, aber er konnte es nicht erzwingen. Er hat weder den Mut noch den Verstand dazu. Und auch den Willen nicht. *Sie* hätten es tun können, wenn Sie gewollt hätten. Ich meine, Sie haben die geistigen Voraussetzungen, das Rückgrat dazu. Sie und ich, wir sind uns sehr ähnlich. Aber Louie Boffano? Sie kennen ihn, Annie, Sie haben ihn beobachtet. Sie wissen, daß es nicht möglich ist –«

Sie erhebt die Stimme. »Was macht das denn schon aus, was ich weiß? Die anderen wissen es nicht!«

Er hält sich den Zeigefinger an die Lippen. »Ihre Stimme trägt weit.«

»Mein Gott, was wollen Sie denn von mir?« flüstert sie. »Wollen Sie, daß ich den anderen drohe?«

»Ich will nur, daß Sie mit der Ihnen eigenen Leidenschaft an die Sache herangehen. Verinnerlichen Sie sich diesen Fall, und Sie müssen überhaupt nichts tun – alles wird von selbst kommen. Das Weiche und Schwache wird das Harte und Starke besiegen, wie Laotse sagt. Die Geschworenen werden wie Wachs in Ihren Händen sein. Sie werden Sie um Gnade anflehen.«

»Ich kann es nicht«, sagt sie.

»Sie können es. Sie müssen es, und deshalb werden Sie es. Ich halte es für wahrscheinlich, daß wir nie wieder miteinander reden werden. Aber falls ich Sie noch einmal brauchen sollte, werde ich Inez anrufen und noch eine von Ihren Arbeiten kaufen. Für zwölftausend. Falls ich mehr zahle, vergessen Sie die Sache, dann tue ich es einfach, weil ich

Ihre Kunst liebe, aber wenn ich genau zwölf biete, dann rufen Sie *Maretti's Restaurant* in Larchmont an und verlangen Maretti. Er wird eine Nachricht für Sie haben. Okay? Ich bin mir allerdings sicher, daß es nicht mehr nötig sein wird. Sie werden von sich aus tun, was notwendig ist. Okay?«

»Hm.«

»Von sich aus. Trotzdem sollten Sie wissen, daß ich immer bei Ihnen bin, Annie, auf Schritt und Tritt.«

Slavko, der von seinem Auto aus mit dem Fernglas die Szene beobachtet, sieht, daß die Frau am Balkongeländer sich von dem Mann wegdreht. Nun erhellt eine Fassadenlampe ihr Gesicht. Zum erstenmal sieht er mehr als ihre Silhouette.

Er sieht ihre großen Augen, ihre schlanke Gestalt, ihre langen, glatten Haare. Und er ist sich ganz sicher, daß es die Frau vom Reservoir ist.

Und noch etwas weiß er ganz sicher: daß sie Angst hat.

Sie wendet sich abrupt vom Geländer ab. Kehrt in ihr Zimmer zurück und zieht die Vorhänge zu.

E.R. bleibt noch einen Augenblick auf seinem Balkon stehen und genießt, wie es scheint, die letzten Augenblicke eines seelenvollen Tages. Dann dreht auch er sich um und geht in sein Zimmer.

Beide Balkone sind dunkel.

In sein Notizbuch schreibt Slavko:

2:50. E.R. auf Balkon Zi. 318, redet mit Nachbarin. Zi. 316? Selbe Frau wie am Reservoir. 8 Min.

Sie haben sich kein einziges Mal berührt.

Was für eine Art Rendezvous war denn das?

Oder war es vielleicht ein Drogengeschäft? Aber nichts hat den Besitzer gewechselt, weder Geld noch Ware. Und vor ihrer Tür sitzt ein Hilfssheriff, warum sollten sie da …

Komm schon, Slavko, denk nach. Konzentrier dich.

Aber in dem Augenblick, da er sich selber Konzentration verordnet, taucht ein Bild vor ihm auf, die Erinnerung an Juliet an dem Tag, als sie ein Boot gemietet hatten, zu Bannerman's Island hochgefahren waren und den ganzen Tag auf Tannennadeln gevögelt hatten. Danach hatte sie irgendwie unruhig gewirkt und meinte, daß die Männer, zu denen sie sich hingezogen fühlte, immer so zielgerichtet, so konzentriert seien. Was genau wollte sie damit sagen, wollte sie damit sagen, daß Slavko zu … unkonzentriert sei? Zu zerstreut? Aber das ist Blödsinn, Juliet hatte immer so viel Blödsinn im Kopf –

Laß das, du Spinner. Mach dich lieber an die Arbeit. Tu endlich mal was. Finde heraus, was da eigentlich los ist.

Okay.

Vielleicht hat sich die Frau mit E.R. auf dem Balkon getroffen, weil sie nicht wollte, daß der Hilfssheriff sie sieht. Vielleicht hätte der Hilfssheriff dieses Treffen mit E.R. nicht zugelassen. Aber warum? Warum sollte der Hilfssheriff nicht wollen, daß sie …

Könnte sie vielleicht unter einer Art Quarantäne sein? Irgendeine Isolation oder …

Ein Ruck geht durch Slavkos Gedanken, ein Felsbrocken bewegt sich.

Abgesondert?

Wie eine Geschworene?

Eine Geschworene bei einem Prozeß. Könnte sie eine Geschworene sein? Das *Caruso* vermietet manchmal Zimmer für die Absonderung von Geschworenen.

Aus dem Ruck wird ein Erdrutsch aus Schlamm und Geröll und Erkenntnis, und plötzlich ist Slavko hellwach und zehn Jahre jünger.

Geschworene.

Er richtet sich auf.

Er öffnet die Tür, steigt aus und geht über den Parkplatz zur

Eingangshalle. Fühlt sich, als würde er schweben. Sein Gang ist wie der forsche, zielgerichtete Gang eines jungen Mannes, eines jungen, nüchternen Mannes.
In seinen lebenswichtigen Organen weiten sich Blutgefäße, die seit Jahren nicht mehr benutzt wurden.
Sie ist eine Geschworene.
»Richtig?« fragt er Jerome, während er über den Tresen nach dem Kasten mit den Meldekärtchen greift.
»Ich dachte, du bist schon weg!« ruft Jerome. Armer, ausgenutzter Jerome. »Slavko, die darfst du dir nicht ansehen!«
Jerome greift nach dem Kasten, aber Slavko braucht nur ein kleines Stück vom Tresen zurückspringen und ist außer Reichweite des jammernden Schleimers.
Er sucht sich die Karte für Zimmer 316.
»O Mann.«
316 wurde vom Obersten Gericht von Westchester angemietet. Und die Zimmer 315 und 314, 313, 312 und 311 ebenfalls ...
Jerome stürmt hinter dem Tresen hervor, er ist stinkwütend, sein rundes Gesicht ist rot und glänzt. Er will diesen Karteikasten. Slavko gibt ihn ihm fröhlich zurück. Er denkt kurz daran, Jerome zu fragen, zu welchem Prozeß diese Geschworenen gehören, aber warum eigentlich? Es steht doch außer Frage, um welchen Prozeß es sich handelt. Im Augenblick findet in diesem Bezirk nur ein großer Geschworenenprozeß statt.
Der Prozeß gegen Louie Boffano.
Slavko geht zur Tür. Jerome ist direkt hinter ihm, droht, den Manager zu rufen, die Polizei zu benachrichtigen, die Rache des Erzengels Gabriel auf ihn herabzubeschwören, aber was hat er denn eigentlich, dieser volleyballköpfige Idiot? Ist doch sowieso egal.
An der Tür dreht Slavko sich um und wirft Jerome ein Küßchen zu.
Kurz darauf im Auto zieht er sein schwarzes Büchlein her-

aus. Notiert in Stichpunkten seine neuesten Entdeckungen. Und unterstreicht das Wort *Geschworene.*

Womit bedrohst du sie, E.R., fragt er sich. Sie ist eine tolle Frau, wie kannst du ihr nur so was antun? Und wieviel zahlt Boffano dir dafür? Und was meinst du, ob der süßen Sari all diese langen Fahrten nach Attica zu ihrem einsamen, eingesperrten Geliebten gefallen werden?

Einsamer, ewig eingesperrter Einsamer. Ha!

Wenn ich erst mal in Fahrt komme, Sari und Juliet, bin ich dann nicht ein großartiger Dichter?

Die Nachtluft weht ins Auto, und er atmet tief durch. Es fällt ihm auf, daß das Leben einfacher ist, als er es sich vorgestellt hat. Leben – ja, gut leben, seine Arbeit tun, ein wunderbares, verängstigtes Wesen aus den Klauen einer Bestie befreien (genaugenommen zwei wunderbare, verängstigte Wesen – Sari und diese Geschworene), erfolgreich leben, edel und siegreich … ja. Es ist einfach.

»Ja, das ist es«, sagt er laut.

Eine Stimme sagt in sein rechtes Ohr: »Nee. Is' es nich'.«

Slavko läßt das Notizbuch fallen. Es streift seinen Schenkel und fällt zu Boden. Er dreht sich halb um und sieht in das schwarze, starre Auge einer Pistolenmündung.

Hinter der Pistole Mr. Häßlich-wie-die-Sünde, E.R.s erster Mann fürs Grobe. Sitzt seelenruhig auf der Rückbank und sagt: »Schon wieder Scheiße gebaut, was, Zornig? Was ist denn bloß los mit dir? Augen nach vorne. Hände aufs Lenkrad.«

Der Pistolenlauf kitzelt Slavko knapp hinterm Ohr.

Häßlich-wie-die-Sünde sagt: »In meinem ganzen Leben hab' ich noch keinen gesehen, der so viel Scheiße baut wie du. Hast du Todessehnsucht?«

»Nein.«

»Weil wenn du nämlich Todessehnsucht hast, dann meinen Glückwunsch, den Wunsch les' ich dir gern von den Augen ab.«

Slavko hört, wie der Kerl eine Telefonnummer tippt. Er hört ein schwaches Summen und dann eine Stimme aus dem Apparat: »Ja?«
»Ich habe eine Überraschung für dich«, sagt Häßlich-wie-die-Sünde in das Telefon.
Und schwach die Antwort: »Was ist denn los, Eddie?«
Sein Name, gut.
Oder wenn ich es mir recht überlege – nicht gut, weil, je mehr ich über sie weiß, um so unbarmherziger werden sie sein.
Aber auf Barmherzigkeit brauche ich hier sowieso nicht zu hoffen, also was soll's?
Eddie Häßlich-wie-die-Sünde sagt: »Ich sitze hier mit einem alten Freund. Mr. Zornig, erinnerst du dich an ihn?«
Slavko hört die Stimme vom anderen Ende: »Wo?«
Darauf Eddie: »Auf dem Parkplatz vor dem *Caruso*.«
»Das soll wohl ein Scherz sein.«
Eddie kichert. »Komm raus und schau nach.«
E.R. tritt mit einem Telefon in der Hand auf den Balkon. Sucht den Parkplatz ab.
Eddie sagt: »Nein, ein bißchen weiter links. Siehst du uns? Beschissene Rostlaube von 'nem Ford Granada? Ja, das sind wir. Zornig, wink ihm zu.«
Slavko winkt.
Aber E.R. winkt nicht zurück.
»Was willst du tun?« fragt Eddie.
Mit einer Waffe im Genick, das merkt Slavko jetzt, vergeht die Zeit langsam.
Schließlich sagt E.R.: »Ich möchte mit ihm reden. Bring ihn zu Frankies Haus. Wir treffen uns dort.«
Eddie legt auf.
»Okay«, sagt Eddie. »Wir fahren jetzt wohin. Du fährst. Aber wir lassen es ganz locker angehen, klar?«
»Ja«, sagt Slavko.
»Keine Spielchen, kein Kamikaze-Scheiß, nichts. Wenn du

auf die Tube drückst, bring ich dich um. Kapiert? Wo ist der Schlüssel?«

»Jackentasche.«

»Links oder rechts.«

»Weiß ich nicht.«

Eddie greift über die Lehne, fummelt in Slavkos Taschen herum, findet die Schlüssel.

»Nimm eine Hand vom Steuer! Hier sind die Schlüssel. Laß den Motor an.«

Slavko tut es.

»Fahren wir.«

Sie verlassen den Parkplatz.

Eddie: »Fahr langsam, du Wichser. Langsam und ganz ruhig.«

An einer Kreuzung links. Eine halbe Meile, dann nochmal links.

Aber was ist, wenn ich nicht langsam fahre? fragt sich Slavko. Was, wenn ich hier aufs Gas steige, hier, wo die Wine Avenue diesen langen Hügel hinunterführt, wenn ich einfach draufsteige und auf diesen Baum dort unten ziele, uns beide umbringe?

Würde ihm das Befriedigung verschaffen?

Slavko glaubt es nicht.

E.R. würde weiterleben. E.R. würde Sari vernichten. E.R. würde die Geschworene vernichten. Und Slavko würde in seinem Sarg vor Wut schäumen und sich mit den Würmern herumschlagen. Das klingt überhaupt nicht befriedigend.

»He«, sagt Eddie. »Da abbiegen.«

In die Oak Avenue. Altes Viertel mit vielen Bäumen. Eine Vogelscheuche sitzt in einem Apfelbaum. Was kann ich tun? Ich muß bekannt machen, was E.R. vorhat. Aber wie soll ich das tun, wenn ich tot bin?

Vielleicht werde ich gar nicht sterben. Vielleicht lassen sie mich laufen, wenn ich ihnen sage, daß es mir ganz schrecklich leid tut, falls ich ihnen Unannehmlichkeiten bereitet

habe, und daß ich heute nacht wegen einer vollkommen anderen Sache im *Caruso* war …
Aber sie brauchen ja nur mein Notizbuch zu lesen.
Übrigens, wo ist das Ding?
Er erinnert sich, daß er es zu Boden fallen ließ, als Eddie ihn überraschte. Jetzt versucht er, es zu suchen, ohne den Kopf zu bewegen. Er senkt die Augen. Kann aber nichts sehen.
Mit dem linken Fuß tastet er vorsichtig nach dem Buch. Sein Absatz stößt gegen etwas. Er hebt den Absatz, bewegt ihn ein Stück zur Seite und senkt ihn wieder. Etwas ist darunter. Er tastet es mit dem Fuß ab. Es ist tatsächlich das Notizbuch.
Und jetzt? Unter den Sitz schieben? Aber wenn wir bei Frankie sind, werden sie wahrscheinlich das Auto auseinandernehmen und es finden.
Slavko hat eine bessere Idee.
Er verschiebt das Notizbuch mit den Zehen. Stupst es auf das Rostloch im Boden zu, durch das der Wind hereinpfeift. Es ist ein kleines Loch. Aber es ist auch ein kleines Notizbuch.
»Baust du schon wieder Scheiße?« fragt Eddie.
»Was?«
»Langsamer, du Wichser!«
Slavko geht vom Gas.
Sie fahren an der Methodistenkirche vorbei. Ein Schild weist auf etwas mit dem Namen *Alice's Wonderland.* Viktorianische Häuser. Slavko schafft es, das Buch genau über das Loch im Boden zu schieben, aber es fällt nicht hindurch. Es bleibt mit einer Ecke hängen.
Er stößt es mit der Schuhflanke an. Aber es paßt einfach nicht hindurch.
Eddie sagt: »Weißt du was, Zornig? Du erinnerst mich an damals in der Schule, wo die ganze Klasse hundertmal irgendeinen Blödsinn schreiben mußte, nur weil einer geglaubt hat, den Neunmalklugen spielen zu müssen. Erinnerst du dich?«

Verdammt, denkt Slavko. Rechteckiges Notizbuch, rundes Loch – was hast du denn erwartet? Schließlich hebt er den Absatz und stampft darauf.
»Was soll die Scheiße?« fragt Eddie. »Was machst du da?«
Slavko spürt, wie das Notizbuch sich durchbiegt – und plötzlich ist es verschwunden. Liegt irgendwo auf der Oak Avenue.
Zu Eddie sagt er: »Ich stampfe mit dem Fuß auf, das ist alles.«
»Und warum?«
»Weil ich mich über meine eigene Dummheit ärgere.«
Wo sind wir? fragt er sich. Ecke Oak und, was steht da auf dem Schild? Holly. Kannst du dir das merken, Slavko? Nur für den unwahrscheinlichen, den unmöglichen Fall, daß du hier lebend rauskommst, kannst du dir merken, daß dein Notizbuch vor der Kreuzung Oak und Holly liegt?

In Frankies Küche widmet der Lehrer seine ganze Aufmerksamkeit Mr. Czernyk. Der Lehrer weiß, daß Häßlichkeit und Leiden verwoben sind mit dem Gespinst unseres Lebens und daß der Weise dies akzeptiert. Also sieht er mit Gleichmut zu, wie Mr. Czernyk Handschellen angelegt werden. Er sieht mit Gleichmut zu, wie Frankie und Eddie ihn mit Fäusten, Knien und einem Tischbein bearbeiten. Hinter dem Knebel ist Mr. Czernyk ein Porträt des Schmerzes. Der Lehrer sieht von seinem Stuhl aus zu. Trotz seines Unbehagens beugt er sich vor, beobachtet und hofft zu lernen.
Aber was er lernt, ist im Grunde genommen nur, daß diese groben Überzeugungsmethoden nicht wirken. Als der Knebel entfernt wird, als Mr. Czernyk kaltes Wasser ins Gesicht gespritzt wird, kehrt ein Blitzen in die Augen des Mannes zurück. Ein Blitzen, das heißt: Ich habe nichts mehr zu verlieren. Er legt den Kopf ein wenig schief. Er scheint eine beinahe unheimliche Distanz zu seinem eigenen Leiden zu bewahren.

Der Lehrer runzelt die Stirn und sagt: »Okay, ich werde Sie jetzt noch einmal fragen: Was wissen Sie über mich?«
»Was ich Ihnen gesagt habe.«
»Wie haben Sie mich in diesem Hotel gefunden?«
»Ich bin Ihnen gefolgt.«
»Warum?«
»Ich mag Sie nicht.«
»Arbeiten Sie etwa immer noch für Sari?«
»Nein. Sie hat mich gefeuert.«
»Aber was wollten Sie dann erreichen?«
»Etwas über Sie herausfinden vielleicht. Etwas, mit dem ich Ihnen schaden kann.«
»Warum?«
»Kein Grund.«
»Aus Rache?«
»Ja.«
»Um mit mir abzurechnen?«
»Ja.«
»Haben Sie nichts Besseres zu tun, Mr. Czernyk?«
»Besser als was?«
»Als Rache zu suchen.«
»Es gibt nichts Besseres.«
»Wer ist die Frau, mit der ich heute nacht gesprochen habe?«
»Die, mit der Sie auch im Reservoir gesprochen haben.«
»Und was wissen Sie über sie?«
»Große Augen.«
»Was sonst noch?«
»Nachthemd, Pullover.«
»Was sonst noch?«
»Keine Ahnung. Braune Haare.«
»Was sonst noch?«
»Nichts mehr.«
Der Lehrer sieht ihn mit zusammengekniffenen Augen an.
»Sie lügen.«

»Glauben Sie?«
»Ich bin sicher. Die Kunst der Verstellung ist eine der vielen Fähigkeiten, die Ihnen fehlen. Aber ich bin mir nicht so ganz sicher, warum Sie lügen.«
»Ja. Das ist eine gute Frage. Warum sollte ich Sie anlügen? Ich bin doch kein Narr.«
Frankie kichert. »Bist du sicher, Zornig?«
»Okay, vielleicht bin ich einer. Ein Narr. Aber Sie würde ich trotzdem nicht anlügen.«
»Und warum würden Sie mich nicht anlügen?«
»Weil Sie zu furchterregend sind.«
»Nein, das bin ich nicht«, sagt der Lehrer. »Noch nicht. Aber bald.«
Der Lehrer steht auf und öffnet die Tür zur Garage. Frankie folgt ihm.
»Was haben wir denn hier, Frankie?«
Frankie scheint noch immer erstaunt darüber, daß der Lehrer sich dazu herabgelassen hat, Frankie sein Gesicht zu zeigen, daß er ohne Maske gekommen ist. Frankie scheint sich geehrt zu fühlen. Vielleicht ein bißchen verwirrt. Vielleicht auch ein bißchen beschämt, weil er auf diesen Besuch nicht vorbereitet war und in seiner Garage Chaos herrscht. Er muß doch wissen, daß der Lehrer größten Wert auf Ordnung und Organisation legt. Als der Lehrer den Blick über die vollgestellten Regale und die Lagen von Schrott schweifen läßt, macht Frankie »ts-ts« und sagt: »Ich muß hier wirklich mal aufräumen. Ich meine, ich war in letzter Zeit ziemlich beschäftigt –«
Der Lehrer hört kaum zu. Er murmelt: »Was haben wir denn hier, womit wir spielen können?«
»Nichts«, sagt Frankie. »Nur altes Zeug. Ich muß die Scheiße endlich mal loswerden.«
Der Lehrer stellt sich auf die Zehenspitzen. Er zieht den Deckel eines alten Kartons herunter, damit er hineinsehen kann. »Was ist denn das? Züge? Eine Spielzeugeisenbahn?«

»Ja, ich weiß aber nicht, ob die noch funktioniert –«
»Aber den Transformator, hast du den noch?«
»Glaub' schon.«
»Außerdem brauchen wir eine Autobatterie. Und laß mich mal sehen. Hast du einen Lockenstab?«
»Glaub nicht.«
»Elektrische Zahnbürste?«
»Ja. Ich glaube, Mom hat eine hiergelassen.«
Zehn Minuten später hat der Lehrer sich auf der Werkzeugbank einen Arbeitsplatz hergerichtet und aus der Autobatterie, dem Transformator, der ausgeschlachteten elektrischen Zahnbürste und einer Rolle Kupferdraht ein raffiniertes Instrument gebastelt. Frankie sieht sich um. Der Lehrer denkt laut beim Arbeiten.
»Wir müssen immer daran denken, daß das, was Mr. Czernyk mit seinen Lügen zu verteidigen glaubt, ihm absolut heilig ist. Es läßt seine Augen aufleuchten. Hast du das bemerkt, Frankie?«
Frankie zuckt die Achseln. »Er verteidigt nur seinen Arsch.«
»Nein.« Der Lehrer schüttelt den Kopf. Und schnippelt an der Verdrahtung.
Er sagt: »Auf seinen Arsch legt unser Gast keinen Wert. Es ist eine Art umgekehrter Erleuchtung – er glaubt, daß er selbst, sein Ich, wertlos ist. Aber die Welt um ihn herum liegt ihm sehr am Herzen. Einige der Menschen darin. Die Platitüden dieser Welt. Ihre Juwelen. Wie alle verängstigten Verlierer macht er sich zu viel aus diesen Dingen. Was sie in Tibet die *lokas* nennen – die verschwommen glimmenden Lichter der Versuchung. Er hat ihnen einen Altar errichtet, Frankie. Wenn wir ihm drohen, stellt er sich vor diesen Altar. Er wird diesen Altar mit seinem Leben verteidigen.«
Frankie fragt ihn: »Und was tun wir?«
»Wir entfernen die Vergoldung und die Juwelen. Wir zeigen ihm, wie die Welt wirklich ist. Wir löschen diese Lichter, eins nach dem anderen.«

Der Lehrer hält sein neues Spielzeug in die Höhe und sieht es stolz an.
Er sagt: »Einfach wird es nicht werden. Es ist nicht damit getan, ihn ein wenig zu verprügeln. Es ist großes Leid, viel Geduld und viel Beharrlichkeit nötig, um im Kern der Seele etwas zu verändern. Aber wenn er seine Lektion schließlich gelernt hat, wird er, glaube ich, dankbar dafür sein. Ich hoffe es zumindest. Trotz seiner Wut. Trotz seiner Verbitterung.«

Slavko will den Mund nicht öffnen, als E.R. es ihm befiehlt.
E.R. befiehlt es ihm noch einmal.
Aber er bleibt beim Nein.
Also gibt E.R. ein Zeichen, und Eddie packt Slavko bei den Haaren, reißt ihm den Kopf zurück und hält ihn fest. Viel kann Slavko nicht dagegen tun, weil ihm die Hände mit Handschellen auf dem Rücken gefesselt sind.
Mit einem schlauen Grinsen sagt E.R.: »Laotse würde dir raten, deine Heiligkeit aufzugeben, Slavko. Schmeiß deine Weisheit aus dem Fenster, das ist zehntausendmal besser für alle.«
Wer zum Teufel ist Laotse, fragt sich Slavko. Klingt wie'n verdammter Dichter.
Dann rammt der Kerl, den sie Frankie nennen, Slavko einen Besenstiel in den Mund.
Seine Zähne werden eingedrückt. Ein Ring aus Feuer lodert auf seiner Zunge auf. Die Unterlippe bleibt am Metallhaken des Stiels hängen, und als Frankie den Stiel zurückzieht, wird ihm die Lippe fast abgerissen. Slavko spürt, wie sie ihm am Kinn herunterbaumelt.
Nach einer nachdenklichen Pause sagt E.R. leise: »Du hättest dir vielleicht doch überlegen sollen, den Mund zu öffnen, als ich es dir gesagt habe.«
Er nimmt ein sonderbar geformtes Gerät und schiebt es behutsam durch das Loch zwischen Slavkos Zähnen. Slavko spürt, wie das riesige, längliche Ding gegen seine Zunge

drückt. Es ist verbunden mit einem kleinen schwarzen Kasten mit einem Hebel darauf. E.R. betätigt den Hebel. Der Schock verdreht Slavko die Augen ins Schädelinnere. Er kann sein eigenes Rückenmark sehen, es ist umwickelt mit blauen Blitzblumen.

Seit Anfang der Zeit hat noch nie etwas so weh getan.

Als seine Augen schließlich wieder aus der Dunkelheit herausfinden, sieht er, daß er sich übergibt. Gelb- und ockerfarbene Kotze mit Blutschlieren. Er kotzt in eine Schüssel, die Frankie ihm unters Kinn hält. Zwei Zähne fallen ihm aus dem Mund und klappern wie Münzen ins Metall der Schüssel.

Doch nach dieser Opferung läßt seine Übelkeit nach, und er spürt, daß ihm der Kopf auf die Brust sinkt. Vielleicht mach' ich jetzt ein kleines Nickerchen, denkt er.

Eddie reißt ihm den Kopf wieder hoch.

Wieder ist er gezwungen, E.R. und sein Spielzeug anzusehen. Aber was soll's, das Ding nur ansehen tut nicht weh.

E.R. fragt ihn: »Was würdest du mir gerne erzählen, Slavko?«

»Nscht.« Er kann kaum reden.

»Würdest du gerne über die Frau auf dem Balkon reden?«

»Nn.«

»Warum diese Sturheit? Glaubst du, die adelt dich? Glaubst du, Sari wäre beeindruckt? Ich kann dir versichern, sie hätte für alle deine Bemühungen ihretwegen nur Spott übrig. Ein Verlierer zu sein macht dich nicht zum Helden, Slavko. Es kleidet dich nicht in einen Mantel der Tugend.« Er lächelt. »Es macht dich nur zum Verlierer.«

Aber ich bin kein Verlierer, denkt Slavko. Da täuschst du dich.

Das riesige, schwanzähnliche Ding kommt zurück, um seinen Mund zu vergewaltigen. Slavkos Augen fahren noch einmal Karussell. Und die Blitze, und der *Schmerz*.

Als er schließlich in die Welt zurückkehrt, in diese häßliche Küche, redet E.R. schon wieder. Er redet und redet, mit seiner ruhigen, rollenden, einlullenden Stimme. »Du stemmst dich andauernd gegen das Wesen der Welt, als glaubtest du, es besiegen zu können. Es zerschlagen, aus dem Weg schieben. Und wenn die Welt dich dann auf die Bretter schickt, liegst du jammernd da und trauerst deinen armen, zerstörten Illusionen nach. Als wäre das Elend dein Schicksal im Leben. Als wäre es vorausbestimmt, daß in diesem üppigen Universum, in diesem riesigen Fest des Lebens, Slavko und allein Slavko sich von Leiden und Selbstgerechtigkeit ernähren muß. Slavko Czernyk, der Schutzheilige der Verlierer.«

Aber du täuschst dich, denkt Slavko. Ich bin kein Verlierer. Es sieht nur so aus.

Wieder tritt der riesige Elektroschwanz in Aktion.

In tödlicher Stille fickt er Slavkos Mund, in der Leere dieser riesigen Wirbelwüste, dieses *Schmerzes*, dieser weißen Schädelstätte.

Als Slavko wieder hören kann, hört er:

»... aber angenommen, du wirst zum Tao erweckt ... du gehst mit ihm und nicht gegen es an ... mit all deiner Leidenschaft, deiner Raserei, deinem Verlangen? Schau dich an! Die Liebe, die du auf dich ziehen könntest ...«

Bezweifelt Slavko das? Nein.

Trotzdem besucht ihn der Riesenschwanz noch einmal.

»... mich zu deinem Feind machen? Warum, Slavko? Weil das Tao mich liebt? Aber es liebt dich nicht weniger als mich. Wir sind Cousins, Kinder desselben Samens. Und ich schwöre dir, wenn du Sari wert wärst, würdest du sie haben. Wenn dein Geist mit dem Tao gehen würde, dann schwöre ich dir, würdest du keine Glückseligkeit verpassen ...«

Slavko sieht, daß E.R.s Finger am Regler des *Schmerz*-Machers herumfummeln. Der Saukerl will den Strom noch höher drehen. Slavko spürt eine Wut, wie er sie noch nie zuvor gespürt hat. Siedenden, hyperdestillierten Haß auf diesen Regler, auf diese langen, zarten Finger. Er schüttelt

den Kopf. Nur eine winzige Bewegung, aber E.R. bemerkt sie.
Er sieht, daß Slavko den Regler anstarrt.
Er fragt: »Bist du bereit, mit uns zusammenzuarbeiten?«
Nach einer langen Pause nickt Slavko.
Darauf E.R.: »Das ist eine Überraschung. Ich bin froh. Ich dachte schon, wir würden die ganze Nacht brauchen.« Er sieht Frankie an. »Also nimm's raus.«
Frankie zieht Slavko den blutigen Stab aus dem Mund.
»Und jetzt erzähl uns von der Frau auf dem Balkon.«
Slavko versucht zu sprechen. Aber seine verkohlte Zunge rührt sich nicht. Grunzen und Stöhnen, aber keine Worte.
»Was weißt du über sie?« fragt E.R.
Nur Lallen.
»Der Arsch kann nicht reden«, sagt Frankie. »Schau seine Zunge an, Mann. Wie soll denn der reden?«
Slavkos Blick huscht durch die Küche, und in einem Korb neben dem Spülbecken entdeckt er einen Kugelschreiber. Er deutet mit dem Kinn in diese Richtung.
E.R. sagt: »Du möchtest mir etwas aufschreiben? Das ist okay. Frankie, gib ihm den Kugelschreiber. Und Papier. Stell den Stuhl da vor ihn hin, als Tisch.«
Frankie bringt das Verlangte.
»Eddie, nimm ihm die Handschellen ab.«
Eddie schließt die Handschellen auf, und E.R. gibt Slavko den Kugelschreiber. Slavko umklammert ihn mit der Faust, wie ein Kind es tun würde.
Frankie sitzt links neben ihm und hält ihm eine Halbautomatik an die Schläfe. Eddie sitzt rechts neben ihm. E.R. fragt: »Was weißt du über die Frau auf dem Balkon?«
Während er das fragt, geht er zum Kühlschrank und holt eine Milchflasche voller Wasser heraus. Müde sinkt er vor dem Kühlschrank auf den Boden und trinkt einen tiefen Schluck.
»Also?« sagt er.

Slavko beugt sich über das Blatt und schreibt.
»Was soll denn diese Scheiße?« sagt Eddie. Er nimmt das Blatt und bringt es E.R. »Kannst du das lesen?«
E.R. wirft einen kurzen Blick auf das Blatt und sagt: »Das heißt *Geschworene*. Habe ich recht?«
Slavko nickt.
»Sehr gut. Wer weiß sonst noch davon, Slavko?«
Eddie legt das Blatt wieder vor Slavko auf den Stuhl. Slavko schreibt: RWMBST.
Eddie bringt E.R. das Blatt. Aber E.R. versteht nicht, was da steht. Er sagt: »Schreib es bitte noch einmal.«
Wieder bekommt Slavko das Blatt. Und wieder schreibt er: RWMBST.
Frankie beugt sich über das Blatt, versucht es zu entziffern. »Was soll denn diese Scheiße?«
Tatsächlich ist das die Abkürzung für *Rache wird meine beschissene Seele trösten*. Aber das sagt Slavko nicht. Statt dessen sticht er mit dem Kugelschreiber nach Frankies Gesicht. Er zielt auf die Augen, trifft aber die Wange – er spürt, wie das Fleisch aufplatzt, die Minenspitze auf den Knochen trifft. Slavko reißt den Oberkörper zurück und stößt Frankies Halbautomatik von sich, und als Frankie feuert, verfehlt ihn die Kugel knapp. Sie zischt vor Slavkos Augen vorbei.
Eddie schreit auf. Offensichtlich hat der Schuß ihn getroffen.
Slavko knallt Frankies Arm gegen die Stuhlkante, und die Finger des Jungen öffnen sich. Slavko reißt ihm die Halbautomatik aus der Hand. Im gleichen Augenblick sieht er, daß E.R. aufgestanden ist und seine Pistole zieht. Slavko rammt den Ringfinger durch den Abzugbügel von Frankies Knarre, mehr schafft er in diesem Bruchteil einer Sekunde nicht. Er springt nach links, um E.R.s Kugel auszuweichen, und feuert.
Die beiden Schüsse hallen durch die Küche.
Slavkos Kugel gräbt sich, ohne einen Gegner zu verletzen,

in den Kühlschrank. Aber E.R. hat Slavko an der Schulter getroffen.
Die Wucht wirft Slavko um und dreht ihn nach rechts, und so bekommt er Eddie ins Blickfeld, der rückwärts über den Küchenboden krabbelt. Hinter einer Anrichte verschwindet. Slavko feuert in diese Richtung – zu spät.
Er reißt den Kopf herum, um E.R. zu suchen, aber E.R. ist in den Gang ausgewichen. Und Frankie sucht in der Waschküche Deckung. Slavko hat keine Zeit, auf seine verschwindenden Beine zu zielen, weil er am Rand seines Blickfelds eine Bewegung bemerkt. Er dreht den Kopf und sieht, daß E.R. den Arm zur Tür hereinstreckt und blind feuert.
Ein greller Schrei des Schmerzes in Slavkos linker Hüfte.
Eine neue Stimme in der Kakophonie der Qualen. Aber lange kann er sich nicht damit beschäftigen, er muß weiterschießen. Ein ungezielter Schuß auf E.R.s Arm und einen auf Eddie, der hinter der Anrichte den Kopf hochreckt, und einen auf Frankie, dessen Fresse in der Tür zur Waschküche erscheint. Im Schießen weicht Slavko zurück, auf den einzigen Winkel der Küche zu, in der kein Feind lauert.
Er schafft es zur Tür, die zur Garage führt.
Teilt noch die letzte Runde Kugeln aus.
Eine für dich und eine für dich und eine für dich.
Aber scheiß auf diese Spielchen. Das wird mir zu viel, ich muß raus hier.
Er öffnet die Tür, taumelt hindurch, knallt sie hinter sich zu. Humpelt durch die dunkle Garage. Sie haben das Kipptor offengelassen, gut. Aber er kann kaum etwas sehen, und er stößt sich an der metallenen Führungsschiene die Schulter. Der Schmerz katapultiert ihn aus sich selbst heraus. Er weiß nicht mehr, warum er diese Party verläßt. Bin ich betrunken? Wo ist meine Begleiterin? Gehe ich vor die Tür, um zu kotzen? Mein Gott, sieh dir diesen Regen an. Da vorne steht mein Auto, aber ich weiß nicht, ob ich fahren kann –

Dann spürt er das Gewicht in seiner Hand, sieht hinunter, und da ist die Halbautomatik, und er erinnert sich.
Er hinkt zum Bussard und steigt ein. Er findet die Zündschlüssel, der Motor stottert und springt an.
An der Garagentür erscheint eine Gestalt. Er schießt. Er versucht noch einmal zu schießen, aber das Magazin ist leer.
Er legt den Rückwärtsgang ein und fährt die lange, baumbestandene Auffahrt hinunter. Stockdunkel. Eine Kugel trifft seine Windschutzscheibe. Das Glas zersplittert zu Gespinst, als er auf die Straße holpert.
Vor dem Haus, das er eben verlassen hat, springen zwei Scheinwerfer an. Und das erinnert ihn daran, selbst das Licht einzuschalten.
Aber er kann nichts sehen: Das Spinnennetz der Windschutzscheibe ist fast undurchsichtig. Im Fahren schlägt er mit dem Kolben der Halbautomatik gegen das Glas. Hämmert darauf ein, bis er ein Guckloch herausgeschlagen hat. Er wirft die Knarre zu Boden, zupft an dem bröseligen Glas, bis er freie Sicht hat.
Der Wind bläst ihm ins Gesicht. Aber er ist unterwegs.
Er ist aus diesem Käfig ausgebrochen und noch am Leben. Was bedeutet, daß diese Geschworene eine Chance hat. Daß Sari eine Chance hat. Es bedeutet sogar, daß Slavko Czernyk den Hauch einer Chance hat. Hat da jemand *Verlierer* gesagt? O Mann.
Aber als er an einer Straßenlaterne vorbeifährt, erhascht er im Rückspiegel einen Blick auf sein Gesicht, und es ist ein Horrormond aus Knubbeln und blauen Schwellungen und blutigen Tälern. Kotze tropft ihm aufs Kinn. Seine Schulterwunde ist eine saugende Wunde. Seine Hüftwunde – ja, E.R., das war ein Volltreffer – verströmt Blut auf den Sitz.
Aber es ist okay, immer mit der Ruhe, konzentrier dich, bleib wach, fahr weiter. Du bist auf der Oak Road. Du kennst diese Straße. Bald kommen Häuser, dann bist du umgeben von lauter guten Menschen. O Gott, und dann nur ein paar

Meilen bis zum Krankenhaus. Oder? St. Ignatius! Juliets Krankenhaus. Juliet! Juliet, die mich heilen und mich trösten wird und der all die schlimmen Dinge leid tun werden, die sie je zu mir gesagt hat. Mann, Slavko – und du hast gedacht, daß es heute nacht schlecht läuft für dich? Das ist die Nacht von Slavko dem Helden, das ist wie ein Schuljungentraum. Hat E.R. das gemeint, als er gesagt hat, ich soll mit dem Tao gehen? Also wenn's das ist, ist es gar nicht so schlecht, das muß ich dir zugestehen, E.R., du Scheißkerl. Bis auf diese wahnsinnigen Schmerzen, und daß ich verwirrt bin und wahrscheinlich verblute. Aber wenn ich euch Ärsche ins Gefängnis schicken kann? Wenn ich diese Geschworene retten kann, für die ich schon was empfinde, obwohl ich sie nur ganz flüchtig gesehen habe? Wenn ich in ihren Armen sterben kann – nein, Moment mal, ich meine doch in Juliets Armen, oder? –, ich meine, ich bin verwirrt, aber die Hauptsache ist doch, daß du mich nicht mehr Verlierer nennen wirst, was, E R.?

Schon eher Konquistador.

Dann tauchen wieder diese Scheinwerfer im Rückspiegel auf.

Eddie sitzt hinter dem Steuer, und sein Kopfweh bringt ihn um. Die Wunde, wo Frankies abgelenkte Kugel seinen Schädel gestreift hat, blutet noch immer.

Er sollte zu Hause im Bett liegen.

Statt dessen muß er mit Vincent in der Gegend herumfahren und diesen Wichser jagen.

Zornigs Auto ist ein elender Klapperkasten, aber der Mann hat keine Angst, er hat nichts zu verlieren und bringt deshalb Erstaunliches zustande. Er rast wie ein Verrückter durch die Kurven, immer nur Zentimeter vom Straßengraben entfernt. Und wenn du nicht lebensmüde bist, fährst du lieber nicht zu dicht auf.

Schau ihn dir jetzt an, wie er auf der falschen Straßenseite

fährt. Ein anderes Auto kommt ihm entgegen, aber Zornig ist das scheißegal. Er stürmt vorwärts wie ein verdammtes Schlachtschiff. Der Entgegenkommende hat keine andere Wahl, er muß auf Eddies Spur ausscheren. Und Eddie, so wie er das sieht, hat keine andere Wahl als auf die Bremse zu steigen und aufs Bankett auszuweichen, o Scheiße.
Und als Eddie dann wieder auf der Straße ist und beschleunigen kann, ist Zornig nicht mehr zu sehen.
Vincent scheint das allerdings nichts auszumachen. Seelenruhig sagt er: »Eddie, hast du ein Messer bei dir?«
Eddie greift in die Hosentasche, gibt ihm sein Taschenmesser. Vincent hat seine Jacke ausgezogen, legt sie sich auf die Schenkel und schneidet Löcher in den Rücken. Zwei augenförmige Löcher nebeneinander.
Er fragt Eddie: »Was für Schilder haben wir?«
»Nummernschilder? Kein Problem. Die sind aus Maxies Teileladen. Nicht registriert und so. O Scheiße, wo fährt der Kerl denn hin?«
»St. Ignatius«, sagt Vincent leise.
»Das Krankenhaus?«
»Wo würdest du hinfahren, wenn du angeschossen wärst?«
»Ich *bin* angeschossen.«
»Tut mir leid«, sagt Vincent. »Das war meine Schuld.«
Eddie wirft ihm einen Seitenblick zu. *Meine Schuld?* Das hört man von Vincent nicht sehr oft.
Sie biegen um eine Kurve, und plötzlich haben sie die Rücklichter des Verrückten wieder vor sich.
Vincent sagt: »Eddie, kannst du dich erinnern, daß ich mich je so in der Stimmung oder den Fähigkeiten eines Mannes verschätzt habe?«
»He, was passiert ist, ist passiert.«
»Ich hätte dir nie sagen dürfen, du sollst ihm die Handschellen abnehmen. Ich habe gewußt, daß es noch zu früh ist. Ich habe gewußt, daß er noch nicht soweit ist. Bis dahin hatte ich ihn doch nur angestachelt. Ich hatte seinen Stolz noch

nicht gebrochen. Aber ich war ungeduldig, ich habe gedrängt, ich war selber stolz, ich war zu verwegen, gedankenlos –«

»He! Na und?« sagt Eddie. »Dann warst du eben mal gedankenlos. Stehst ein bißchen unter Streß. Bist vielleicht abgelenkt, aber was soll's?«

»Glaubst du, daß ich abgelenkt bin?«

»Vincent, ich versuche zu fahren.«

»Von was lasse ich mich ablenken?«

»Von dem verdammten Prozeß. Von dieser Annie, von –«

Vincent lächelt. »Glaubst du, daß ich in Annie verliebt bin? Glaubst du, ich begehre sie?«

Mein Gott, denkt Eddie, das kann ich jetzt nun wirklich nicht brauchen. Daß Vincent mich mit seinen Spinnereien vollquasselt.

Wie er dasitzt mit diesem Grinsen im Gesicht.

Wie er dasitzt und diese Löcher in die Jacke schneidet und grinst und wartet, daß Eddie was sagt wie: Na ja, ich weiß auch nicht, begehrst du sie?

Aber ich werde ihn überhaupt nichts fragen. Erstens mal habe ich genug damit zu tun, diesen verrückten Zornig durch den halben Bezirk zu verfolgen. Und zweitens will ich's eigentlich gar nicht wissen.

Slavko prescht auf die kreisrunde Auffahrt vor dem St. Ignatius. Sein linkes Auge ist zugeschwollen, das rechte nur noch ein schmaler Schlitz. Er sieht durch die Wimpern hindurch. Er beugt sich vor, versucht, durch das Loch, das er in die Scheibe gehackt hat, etwas zu erkennen. Auf einem Schild steht NOTAUFNAHME, daneben ist ein Pfeil. Diese Geschworene, die ist Ärztin in der Notaufnahme, oder?

Moment mal – das war nicht die Geschworene, das war Juliet. Oder?

Wach auf, Slavko. Du fährst über den Rasen, du bist zu schnell, du schläfst ein, aber du solltest besser aufwachen.

Ha, da ist eine hübsche Steinsäule, die dürfte mich aufwekken, nicht?
Der Bussard knallt dagegen.
Aber der Ruck ist nicht sehr erweckend. Er macht Slavko eher noch schläfriger.
Aber ich muß, ich muß, ich muß aus diesem Auto raus. Mach die Tür auf. Gut. Aber diese Beine rühren sich nicht. O Scheiße, schau dir bloß das ganze Blut an, da wird Sari bestimmt sauer. Nein, nein, sie ist doch Ärztin, mach dir deswegen keine Sorgen.
Jetzt mal ganz ruhig. Du verkrampfst dich immer so vor einem Rendezvous. Das wird lustig. Kipp einfach nach links, laß dich fallen. Okay? So ist's recht, plumps einfach auf den Teer.
Leute kommen, in weißen Jacken. Stimmen, Hektik.
Er liegt mit dem Kopf auf dem Asphalt, aber die Füße sind noch im Auto.
Gesichter. Wo ist sie? Wo ist die Geschworene? O Scheiße, schau sie dir an, sie kommen nicht näher, haben Angst, daß das Auto in die Luft fliegt.
Kriech, Slavko.
Kriech weg von hier. Mach schon, mach schon, beweg dich.
Er kommt etwa einen Meter weit.
Eine Weißjacke (aber es ist nicht Juliet, die Geschworene) sagt: »Alles in Ordnung. Bleiben Sie liegen, Sir. Das ist schon gut so. Bewegen Sie sich nicht.«
Sie kümmern sich um ihn. Gut, aber wo ist *sie?*
Wo ist sie?
Es kommt aus seinem Mund als: »Wo-schsch?«
»Alles in Ordnung, ganz ruhig.«
»Schsch, wao, Juli?«
Jetzt sind vier Leute bei ihm. Gut. Sie werden ihn zu Juli tragen. Heißt sie überhaupt so? Egal. Hauptsache, sie helfen mir.
Scheinwerfer. Die schnell näherkommen. Ach ja, die Killer.

Hätte ich beinahe vergessen. Die Scheinwerfer halten an, ein Mann mit einer Art Kapuze steigt aus. Ach ja, er ist ein Killer. Wahrscheinlich E.R.

Ein paar der Weißjacken weichen zurück. Sie haben Angst. Aber eine Schwester bleibt bei ihm.

Sag's ihr sofort. Sag's dieser Frau. Juliet wirst du nicht wiedersehen, so ist das eben, aber was soll's, diese Frau, muß sie eben dafür herhalten.

Sag's ihr. Das wird der Geschworenen das Leben retten.

»Uch«, sagt er.

Er versucht es noch einmal. »Notiz. Buch. Liegt. Oak. Und Holly. Noti … buch.«

Dann hört er E.R.s Stimme. »Machen Sie Platz, Ma'am.«

E.R. trägt eine Kapuze und hat eine Pistole in der Hand. Aber die Krankenschwester rührt sich nicht. Sie hat Angst, daß er Slavko etwas antut.

Lady, es gibt keinen, absolut keinen Grund zur Angst. Das ist ja das Schöne.

E.R. scheucht sie weg. Dann kniet er sich hin, und Slavko spürt Metall an seiner Nasenwurzel. Er und das kalte Metall verstehen sich ausgezeichnet. Verstehst du? Du machst deine Arbeit, nichts weiter. Ganz einfach. Warum ist es mir nur immer so schwergefallen, zu verstehen? Du tust deine Arbeit. Ob du Leute rettest oder tötest, es ist egal: Du tust deine Arbeit. Und bei der Arbeit, wenn du hart und gut arbeitest? Dann bist du glücklich. Du gewinnst. Und wenn du die Arbeit erledigt hast? Ein vollkommener Sieg. Du bist ein Konquistador.

Nur daß du's weißt, E.R.: Wenn diese Kugel in mein Hirn eindringt, werde ich noch besser sein als das, dann werde ich ein *Konquistadordämon* sein, und ich werde dich verfolgen und jagen und deinen haarigen Arsch bis in die Hölle hetzen, und *du kannst absolut nichts dagegen tun* –

ELF

Jetzt kannst du anfangen, uns aus
deinen Gedanken zu radieren.

ANNIE IM FLASCHENGRÜNEN GEFÄNGNIS DES GESCHWORE-nenzimmers. Einige ihrer Kollegen stieren noch in ihre Styroporbecher, aber Annie ist mit ihrem Kaffee bereits fertig. Sie ist hellwach.

Sie ist ein Nervenbündel.

Sie diskutiert mit dem Mann, der für OSHA arbeitet.

Sie sagt: »Jetzt hören Sie mal. Sie geben doch zu, daß der Lehrer existiert. Wenigstens seine Existenz geben Sie zu, oder?«

»Weiß nicht«, sagt OSHA.

»Sie wissen es nicht?« Ein wenig laut, aber sie ist wütend. So was Begriffsstutziges, dieser Kerl. Da ist ja mit der Tafel da vorne noch leichter zu diskutieren. Sie sagt: »Zwei Leute haben über den Lehrer ausgesagt. Er ist auf dem Band. Und Sie wissen angeblich nicht einmal, ob er überhaupt existiert –«

Darauf OSHA: »Ich weiß einfach nicht, wer er ist.«

»Sie brauchen doch gar nicht zu wissen, wer er ist. Sie müssen nur wissen, wie mächtig er ist! Sehen Sie das denn nicht? Geht das denn nicht in Ihren Schädel ...«

»Annie«, sagt Klarinetten-Will. »Es ist nicht nötig, daß Sie laut werden.«

Annie wendet sich ihm zu. Ein süßer zotteliger Bär, aber auch ziemlich vertrottelt. »Nicht nötig?« fragt sie. »Es ist nicht nötig, daß ich meine Stimme erhebe. Warum nicht? Ist das nicht wichtig genug?«

Einen Augenblick lang hält sie den Blick auf ihn gerichtet und wendet sich dann ab. Dreht sich wieder OSHA zu. »Denken Sie nur daran, wie die klangen, als sie seinen Namen nannten. Der Lehrer. Fast geflüstert haben sie. Dieser DeCicco, der hat ›der Lehrer‹ gesagt, und dann hat er sich im Gerichtssaal umgesehen. Hat sich fast in die Hosen gemacht vor Angst –«

»So ein Blödsinn«, sagt OSHA.

»He«, tadelt ihn die Vorsitzende. »So nicht.«

Aber Annie winkt ab. »Nein, lassen Sie nur, er soll sagen, was er sagen will.«
Sie steht auf und geht am Tisch entlang, bis sie zwischen dem Baumchirurgen und der Großmutter steht, OSHA genau gegenüber. Sie stützt die Hände auf den Tisch und starrt ihn an. »Raus damit. Was ist los?«
Er weicht ihrem Blick aus. »Na ja, ich, ach verdammt, Boffano, er ist doch der Boß. Er ist der *Boß*. Sie arbeiten alle für ihn. Sie –«
Annie fährt ihn an: »Sie haben dieses Abkommen mit der Ndrangheta. Sie haben diese Italiener. Sie haben die Regierung von Curaçao, sie haben diese jamaikanischen Dealer, sie haben dieses riesige Netz, und eine Spinne sitzt in der Mitte, einer, der alle Fäden in der Hand hält, und Sie glauben, das ist Louie Boffano –«
Als sie den Namen sagt, lacht sie verächtlich auf.
»Er hat Berater«, setzt OSHA an, aber Annie ist nicht mehr zu bremsen. Sie beugt sich weit zu ihm hinüber. Ihr Gesicht ist weniger als einen halben Meter von seinem entfernt. In ihrem ganzen Leben war sie noch nie so in Fahrt. Diese heiße, schnelle Wut, und wie sauber ihre Gedanken alle Kurven der Logik nehmen. Was sie da aufführt, vermittelt ihr ein beinahe ekstatisches Hochgefühl.
Verächtlich wirft sie ihm hin: »Berater? Hat der Lehrer Louie den Rat gegeben, einen Tunnel zu graben? Oder hat er ihn davon unterrichtet? Hat er gesagt: ›Ich *werde* einen Tunnel bis zu Salvatore Riggios Haus graben und ich *werde* ihn töten?‹«
»Aber Annie«, mischt sich Klarinetten-Will ein. »Boffano hat sein Okay gegeben. Er hat gesagt: ›Bring diesen Scheißkerl um.‹ Er hat sein Okay gegeben.«
»Macht ihn das zum Mörder? Mal angenommen, ich sage Ihnen, daß ich diesen Kerl hier umbringen werde.« Sie deutet auf OSHA. Alle lachen. Gut, denkt sie, bring sie zum Lachen. »Angenommen, ich sage: ›Ich werde ihm Gift in

seinen Kaffee schütten.‹ Und Sie sagen: ›Na ja, okay. Bringen Sie diesen Scheißkerl um. Tun Sie, was Sie wollen.‹ Würde das Sie zum Mörder machen?«
»Ach Gott!« OSHA wirft die Hände in die Höhe. Er steht auf. »Ich glaube das alles nicht. Ich glaube Ihnen nicht. Sie glauben, wir sollten ihn laufenlassen? Sie wollen, daß wir diesen schmierigen Spaghettifresser freilassen?«
Und obwohl Annie nicht lächelt, obwohl sie nur die Achseln zuckt, vermutet sie, daß OSHA mit dieser Bemerkung die Unterstützung der Großmutter mit dem italienischen Namen verloren hat.
Das ist schon mal eine, denkt sie.
Einer nach dem anderen, denkt sie.

Fred Carew von der New Yorker Abteilung des FBI sitzt in Slavko Czernyks Büro am Schreibtisch und betrachtet einen gelben Notizblock. Zwei Detektive vom örtlichen Morddezernat sehen ihm erwartungsvoll über die Schulter.
In der oberen linken Ecke des Zettels steht eine gekritzelte Notiz:

2 K
K 42 000 1a
$ 84 000
J das Gesicht Dienstag 7:00

Carew wäre es lieber, wenn die Detektive ihm nicht so auf die Pelle rücken würden. Es ist zu eng in diesem winzigen Büro. Harry Beard, Carews Partner, durchsucht den Aktenschrank des Verstorbenen. Schüttelt den Kopf, verzieht das Gesicht. Der Vermieter sitzt auf einem kaputten Hocker in der Ecke, hat die Hände in den Schoß gelegt.
»Und, was denken Sie?« fragte einer der Beamten vom Morddezernat.
»Ich denke, daß es hier drin zu heiß ist«, sagt Carew.

Darauf das Morddezernat: »Es geht um Jimmy das Gesicht, nicht?«
Carew ruft zu dem Vermieter hinüber: »He, Mister!«
»Ja, Sir?«
»Haben Sie es immer so heiß?«
»Nein, Sir. Wie's aussieht, läßt sich das Fenster nicht öffnen.«
»Ja, sieht so aus«, sagt Carew.
Und so wie's aussieht, ist dieser Mord das Werk von Jimmy dem Gesicht.
Und hier vor Carews Nase liegt also dieser Zettel mit den schnell hingekritzelten Ziffern. 2 K, das heißt wahrscheinlich 2 Kilo Heroin. 42 000 ist der Großhandelspreis pro Kilo, ein bißchen viel, aber dafür ist es ja 1a-Qualität. $ 84 000, das ist der Gesamtpreis für die Lieferung.
Und J das Gesicht? Damit ist wohl Jimmy das Gesicht vom Gambino-Clan gemeint.
Deshalb: Czernyk hat für Jimmy das Gesicht den Drogenkurier gespielt, und irgend etwas ist schiefgegangen.
Der Schlüssel zu diesem Fall. In leuchtendroter Tinte auf gelbem Hintergrund.
»Fingerabdrücke?« fragt Carew.
»Bis jetzt noch nichts«, sagt einer vom Morddezernat.
»Hat denn eigentlich schon jemand versucht, Jimmy aufzustöbern?«
Die beiden vom Morddezernat sehen sich an.
O Gott. Carew klemmt die Zunge zwischen die Zähne. Ein Besuch bei Jimmy das Gesicht. Was für ein Vergnügen. »Na dann«, sagt Carew. »Dann werd' ich wohl zusehen müssen, ob ich ihn nicht finden kann.« Und Harry fragt er: »Was hast du denn da?«
»Nichts Besonderes. Das sind nur Czernyks Überwachungsberichte.«
»Interessant?«
»Nee. Der da ist von vor zwei Jahren. Die Frau von ir-

gend'nem Kerl hat ziemlich viel Zeit im Haus eines anderen verbracht.«

»Ach du meine Güte«, sagt Carew. »Haben sie ... war sie ...?«

»Steht hier nicht. Vielleicht haben sie ja gemeinsam die Bibel gelesen.« Harry gähnt. »Willst du es dir ansehen?«

»Nee. Sind die alle so?«

»Mal sehen. Wird sich schon zeigen.«

Carew wendet sich wieder an den Vermieter: »He, Mister, kann ich Sie mal was fragen?«

Worauf der Hänfling beflissen aufspringt. »Ja, Sir?«

»Als Sie dem Kerl gekündigt haben, warum haben Sie dieses Zeug nicht gleich rausgeschmissen?«

»Ich werde es sofort tun. Jawoll, Sir.«

»Nichts da«, sagt Carew. »Nicht, solange wir nicht jeden verdammten Namen in diesem Aktenschrank überprüft haben. Das wird eine gigantische Scheißarbeit.«

Er seufzt. Der Vermieter versucht, zerknirscht auszusehen.

»Sagen Sie mal«, fährt Carew fort. »Haben Sie hier irgendwo einen Eibisch?«

»Wie bitte?«

»Oder eine Eiche? Das Opfer hat nämlich kurz vor seinem Tod noch was von *holly* und *oak* und einem Notizbuch gesagt.«

»Wir haben hier überhaupt keine Bäume«, sagt der Vermieter. Aber er denkt weiter darüber nach. So intensiv, daß er anfängt zu schielen.

»Vergessen Sie es«, sagt Carew.

Die zwei vom Morddezernat starren ihn immer noch an. Und warten.

Einer von ihnen sagt. »Und?«

Darauf Carew: »Was und?«

»Wir haben doch die Lösung, nicht? Es war ein Drogengeschäft, das schiefgegangen ist. Das ist doch die einzig mögliche Schlußfolgerung, oder?«

Carew starrt den Notizzettel an. Spitzt die Lippen. »Da dürften Sie recht haben, damit wäre der Fall abgeschlossen, was? Da haben wir aber ziemliches Glück gehabt.«
Doch er wirft Harry einen Blick zu, und Harry erwidert den Blick, und in ihren beiden Gesichtern spiegelt sich derselbe Gedanke.
Irgendwas stinkt hier.

Annie stellt sich einen chemiegrünen Salat auf ihr Tablett. Sie zahlt, manövriert sich an dem langen Tisch der Geschworenen entlang und setzt sich ans hintere Ende. Direkt gegenüber Klarinetten-Will.
Sie sucht Blickkontakt mit ihm und fängt sofort an zu reden. Sie erinnert sich, daß sie früher diesen Sport recht gut beherrschte.
Sie bringt ihn dazu, daß er von der Jazzcombo erzählt, in der er spielt. Dann von den Kindern, denen er Klarinettenunterricht gibt. Dann von Benny Goodman, von Ives und Mozart. Von der Musik kommen sie auf Lieblingsfilme, und schließlich auf Irland und seine Landschaft. Annie hört fast nur zu. Klarinetten-Will erzählt ihr, wie gerne er Kajak fährt. Vor allem im Meer, er liebt es, auf hohen Wellen zu reiten. Seine Augen leuchten, als er davon erzählt, und Annies Augen leuchten ebenfalls.
Sie ist fix und fertig. Das Essen schmeckt beschissen, die Neonbeleuchtung ist Gift für ihre Kopfschmerzen, und sie ist sich bewußt, daß die anderen Geschworenen sie beobachten. Aber sie hat Wills Augen zum Leuchten gebracht, und jetzt muß sie dafür sorgen, daß sie nicht aufhören zu leuchten. Sie lächelt und läßt ihn glauben, daß seine Geschichten vom Kajakfahren im Meer sie faszinieren. An der Küste von Georgia hat er ein Strandhaus, wie er sagt. Manchmal fährt er nachts, und das Paddel rührt das Phosphor im Wasser auf, und dann kommt er sich vor, als würde er ein Netz aus Sternschnuppen auf dem Wasser auswerfen.

Ihr Gesicht bekommt einen verträumten Ausdruck, als er ihr das erzählt.
Am Ende der Pause hat sie kaum drei Bissen gegessen.
Sie schiebt ihr Tablett zur Seite, beugt sich zu ihm und sagt: »Wissen Sie, das ist das, was ich an Ihnen mag. Sie haben keine Angst vor dem Risiko. Deshalb diskutiere ich gerne mit Ihnen. Ich habe das Gefühl, daß Sie bereit sind, verschiedene Blickwinkel auszuprobieren. Ich meine, Sie verwerfen nicht von vornherein den Gedanken an Louie Boffanos Unschuld, nur weil die es tun.«
Bei »die« verdreht sie die Augen. »Die« sind die anderen Geschworenen. Diese häßliche, dumme Welt außerhalb der engen Gemeinschaft, die sie beide eben aufgebaut haben.
Er sagt: »Ich versuche wirklich zu verstehn. Aber ich weiß nicht. Ich – ich weiß es einfach nicht.«
Er kratzt sich den Zottelkopf.
Und sagt: »Wissen Sie was, falls Sie je Lust haben, auf dem Hudson Kajak zu fahren, würde ich mich freuen, Sie einmal mitzunehmen.«
»Das würde ich sehr gerne«, sagt sie.
Sie schließt langsam die Augen. Als sie sie wieder öffnet, sieht sie nicht mehr in seine Richtung. Genauso wie es immer in den Magazinen steht.
Sie denkt: Nachdem du mir nachgegeben hast, du Feigling, nachdem du für die Freilassung eines Mörders gestimmt hast, falls du es da je wagst, mich anzurufen, redest du mit dem Freizeichen, bevor du drei Worte herausgebracht hast, das schwöre ich dir.

Carew sagt zu seinem Partner: »Ich weiß nicht, was ich glauben soll. Ich glaube nicht, daß Jimmy Czernyk umgebracht hat. Ich glaube nicht, daß Jimmy Czernyk *nicht* umgebracht hat. Ich glaube überhaupt nichts, Harry.«
Sie sind unterwegs zum *Caruso Hotel.* Harry fährt.
»Aber falls Jimmy es getan hat«, fährt Carew fort, »dann sind

wir angeschissen, das kann ich dir sagen. Weil er dann nämlich ein bombensicheres Alibi hat. ›Samstag? Um drei nachmittags? O ja, da war ich bei CNN. Der Präsident und Larry King haben mir die Ehrenmedaille des Kongresses verliehen. Warum fragen Sie?‹«

Sie biegen von der Taconic auf die Eastgate Avenue ein. Fahren am ausgedehnten, baumbestandenen Campus eines Priesterseminars vorbei.

Carew sagt: »Aber irgendwie stinkt die Sache, nicht?«

Darauf Harry: »Also, ich kann mir einfach nicht vorstellen, daß Jimmy sich mit diesem versoffenen Privatschnüffler eingelassen hat.«

»Genau. Bei Jimmy sind's immer Sizilianer oder Jamaikaner. Immer Profis. Und plötzlich soll er sich diesen polnischen oder tschechischen Suffkopf oder was auch immer schnappen und sagen: ›Da, Kumpel, da sind ein paar Kilo Heroin. Und jetzt vergiß nicht, dir den Preis und alles aufzuschreiben, ach ja, und vergiß nicht, auch meinen Namen aufzuschreiben, damit die Bullen für den Fall, daß du umgebracht wirst, auch gleich wissen, wer's war.‹? Nee.«

»Und wer war's dann?« fragt Harry.

»Ich weiß nicht. Wahrscheinlich hat Jimmy ihn wirklich umgebracht. Oder?«

Harry sagt: »Wahrscheinlich denken wir um viel zu viele Ecken herum.«

Carew sagt: »Weil nämlich die einzig mögliche andere Erklärung die wäre, daß jemand gestern nacht in dieses Büro eingebrochen ist, alles Belastungsmaterial mitgenommen und uns diesen Zettel untergejubelt hat. Und das wäre …«

»Was?«

»Ein bißchen viel. Ein bißchen zu stark für meinen Geschmack.«

Sie biegen auf den Parkplatz des *Caruso* ein. Carew sagt: »Weißt du, was ich gern wissen würde?«

»Was?«

»Was ich immer noch gern wissen würde?«
»Was denn?«
»Ich würde gern wissen, was er mit seinen letzten Worten gemeint hat.«
»Du meinst das, was er zu der Schwester gesagt hat? Über diese Bäume?«
»Ja, Oak und Holly. Und dann dieses Notizbuch. Was hat das bloß zu bedeuten?«
»Na, wahrscheinlich steht da irgendwas Wichtiges drin, und er hat es in irgendeinem Baum versteckt.«
»Vielleicht. Oder er wollte sich einfach einen allerletzten Scherz erlauben.«
Im *Caruso Hotel* haben sie einen Termin mit dem Nachtportier, Mr. Jerome Lex. Sie unterhalten sich mit ihm im Büro hinter der Rezeption. Er scheint bereit zu sein, ihnen alles sagen zu wollen, was er weiß, aber er weiß nicht viel.
Er gibt ihnen eine vage Beschreibung von Raymond Boyle, dem Gast von 318, an dem Czernyk so interessiert war. Er berichtet ihnen, daß Boyle sein Zimmer bar bezahlte und daß ihn niemand beim Verlassen des Hotels beobachtet hat.
Carew fragt: »Und Sie sagen, daß Czernyk nicht zu ihm hochgegangen ist? Daß er Sie nur nach dem Kerl gefragt hat und dann wieder verschwunden ist? Daß er nicht zu Boyles Zimmer hochgegangen ist?«
Jerome Lex macht ein nachdenkliches Gesicht: »Also möglich ist es schon, daß er hochgegangen ist. Zwar nicht an mir vorbei, aber es gibt ja noch andere Eingänge.«
»Als er Ihre Meldekartei durchgesehen hat, wirkte er da irgendwie erregt?«
»Das ist leicht untertrieben.«
»Verängstigt?«
»Nein. Aufgewühlt.«
»War er vielleicht high?«
»Sie meinen vom Alkohol? Also, ich glaube, ein bißchen angetrunken war Slavko immer.«

»Hat er je mit Heroin gehandelt, Mr. Lex?«
»Slavko?« Jerome lacht.
»Ist das ein Nein?«
»Das hätte er gar nicht gekonnt. Er war ... er war nicht der Kerl für so etwas. Er war ein ziemlicher Tolpatsch. Irgendwie ungeschickt. Hatte immer Probleme mit der Selbstachtung. Hat zuviel getrunken. Und war immer unglücklich verliebt. Hat sein Leben einfach nicht auf die Reihe gebracht, verstehen Sie? Aber er war in Ordnung. Hat mich oft ziemlich auf die Palme gebracht, aber ich hab' ihn gemocht. Er war, ich weiß nicht, wie ich's sagen soll. Ein Romantiker, sagen wir's mal so. Ja, man müßte ihn wohl einen Romantiker nennen.«

Der Lehrer sitzt in *Sattvasana*-Haltung in seinem alten Schulhaus und horcht.
Der Empfänger ist auf das Beratungszimmer eingestellt.
Im Augenblick sagt Annie überhaupt nichts mehr. Eben hatte sie noch einen leidenschaftlichen Auftritt. Jetzt sollen offenbar ihre Gehilfen den Rest erledigen.
Sie schweigt und läßt ihre frisch gewonnenen Anhänger, den Klarinettenspieler und den Baumchirurgen, die Hausfrau aus Mount Kicso bearbeiten.
Der Weise regiert, ohne die Leute mit seinem Gewicht zu erdrücken. Wenn sein Werk vollendet ist, sagen die Leute: Wir haben es geschafft. Wir haben es ganz alleine geschafft.
Eben sagt der Baumchirurg: »Aber Laura, die Indizien zeigen uns, daß der Lehrer den Mord angeordnet hat. Die Indizien zeigen uns, daß Louie Boffano unschuldig ist. Es ist gleichgültig, was Ihre Gefühle Ihnen sagen –«
Die Hausfrau keift ihn an: »Haben Sie Kinder?«
»Nein«, sagt er.
»Wenn Sie Kinder hätten, würden Sie verstehen!«
Das scheint den Klarinettisten zu verärgern. »Was hat denn das mit der richtigen Entscheidung in diesem Fall zu tun?«
Und nun wirft Annie etwas ein. »Das ist das Allerwichtigste.«

Die anderen verstummen. Sie wollen alle ihre Stimme hören. Der Lehrer vermutet, daß sie alle in diese Stimme verliebt sind.
Annie sagt: »Ich habe einen Jungen, Laura – fast so alt wie der Junge, der getötet wurde. Ich habe eine entsetzliche Angst, daß ihm eines Tages etwas passieren könnte. Ich weiß, was Sie glauben. Sie glauben, Sie müssen die Kinder beschützen. Überall ist nur Chaos, und es wird immer schlimmer und schlimmer und es gibt keinen Ort, wo man dem allem entfliehen kann. Man kann sich nicht davor verstecken.«
Sie hält inne. Elf Personen sind mit ihr in diesem Zimmer, aber niemand ergreift das Wort. Sie warten auf sie. Schließlich sagt sie: »Aber das Gesetz lautet – es ist mir gleichgültig, wie schwach oder gefühllos das System ist, es gibt einfach keine Alternative dazu – das Gesetz also besagt, daß wir, wenn die Anklage nicht schlüssig beweisen kann, daß Louie Boffano schuldig ist, ihn freisprechen müssen. Wir *müssen.* Und wir, ich weiß auch nicht, wir können nur hoffen, ihn beim nächstenmal zu erwischen.«
Der Lehrer will nicht laut auflachen.
»Aber wenn wir versuchen, das Gesetz zu verdrehen«, fährt Annie fort, »nur ein kleines bißchen und mit der besten Absicht? Dann verliert das Gesetz jegliche Wirksamkeit. Und dann ist mein Kind noch mehr in Gefahr als zuvor. Und Ihres, Laura ...«
Der Lehrer will nicht jubeln.
Triumph und Niederlage, beides nur Illusionen.
Aber jede Zelle seines Körpers badet in fettem, feuchtem Frohlocken, und er muß sich sehr zusammennehmen, um nicht aufzuschreien, um seinen Triumph nicht in den Himmel zu brüllen.
Sie ist wunderschön.
Sie ist mächtig. Sie ist ein Gefäß reiner Macht.
Und das Tao hat sie ihm gegeben, als Geschenk. Großartig

– ungesucht, unverlangt, hat er sie einfach bekommen. Einfach bekommen. Und wie alle Geschenke des Tao ist auch sie ein Geschenk *zum Behalten.*

Carew im Auto auf einer breiten, verschlafenen Vorstadtstraße. Harry sitzt am Steuer, Carew neben ihm. Sie sind unterwegs zum St.-Ignatius-Krankenhaus. Sie wollen die Krankenschwester besuchen, die bei Czernyk war, kurz bevor er getötet wurde. Sie hat gesagt, sie könne vor Beginn ihrer Schicht heute abend mit ihnen reden.

Es ist kurz vor sechs. Die Sonne geht hinter steil aufragenden viktorianischen Häusern unter, und Harry ist hungrig und gereizt. Carew weiß, daß er aus ihm erst wieder etwas Sinnvolles herausbringt, wenn sie in der Cafeteria des Krankenhauses sitzen. Trotzdem kann er nicht anders, er muß laut denken.

Er sagt: »Was glaubst du, warum war Czernyk in diesem Hotel? Glaubst du, daß dieser Kerl in 318, dieser Boyle, ihn eingeladen hat?«

»Nee.«

»Richtig, denn dann hätte er nicht in der Meldekartei nachgesehen. Wahrscheinlich wollte er nur die Zimmernummer des Kerls herausfinden. Ich wette, er ist ihm dorthin gefolgt. Aber warum?«

Darauf Harry: »Boyle hat sein Taschentuch fallen gelassen. Czernyk hat vor dem *Caruso Hotel* herumgelungert, auf der Suche nach 'nem jungen, kräftigen Matrosen, und er hat gesehen, wie Boyle sein Taschentuch vom Balkon von 318 fallen gelassen hat, und –«

»So kommen wir nicht weiter, Harry.«

»Du willst in der Richtung weiterpuzzeln, Fred? Wart, bis ich was gegessen habe. Dann puzzle ich mit.«

»Harry.«

»Was?«

»Halt an.«

»Was?«
»Halt das Auto an!«
Harry tut es. »Warum, was ist denn? Alles okay mit dir?«
»Fahr zurück«, sagt Carew.
»Im Ernst?«
»Im Ernst.«
Das Aufheulen des Motors im Rückwärtsgang. In beiden Fahrtrichtungen sind keine anderen Autos zu sehen, und sie können auf dieser breiten Straße zurückstoßen, so weit sie wollen. Aber schon nach wenigen hundert Metern erreichen sie eine Kreuzung, und Carew hebt die Hand.
Harry steigt auf die Bremse. Das Auto bleibt abrupt stehen.
»Was ist?«
»Das Straßenschild dort. Lies doch mal, was draufsteht.«
Harry hebt den Kopf. Auf dem Schild, das in die eine Richtung zeigt, steht OAK. Auf dem in die andere Richtung steht HOLLY.
»O ja«, sagt Harry. »So kommen wir wirklich nicht weiter.«
Carew sagt: »Doch, vielleicht schon. Vielleicht ist Czernyk in diese Richtung gefahren. Nach dem Hotel.«
»Möglich.«
»Vielleicht ist es hier an der Kreuzung Oak und Holly passiert.«
»Was passiert?«
»Daß er angeschossen wurde.«
»Hm.« Aber bei Harry klingelt nichts. Er will nur essen.
Carew grübelt weiter. »Er könnte hier natürlich auch etwas aus dem Auto geworfen haben.«
»Was denn?«
»Na, das Notizbuch zum Beispiel.«
Harry sieht ihn mit geringem Interesse an. »Möglich.« Und trommelt ungeduldig auf den Ganghebel.
Carew sagt: »Komm, schaun wir uns mal um. Es dauert auch nicht lang. Mit der Schwester treffen wir uns eh erst um sieben. Wir müssen eine ganze Stunde totschlagen.«

»Nein, Fred, die Stunde ist nicht zum Totschlagen. Die Stunde ist zum Essen.«
»Zehn Minuten – nur ein paar Türen. Na ... vielleicht auch nicht, vielleicht hast du recht. Du brauchst was zwischen die Kiemen. Wir kommen dann irgendwann mal wieder her.«
Er sagt das, weil er weiß, daß er gewonnen hat.
Harry nimmt die linke Straßenseite, Carew die rechte.
Carews erstes Haus hat einen gepflasterten Zuweg, und auf der steinernen Treppe steht ein großer runder Korb voller Maiskolben. Zwei alte Frauen starren Carews Polizeimarke an.
Keine der beiden hat heute auf der Straße irgend etwas Ungewöhnliches bemerkt. Carew geht an der Buchsbaumhecke entlang. Noch ein gepflasterter Zuweg, noch eine steinerne Treppe. Diese Tür hat Seitenfenster und eine Lünette und in der Mittelscheibe den Umriß einer schwarzen Katze. Eine Mutter ruft ihren Sohn, der viele Treppen herunterpoltert und atemlos an der Tür erscheint.
Nein. Kein Notizbuch, überhaupt nichts.
Ein drittes Haus. Ein Mann, der ein bißchen aussieht wie ein Anwalt. Nein.
Noch ein gepflasterter Zuweg.
Nichts.
Noch einer. Nein.
Carew bemerkt Harry auf der anderen Straßenseite, der flehend zu ihm herübersieht. Harry jault wie ein hungriges Hündchen.
»Okay, okay«, sagt Carew. »Vergiß es. Laß uns fahren.«
Sie steigen wieder ins Auto, und Harry läßt den Motor an.
In diesem Augenblick kommt der kleine Junge aus dem zweiten Haus zum Auto gelaufen.
Als Carew das Fenster herunterkurbelt, gibt der Junge ihm ein kleines, schwarzes, ledergebundenes Notizbuch. »Ich hätte es Ihnen ja gleich gesagt. Aber ich habe mir gedacht, dann denken Sie, ich hätte es gestohlen, und das habe ich

nicht, ich hab's im Rinnstein gefunden, gleich dort drüben, ich meine, ich hätte wirklich –«

Der Junge plappert weiter, doch Carew hat schon angefangen zu lesen. Er liest, blättert um, liest weiter. Harry späht ihm über die Schulter. Beide stecken die Nasen in das Buch und versuchen, im Dämmerlicht die entsetzliche Handschrift zu entziffern.

»Blätter zum Ende«, sagt Harry.

Irgendwann ist der Junge verstummt. Irgendwann hat Harry den Motor abgestellt, und jetzt ist es still im Auto, nur das Zirpen der Grillen und das Fernsehgelächter aus den Häusern ist zu hören.

Carew schlägt die letzte Seite auf. Er sieht das Wort *Geschworene.* Er sieht den Namen *Boffano* und den Namen *Caruso Hotel*, und er ballt die Faust, ohne es zu merken. Öffnet sie wieder, ballt sie noch einmal.

Geschworene.

Die Justiz mietet im *Caruso* häufig Zimmer für Geschworene, wie konnte er das nur vergessen –

In seinem Kopf fängt es an zu rattern. Seine Augen huschen über die Seite, und plötzlich wird dieser kleine, unwichtige Drogenhändler größer und größer, und Carew hebt den Kopf und starrt zum Fenster hinaus und den Jungen an. Er sieht den Jungen nicht, er starrt nur grübelnd vor sich hin, aber das weiß der Junge nicht. Der Junge sieht nur, daß dieser gefährliche Bulle ihn todernst anstarrt, und er weiß, er hätte das Notizbuch nicht nehmen sollen, er weiß, jetzt wird er die besten Jahre seines Lebens in einer Besserungsanstalt irgendwo in der Wüste verbringen, und er versucht, mit diesem plötzlichen Schicksalsschlag zurechtzukommen.

Eddie sitzt im Zuschauerraum des Gerichtssaals, er sieht die Geschworenen einen nach dem anderen hereinkommen, und da ist sie. Den Blick zu Boden gerichtet. Sie setzt sich und schließt die Augen.

Der Gerichtsdiener sagt: »Meine Damen und Herren Geschworenen, haben Sie Ihr Urteil gefällt?«
Die Vorsitzende erwidert: »Ja, das haben wir.«
»Zu Punkt eins der Anklage auf Totschlag: Befinden Sie den Angeklagten für schuldig oder nicht schuldig?«
»Nicht schuldig.«
Zweihundert Lungenpaare saugen die Luft aus dem Gerichtssaal.
»Und zu Punkt zwei der Anklage auf Totschlag: Befinden Sie den Angeklagten für schuldig oder nicht schuldig?«
»Nicht schuldig.«
»Und stimmen alle Geschworenen in dieser Entscheidung überein?«
Gemurmelte Zustimmung.
Dann eine knappe Abschiedsrede von Wietzel. Die Anklage wird fallengelassen, der Angeklagte auf freien Fuß gesetzt und das war's.
Der Gerichtssaal explodiert.
Louie Boffano springt auf wie ein Zehnjähriger, dreht sich um und klopft jedem in seiner Nähe auf die Schulter. Mit großen Patschhänden bearbeitet er seine Kumpel und Anwälte und seine Frau und sein Kind, und der ganze Gerichtssaal tobt. Schock. Jubel. Entsetzen. Wietzel läßt sein Hämmerchen auf den Tisch sausen, aber das Krachen scheint aus großer Entfernung zu kommen. Wie das Geräusch von einem, der neben den Niagara-Fällen pinkelt, wen schert das?
Eddie beobachtet immer noch sie. Sie hat die Augen immer noch geschlossen.
Louie Boffano fällt seinem Anwalt in die Arme. Der kleine Bozeman versucht ihn zu stützen. Alle biegen sich vor Lachen.
Sie wird's überwinden, denkt Eddie. Jetzt ist alles vorbei, Annie Laird. Du hast es geschafft.
Vincent und du, ihr beide zusammen habt dieses Scheißding

abgezogen, und jetzt könnt ihr es gut sein lassen. Annie, jetzt kannst du anfangen, uns aus deinen Gedanken zu radieren. Reporter drängen sich an ihm vorbei, den Mittelgang hinunter, um zum nächsten Telefon zu kommen. Alte Frauen drängeln sich an ihm vorbei, vor zu ihrem Helden Louie Boffano, um ihn abzuküssen. Alle drängeln an Eddie vorbei. In dem ganzen Gedränge sieht er immer nur Bruchstücke von Annie.

Nicht, Vincent? Ich werde sie nie wiedersehen. Du wirst sie jetzt in Ruhe lassen, nicht, Vincent?

ZWÖLF

Ein spielendes Kind …
ein sentimentaler Narr

JULIET STEHT IN ANNIES KÜCHE, SCHNEIDET EINE GROSSE Pizza auf und teilt sie aus. Henri ist da, und Olivers Freund Jesse mit seinem neuen Ohrring. Jesse beäugt argwöhnisch sein Pizzastück. »Was ist das da?«

»Was ist was?« fragt Juliet.

»Diese Wurmdinger.«

»Anchovis. Was ist denn damit?«

Jesse verzieht das Gesicht. »Was sind Anchovis?«

»Fische«, sagt Juliet. »Annie, hier.«

Sie gibt ihrer Freundin ein Stück, und Annie lächelt und versinkt dann wieder in Gedanken.

»Fischpizza?« sagt Jesse. »Reden wir hier von Fischpizza?«

»Wenn du sie nicht magst, klaub sie doch einfach runter«, sagt Juliet.

»Jetzt stell dich nicht so an«, sagt Oliver.

Jesse fragt: »Wie schmecken denn die?«

»Sie schmecken ein bißchen wie Sardinen«, sagt Juliet.

Darauf Henri: »Nein. Genaugenommen schmecken sie nach Salz. Nur viel salziger.«

Oliver nimmt sich eine lange Anchovis und hält sie sich über den Mund. Er läßt sie hineinfallen. Dann spitzt er die Lippen und schließt die Augen. »Nein, weißt du, nach was die ganz genau schmecken?« sagt er. »Ich meine wirklich ganz genau?«

Er beugt sich zu Jesse hinüber. Flüstern.

Juliet fragt: »Sagst du ihm, was ich glaube, daß du ihm sagst?«

»Ja.« Oliver öffnet die Augen und blinzelt unschuldig.

»Gemeiner, unanständiger Schuljungenquark?« sagt sie.

»Ja.«

Henri fängt an zu kichern.

»Du vergleichst Anchovis«, sagt Juliet, »mit einem Teil der weiblichen Anatomie, von dem du absolut keine Ahnung hast. Habe ich recht?«

»Aber das ist doch der Grund, warum ich Anchovis so mag«, sagt Oliver. »Ich hab' nichts anderes.«

»Du bist abscheulich«, sagt Juliet.
»An das andere komm' ich nicht ran«, sagt Oliver.
»Komm mal an das ran«, sagt Juliet. Sie nimmt eine Anchovis in ihre langen Finger und wirft sie nach ihm. Sie landet auf seiner Wange und bleibt dort kleben. Henri lacht laut auf. Dann ruft Jesse: »Pizzaschlacht!«, was Juliet daran erinnert, daß sie es hier mit Halbwüchsigen zu tun hat und ihr die Geschichte ziemlich schnell aus der Hand gleiten kann. Sie sagt: »Nein, nein, nein. Nicht jetzt. Nicht hier.«
Oliver lächelt nachsichtig. Der perfekte Gentleman. Er nimmt sich die Anchovis von der Wange und ißt sie.
Alle lachen, sogar Annie. Aber Annie lacht nur, weil die anderen es tun. Sie hat nicht zugehört. Ihr Blick ist auf etwas ganz anderes gerichtet, auf einen Punkt hoch oben an der einen Wand. Dann huscht er zur anderen Wand. Juliet beobachtet sie, fragt sich, wonach sie sucht.
Glaubt sie, daß der Mann zuhört? Hat sie vor dem Saukerl noch immer Angst?
»He, du«, sagt sie scharf. »Annie.«
»Was ist?«
»Das ist eine Feier. Du bist frei. Aus der Sklaverei entlassen. Es ist vorbei. Iß.«

Annie um elf Uhr am nächsten Vormittag. Zum erstenmal seit dem Abend, als sie ihn mit hierher brachte, betritt sie ihr Atelier, und es ist, als würde sie an einen Ort ihrer Kindheit zurückkehren, einen Ort, von dem sie ganz vergessen hatte, wie wichtig er war.
Ich war ja mal Künstlerin.
Aber ihre Tastkisten sehen fad, trist, reizlos aus. Wie Kisten eben.
Sie stellt sich vor das Objekt, an dem sie arbeitete, als diese ganze Geschichte anfing. ZWEITKLASSIGE LEIDENSCHAFT FÜR EINEN FERNSEHLÖWEN. So steht es zumindest in ihrer Handschrift auf einem Zettel an der Wand. Aber sie kann

sich nicht erinnern, es so genannt zu haben. Jetzt wirkt der Titel unbekümmert postmodern, oberflächlich. Das paßt ganz und gar nicht zu ihr.

Na gut, dann suche ich mir eben einen anderen Titel.

Wichtig ist jetzt nur, daß ich wieder anfange zu arbeiten, daß ich meinen Rhythmus wiederfinde.

Die Kiste selbst ist hochgezogen, die Eingeweide des Objekts liegen vor ihr auf der Werkbank. Annie schaltet den kleinen Motor an. Sie streckt die Hand zwischen zwei surrende Rotoren und läßt sich von Hunderten von Satinschlangen kitzeln. Sie greift höher und spürt heiße, muffige Luft aus der Dampfmaschine. Wie der Atem eines keuchenden Tieres.

Aha, okay. Raffiniert.

Aber was sonst noch? Sollte da nicht noch was anderes sein? Sie sieht sich um und entdeckt ein Stück Zottelpelz, das sie in einem Secondhandladen gefunden hat. Die Mähne, genau. Der Löwe braucht eine Mähne.

Sie erinnert sich, daß sie an dem Tag, an dem sie den Lehrer kennenlernte, die Mähne anbringen wollte.

Sie löst den Sperrhaken der Winde und läßt die Kiste vorsichtig auf die Werkbank herunter. Dreht sie um. Legt den Pelz hinein, holt sich ein paar Schrauben und einen Kreuzschraubenzieher und befestigt den Pelz an der Innenseite der Kiste. Nach ein paar Minuten, nachdem sie ein paar Schrauben festgezogen hat, hält sie inne – und in diesem Augenblick überfällt sie die Erinnerung. Oliver fährt auf seinem Fahrrad, und sie sitzt in dem Auto, und das Auto rast auf ihn zu, und sie würde am liebsten aus der Haut fahren –

Sie beißt die Zähne zusammen. Sie umklammert den Griff des Schraubenziehers so fest, daß die Plastikrillen sich ihr in die Haut graben.

Sie wartet. Erst nach einer Weile nimmt sie die Kiste wieder wahr.

Diese Kiste.
Was zum Teufel tut sie da eigentlich?
Diese Mähne, mit der sie diese Kiste auskleidet? Dieses flauschige, süße, sentimentale ... was ist das?
Ist das wirklich die Art von Kunst, die sie früher mal machte?
War das alles so?
Herziger, exklusiver Krimskrams?
Es geht nicht mehr.
Sie schließt wieder die Augen.
Sie steht da, wippt vor und zurück, und dann fängt sie an, auf engem Raum auf und ab zu gehen, den Kopf gesenkt, den Blick auf den lackierten Holzleisten, und sie weiß nicht, wonach sie sucht, aber nach einer langen Zeit findet *es sie.*
Ein Bild. Von einem Haus. Ein heimeliges Farmhaus mit Sticktüchern und Spitzenpüppchen und bunten Vorhängen und hübschen, polierten Antikmöbeln. Aber die Wände sind bedeckt mit Glassplittern. Tausende von gezackten, rasiermesserscharfen Glassplittern, die aus den Wänden wachsen wie Dornen. Geh vorsichtig. Wenn du nach links oder nach rechts abweichst, schneidest du dich.
Wenn du stolperst, tötest du dich.
Und da ist auch noch ein knirschendes Geräusch, der Rhythmus einer riesigen Zerkleinerungsmaschine, der dich begleitet, während du durch die Zimmer gehst.
Ist das eine neue Arbeit?
Aber das könntest du nie machen, Annie.
Wo um alles in der Welt willst du denn ein Farmhaus herbekommen? Und all diese Glassplitter – jemand *wird* stolpern, jemand *wird* sich schneiden. Jemand *wird* dich verklagen. Auch wenn du es schaffen würdest, dieses Objekt zu machen, du würdest es nie zeigen können.
Aber was schert mich das, denkt sie. Ich mache es für mich selbst.
Sie setzt sich auf den Boden. Sie legt sich auf den Rücken und starrt zur Decke hoch. Eine Treppe? Ja, es wird eine

Treppe geben, die zu einem dunklen Schlafzimmer führt. Aber halt, nein. Nein, dunkel wird überhaupt nichts sein. Jedes Fenster muß fleckenlos sauber sein, damit die Sonne hereinscheinen kann. Alles muß ordentlich sein, wie der Haushalt einer Pedantin. Aber aus der Daunendecke auf dem Bett wird ein Garten aus Glas wachsen, im Herd werden selbstgemachte Glassplitter liegen, und –

Das Telefon läutet.

Sie läßt es läuten.

Nach dem vierten Läuten schaltet sich der Anrufbeantworter ein, und gleich darauf hört sie Inez, ihre Galeristin: »Hallo, Kleine. Wann rufst du mich an? Ich muß mit dir reden. Zach Lyde hat mich angerufen. Und mir gesagt, daß er sich für eine Arbeit interessiert, die er in deinem Atelier gesehen hat. Er sagt, sie heißt, ähm, ZWEITKLASSIGE LEIDENSCHAFT FÜR EINEN FERNSEHLÖWEN. Zwölftausend will er dafür bezahlen, wie er sagt – und, sind wir im Geschäft? Er sagt, er würde es gern sofort wissen. Er geht mit einem seiner asiatischen Freunde zum Essen, und dem möchte er es anbieten. Sag mal, den hast du ja ganz schön um den Finger gewickelt, was? Ruf mich an. Wo bist du überhaupt? Was ist los?«

Annie rammt den Schraubenzieher neben sich in den Fußboden.

Was, wenn ich überhaupt nicht reagiere, denkt sie.

Aber dann würde ich die ganze Zeit auf seine Strafe warten. Und was würde das bringen?

Sie steht auf. Holt ihre Jacke.

Sie steigt in den Subaru und fährt los.

Auf dem Weg ins Zentrum von Pharoah entdeckt sie im Rückspiegel, daß hinter ihr ein Auto auf die Seminary Lane einbiegt. Eine grüne Limousine, zwei Männer.

Aber sie steigt aufs Gas, läßt das Auto leicht hinter sich, und gleich darauf denkt sie nicht mehr daran.

Sie benutzt den Münzfernsprecher in der Drogerie von

Pharoah. Sie ruft *Maretti's Restaurant* in Larchmont an. Maretti erzählt ihr von einem aufgelassenen Bahngelände in der Nähe von Mahopac. Man erwarte sie dort in einer halben Stunde.
Als sie wieder ins Auto steigt und auf die Ratner Avenue fährt, reiht sich die grüne Limousine erneut hinter ihr ein. Also biegt sie an der Bullet Hill Road rechts ab, nur um zu sehen, was die grüne Limousine macht.
Sie bleibt hinter ihr.
Sie wird langsamer. Fährt Schneckentempo. Zwanzig Stundenkilometer, wie gefällt Ihnen das, meine Herren? Wollen Sie nicht näherkommen, damit ich Ihre Gesichter sehen kann?
Unvermittelt biegt das Auto hinter ihr in eine Zufahrtsstraße ein. Annie steigt aufs Gas.
Vielen Dank, Lehrer, ich freue mich über Ihre Aufmerksamkeit, aber die Mühe hätten Sie sich nicht zu machen brauchen. Ich komme ja schon zu Ihnen. Sie haben gerufen, ich komme. Ich gehorche Ihnen, wie ich in allen Dingen gehorche, mein Lehrer.

Der Lehrer steht in den verrosteten Überresten eines Güterwagens und sieht zu, wie Annie über halb zugewachsene Schwellen auf ihn zugelaufen kommt. Es gefällt ihm sehr: wie ihre Schönheit wabernd aus dem Nebel auf ihn zukommt. Ihre Wut. Sie scheint Mühe zu haben, ihre Schritte zu zügeln und sie dem Abstand der Schwellen anzupassen. Und die Schwaden, die sie ausatmet. Natürlich rühren sie von der Eiseskälte her, aber sie verstärken auch ihre Drachenhaftigkeit.
Schließlich bleibt sie stehen und sieht sich um.
Und entdeckt ihn in der offenen Tür des Güterwaggons.
»Annie. Kommen Sie hier rauf«, sagt er. Er streckt ihr die Hand entgegen, um ihr in den Waggon zu helfen. Aber sie bleibt, wo sie ist.

»Warum wollen Sie mich sehen?« fragt sie.
»Damit ich Ihnen danken kann. Und Sie loben kann.«
Darauf hat sie keine Antwort.
»Ich habe Ihnen im Geschworenenzimmer zugehört«, sagt er. »Die Art, wie Sie mit ihnen gesprochen haben – Ihre Power hat mir fast den Atem geraubt. Und ich glaube, Sie selbst waren ähnlich erstaunt. Ich glaube, Sie haben da erst gemerkt, wozu Sie fähig sind. Ich glaube, daß Sie schon bald die Kunstwelt erobert haben werden.«
Er geht in die Knie, stützt die Handflächen auf den Boden des Waggons, schwingt sich heraus und landet behende auf der Erde.
Sie fragt: »Was wollen Sie?«
»Ich will Sie wissen lassen, daß ich von Ihnen überzeugt bin, daß ich an Sie glaube. An Ihr glühendes Talent. Ich werde hinter Ihnen stehen.«
»Tun Sie's nicht«, sagt sie.
»Für Ihre Karriere werde ich alles tun, was ich kann.«
»Tun Sie's nicht.«
»Wissen Sie noch, als ich Ihnen sagte, diese Erfahrung würde Ihre Arbeit verändern, Sie stärker machen? Ist das schon eingetreten, Annie?«
»Lassen Sie mich in Frieden.«
»Ariel, frei sollst du sein wie der Wind in den Bergen.«
»Und sagen Sie Ihren Mistkerlen, sie sollen aufhören, mich zu verfolgen.«
Er versteht nicht, was sie damit meint.
Sie sagt: »Wir haben ein Abkommen getroffen. Ich habe meinen Teil erfüllt. Und jetzt verschwinden Sie aus meinem Leben.«
»Wer verfolgt Sie?«
»Ihre zwei Mulis oder wie Sie die nennen, warum zum Teufel verfolgen die mich?«
»Zwei Männer? Wie sehen sie aus?«
Er hört, wie in seiner Stimme die Ungeduld durchbricht.

Auch Annie hört die plötzliche Besorgnis und reagiert sofort darauf.
»Moment mal«, sagt sie. »Diese beiden Männer. *Diese beiden Männer.*«
»Nicht meine.«
»Sie müssen es aber sein.«
»Sind Sie sicher, daß sie Sie verfolgt haben?«
»Also, ich habe mir gedacht ... ich weiß es nicht.«
»Wo sind sie abgeblieben?«
»Ich habe gebremst. Um sie zu reizen. Sie sind abgebogen.«
»Was für eine Automarke?«
»Woher soll ich das wissen? Ein ganz normales Auto. Grün. Kastenartig. Machen Sie sich über mich lustig? Sind das wirklich nicht Ihre Männer?«
»Annie, warum sollte ich Sie jetzt noch verfolgen lassen?« Er tritt auf sie zu und legt ihr die Hände auf die Schultern. Er betrachtet ihre Augen. »Vielleicht haben Sie sich nur eingebildet, daß –«
»Lassen Sie mich los«, sagt sie.
Mit diesen großen, sanften Augen, mit denen sie ihn anschaut, kann sie ihm nicht sonderlich drohen, aber er sieht, daß sie es versucht, und er grinst. »Okay«, sagt er und nimmt die Hände von ihren Schultern.
»Die Polizei?« sagt sie. »Glauben Sie, daß es die Polizei ist? Das haben Sie doch eben gedacht, oder? Aber woher sollten sie, woher könnten sie wissen, was –«
»Das müssen *Sie mir* sagen, Annie.« Aber als sie darauf keine Antwort weiß, sagt er: »Oliver vielleicht.«
»Nein«, erwidert sie mit Nachdruck. »Wenn er es jemand erzählt hätte, würde ich es wissen.«
»Und Ihre Freundin Juliet?«
Das verblüfft sie, so wie er es erwartet hatte. *Er weiß über Juliet Bescheid*? Er sieht zu, wie sie versucht, ihre Fassung wiederzufinden.
»Annie?«

Sie sucht noch nach einer Antwort. »Ich, ich glaube nicht. Juliet hätte meinen Sohn nie in Gefahr gebracht.«
»Sie hat Ihnen gesagt, sie sollen zum Richter rennen. War das keine Gefährdung Olivers?«
»Ja, aber da habe ich mitgemacht. Und danach habe ich es aufgegeben und ihr das Versprechen abgenommen, daß sie sich nicht mehr einmischt. Sie hat gesagt, daß sie es nicht tut, sie hat es mir versprochen. Geschworen hat sie es mir.«
Er sagt: »Im Augenblick, Annie, im Augenblick ist Louie Boffano im siebten Himmel. Wenn wir ihn von dort wieder runterholen ... Sie können sich nicht vorstellen, wie wütend ihn das machen wird.«
»Vielleicht haben sie mich ja gar nicht verfolgt. Vielleicht war es –«
»Wenn Sie sie noch einmal sehen, will ich es wissen.«
»Ja.«
»Ich will es sofort wissen.«
»Ja.«
»Ich will alles wissen.«
»Gut.«
»Wenn Sie mich brauchen, rufen Sie Maretti an. Sagen Sie ihm, wo Sie warten. Ich werde Sie dann von Eddie abholen lassen. Okay?«
»Ja.«
Mit den Fingerspitzen streicht er ihr über die seidigen Haare an ihrer Schläfe.
»Wer wird Sie beschützen?« fragt er sie.
»Sie«, sagt sie.
»Warum werde ich Sie beschützen?«
»Ich weiß es nicht.«
»Weil ich unmöglich zulassen kann, daß Ihnen etwas passiert.« Er legt seine Handfläche an ihre Wange und hält sie dort, bis er ihre Wärme spürt. »Wir haben miteinander schon zu viel durchgemacht.«

Frankie nimmt seine Freundin Molly mit zu Louie Boffanos Befreiungsparty. Sie fahren zu Louies Anwesen im Südteil von Staten Island, das aussieht wie ein Plantagenhaus in Virginia. Eine lange, elegante Auffahrt, die sich wie ein Fragezeichen zum Haus hochwindet. Dann übernimmt ein Bediensteter das Auto – den neuen Viper –, und Frankie stolziert mit seiner Molly am Arm die Treppe hoch. Sie sieht phantastisch aus. In dem Lacroix-Kleid, das er ihr heute gekauft hat. Frankie sieht nicht ganz so makellos aus. Seine rechte Wange ist bandagiert und das rechte Auge noch immer geschwollen. Aber die Augenklappe sieht verwegen aus. Der Smoking ist nagelneu und strahlend weiß, die Schuhe sind aus Florenz. Er hat gute Laune, amüsiert sich. Und er amüsiert sich weiter, bis, mitten in einem Jitterbug mit Molly, plötzlich Louie vor ihm steht. Mit seinem Leibwächter Arcangelo an seiner Seite. Natürlich hört Frankie sofort auf zu tanzen. Louie fragt Molly: »Was dagegen, wenn wir uns deinen Lover für ein paar Minuten ausleihen?«
Aber es ist nicht als Frage gemeint.
Louie hat Frankie bereits beim Genick gepackt und bugsiert ihn durch die Menge. Arcangelo geht auf der anderen Seite neben ihm.
Unter dem riesigen Lüster hindurch und durch den großen Skulpturensaal voller nackter Frauen und Engel mit kleinen Pimmelchen. Ein paar Stufen hinunter, ihre Schritte hallen. So wie Schritte in einem Gefängnis hallen, denkt Frankie.
Dann hinaus in den Garten, in den kühlen, nebligen Abend. Trotz der Kälte ist Frankie schweißüberströmt. Sie gehen so schnell, die drei, und keiner sagt etwas. Frankie fragt sich, ob er nicht vielleicht etwas zu seiner Verteidigung vorbringen sollte.
Ich sollte zumindest versuchen, es ihnen auszureden.
Er sagt zu Louie: »Also, ich weiß, daß ich in dieser Nacht Scheiß gebaut hab', als ich diesen Wichser Zornig hab' abhauen lassen, das tut mir wirklich leid, Louie, aber ver-

dammt, ich hab' echt versucht, mein Bestes zu geben, ich mein', so gut ich's eben kann ...«
Er sieht zur Seite. Louie hört ihm nicht einmal zu. Und der Druck seiner Hand in Frankies Genick läßt nicht nach.
Am Pool vorbei und an einer Reihe Sträucher, die alle zur Gestalt der Jungfrau Maria zurechtgestutzt sind. Bäume, ein Tennisplatz. Eine Art Dickicht mit einem Pfad mittendurch, und hier gibt Louie Arcangelo ein Zeichen, und der bleibt zurück.
Frankie und Louie kommen auf eine kleine Lichtung.
Der Lehrer sitzt auf einer schmiedeeisernen Bank.
»Hallo, Frankie«, sagt der Lehrer.
Und Louie: »Frankie hat mir eben von diesem Vorfall vor ein paar Tagen erzählt. Und wie leid es ihm tut, was da passiert ist.«
Der Lehrer schüttelt langsam den Kopf.
Louie setzt sich neben den Lehrer auf die Bank. Er zieht eine Zigarre aus der Tasche und zündet sie an. »Hast du ein Problem mit Frankie?« fragt er.
»Ja, das habe ich«, sagt der Lehrer. »Mein Problem ist, daß er viel zu schnell, zu gerissen und zu loyal ist für die Arbeit, die er jetzt tut.«
»Und was sollen wir dagegen unternehmen?«
»Ich glaube, du solltest ihn zum Capitano machen, Louie.«

Annie, die eben vom Waschsalon zurückgekehrt ist, öffnet den Kofferraum ihres Subaru und will den Korb mit Wäsche herausholen, als sie hinter sich ein Auto anhalten hört.
Zwei Türen öffnen sich gleichzeitig. Zwei offizielle Besucher, mit Polizeimarken in der Hand.
»Annie Laird? Ich bin Ermittler Carew. Von der New Yorker Abteilung des FBI. Das ist Ermittler Beard.«
Sie hat den Wäschekorb noch in den Händen. Sie sieht zur Straße hinüber. Ermittler Beard bemerkt das und blickt in dieselbe Richtung.

Ermittler Carew sagt: »Wir würden Ihnen gerne ein paar Fragen –«
Sie schneidet ihm das Wort ab. »Nicht hier.« Sie dreht sich um und stellt den Korb wieder in den Kofferraum. »Wenn Sie mir Fragen stellen wollen, fahren wir in Ihr Büro. Jetzt gleich.«
Sie knallt den Kofferraumdeckel zu.
»Unser Büro ist in White Plains, Ma'am.«
Sie geht an ihm vorbei zur hinteren Tür seines Wagens.
»Jetzt«, wiederholt sie.
Den Ermittlungsbeamten scheint das recht zu sein. Carew hält ihr die Tür auf.

Eine Stunde später sitzt sie in einem aseptischen, fensterlosen Befragungszimmer vor einem rechteckigen Schreibtisch. Carew und Beard sitzen auf der anderen Seite. An der Wand links von ihr hängt ein Bild. Hügellandschaft im Dunst. Unter dem Bild steht auf einem messingfarbenen Plastikschild: SOMMERBIRKEN. Das ist nett, wie aufmerksam von ihnen, mich mit diesem fröhlichen Kunstklecks aufzumuntern.
In der gegenüberliegenden Wand befindet sich eine dunkel getönte Glasscheibe. Annie vermutet, daß es sich um einen Spionspiegel handelt. Aber warum versteckt ihr euch, wer immer ihr seid? Jagt die schreckliche Geschworene euch Angst ein? Na los, deckt eure Karten auf, ihr elenden Feiglinge.
Ermittler Carew quetscht sie aus. »Roger Boyle?«
»Kenne ich nicht.«
»Der Name sagt Ihnen nichts?«
»Nichts.«
»Das *Caruso Hotel*?«
»Dort haben wir gewohnt. Die Geschworenen.«
»Erinnern Sie sich noch an Ihr Zimmer?«
»Vage.«

»Wissen Sie, ob es einen Balkon hatte?«
»Hmm-hmm.« Komm zur Sache, denkt sie.
»Freitag nacht standen Sie auf dem Balkon und unterhielten sich mit jemand auf dem Balkon des Nachbarzimmers. Erinnern Sie sich daran?«
»Nein.«
Er seufzt. »Ms. Laird, so etwas passiert doch nicht alle Tage, oder?«
»Vermutlich nicht.«
»Ein Augenzeuge hat Sie gesehen.«
»Vielleicht hat er meine Zimmergenossin gesehen.«
»Nein, Ms. Laird. Der Zeuge sagt, er habe dieselbe Frau gesehen, die er am Mapougue Reservoir beobachtet hat.«
»Was ist das?«
»Am 17. Oktober. Sie saßen auf einem Felsen am Ufer des Reservoirs und unterhielten sich mit einem Mann. Erinnern Sie sich?«
»Eigentlich nicht.«
»Derselbe Mann, mit dem Sie auf dem Balkon gesprochen haben.«
»So?«
»Der Mann, der sich Roger Boyle nennt.«
»So?«
»Erinnern Sie sich?«
»Eigentlich nicht.«
»Eigentlich nicht? Sie waren also nicht dort?«
»Ich war nicht dort.«
»Aber wir wissen, daß Sie dort waren. Da haben wir also einen Konflikt, nicht? Wie würden Sie den lösen?«
»Was lösen?«
»Diesen Konflikt?«
»Gar nicht.«
»Ach, einen Versuch sollte es schon wert sein. Was glauben Sie?«
»Vielleicht Pillen?«

»Was soll das heißen?«
»Vielleicht werfen Sie – Sie Ermittler – zu viele Pillen ein und sehen dann Sachen, die gar nicht da sind.«
Jetzt meldet sich der zweite, Ermittler Beard, zu Wort. »Ms. Laird.«
»Was?«
»Womit verdienen Sie Ihren Lebensunterhalt?«
»Bis vor kurzem habe ich für eine Firma namens ›Haus des Glaubens‹ Bestellungen bearbeitet. Aber dieser Prozeß hat ja eine Weile gedauert, und ich vermute, daß der Besitzer sich inzwischen eine andere gesucht hat.«
»Ms. Laird, Ihr Bankkonto hat diesen Monat eine ziemlich erfreuliche Aufbauspritze erhalten.«
»Ja.«
»Wie kommt das?«
»Ich habe einige Kunstwerke verkauft.«
Carew sagt: »Ach wirklich? Schön für Sie. Aber wissen Sie was? Uns ist es eigentlich ziemlich egal, woher Sie das Geld haben. Weil wir nicht glauben, daß Sie es für Geld getan haben. Wir glauben, diese Kerle haben Sie bedroht. Sie bedrohen Sie immer noch. Aber jetzt ist es an der Zeit, daß Sie sich nicht mehr bedrohen lassen. Lassen Sie uns Ihnen aus diesem Schlamassel heraushelfen.«
»Und wie wollen Sie das anstellen?« fragt sie.
»Wenn Sie sich öffnen, uns helfen, für uns aussagen, dann bringen wir Sie an einen sicheren Ort. Sie und Ihren Jungen. Und dann stecken wir Mr. Boyle und seine Freunde ins Gefängnis. Und zwar für sehr lange Zeit.«
»Und was passiert dann?«
»Was immer Sie wollen. Wenn Sie wollen, können Sie für immer von hier wegziehen. Oder auch hierher zurückkommen –«
»Sie meinen nach Pharoah?«
»Wenn Sie wollen.«
»In mein Haus? Nachdem ich für Sie ausgesagt habe?«

»Die Mafia ist nicht mehr das, was sie mal war, Ms. Laird. Sie bellen mehr als sie beißen. Normalbürger töten sie nicht oft.«
»*Nicht oft?* Sie machen mir Spaß. Kann ich jetzt gehen?«
Ermittler Carew sieht sie finster an. Sie hält dem Blick stand.
»Noch nicht«, sagt er.
»Na, dann machen Sie es wenigstens schnell. Ich muß zu Hause sein, bevor mein Junge aus der Schule kommt.«
Darauf Ermittler Beard: »Wir könnten jemanden hinschikken, der Ihren Sohn abholt. Und ihn bringt, wohin –«
»Nein!« schreit sie. »Bleiben Sie weg von meinem Haus! Sie bringen mich in Gefahr, wenn Sie in die Nähe meines Hauses kommen. Versteht ihr Trottel denn das nicht?«
Carew wirft Beard einen Blick zu. Dann legt er die Fingerspitzen aneinander und fragt: »In Gefahr, Ms. Laird? Woher droht Ihnen diese Gefahr?«
»Vom Mann im Mond. Lassen Sie mich hier raus!«
»Ich fürchte, wir sind noch nicht fertig.«
»*Ich* bin fertig.«
»Ms. Laird, wir versuchen, Ihnen zu helfen. Aber Sie müssen kooperieren.«
»Das kann ich nicht.«
Sie schiebt ihren Stuhl zurück. Will aufstehen, aber Carew schüttelt den Kopf und sagt: »Na schön. Hören Sie zu. Angenommen, die Presse bekommt irgendeine falsche Information in die Hände. Es passieren alle möglichen verrückten Sachen – angenommen, jemand würde durchsikkern lassen, Sie hätten tatsächlich kooperiert. Das würde doch eine tolle Schlagzeile abgeben, nicht? GESCHWORENE BESCHULDIGT BOFFANO DER MANIPULATION – so was in der Richtung. Ihr Freund, Ihr Besucher im Hotel, der würde sich bestimmt freuen, über sich etwas in der Zeitung zu lesen, meinen Sie nicht auch?«
»Wenn Sie das tun«, sagt sie, »wird diese Bande –«
»Was?«

Sie spürt, wie ihre Haut sich über den Wangenknochen strafft. Ach, was soll's, denkt sie. Sie wissen es ja sowieso. Deshalb sagt sie es. »Sie bringen mein Kind um.«
Darauf hat er gewartet. »Nein, das werden sie nicht. Wenn Sie uns helfen, werden sie es nicht tun.«
»Ach, Sie können mich mal. Sie kennen diese Leute nicht. Sie haben keine –«
»Ms. Laird, seit fünfundzwanzig Jahren tue ich nichts anderes, als diese Ganoven hinter Schloß und Riegel zu bringen. Die drohen immer. Immer. Aber sie tun nichts. Sie werden Ihnen nicht wehtun. Und auch niemandem, der Ihnen nahesteht. Sie wissen, daß wir das als Kriegserklärung betrachten würden, daß wir ihnen deswegen den Garaus machen würden. Die sind zwar blöd, aber so blöd auch wieder nicht.«
»Aber Sie können sich nicht sicher sein.«
»Ich bin mir sicher, daß Sie ohne uns in Gefahr sind. Wenn Sie nach deren Regeln spielen, verlieren Sie, da bin ich mir ganz sicher. Lassen Sie sich von uns beschützen. Dafür sind wir da. Wer soll Sie denn sonst beschützen?«
Er sieht sie eine Weile an und senkt dann den Blick auf sein Klemmbrett. Als Ermittler Beard zum Reden ansetzt, räuspert Carew sich und schüttelt leicht den Kopf, um ihn zum Schweigen zu bringen.
Zwei Minuten lang kritzelt Carew ineinander verkettete Dreiecke.
Dann sagt Annie: »Hören Sie, ich sage nicht nein, aber ich muß erst darüber nachdenken.«
»Okay.«
»Aber nicht jetzt. Jetzt muß ich meinen Sohn von der Schule abholen. Wenn Sie mich beobachten wollen, okay. Aber es darf niemand merken, daß Sie mich beobachten. Haben Sie verstanden?«
»Ein oder zwei Tage?«
»Achtundvierzig Stunden. Geben Sie mir nur so viel.«

Juliet in Ian Slates *Stiletto.* Sie sausen den Hudson hinunter, vorbei an Riverdale, vorbei an Landhäusern, die sich im schwindenden Licht von ihrer schönsten Seite präsentieren.

Ian läßt sie das Ruder übernehmen. Das Boot ist ein doppelrumpfiger Katamaran und wahnsinnig schnell. Sie bleibt auf dem Gas. Das Boot gleitet zwischen einem Fischkutter und einem Kohlenkahn hindurch. Jagt an einem viel langsameren Rennboot vorbei. Sie stellt sich vor, daß sie den Insassen im Überholen mit dem Schwanz zuwedelt. Sollen sie Kielwasser saufen.

»Fahr' ich zu schnell?« fragt sie lachend.

»Ja«, sagt er, legt seine Hand über die ihre und schiebt den Gashebel noch ein Stückchen weiter vor.

Überrascht stellt sie fest, daß ihr seine Berührung angenehm ist.

Sie hat sich eingeredet, daß sie ihn eigentlich nicht mag. Daß er für ihren Geschmack viel zu sehr von sich eingenommen und dominierend ist. Wie er zum Beispiel diesen Abend inszeniert hat. In seinem Land Rover hat er sie abgeholt, mit verträumten irischen Balladen (Harfe, Geige und Sopran) aus der Stereoanlage. Am Dock wartet ein Mann auf sie mit zwei trockenen Martinis und diesem Boot. Und dann noch die extra bereitgelegte Jacke für Juliet, gegen die Kühle auf dem Fluß ...

Was für ein Vergnügen er hat an all diesen funkelnden, kühnen, flüssig-grünen Instrumenten.

Und diese muntere Lebhaftigkeit, mit der er ihr die Sehenswürdigkeiten zeigt. Dieses Steilufer dort drüben, unter dem flammenden Sonnenuntergang, wo Aaron Burr Alexander Hamilton erschoß. Diese Höhle da auf der Manhattaner Seite, in der früher der verrückte Höhlenmensch hauste. Die ganze Zeit hat sie sich eingeredet, daß ein so selbstsicheres »Mannsbild« einfach nicht ihr Typ ist – und dann berührt er sie, und bei dieser Berührung gibt es ihr einen Ruck.

Sie sieht zu ihm hoch, in seine grünen Augen. Der Schalk funkelt in ihnen. Erinnert sie an den Blick, den er ihr in *Nightbone's Poetry Café* zugeworfen hat. Und jetzt auch noch dieses schiefe Lächeln.
Sie merkt, daß sie sich in diesen Typen verknallt hat.
Sie gibt das Ruder wieder ab.

Er steuert sie unter der George-Washington-Brücke hindurch und hinein in den langen Hals von Manhattan. Auf der Höhe der alten Piers des West Village scheinen sie sich ihrem Ziel zu nähern. Eine Yacht, die auf dem samtigen Wasser dümpelt. Er fährt ein anmutiges J, und als sie sich der Yacht nähern, drosselt er die Maschine.
Die Leine wirft er einem Mann in weißem Smoking zu, einem Steward oder Empfangschef.
Der Mann läßt eine Leiter zu ihnen hinunter.
Juliet wirft ihren linken und dann den rechten Schuh zu ihm hinauf. Dann klettert sie an Bord, und Ian folgt ihr.
Ein schwimmender Nachtclub? Ein Restaurant? Sie ist sich nicht sicher, und fragen will sie nicht. Im Speisesaal sitzen bereits etwa ein halbes Dutzend anderer Paare und ein Pianist. Serviert werden Jakobsmuscheln mit sautiertem Spargel. Ians Augen halten ihren Blick gefangen. Sie reden über alles mögliche. Er erzählt ihr von den Orchideen der Osterinseln. Er erzählt ihr von einer Familie baskischer Schäfer, die er in Idaho kennenlernte. Sie gibt eine ihrer Abenteurergeschichten aus dem Krankenhaus zum besten, und dann noch eine und noch eine. Die Art, wie er zuhört, lockert ihr die Zunge, und plötzlich fällt es ihr ganz leicht, ihm von der Schufterei, der Schlaflosigkeit und der Streßhölle des St.-Ignatius-Krankenhauses zu erzählen.
Und immer ist sein Blick ruhig, aufmerksam, kühl.
Er erzählt ihr die Geschichte von dem kroatischen Cellisten, der in einem Garten in Mostar eine ganze drückend heiße Sommernacht lang für ihn spielte und dann sein Cello in

Ians Obhut ließ, um sich seinen Brüdern in den Dinarischen Bergen anzuschließen.

Irgendwann fragt sie ihn, womit er eigentlich sein Geld verdient.

Er sagt: »Ich bin Journalist, habe ich das nicht erwähnt?«

»Aber ist das denn nicht ... ich meine, das alles erscheint mir ein bißchen extravagant für ein Journalistengehalt. Ich meine das Boot und das Auto und das alles.«

Er lacht einfach nur.

»Na ja, natürlich bringen auch die Gedichte ganz schön was ein«, sagt er und lacht noch einmal.

Sie läßt es damit gut sein.

Der Kellner bringt ihnen Stilton-Käse und Portwein und anschließend Kaffee. Und zum Abschluß nichts so Taktloses wie eine Rechnung. Einfach ein warmer Händedruck zwischen Ian und dem Kellner – das genügt.

Sie treten hinaus aufs Achterdeck der Yacht. Gitarrenmusik weht hinter ihnen her. Es ist eine kühle, feuchte Nacht, aber nicht mehr so kalt wie zuvor. Die Yacht ist in den East River eingebogen, nähert sich den Lichtern der City Hall und der Brooklyn Bridge. Ian und Juliet lehnen sich gegen die Reling, beugen sich in den Wind.

Sie erzählt ihm: »Letzte Woche wurde in meinem Krankenhaus ein Mann erschossen. Direkt vor meiner Notaufnahme. Haben Sie davon gelesen?«

Er nickt. »Irgendwas habe ich gelesen. Waren Sie dabei?«

»Nein, aber ich habe ihn gekannt. Bin früher mit ihm gegangen.«

»Sie machen Witze.«

»Slavko Czernyk. Ich habe das Gefühl, er hat mich gesucht, als er erschossen wurde.«

Ian Slate lächelt sie an. »Ich dachte, er war verwundet und hat einfach nur ein Krankenhaus gesucht.«

»Na schön. Dann war's eben nur das.«

»Aber Ihr Bauch sagt Ihnen, daß er Sie gesucht hat?«

»Hm.«
»Was wollte er von Ihnen?«
»Keine Ahnung.«
»Muß ein ziemlicher Schlag für Sie gewesen sein, Juliet.«
Sie schüttelt den Kopf. »Getroffen hat mich, daß es so einfach war. Am nächsten Tag kam ich erst spät zum Dienst, und als ich davon erfuhr, ging ich in die Leichenhalle. Ich wollte ihn sehen. Freddie hat ihn mir gezeigt. Große SWK. Schußwunde am Kopf, das haben wir oft, aber die war faszinierend. So eine hatte ich noch nie gesehen. Der Schädelknochen war einfach weggeschossen. Der Kortex war zu sehen. Und das Hirn, es war vollkommen blutleer, man konnte all die Furchen sehen – es hat genauso ausgesehen, wie es aussehen sollte, wie ein Blumenkohl.«
»Was haben Sie dabei empfunden?«
Sie zuckt die Achseln. »Eigentlich nichts. Vielleicht ein bißchen Mitleid, ich weiß auch nicht. Aber dann auch so etwas wie Verachtung, weil dieser Kadaver, dieser Blumenkohl, weil ich mit diesem Kerl im Bett war, und jetzt war er nur noch das Objekt meines Mitleids. Und dann, also ich glaube, ich hatte ein schlechtes Gewissen, weil ich solche Sachen dachte.«
»Aber geliebt haben Sie ihn nie?«
»Nein. Aber immerhin haben wir miteinander geschlafen. Das sollte reichen, nicht? Um sein Hirn nicht mit Verachtung zu betrachten, oder?«

Am Pier wartet ein Auto auf sie. Eine Limousine, aber keine überlange. Nichts Auffälliges, nichts Protziges.
Ian sagt zum Fahrer: »Coliseum Books.« Er mixt zwei trokkene Martinis. Diesmal ist die Musik von den Cowboy Junkies: *The Blackeyed Man.*
Sie lehnen sich mit ihren Drinks in die Polster. Im Nebel zieht die 9th Avenue vorbei.
Er berührt ihre Hand. Und sagt: »Juliet, Sie sehen jeden Tag

all dieses Leid, da müssen Sie Ihr Mitleid abschalten. Und jetzt wollen Sie es sofort wieder anschalten? Das können Sie nicht. Zwingen Sie sich nicht dazu. Der Kummer wird von alleine kommen ...«

»Ich meine, es ist ja nicht so, daß ich zu Zärtlichkeit nicht fähig bin.«

»Da bin ich mir ganz sicher.«

»Ich meine, es gibt Leute, die ich wirklich liebe«, sagt sie, aber sie lallt ein wenig und merkt, daß sie beschwipst ist.

»Wen lieben Sie?« fragt er.

»Ich liebe meinen Freund Henri. Ich habe meine Freundin Annie, die liebe ich ebenfalls. Ich liebe ihren Jungen – mein Gott, den liebe ich wirklich. Er ist zwölf, und Annie glaubt, daß er in mich verknallt ist, aber ich glaube, die Verknallte bin ich.« Sie lacht. »Aber Verführung von Minderjährigen ist ja verboten.«

Er fragt sie: »Und wenn dieser Oliver der Getötete gewesen wäre? Anstatt Ihres ehemaligen Liebhabers?«

»Daran dürfen Sie nicht einmal –« Sie hebt die Hand. »Ja. Wenn es Oliver ... das hätte ich gespürt.«

Bei Coliseum Books bittet er sie, im Wagen zu warten, geht in den Landen und kommt Augenblicke später mit einem Geschenk für sie zurück, einigen Büchern.

Zum Fahrer sagt er: »Zu *Belly Mortar* bitte.«

Während er die Gläser nachfüllt, betrachtet sie die merkwürdige Auswahl von Büchern, die er ihr geschenkt hat. Ein historischer Liebesroman, *Love's Warrior*, von Sarah Rebecca Nightsmith. Ein Thriller mit dem Titel *The Delta Triad* von Dean Locket. *Sister Hearth* von Dannika Jackson, das der Klappentext als Elegie einer afroamerikanischen Mädchenzeit im tiefen Süden beschreibt.

Sie lacht. »Warum gerade die?«

»Sie wollten doch wissen, womit ich mein Geld verdiene.«

Er lächelt, zieht einen Stift heraus und schreibt auf das Vorsatzblatt von *Sister Hearth*:

Für Juliet, in dieser Nacht …

Er unterschreibt mit Dannika Jackson.
Dann öffnet er *Love's Warrior* und schreibt auf das Vorsatzblatt:

… der Überraschungen und der Berauschung …

Und unterschreibt mit Sarah Rebecca Nightsmith.
In *The Delta Triad* schreibt er:

… und der kostbaren Leidenschaft – Ian.

Sie starrt ihn mit offenem Mund an. Er zuckt die Achseln und sagt lachend: »Wenn ich nur ein einziger Schriftsteller wäre, würde ich unruhig werden.«

Die Limousine bringt sie zu *Belly Mortar.*
Eine dunkle Straße im Schlachthofviertel. Eine Menge, die auf dem Pflaster vor einer Laderampe wartet. Ian und Juliet drängeln sich hindurch. Eine Phalanx von Türstehern macht ihnen Platz, sie steigen auf eine Kiste, dann auf die Rampe und gehen einen langen, hallenden, nur von nackten Glühbirnen erhellten Durchgang hinunter. Die Musik fängt an zu pulsieren. Zwei Wendeltreppen mit wasserglatten Stufen hinunter in das riesige, düstere Kellergewölbe der Fabrik.
Hunderte zucken und wogen.
Ein riesiger Hip-Hopper, fast kugelrund und mit der bewegungslosen Gelassenheit eines Götzenbilds, singt die Menge ins Delirium.
Ian und Juliet werden mitgerissen. Stundenlang tanzen sie nur. Aber die ganze Zeit nimmt er seine grünen Augen nicht von ihren grünen Augen. Und hin und wieder berührt er sie – schnelle, führende Finger an ihrem Ellbogen, auf ihrer

Schulter –, und wenn er sie berührt, schließt sie die Augen, damit das Gefühl ein wenig länger währt.
Sie läßt sich von dieser Flut fortspülen, läßt sich von dieser Berührung führen.
Sie ist sicher, daß sie das, was sie jetzt fühlt, noch nie in ihrem Leben gefühlt hat.
Und sie denkt sich: O ja, das ist wirklich betrunken werden. Aber wenn es das ist, dann weiß sie ganz genau, daß sie noch nie zuvor betrunken war.
Herausgetrudelt aus ihrem Verstand, aus ihrem Namen und ihrem Wesen, treibt sie jetzt in die Arme dieses Mannes, läßt sich von ihm in eine Ecke des Clubs wiegen, wo sie unvermittelt seinen Kopf zu sich zieht und ihn küßt. Seinen Mund verschlingt. Ihren Rock hochzieht, damit er sie hochstemmen und gegen die Steinmauer drücken kann, er mit seinen Händen an ihrem Arsch, sie mit ihren Beinen weit gespreizt wie die Flügel eines Vogels. Er zerquetscht sie, plättet sie gegen diese Wand. Er weidet sich an ihrem Mund, und sie spürt die vibrierende Hitze seines Schwanzes an ihrem Slip. Sie verschränkt hinter seinem Rücken die Beine. Überall Zeugen, soll zuschauen, wer zuschauen mag, aber die donnernde Musik und der kochende Nebel löscht sie alle aus. Sie spürt nur seine Lippen und den steinernen Wulst seines Schwanzes, der sich an ihr reibt, und den Schmerz, wo die rauhe Mauer ihr die Schulter zerkratzt. Sie wölbt ihr Becken diesem Wulst entgegen, drückt die Schulter an die Rauheit. Und sie haucht ihm ins Ohr: »Okay.« Als hätte er sie gefragt, aber tatsächlich hat er kein Wort gesagt.
»Es ist okay, wenn du ein Kondom hast«, sagt sie.
Sie meint, ihn lachen zu hören. Sie meint ihn sagen zu hören: »Na, zufällig …«
Sie zieht den Reißverschluß seiner Hose auf. Fragt sich flüchtig, ob man sie verhaften wird. Sein Schwanz in ihrer Hand. Die knotige Ader unter ihrem Daumen. Ihre Lider flackern auf, und kurz sieht sie das Kondomtütchen zwi-

schen seinen Zähnen aufblitzen. Sie lacht und will ihn küssen, aber er hat noch ein Stückchen Plastik zwischen den Lippen. Er dreht den Kopf zur Seite, spuckt es aus. Dann küßt er sie grob, und sie spürt, wie er sich das Kondom über den Schwanz zieht. Sie schiebt den Slip zur Seite, um ihm den Weg frei zu machen.
Es ist dunkel. Hier unten sind alle stoned. Niemand sieht zu. Und auch wenn sie zusehen, mir ist es egal, mir ist es egal, ich will nur, o mein Gott! Sie drückt die Arme flach gegen die Steinmauer, die Hände flach, und er schiebt sich in sie. Zu langsam. Sie ist hungrig. Sie rammt ihr Becken gegen seinen Bauch, dann noch einmal. Und noch einmal. Zum Teufel mit allem, und der Saft rinnt in Bächen aus ihr, und ob diese Raver das sehen können, seinen Schwanz sehen können? O Gott, wie sein Schwanz in mich eindringt? Sie hatte beim Geschlechtsverkehr noch nie einen Orgasmus, und auch jetzt wird sie keinen bekommen, aber ja, das da, das ist nahe dran. Das ist mehr als ein Orgasmus, was ist das? Das ist dieses Zerrissen-Werden, Um-den-Verstand-gebracht-Werden, In-den-Abgrund-Stürzen, o Gott. Dieser Mann. Dieser Mann, Ian. Ian. Kein Halt. Nirgends eine Stütze. Auf ihm reiten wie ein Kind. Die Arme um seinen Hals – ein Halt. Ian.

Der Lehrer, Stunden später in ihrem Bett. Er hält sie im Arm, während sie langsam in den Schlaf driftet, und flüstert:
»Juliet?«
»Mh?«
»Süße Juliet?«
»Mh?«
»Würdest du jemandem einen Gefallen tun?«
Er spürt, wie sie lächelt.
»Dir?« sagt sie. Sie krümmt den Rücken, drückt ihren Hintern gegen seine Lenden. Gähnt.
»Nein. Deinem Freud, Oliver.«

»Oliver?«
»Einen großen Gefallen?«
»Ich verstehe nicht, was? Was denn?«
»Warte«, sagt er. »Ich zeig's dir.«
Er steht auf. Aus seiner Reisetasche zieht er drei Blisterpäckchen mit 200 mg Tuinal und eine Flasche Ron Botran. Er fragt sie: »Nimmst du das bitte?«
Sie dreht sich schläfrig zu ihm hin, um zu sehen, wovon er redet. »Was?« Sie blinzelt. »Was ist das?«
»Secobarbitol, Amobarbitol und Rum. Wenn du das jetzt nimmst, schnell nimmst, dann kannst du Olivers Leben retten.«
Sie stützt sich auf die Ellbogen. Setzt sich auf. Starrt ihn an. »Wovon redest du denn?«
Jetzt zieht er seine Heckler & Koch P7 Automatik aus der Tasche und legt sie auf den kleinen Toilettentisch dem Bett schräg gegenüber.
Sie schaltet die Nachttischlampe an.
Er spürt ihren Blick auf seinem Rücken, während er sein Hemd von der Stuhllehne nimmt, es anzieht und zuknöpft.
»Wer bist du?« fragt sie.
»Hast du das noch nicht gemerkt? Ich bin Annies Freund.«
Einige Sekunden lang lauscht er ihrem heiseren Atem. Zieht dabei die Hose an, schließt den Reißverschluß, knöpft den Bund zu.
»Du … du Saukerl, du –«
»Als du Oliver in Gefahr gebracht hast«, sagt er, »den Jungen, den du so liebst, da hattest du Eis in den Adern. Da bist du dir vorgekommen wie eine Heldin. Und jetzt bitte ich dich, eine wirkliche Heldin zu sein.«
Er nimmt seine leuchtendgrünen Kontaktlinsen heraus, legt sie in ihren Behälter.
Sie versucht zu sprechen. »Warum –«
»Weil es, nachdem du dich eingemischt hast, Olivers einzige

Chance ist. Wenn wir nicht etwas unternehmen, wird er sterben. Du glaubst es nicht. Du glaubst, daß ich lüge. Du glaubst, daß ich ein Opportunist bin, ein Rationalist. Aber du hast keine Ahnung von mir. Ich bin ein spielendes Kind, Juliet. Ich bin ein sentimentaler Narr. Und ich werde ihn töten lassen. Einfach so.«

Er beugt sich über das Bett und schnippt vor ihren Augen mit den Fingern.

»Auch wenn es nichts nützen wird. Auch wenn es unermeßliches Leid verursachen wird. Auch wenn ich ihn so sehr liebe wie du, Juliet – trotzdem. Ich werde ihn töten. Ich habe es Annie gesagt, ich habe ihr gesagt, was wir tun, wenn sie uns verrät. Und ich stehe zu meinem Wort. *Der Weg der Macht ist unabänderlich.* Was, glaubst du vielleicht, wir machen nur Spaß? Du glaubst mir nicht?«

Sie starrt ihn an.

»Annie glaubt mir auch nicht. Nicht wirklich, nicht in ihrem Herzen, nicht, weil *du* so überzeugend warst. Und jetzt ist die Polizei bei ihr. Spielt den Babysitter, wartet darauf, daß sie zusammenbricht. Annie muß eine Entscheidung treffen, und sie hat niemanden, der ihr dabei hilft, niemanden, der an ihre Interessen denkt. Niemanden außer der Polizei. Den ganzen Tag und die ganze Nacht. Was glaubst du, wie sie sich entscheiden wird? Ich glaube, sie wird zu ihren neuen Freunden gehen. Außer sie erhält ein Signal, etwas Unmißverständliches, etwas, das sie überzeugt, daß wir es ernst meinen. Wir müssen sie wachrütteln. Ihr einen Vorgeschmack auf den Kummer geben, eine Impfung, das klingt doch einleuchtend, oder? Gerade genug, damit sie es mit der Angst bekommt. Damit sie uns glaubt.«

Juliet erwidert nichts.

»Es wird ganz einfach sein für dich. Genug Tuinal, genug Rum, und dann flippt dein vegetatives Nervensystem aus, werden deine Neuronen mit Chlorid-Ionen überschwemmt – es wird einfach und süß und schmerzlos sein. Und versöhnlich, Juliet. Wirst du uns helfen? Wirst du uns helfen, Oliver zu retten?«

Sie antwortet nicht. Sie ist offensichtlich halb wahnsinnig vor Angst. Ihre Pupillen sind winzige Stecknadelköpfe. Aber er ist sich sicher, daß sie versteht, was er sagt.

Er sagt: »Du kannst natürlich auch versuchen, mit mir zu kämpfen. In diesem Fall würde ich dich gleich töten. Ich würde dann trotzdem einen Abschiedsbrief von dir hinterlassen, aber ich bin mir nicht sicher, ob die Bullen dem Glauben schenken würden. Ich müßte dann für ein paar Jahre verschwinden. Ein anderer müßte Oliver umbringen. Ich würde in mein Haus in Curaçao ziehen müssen. Schnorcheln, Hochseefischen, reine Zeitverschwendung. Nicht gut für mich, nicht gut für dich. Nicht gut für Oliver. Nicht gut für Annie. Für niemand gut. Aber du hast die Wahl, Juliet. Willst du es so? Was meinst du?«

Lange Zeit rührt sie sich überhaupt nicht. Dann zuckt ihr linkes Auge, und plötzlich ist da etwas Widerstrebendes, etwas huscht über ihr Gesicht, das er häßlich, primitiv und störrisch findet. Er strafft sich. Und überlegt, ob sie versuchen wird, an ihm vorbeizukommen.

Aber dieser Ausdruck verschwindet wieder. Sie zwinkert, und dann schließen sich ihre Lider.

Er sagt. »Juliet? Bitte, um Gottes willen, Juliet. Willst du, daß Oliver stirbt, bevor er überhaupt gelebt hat?«

Er flüstert: »Wir können ihn retten.«

Er flüstert: »Juliet?«

DREIZEHN

Ist das etwa verderbt –
daß mich dieser Mann fasziniert?

ANNIE AM NÄCHSTEN MORGEN IN IHREM ATELIER. SIE telefoniert mit Inez.

Inez jammert: »Ein Haus? Bist du verrückt? Weißt du, wieviel ein Haus in Westchester kostet?«

Annie erwidert: »Aber ich rede doch von einem verlassenen Haus. Besorg mir irgendwo ein verfallendes Haus. In dem Haus soll niemand wohnen, Inez. Ich will eine Skulptur daraus machen.«

»Was für eine Skulptur?«

»Mehr will ich nicht sagen.«

»Ich soll dir einen Zuschuß besorgen, damit du dir ein Haus kaufen kannst, aber du willst mir nicht sagen, wofür? Bist du verrückt geworden, oder was?«

Annie sagt: »Ich weiß die Details einfach noch nicht. Ich muß erst das Haus sehen.«

»Und was meinst du, wer dir das Geld für dieses Haus gibt?«

»Ich weiß nicht. Finde jemanden für mich. Wenn ich dir was bedeute, besorgst du mir dieses Haus, weil das ein Kunstwerk wird, wie es noch nie jemand gemacht hat oder machen wird –«

»Okay. Ich rufe Zach Lyde an.«

»Nein.«

»Nein? Was soll denn das schon wieder? Er hat die Kohle, er betet dich an, er ist vielleicht sogar verrückt genug, so etwas zu tun.«

»Nicht Zach Lyde. Nicht für diese Arbeit.«

»Aber er ist der einzige, Annie.«

»Nicht dieser Hurensohn! Hast du mich verstanden?«

»He, Mädchen –«

»Und du mischst dich auch nicht ein! Hörst du mir zu? Halt dich da raus! Das ist meine Arbeit!«

»Verdammt, was glaubst du eigentlich, mit wem du sprichst, Mädchen?«

»Inez … ich hab' nicht dich gemeint.«

»Was ist denn los?«

»Tut mir leid.«
»Was ist denn bloß los mit dir? Hast du Probleme? Bist du wegen irgendwas deprimiert, Annie?«
»Nein, nein, mir geht's blendend. Wirklich. Ich werde das mit diesem Haus machen, Inez. Ich weiß es. Irgendwie werde ich es schaffen.«
Nach diesem Anruf geht Annie in ihrem Atelier auf und ab. So versessen auf ihre Arbeit war sie seit der Schulzeit nicht mehr. Auf und ab geht sie, voller hektischer Konzentration. Das Telefon klingelt, und sie nimmt ab, um es zum Verstummen zu bringen. Es ist Henri, Juliets Freund aus dem Krankenhaus.
Er sagt: »Annie? Annie?«
»Ja?«
»Juliet ist tot.«
»Juliet ist tot«, wiederholt Annie in den Hörer.
»Sie sagen, sie hat sich selbst umgebracht.«
»Nein.«
»Sie ist tot.«
»Nein.«
»Sie hat Schlaftabletten genommen. Da war ein Brief, sie hat einen Brief hinterlassen. Hat geschrieben, daß sie genug hat vom Krankenhaus, genug von dem Streß, genug von den flüchtigen Affären, genug von ihrem Leben. Genug davon, immer so tun zu müssen, als sei sie stark. Annie, ich glaube das alles nicht. Sie ... Annie, warum hat sie denn nicht gekämpft? Annie, was ist da los? Was ist los?«
Irgend etwas gegen diesen Schmerz. Annie findet sich in der Ecke mit dem Werkzeug wieder, und sie packt die langstielige Gartenschaufel, schwingt sie hoch und läßt sie in die Glasscheiben der Ateliertür krachen. Das Glas zersplittert. Dann zertrümmert sie das Flügelfenster. Sie hofft inbrünstig darauf, in den Tausenden von Glassplittern, in der nackten Anarchie ihrer Flugbahn ein wenig Ablenkung, ein wenig Vergessen zu finden. Aber die Zerstörung kann ihrem

Schmerz keine Delle beibringen, nicht die kleinste. Ihre Schaufel verwandelt die Tastkiste mit dem Titel DER TRAUM DES SICHBEMERKBARMACHENS in Splitter und Trümmer, Fetzen der Käfigauskleidung und Schrauben fliegen herum, aber der Schmerz ist unverwundbar. Es gibt kein Heilmittel, es wird nie eins geben und keine Erleichterung …

Sie läßt die Schaufel fallen. Das Blatt trifft neben ihren Füßen am Boden auf. Langsam verstummt ihr Heulen. Sie beißt sich in die Hand. Stille. Sie blutet im Gesicht. Als sie ihre Wange berührt, ist sie glühendheiß.

Oliver und Jesse biegen auf ihren Fahrrädern in die Auffahrt ein. Schwere Wolken hängen tief am Himmel, es ist kühl, noch ein Tag mit diesem versifften Wetter. Moms Auto ist nicht da. Vielleicht ist sie nur weggefahren, um irgendwas zu erledigen, aber Oliver ist etwas mulmig zumute.

Er und Jesse fahren zur Rückseite des Hauses. Plötzlich zieht Oliver heftig an der Handbremse, fällt fast vom Rad vor Schreck über das, was er sieht: Eins der Atelierfenster ist zertrümmert. Die Tür hängt nur noch an einer Angel. Überall Splitter und Scherben.

»Ach du Scheiße«, sagt Jesse.

Oliver springt vom Rad und rennt zu der kaputten Tür. Sie läßt sich nur schwer öffnen, kratzt über die Betonstufe. Er sieht ins Atelier.

Irgendwelche Hurensöhne haben eine von Moms Arbeiten kaputtgemacht. Überall Holzsplitter, Motorteile und Maschendraht, und dann sieht er das Blut, das Blut auf dem Schaufelgriff und Blutspritzer auf dem Boden.

»Mom!«

Er läuft wieder hinaus und schiebt Jesse, der stocksteif im Weg steht, beiseite. Er stolpert über den Kies, ruft »Mom! Mom!«, sperrt die Haustür mit seinem Schlüssel auf, aber auch im Bungalow ist alles still. Er ruft noch einmal nach ihr und hastet dann die Treppe hoch, aber oben ist sie auch nicht, und er fragt sich, was er tun soll. Soll er jetzt die Bullen rufen, traut er sich, die Bullen zu rufen? Wird dieser Kerl Mom etwas tun, wenn er die Bullen ruft? Aber warum sollte der Arsch ihr jetzt noch was tun wollen, hat sie denn nicht alles getan, was er wollte?

»Mom?«

Und dann blickt er zum Fenster ihres Schlafzimmers hinaus und sieht ihren Subaru von dem Haus halten. Jesse hebt den Kopf, sieht ihn im Fenster und ruft: »He, reg dich ab! Sie ist wieder da.«

Der Subaru hupt. Fröhliches kleines Tröten.

Er rennt wieder nach unten und bricht sich auf der Treppe beinahe den Hals. Er läuft nach draußen, wo sie im Auto wartet, und schreit: »Mom!« Er weint. Stürzt auf die Fahrerseite zu.

»Was ist passiert?«

Sie kurbelt das Fenster herunter. Scheint seine Tränen nicht zu bemerken. Ihre Wange ist zerschnitten, über einer Braue hat sie einen Riß. Und sie hat sich die Haare *rot* gefärbt. Ein dünnes Lächeln umspielt ihre Lippen. »Steigt ins Auto«, sagt sie. »Du und Jesse. Ich bringe Jesse nach Hause. Wie war's in der Schule, Kleiner?«

»Mom, was ist los?«

Er spürt, daß Jesse dicht hinter ihm steht.

Sie sieht wie beiläufig zum Atelier hinüber. »Ach, das war nur so eine Laune. Weißt du? Du kennst doch meine Launen. Die Hecktür ist offen, legt Jesses Rad hinten rein, und dann laß uns fahren.«

Sie gehorchen.

Sie fährt auf die Seminary Lane hinaus und bietet ihnen Schokoriegel an, nimmt sich selbst einen.

Mit diesem komischen Lächeln im Gesicht fährt sie am See entlang. Das Radio läuft, Kaugummi-Musik, und sie knabbert fröhlich an ihrem Riegel und sagt keinen Ton.

Einmal dreht Oliver sich zu Jesse um, und Jesse verdreht die

Augen, als wollte er sagen: Deine Mutter ist vielleicht 'ne unheimliche Frau.
Vor Jesses Haus steigt Oliver aus und hilft ihm, sein Fahrrad auszuladen. Mom steigt ebenfalls aus. Jesse will sich eben verabschieden, als sie ihn plötzlich fragt: »He, Jesse, weißt du, wo dein Paß ist?«
»Wie bitte?«
»Dein Paß. Bist du nicht letztes Jahr mit deinen Eltern nach Wales gefahren? Wo ist dein Paß?«
Jesse sieht Oliver an. Er sagt: »Ähm, meine Mutter hat die Pässe in einer Schublade. Im Wohnzimmer.«
»Könnte ich mir deinen mal ansehen?« fragt sie. »Ich meine, nur ganz kurz – ich mache da gerade eine Skulptur und möchte Olivers Paß hineinmalen. Ich brauche ein Modell.«
»Warum nehmen Sie dann nicht Olivers Paß?«
»Oliver hat keinen Paß.«
»Also, der meine sieht echt blöd aus«, sagt Jesse. »Das Foto meine ich, das ist furchtbar.«
»Nur ganz kurz?«
Jesse zuckt die Achseln.
Er geht hinein, um den Paß zu holen. Kommt wieder heraus und gibt ihn ihr. »Ich schau aber echt dämlich aus.«
Mom betrachtet das Foto. Sie öffnet ihre Brieftasche, zieht ihren Paß heraus und vergleicht die Fotos.
»Wie meins«, sagt sie. »Kein Lächeln – sehr ernst.«
Oliver wünscht sich, daß sie endlich aufhört, sich so komisch zu benehmen, und daß sie wieder losfahren. Aber sie sieht weiter Jesses Foto an und schüttelt den Kopf. Sie sagt: »Du siehst aus, als wäre eben dein Hund gestorben.«
Sie gibt ihm den Paß zurück, und dann steigen sie und Oliver ins Auto.
Sie fahren die Old Willow entlang, und Oliver fragt sie: »Wozu sollte denn das gut sein?«
Aber sie hält sich den Zeigefinger an die Lippen.

Zu Hause sind sie kaum ausgestiegen, da zieht sie ihn an sich und flüstert: »Laß uns spazierengehen.«
»Okay«, sagt er. »Wohin?«
»Erinnerst du dich noch an die Abkürzung durch den Wald? Zu diesem alten Schienenstrang?«
»Ja, klar doch.«
»Zeig sie mir.«
Sie gehen um das Atelier herum. Mom sieht sich immer wieder um, und plötzlich rennt sie auf den Wald zu, und er folgt ihr.
Erst bei der Lichtung für die Stromleitung wird sie langsamer. Sie bleiben einen Augenblick stehen, um wieder zu Atem zu kommen. Danach läßt sie ihn wieder vorangehen, läßt sich von ihm auf seinem Geheimpfad durchs Dickicht führen.
Er fragt: »Mom, warum hast du Jesses Paß vertauscht?«
»Du hast es gesehen?«
»Ja.«
»Glaubst du, daß er es auch gesehen hat?« fragt sie ihn.
»Hm-hm. Er hat dich direkt angesehen. Hat wahrscheinlich gedacht, du spinnst. Aber wozu brauchst du seinen Paß?«
»Weil du keinen hast«, sagt sie.
Er bleibt stehen. »Brauche ich denn einen?«
Sie geht einfach um ihn herum, duckt sich unter eine Ranke und geht weiter. Sie hat es eilig.
Er folgt ihr und fragt: »Was denn, verlassen wir vielleicht das Land? Mom, was ist denn los? Was ist in deinem Atelier passiert? Was ist denn bloß los?«
»Später«, sagt sie.
»Mom, der Prozeß ist vorbei. Diese Mafia-Typen, die wollen nichts mehr von dir. Du drehst doch jetzt nicht durch, oder? Ich meine, du weißt doch, daß alles vorbei ist, nicht?«
»Fast«, sagt sie.
»Wir sollten darüber reden, Mom.«
»Ich will nicht darüber reden.«

»Na gut, aber vielleicht könntest du mit Juliet reden. Warum rufst du Juliet nicht an?«
Sie antwortet nicht.
Sie kommen zu dem alten Schienenstrang. Nur eine gerade Schneise durch den Wald. Sie fragt ihn: »Wenn wir hier entlanggehen, wo kommen wir da raus?«
»Morris Road«, sagt er.
»Nein, ich meine, noch weiter«, sagt sie. »Wenn wir die Morris Road überqueren und weitergehen?«
»Keine Ahnung. Croton Falls vielleicht?«
»Das ist gut.«
»Aber das sind sieben oder acht Meilen«
»Na, dann laß uns weitergehen.«
Sie marschieren. Bald fängt es an zu nieseln. Grauer Nieselregen, und ein grauer Schneefink über einer grauen Wand. Oliver ist verwirrt, ihr Schweigen frustriert ihn. Aber im Gehen legt sich eine merkwürdige Zufriedenheit über ihn. Wenn sie für immer davonlaufen, werden Mathe-Prüfungen und Laurel Paglinino nie mehr ein Problem sein. Das einzige Problem ist nur, daß Juliet ihm fehlen wird. Sie fehlt ihm jetzt schon.
Sie marschieren stundenlang. Ein langes, geheimnisvolles Nebeneinanderhertrotten auf einem schnurgeraden Pfad durch Oktoberwald und Weideland, durch den weichen Regen.
Einmal fragt er sie: »Hätten wir nicht ins Haus gehen können, um etwas zu packen? Irgend etwas?«
»Was willst du, Oliver? Brauchst du etwas?«
»Ich weiß nicht. Wahrscheinlich nicht.«
Aber nach einer Weile sagt er: »Diesen Schädel, den Juliet mir geschenkt hat. Den hätte ich jetzt gern. Als Glücksbringer. Weiß Juliet, wohin wir gehen?«
»Nein.«
Als sie Croton Falls erreichen, wo dieser alte Schienenstrang auf die Vorortlinie stößt, ist es bereits nach Mittag, und er

ist am Verhungern. Im Feinkostgeschäft des Ortes kaufen sie sich ein paar Sandwiches und gehen dann zum Bahnhof, um mit dem Zug in die City zu fahren.
Von der Grand Central Station fahren sie mit einem Taxi zu einem Lederwarengeschäft. Sie kauft zwei Koffer. Dann ein Abstecher in einen billigen Kleiderladen. Und schließlich ein Taxi zum La-Guardia-Flughafen. Sie kauft Tickets unter dem Namen Juliet Applegate, sie benutzt Juliets Paß – will ihm aber nicht sagen, warum. Ein paar Einträge hat sie verändert. Die Größe hat sie von eins fünfundachtzig auf eins sechzig verändert, und vom Gewicht hat sie zwanzig Kilo abgezogen.
Am Ticketschalter zahlt sie bar. Als sie Jesses Paß vorlegt, sagt sie: »Mein Neffe.« Sie fährt Oliver durch die Haare und sagt zu der Dame: »Ich habe ihn endlich dazu gekriegt, daß er sie sich schneiden läßt. Finden Sie nicht auch, daß es besser aussieht?« Sie lügt mit unglaublicher Geschicklichkeit, Überzeugungskraft und Unbekümmertheit.
Die Maschine nach Guatemala startet in dreißig Minuten. Sie setzt ihn in der Abflughalle auf einen der Plastikschalensitze und geht davon, um zu telefonieren.

Carew dreht das Spiel der Islanders im Fernsehen leiser. Seine Frau stellt das Telefon vor ihm auf den Wohnzimmertisch, er hebt ab, und es ist Annie Laird. Im Hintergrund hört er die typischen Geräusche irgendeines öffentlichen Gebäudes.
Sie sagt: »Ich habe beschlossen, mit Ihnen zusammenzuarbeiten.«
»Gut.«
»Er hat Juliet umgebracht«, sagte sie. »Haben Sie das gewußt? Er hat es aussehen lassen wie einen Selbstmord, aber er hat sie umgebracht.«
»Ich weiß nicht, ähm, wer ist das?«
Sie antwortet nicht.

Er sagt: »Die haben jemanden umgebracht? Wie war der Name gleich wieder?«
»Juliet Applegate«, sagt sie langsam. »Meine Freundin. Die Ärztin. Haben Sie gar nicht gewußt, daß sie tot ist?«
»Ich weiß überhaupt nichts über sie«, sagt er.
»Warum nicht?«
»Warum was nicht, Mrs. Laird?«
»Warum wissen Sie es nicht? *Er* weiß. *Er* weiß alles über mein Leben.«
»Nun, vielleicht weiß er alles, weil er Mittel und Wege sucht, Ihnen etwas anzutun. Ich suche die nicht.«
»Aber Sie *tun* mir etwas an.«
»Jetzt, da Sie mit uns zusammenarbeiten, werden wir ihn stoppen.«
»Gut«, sagt sie. Keine Ironie in ihrer Stimme. Auch keine Begeisterung. Nichts, das er entschlüsseln könnte.
Er sagt: »Wollen Sie gleich jetzt in mein Büro kommen?«
»Nicht jetzt.«
»Okay. Sollen wir morgen vormittag anfangen?«
»Bald«, sagt sie.
»Wann?«
Aber dann blinkt das Lämpchen an seinem Apparat, ein zweiter Anruf kommt herein, und er sagt: »Können Sie einen Augenblick warten?«
Harry Beard ist in der zweiten Leitung, und der sagt: »Annie Laird ist abgehauen.«
»Was?«
»In ihrem Haus brennt kein Licht. Wir haben nachgesehen, sie ist verschwunden. Und der Junge ebenfalls. Das Auto ist noch da. Irgend jemand hat ihr Atelier verwüstet –«
»Harry, ich habe sie jetzt in diesem Augenblick in der Leitung.«
»Scheiße! Wo ist sie?«
»Keine Ahnung«, sagte Carew. »Warte, ich werde sie mal fragen.«

Aber natürlich hört er in der anderen Leitung jetzt nur noch das Freizeichen. Annie Laird hat nicht gewartet.

Annie und Oliver sitzen hinten im Bus, der sich durch das Straßengewirr von Guatemala City schlängelt. Sie fahren nach Norden ins Gebirge, nach Huehuetenango, wo sie sich eine Mitfahrgelegenheit zu Turtles Dorf suchen wollen. Sie müssen sich die Bank mit zwei kräftigen Maya-Frauen teilen. Oliver sitzt am Fenster. Dann kommt Annie und neben ihr die beiden Frauen in ihren bunten, wallenden *huipiles.*

Zu viert drängen sie sich auf dieser schmalen Schulbusbank. Annie versucht zu schlafen. Der Kopf fällt ihr auf die Brust. Eine neugierige Henne klettert aus ihrem Korb auf der Bank vor ihnen. Sie hockt sich direkt vor Annie auf die Rückenlehne. Der Bus schlingert, die Henne breitet die Flügel aus und flattert Annie vor dem Gesicht herum. Annie erschrickt. Die Henne starrt sie mit einem Auge an. Annie hat noch nie ein Huhn erwürgt, und sie fragt sich, wie das wohl wäre. Aber die Henne scheint ihren Blick zu verstehen, und sie hüpft wieder in ihren Korb.

Annie betet um Schlaf. Oder wenigstens etwas Ähnliches. Es würde ihr schon guttun, wenn sie wenigstens ein bißchen an den Rändern dieser Wut herumdriften könnte.

Sie und Oliver haben die ganze Nacht im Busbahnhof verbracht und auf diesen Bus gewartet. Sie hatte Angst, ein Auto zu mieten. Sie hatte keine von Juliets Kreditkarten, und ihre eigenen wollte sie nicht benutzen, weil dann die Ermittler herausfinden könnten, daß sie hier war.

Und wenn sie es wissen, weiß *er* es bald darauf auch.

Salsa-Musik tönt scheppernd aus dem Radio des Busfahrers. Die Fenster sind offen, und der Geruch, der hereinströmt, ist eine Mischung aus Auspuffgasen, Zypressenholzrauch, fauligem Abfall und irgendeiner tropischen Nachtblüte.

Er weiß es sowieso. Weil alle für den Lehrer arbeiten. Die

ganze Geschichte mit den Ermittlern war nur eine List, eine Falle. Sogar der Prozeß war nur ein Trick. Sie brauchen einen Vorwand, um mein Kind zu töten, also haben sie den Prozeß inszeniert und den Mord an Juliet, und jetzt lauern sie darauf, daß ich einen Fehler mache.

Oliver prustet und ruft dann lachend: »Okay, wer hat den gelassen?«

Niemand in der Nachbarschaft kann Englisch, aber alle verstehen sie, warum Oliver so angewidert die Nase rümpft. Die Frauen lachen, und die Besitzer der Henne lachen. Der Vorfall wird weitererzählt, und schließlich steht ein Betrunkener mit Brotkrumen und Butterflecken in den Stoppeln auf seinem Kinn auf und verbeugt sich vor Oliver. Offenbar will er die Untat gestehen.

Die anderen lachen über ihn, und Oliver lacht so laut wie sie. Ganz offensichtlich amüsiert er sich hier großartig. Annie hat ihn selten so aufgekratzt erlebt, so fröhlich. Seit sie die Maschine bestiegen haben, hat er sich kein einziges Mal beschwert. Bring ihn nur weg von diesem Computermonitor, mach mit ihm eine Abenteuerreise wie diese, und er blüht auf. Im Augenblick lacht er so heftig, daß er sich den Bauch halten muß.

Aber Annie wird den Gedanken nicht los, daß der Lehrer ihn beobachtet.

Sie glaubt, daß der Lehrer genau weiß, wo sie sind. Sie glaubt, daß er irgendwie einen Weg gefunden hat, Olivers Lachen zu hören. Diese Angst ist so lebendig, daß sie ihm die Hand auf die Schulter legt und sagt: »Nicht so laut.«

»Warum nicht?« fragt er.

»Diese Leute wissen nicht, worüber du lachst.«

»Wir lachen alle über dasselbe. Über den Kerl, der den Furz gelassen hat.«

»Schon gut.«

Der Bus hält an, und es zwängen sich noch ein paar neue

Fahrgäste herein. Vor dem Fenster läuft eine Horde Straßenkinder zusammen. Sie betteln, jammern, bieten Erdnüsse feil. Einer dieser Jungen hat keine Beine, er sitzt auf einem Wägelchen, das aussieht wie eine flache Seifenkiste, und schiebt sich mit den Händen vorwärts. Als der Bus wieder anfährt, rollt er neben ihm her, er zerkratzt sich die Knöchel am Asphalt und starrt schweigend, aber unverwandt zu Oliver und Annie hoch.

»Mein Gott, Mom«, sagt Oliver. Entsetzt und fasziniert. »Diese Stadt, die ist der reinste Alptraum, nicht?«

Sie hat gar nichts bemerkt.

Der Lehrer tankt, stellt dann das Auto ab und betritt die Vierundzwanzig-Stunden-Cafeteria des Rastplatzes. Er benutzt die Herrentoilette. Anschließend geht er zur Hintertür, zu dem Parkplatz, auf dem die Lastwagen stehen. Das riesige Gebäude ist erleuchtet wie ein Fußballplatz. Er geht zum Rand, zu einer Gruppe dunkler Buchen, unter denen ein Picknicktisch steht.

Eddie wartet dort auf ihn.

Er sagt: »Vincent, sie ist verschwunden.«

Der Lehrer spürt, wie sich ihm im Nacken, knapp unter dem Haaransatz, die Haut zusammenzieht.

Eddie sagt: »Am Telefon wollte ich's dir nicht sagen. Wir können die Apparate nicht mehr benutzen, Vincent. Die sind uns hundertprozentig auf den Fersen. Die Kacke ist am Dampfen. Ich meine, jetzt ist sie echt am Dampfen.«

Der Lehrer bleibt gelassen. »Sie ist verschwunden?«

Eddie nickt.

»Wann?«

»Heute vormittag. Ich glaube, das verdammte FBI hat sie irgendwo in einem sicheren Haus versteckt. Oder die Stadtpolizei, vielleicht arbeitet sie für die. Für irgend jemand arbeitet sie auf jeden Fall.«

Der Lehrer überlegt. Dann schüttelt er den Kopf. »Nein. Sie

hat zu schnell gelernt, und sie braucht jetzt ein wenig Luft. Aber sie wird uns nicht verraten.«

»Spinnst du? Die haben sie, Vincent! Zeit, daß wir verschwinden. Daß wir nach Curaçao gehen, dort finden sie uns nie. Was soll's denn, wir haben für Louie getan, was wir konnten. Laß uns verduften. Sofort. Laß dein Auto da. Wir holen meine Tochter, und dann nehmen wir die erste Maschine nach Miami.«

»Wo ist Frankie?« fragt der Lehrer.

Eddie zuckt die Achseln. »Jetzt? Um vier Uhr früh? Der schläft, was denn sonst?«

»Ich brauche ihn, damit er die Frau überprüft, der diese Galerie gehört. Die steht Annie ziemlich nahe, vielleicht versteckt sie sich bei ihr. Oder vielleicht bei diesem Mann, den sie Turtle genannt hat. Auf diesem Foto hat's so ausgesehen, als wäre der irgendwo in Guatemala. Wir müssen herausfinden, ob –«

»Wir müssen, verdammt noch mal, von hier verschwinden!«

»Nein. Flucht ist noch nicht angesagt. Wir müssen jetzt nur den Druck aufrechterhalten. Annie ist erschüttert, das ist alles. Sie ist im Augenblick sehr verletzbar. Gestern nacht ist eine Freundin von ihr gestorben.«

»Was für eine Freundin?«

»Die Ärztin.«

»*Gestorben?*«

»In den Zeitungen steht, daß sie Selbstmord begangen hat.«

»Du hast die Ärztin umgebracht? Mein Gott, Vincent, warum hast du das getan?«

»Die Sache ist absolut wasserdicht, keine Sorge.«

Eddie sieht ihn vorwurfsvoll an.

Scheinwerferlicht von der Schnellstraße leckt an den Stämmen der Buchen.

»Eddie.«

»Was?«

»*Der Weise ist unparteiisch. Der Weise sieht die Menschen als streunende Hunde.* Also starr mich nicht an. Wenn es Dinge gibt, die du nicht verstehst, werde ich versuchen, sie dir zu erklären.«

»Ich will deine verdammten Erklärungen nicht, Vincent. Ich will nur, daß diese Scheiße endlich vorbei ist. Wenn sie dich hochnehmen, gehe ich auch mit hoch. Verstehst du, was ich sage? Ich sage, daß du ein Arschloch bist. Ich sage, daß ich dich liebe, aber jetzt ist es Zeit, daß du mal Pause machst.«

Der Lehrer mustert Eddies dunkel umrandete Augen und die Tränensäcke darunter.

»Du schläfst wenig in letzter Zeit, was, Eddie?«

»Wen kümmert das?«

»Halten deine Träume dich wach?«

»Was für Träume denn?«

»Hast du schon jemals von Annie geträumt?«

»Leck mich doch! Sie hat getan, was wir von ihr wollten, okay? Jetzt laß sie, verdammt noch mal, gehen.«

»Das würde ich ja gern. Ich kann es nicht. Es ist, als wären wir verheiratet, Annie und ich. Wie kann ich sie da gehen lassen?«

Oliver und seine Mom sitzen zusammen mit fünfzehn Leuten aus T'ui Cuch auf der Ladefläche eines Pick-up, der sich auf einer abschüssigen, ungeteerten Serpentinenstraße immer höher in die Berge über Huehuetenango schraubt.

Oliver hat bereits einen Freund gefunden, Juan Calmo Cruz, ein Junge etwa in seinem Alter oder ein paar Jahre älter. Oliver bringt Juan Calmo ein wenig Englisch bei, und Juan Calmo bringt Oliver ein wenig Mam bei – den örtlichen Dialekt.

Oliver deutet und sagt: »Zigarre.«

Juan Calmo deutet und sagt: »*Sigga.*« Und tut so, als würde er wie Groucho Marx Asche von einer Zigarre schnippen.

Oliver deutet auf die herumsitzenden Männer und sagt: »Männer.«

Juan versucht, seine Zunge an die fremden Laute zu gewöhnen.
»*Mennea. Mennea.*«
Oliver schüttelt sich und sagt: »Es ist kalt.«
Juan Calmo versteht ihn nicht.
»Mom, was heißt ›kalt‹ auf spanisch?«
»Hab' ich vergessen. *Fría*?«
»Sí, sí, frío«, sagt Juan Calmo. Er mustert die dünnen Hemden von Oliver und seiner Mom. Er dreht sich um, beugt sich über die Kabine des Pick-up und ruft etwas zum Fahrerfenster hinein.
Nach einer Weile halten sie vor einem kleinen, strohgedeckten Laden am Straßenrand an. Juan Calmo führt Oliver und Mom hinein. Er hilft Mom beim Handeln, und sie kauft für Oliver ein dickes Baumwollhemd mit roten und weißen Streifen, wie Juan Calmo eins trägt – wie alle Männer aus T'ui Cuch sie tragen. Und dazu eine Wolljacke, die mit dem Umriß einer Fledermaus bestickt ist.
Für sich selbst kauft sie eine schwere Wolljacke mit einem Futter aus Hasenfell.
Als sie wieder auf den Pick-up klettern, klatschen alle Beifall. Diese Leute aus T'ui Cuch sehen ganz anders aus als die mondgesichtigen Tieflandbewohner, die sie in der vergangenen Nacht im Bus gesehen haben. Sie sind groß, haben ausgeprägte Wangenknochen, ein energisches Kinn und eine stolze, anmutige Haltung. Sogar während dieser holpernden Fahrt sitzen sie straff und gerade, mit durchgedrückten Schultern.
Die Straße steigt zur Bergkuppe hoch und führt dann wieder nach unten. In den Bauch einer Wolke. Oliver und Juan Carlo stehen nebeneinander hinter der Kabine und sehen nach vorne. Der weiße Wind bläst ihnen ins Gesicht. Fast eine Stunde lang stehen sie schweigend da und lassen sich durchrütteln.
Dann hebt sich der Nebel, und sie sehen hinunter in ein

langgestrecktes Tal mit saftig grünen Feldern, bis zu einem kleinen Hügel, hinter dem sich hohe Berge erheben. Und dort, mitten in den Maisfeldern und Kartoffeläckern und Hainen mit Zwergapfelbäumen, liegt das Dorf T'ui Cuch. Eine Ansammlung strohgedeckter Hütten und ein alter Kirchturm aus Lehmziegeln. Von den steilen Bergflanken donnern Wasserfälle.

Oliver dreht sich um. »Mom?«

»Ja?«

»Wir sind da.«

Sie hebt den Kopf. Ihr Gesichtsausdruck verändert sich nicht. Sie fragt Juan Calmo: »*Conoce, conoces ... un gringo ... se llama ... Turtle?*«

»*Como?*« fragt Juan Calmo.

»Oder Walter Reisinger?«

»*Como?*« fragt Juan Calmo.

Sie schreit gegen den Wind an. »Walter Reisinger?«

Juan Calmo schüttelt den Kopf.

Sie fragt einige andere. Keiner kennt den Namen.

Sie sagt: »*Es un ... un medico!*«

Wieder schütteln alle nur den Kopf.

Oliver zieht sein kleines Lexikon heraus, schlägt das Wort für Turtle, für Schildkröte, nach. »*Tortuga?*« fragt er.

»*Ah! Sí!*« Mehrere gleichzeitig: »*Tortuga!*«

Der Fahrer drückt auf die Hupe und rast mit halsbrecherischem Tempo ins Dorf. Ein pelziges Schwein kommt aus seinem Koben gelaufen und grunzt sie an. Und dieses Grunzen bringt alle Schweine und Hunde des Dorfes dazu, ebenfalls Laut zu geben.

Der Pick-up hält am Dorfplatz an, und Juan Calmo und seine Mutter bieten Annie und Oliver an, sie zur *casa* von El Tortuga zu bringen. Die meisten anderen schließen sich ihnen ebenfalls an. Sie spazieren zwischen Maisfeldern hindurch, auf schmalen, blumengesäumten Wegen. Der Koffer stößt Oliver ans Bein. Hin und wieder kommen sie an einer

Gruppe Dorfbewohner vorbei, ein paar Worte werden gewechselt, und die Begleitschar wird immer größer. Oliver hört die Worte *novia* und *esposa*.

»Mom?«

»Was?«

»Sie halten dich für Turtles Frau. Das glaube ich wenigstens.«

Oliver dreht sich um und sieht, daß jetzt dreißig oder vierzig Dorfbewohner bei ihnen sind, die alle grinsen und lachen. Sie kommen an einem Wasserfall vorbei und steigen weiter hinab. Sie erreichen eine Kirchenruine. Moos wächst auf den steinernen Bögen. Und schließlich kommen sie zu einem langgestreckten, geduckten Gebäude mit einem Blechdach und einem Schild mit der Aufschrift CLÍNICA.

Vor der Tür ist auf einem Pfosten eine hölzerne Schildkröte befestigt.

»*Tortuga!*« schreit die Menge. »*Tortuga!*«

Ein Mann tritt vor die Tür, und im ersten Augenblick ist Oliver ein wenig enttäuscht. Der ganze lange Weg wegen einem solchen Blödmann? Einen, dessen Haltung noch schlimmer ist als die Olivers. Der oben schon keine Haare mehr hat, dafür unten einen Pferdeschwanz und einen Strubbelbart im Gesicht. Der sich das Gestell seiner Brille mit Isolierband geflickt hat. Und der jetzt, wo er Mom anlächelt, fast aussieht wie ein Pferd.

Ist das die Art von Kerl, für die man Tausende von Meilen reist? Vermutlich nur, wenn man auf der Flucht ist, so wie wir, denkt Oliver. Nur wenn man keine andere Wahl hat.

Sari in ihrem Arbeitszimmer im Reisebüro, die Tür ist geschlossen und verriegelt, und Eben drückt sie dagegen. Draußen klingeln Telefone, rattern Ticket-Drucker. Aber das ist woanders. Saris einzige Sorge sind die Lippen dieses Mannes, die lästigen Hemdknöpfe dieses Mannes.

Er nimmt ihre Hände, hebt sie und küßt sie zärtlich. Eine

sehr subtile Art, sie zu bremsen, ihre Leidenschaft abzulenken.

»Willst du jetzt nicht mit mir schlafen?« flüstert sie. »Du kannst gleich hier mit mir schlafen, Eben, bitte.«

Er antwortet nicht. Mit den Fingerspitzen gleitet er an ihren Armen entlang, bis er die Unterseite ihrer Brüste mit den Daumen streicheln kann. Aber sein Blick hat etwas Abwesendes.

»Eben?« fragt sie. »Ist alles in Ordnung mit dir?«

»Ich wollte dich nur sehen.«

»Was ist denn los?«

»Es ist nicht, es ist ... ach, geschäftlich ...«

»Erzähl's mir.«

»Ich bin in Schwierigkeiten.«

»Darling! Was denn für welche?«

»Heute hat einer meiner Freunde von Pemex den Auftrag für den Bau einer neuen Pipeline von Mexiko nach Texas erhalten. Pete Mordacai. Ein Eineinhalb-Milliarden-Dollar-Auftrag von Pemex.«

»Das klingt aber nach einer *guten* Nachricht.«

»Sollte es auch. Nur hat dieser Futures-Fonds, den ich berate, gestern einen Stapel Rohöl-Futures von West Texas Intermediate gekauft. *Vor* der Bekanntgabe. Die Futures sind in die Höhe geschnellt, und wir haben kassiert. Sieht aus wie Insider-Handel, und ich muß den Kopf dafür hinhalten.«

»War es denn Insider-Handel?«

»Nicht von meiner Seite. Das solltest du inzwischen wissen, Sari, ich habe immer wahnsinnige Skrupel, so was zu machen. Aber die Antwort ist ja. Ich bin mir ziemlich sicher, daß die Managerin dieses Future-Fonds in den letzten paar Tagen nach Guatemala geflogen ist. Ein paar von den Pemex-Leuten waren wegen der Panamerika-Messe dort unten. Ich glaube, sie hat sich heimlich mit ihnen getroffen, ein bißchen Geld rübergeschoben und die Information bekommen.«

»Aber warum bist dann du in Schwierigkeiten?«

»Ich kann nicht beweisen, daß sie es war. Wenn ich wenigstens beweisen könnte, daß sie in Guatemala City war, das würde schon reichen, um meinen Namen reinzuwaschen. Aber das kann ich nicht.«

»Moment mal. Du mußt herausfinden, ob diese Frau in den letzten Tagen nach Guatemala geflogen ist?«

»Ja, aber ich weiß nicht, wie ich das anstellen soll.«

»Vielleicht kann ich dir helfen«, sagt Sari. »Laß mich mal ein paar Anrufe machen.« Sie dreht den Computermonitor zu sich.

»Wie heißt sie?«

»Annie Laird.«

»Weißt du, wo sie wohnt?«

»In Pharoah. Seminary Lane.«

»Hast du mich denn nicht an einem Abend aus Pharoah angerufen? Du hast gesagt, du bist unterwegs und –«

»Ja. Das war die Frau, mit der ich mich getroffen habe, Annie Laird. Damals habe ich gedacht, sie wäre einfach nur eine Klientin. Ich habe geglaubt, daß ich ihr trauen kann. Aber jetzt werden sie mich wegen ihr auseinandernehmen.«

»Nein«, sagt Sari. »Nein, das lasse ich nicht zu. Aber die Sache könnte eine Weile dauern. Ich werde dich anrufen müssen.«

»Sari, du bist ein Engel.«

Annie wird mitten in der Nacht vom Krähen eines Hahns geweckt. Zuerst erschrickt sie. Doch dann fällt ihr wieder ein, wo sie ist. In Turtles Hütte. In Guatemala, weit weg, in Sicherheit. Sie kommt wieder zu Atem und zur Ruhe, und schließlich ist sie froh um die Unterbrechung.

Im Traum war sie eine UPS-Fahrerin, die in Krankenhäusern Kisten mit zerbrochenem Glas abholt.

Dieses Mondlicht ist viel besser als ihr Traum.

Die filigranen Schatten der Blätter. Ein Nachtvogel fängt an zu singen, und es klingt wie Wasser, das über Felsen fließt. Sie setzt sich ein wenig auf, damit sie hinüber zu ihrem schlafenden Jungen sehen kann. Viel ist nicht zu sehen. Der glänzende Knubbel ist wahrscheinlich ein Ellbogen. Sie wartet, um ihn atmen zu sehen.

Er tut es, der Hügel bewegt sich ein wenig.

Dann flüstert Turtle, der neben ihr liegt: »Annie?«

Er sieht besser aus so, mit offenen Haaren. Und die Lippen weich vom Schlaf.

»Ich bin okay«, sagt sie. »Halt mich fest.«

Er streckt den Arm unter der Decke hervor und drückt sie an sich. Ihre Wange an der seinen. Der Geruch seiner Haare, ein vertrauter Turtle-Geruch. Aber seine Hand bewegt sich weiter. Wandert auf ihrem Rücken herum. Gleitet das Rückgrat entlang, erkundet. »Bitte nicht«, sagt sie.

»Okay.«

Er entspannt sich. Sie liegen still da, und schließlich hört sie, wie sein Atem wieder regelmäßiger geht, und sie denkt, das ist gut so, einfach nur so. Hier liegen und horchen. Was bringt es denn, sich vor dem Morgen zu fürchten? Noch ist es nicht Morgen. Lausche Olivers Atmen und Turtles Atmen und diesem Wasservogel, und laß diese Nacht einfach immer weitergehen ...

Aber die Sonne geht in Windeseile auf.

Turtle kocht für sie *huevos rancheros* mit einer Paste aus schwarzen *fríjoles.* Eine alte Frau bringt ihnen einen Korb warmer, schwerer, maisgelber *tortillas.*

Juan Calmo kommt vorbei und holt Oliver ab, um ihm die Gegend zu zeigen.

Dann spazieren Annie und Turtle durch Zypressenhaine und freie Felder zu einer versteckten Klamm, einem Wasserfall. Die Sonne scheint blendend hell, der Himmel ist makellos blau und so dunkel, daß es sie nicht überraschen würde, Sterne zu sehen, Tageskonstellationen.

Sie setzen sich auf einen moosbewachsenen Felsen am Bach, und er sagt: »Und, erzählst du es mir jetzt?«
Sie erzählt es ihm.
Sie erzählt ihm alles – aber eigentlich geht es nur um eins. Es geht nur um den Lehrer. Alles, was sie über seine Arbeitsweise herausfinden konnte. Wie er verführt. Wie er überrumpelt. Wie er immer und bei allem einen Vorsprung hat, und daß man nie weiß, wie weit er gehen wird.
Als sie geendet hat, ist es beinahe Mittag. Der Himmel ist nicht mehr ganz so blau. Der Nebel wabert langsam von den Bergen herunter.
»Also weiß niemand, daß du hier bist?« fragt Turtle.
»Noch nicht. Nein, ich glaube nicht.«
Er überlegt einen Augenblick. »Auf jeden Fall bist du jetzt am richtigen Ort. Das hättest du gleich am Anfang tun sollen, verschwinden. Hier bist du sicher, Annie. Das hier ist so weit weg von Westchester, wie es nur geht. Die Leute hier sind meine Freunde.«
»Ich weiß«, sagt sie.
»Die meisten Männer haben in der Armee gekämpft oder gegen die Armee. Oder beides. Sie haben Gewehre. Und sie haben nichts dagegen, sie zu benutzen. Es dürfte verdammt schwer werden für ihn, hierher zu kommen und dir etwas zu tun.«
»Okay.«
»Dir wird es hier gefallen. Morgen gehe ich mit dir auf die Berge. Auf allen Gipfeln sind Maya-Altäre.«
Sie lächelt. »Wenn ich doch nur mehr Zeit hätte.«
»Mehr Zeit? Mein Gott, Annie, du kannst hierbleiben, solange du –«
Dann begreift er, was sie meint. »Moment mal. Du kannst doch nicht –«
»Ich muß, Turtle. Ich muß zurück. Aber du mußt dich für mich um Oliver kümmern. Ich habe sonst niemand, dem ich vertrauen kann.«

»Annie, was soll denn das?«
»Wenn er mit mir zurückfährt, bringt dieser Mann ihn um. Du mußt ihn zu dir nehmen.«
»Nein. Warte! Du gehst nicht wieder. Ich lasse dich auf keinen Fall wieder zurück.«
»Du kannst mich nicht aufhalten.«
»Annie.«
»Das ist nicht deine Entscheidung. Deine Entscheidung ist, ob du dich um Oliver kümmerst oder ob du ihn mit mir zurückschickst, damit er dort umgebracht wird. Ich bitte dich, kümmere dich um ihn.«
»Wie lange?«
»Bis es zu Ende ist.«
»Was soll das heißen, bis es zu Ende ist? Mein Gott, was verlangst du denn von mir, Annie?«
»Ich bitte dich, mein Kind großzuziehen. Sorge dafür, daß er gesund bleibt, er muß kein großer Erfolg oder sonst was werden. Es ist mir gleichgültig, ob er ein Künstler wird, es ist mir gleichgültig, ob er aufs College geht oder nicht, es ist mir gleichgültig, ob er für den Rest seines Lebens hierbleibt und Schafe hütet, sag ihm nur jeden Abend, daß ich ihn liebe, mehr mußt du nicht tun.«
»Aber warum? Warum willst du zurückgehen?«
Sie starrt in den Wasserfall. »Ich muß.«
»Brauchst du irgend etwas? Geld? Kleidung?«
»Ich muß zurückgehen.«
»Warum? Um diesen Mann wiederzusehen?«
»Ja.«
»Warum?«
»Turtle, erzähle Oliver das mit Juliet. Erzähl ihm, was passiert ist. Sag ihm, es tut mir leid, daß ich mich nicht verabschiedet habe, aber ich kann es einfach nicht. Wenn ich versuchen würde, mich zu verabschieden, ich würde es nicht fertigbringen – wie sollte ich das denn auch? Was soll ich ihm denn sagen? *Ich wünsche dir ein wunderbares Leben, mein*

Junge? Verlang das nicht von mir, Turtle. Verlang es nicht, bitte nicht. Ich bin nicht stark genug dafür. Er würde mich zum Bleiben überreden. Und früher oder später würde der Lehrer uns hier finden.«

»Nein, das wird er nicht, Annie. Irgendwann wird er aufhören zu suchen.«

»Er wird nie aufhören zu suchen.«

»Woher weißt du das? Das kannst du doch gar nicht wissen.«

»Er wird uns nie verlassen, Turtle, dafür haben wir zuviel miteinander durchgemacht. Der Lehrer und ich? Es ist fast wie eine Ehe.«

Oliver und Juan Calmo stehen in der Kirchenruine. Von der schmalen, rundum laufenden Steingalerie sehen sie hinunter in das, was vom Kirchenschiff übrig ist. Das Dach ist verschwunden, die Bankreihen sind verschwunden, und die Mauerreste bilden nicht viel mehr als einen zerklüfteten, sonnendurchfluteten Hof. Was es allerdings noch gibt, ist ein provisorisches, knorriges Holzkreuz. Ein alter Mann kniet davor. Und singt. Vor dem Sockel des Kreuzes schwelt ein Feuer. Der alte Mann hat einen lebendigen Truthahn in der Hand, und er hält ihn in die Höhe. Der Truthahn sträubt sich, verdreht den Hals, sein Kehllappen zittert. Oliver und Juan Calmo sehen von der Galerie aus zu. Sie ducken sich hinter die Steinbrüstung und spähen darüber. Sie sehen, wie der alte Mann dem Truthahn die Kehle aufschlitzt und das Blut ins Feuer schüttelt. Lange Rauchfäden steigen auf.

»O Mann«, flüstert Oliver.

Nur ein leises Flüstern. Aber die Ruinen sind noch immer gut für ein Echo, und der alte Mann hört sie.

Er hebt den Kopf und sieht zu den Jungen hoch.

Sie ducken sich und kichern. Juan Calmo schleicht in der Hocke die Galerie entlang, und Oliver folgt ihm.

Sie biegen links ab und fangen an zu laufen, hasten die Mauerkrone eines ehemaligen Seitengebäudes entlang.

Großartiger Blick auf T'ui Cuch und die umgebenden Berge. Am Ende der Mauer kommen sie zu einer grob behauenen weißen Treppe. Juan Calmo hält an und setzt sich auf die Stufen. Er zieht zwei birnenförmige Früchte aus der Tasche und gibt eine Oliver. Sie schmeckt bitter. Oliver verzieht das Gesicht, und Juan Calmo grinst ihn an. Überall das sengende Sonnenlicht. Musik klingt aus dem Dorf herauf. Oliver sieht hinunter und entdeckt eine Marimba-Gruppe, die auf dem Dorfplatz spielt. Sie proben für ein Fest, das demnächst stattfinden soll, irgend etwas mit Allerheiligen. Und nicht weit von der Gruppe entfernt bemerkt er den zerbeulten Pick-up, der sie hierher gebracht hat. Er ist voller Dorfbewohner, die nach Huehuetenango wollen. Der Motor läuft, kleine schwarze Rauchwölkchen quellen aus dem Auspuff. Es ist wunderbar, sich in diesem satten Licht auf diesen Stufen auszustrecken, an dieser unmöglichen Frucht zu saugen und dem Leben dort unten zuzusehen –

Nun nähern sich eine Frau und ein Mann dem Pick-up. Die Frau trägt einen Koffer.

Es ist Mom.

Sie fährt ab. Und läßt ihn zurück.

Oliver steht auf. Langsam. Er kann es nicht glauben. Er starrt hinunter. Unbeweglich. Er sieht, wie sie sich mit dem Koffer abmüht, wie der Fahrer ihn ihr abnimmt und ihn zu den Männern auf der Ladefläche hochwuchtet. Hände werden ausgestreckt, man hilft ihr auf den Wagen. Oliver beobachtet das alles, als wäre er körperlich überhaupt nicht da, als hätte er keine Kraft außer der Kraft zuzusehen.

Und dann fragt Juan Calmo: »*Qué pasa?*« und Oliver fällt ein, daß auch er eine Stimme besitzt. Er schreit: »Mom!«

Aber bei der Musik und dem Wind und der Entfernung kann ihn niemand hören. Niemand wirft auch nur einen Blick zu der Ruine hoch.

Er rennt die Treppe hinunter. Drei Stufen auf einmal, und dann mit gefährlich großen Schritten den Abhang hinunter.

Einen schmalen, überwucherten Pfad entlang, vorbei an Ziegen, die ihn anstarren, und Hunden, die ihn ankläffen. Er rutscht im Matsch aus und fällt beinahe hin, aber wild rudernd und taumelnd schafft er es irgendwie, auf den Beinen zu bleiben, und läuft weiter. Ein paar Hühner und ein mit Mais beladener Esel. Dann ein Stück Straße, eine scharfe Kurve, und er stürmt auf den Dorfplatz.

Turtle. Die Marimba-Gruppe, die Menge.

Aber der Pick-up ist bereits losgefahren.

Ein letzter Blick auf sie.

»Mom! Mom! Mom!«

Sie dreht sich um, und obwohl sie so tut, als würde sie ihn nicht bemerken, weiß er, daß sie ihn sieht.

Seine Lungen brennen, sein Atem geht rauh. Er wirft Turtle einen verwirrt-wütenden Blick zu und rennt weiter. Das bringt natürlich nichts, weil er den Pick-up nicht mehr einholen kann, aber wie konnte sie das nur tun, ihn zum Teufel jagen und hierlassen? Er rennt ihr nach, auch nachdem der Pick-up schon verschwunden ist. Hunde sind ihm auf den Fersen, glotzende Kinder, jetzt kann er nicht einmal mehr den Motor hören, nur noch seinen Atem und die Marimba. Das Schwein, das sie gestern angegrunzt hat, kommt heraus und grunzt ihn an.

Annie am nächsten Morgen, in einem Zimmer der New Yorker Abteilung des FBI. Sie weigert sich, die Fragen des Ermittlers Carew zu beantworten.

Glaubt der vielleicht, er kann mich niederstarren? Denkste.

Schließlich verzieht er das Gesicht und senkt den Blick auf seinen Schreibtisch. »Ms. Laird, wenn Sie uns nicht sagen, wo Ihr Sohn ist, wie sollen wir ihn da beschützen?«

»Ich will nicht, daß Sie ihn beschützen. Ich will, daß Sie Ihre Arbeit tun.«

Er fährt auf. »Was ist denn meine Arbeit, Ms. Laird? Sagen Sie mir, was ich zu tun habe.«

»Sie sollen einen Mord aufklären. Den Mord an Juliet Applegate.«
»Wir sind gerade dabei.«
»Und?«
»Das dauert seine Zeit«, sagt er.
»Gibt es nichts Neues?«
»Noch nicht.« Er ballt die Rechte zur Faust und fährt mit den Fingern der Linken an den Knöcheln auf und ab.
Sie läßt nicht locker. »Aber Sie glauben doch, daß Sie ermordet wurde? Daß der Lehrer sie ermordet hat?«
»Ohne Beweise ist es vollkommen unwichtig, was ich glaube.«
»Dann finden Sie Beweise.«
»Wir versuchen es ja, Ms. Laird. Werden Sie uns helfen?«
»Ja. Was wollen Sie? Wollen Sie, daß ich eins dieser Funk-Dinger tragen soll?«
»Nein, das ist zu riskant. Wenn er merkt, daß Sie verdrahtet sind –«
»Das wird er nicht.«
»Und wenn er auf den Gedanken kommt, Sie abzutasten?«
»Das wird er nicht tun«, sagt sie. »Er glaubt, daß ich ängstlich bin, er ist daran gewöhnt, daß ich ängstlich bin. Er würde mich nie anrühren, wenn ich es nicht will. Er will, daß man ihn für einen Gentleman hält.«
»Ms. Laird, wissen Sie, was ich für eine bessere, eine sicherere Idee halte? Wenn Sie ihn dazu bringen, an einen Ort zu kommen, wo wir ein Mikrofon versteckt haben –«
Sie schüttelt den Kopf.
Er sagt: »Wir wären dann direkt bei Ihnen.«
»Aber er nicht. Er würde an keinen Ort kommen, den ich vorschlage – er würde spüren, daß es eine Falle ist. Hören Sie, Fred, bitte, geben Sie mir das Mikro. Nur einmal, mehr brauche ich nicht, nur eine einzige Gelegenheit. Ich liefere Ihnen so brisantes Material, daß Sie sie alle einbuchten können. Boffano für den Rest seines Lebens. Den Lehrer

und seinen Handlanger, mein Gott, machen Sie sie alle. Sie wollten meine Mithilfe, hier ist sie. Ich kenne das Risiko, es ist mein ganz persönliches. Ich gehe es ein. Ihn laufenzulassen ist ein schlimmeres Risiko.«

Der Lehrer hört das Auto in seiner Auffahrt. Er geht zur Tür des Schulhauses, um Eddie zu empfangen.

Eddie sagt: »Hab' eben mit Tony Maretti gesprochen. Annie hat ihn angerufen. Sie ist zurück. Sie ist zurückgekommen, wie du gesagt hast. Sie hat gesagt, daß sie dich morgen um eins sehen will.«

Vincents Atem kommt ein bißchen schneller, mit etwas mehr Druck beim Ausatmen, fast wie ein Lachen. Der Hauch eines Jubelns.

»Komm rein.«

Eddie schüttelt den Kopf. »Nee, ich wollt's dir nur mitteilen. Ich hätte überhaupt nicht herkommen sollen.«

»Niemand weiß, wo ich wohne, außer dir, Eddie. Komm rein.«

»Ich muß los.«

»Ich brauche deine Hilfe.«

Eddie verzieht das Gesicht. »Du weißt, daß ich auf diese Geschichte nicht besonders scharf bin.«

»Ich weiß.«

»Ich denke, du solltest die Finger davon lassen.«

»Und ich sage dir immer wieder, du mußt mehr Geduld haben.«

»Laß die Finger von dieser Scheiße. Laß es gut sein, und mach dich aus dem Staub.«

»Eddie, sie ist zurückgekommen.«

»Ich mach' da nicht mehr mit.«

»Eddie.«

»Ja.«

»Schau mich an.«

»Ja.«

»Du bist mein Freund. Ich brauche deine Hilfe.«
»O Gott.«

Carews Kollegin Sue Ranzi tastet Annies Achselhöhle ab. Ertastet den winzigen Technodyne-Sender, der kaum größer ist als eine Streichholzschachtel, und die kleine Batterie. Die Antenne läuft unter dem Elastikband ihres BHs zum Rücken. Das Mikrofon steckt vorne zwischen ihren Brüsten. Alles in Ordnung.
Sue Ranzi nickt Carew zu.
Mit ruhiger Stimme sagt er zu Annie: »Sieht gut aus. Denken Sie dran, wir überwachen Ihren Sender. Wohin Sie auch gehen, Ms. Laird, Sie brauchen nur um Hilfe zu rufen, und wir sind da.«
Annie sagt: »Aber Sie halten sich im Hintergrund, versprechen Sie mir das? Er darf Sie auf keinen Fall sehen.«
»Ich verspreche es.«
Er dreht sich um, und sein Kollege Murray Randall, der einen Kopfhörer trägt, nickt ihm zu – er empfängt sie ausgezeichnet.
»Na dann okay«, sagt Carew. »Wir sind bereit.«
Annie sagt: »Kann ich mal auf die Toilette?«
»Natürlich.«
Sie lächelt ihr vages, abwesendes Lächeln. Und geht den Gang hinunter.
Harry Beard fragt: »Was denkst du?«
Darauf Carew: »Ich weiß nicht, was ich denken soll. Normalerweise werde ich ein paar Stunden vor einer solchen Aktion immer ziemlich geil auf das, was kommt. Diesmal nicht, diesmal rührt sich gar nichts bei mir. Ich weiß wirklich nicht, was ich von dieser Frau halten soll. Ich weiß nicht, mit wem wir es da zu tun haben.«
Beard nickt. »Manchmal meint man, sie ist richtig da und präsent, und dann hat man wieder das Gefühl, sie ist auf einem ganz anderen Planeten.«

»Mich interessiert nur eins: Ist sie auf unserer Seite?«
»Mein Gott, wenn sie es nicht wäre, würde sie das nie tun.«
»Bist du sicher?« fragt Carew. »Daß sie auf unserer Seite ist?«
»Sie muß es sein.«
»Oder hat sie dieser Saukerl so lange nach seiner Pfeife tanzen lassen, daß es ihr schon langsam gefällt?«

Eddie hält am Straßenrand vor dem Bahnhof in Brewster.
Annie kommt schnell heraus und steigt in sein Auto.
Während er losfährt, fragt er sie, wie es ihr geht.
»Gut«, sagt sie. Und öffnet dabei kaum den Mund. »Großartig.«
Sie fahren einige Meilen Richtung Norden.
Er macht einen Vorstoß. »Ich wollte, Annie, ich wollte Ihnen etwas sagen. Ich meine, ich will Ihnen sagen, wie ich über diese ganze Geschichte denke –«
»Wissen Sie was, Eddie? Sie heißen doch Eddie, oder?«
»Ja, ich heiße Eddie. Und was soll ich wissen?«
»Eigentlich ist es mir scheißegal, wie Sie über diese Sache denken.«
Mehr sagt sie nicht, kein einziges Wort mehr. Er kocht innerlich. Haßt diese blöde Kuh. Und gleichzeitig tut sie ihm leid. Und er hat Angst, weil die Wahrscheinlichkeit ziemlich hoch ist, daß sie jetzt für die Polizei arbeitet.
Er hält den Mund, aber in seinem Kopf wälzt er ihn weiter, diesen ganzen Quatsch.
Sie fahren schweigend bis zu einem unkrautüberwucherten Wendeplatz in North Stoneleigh. Gegenüber dem alten, längst geschlossenen mexikanischen Restaurant mit diesem riesigen Sombrero, der im Wind ächzt. Eddie hält an. Bald darauf trifft Vincent ein.
Sie steigt aus Eddies Auto. Vincent kurbelt sein Fenster herunter und will etwas zu ihr sagen, aber sie hält sich den Zeigefinger an die Lippen und schüttelt den Kopf.
Sie deutet auf ihre Brust.

Sie sucht die Route 22 in beiden Fahrtrichtungen ab. Keine Autos, niemand.
Dann knöpft sie ihre Bluse auf. Ein winziges Mikrofon steckt an ihrem BH, zwischen ihren Brüsten. Sie ist verdrahtet. Sie trägt einen verdammten Sender.
Ach du meine Güte! Eddie überlegt sich, was er gesagt hat, was dieses Mikro aufgenommen haben könnte – aber dann fällt ihm ein, wie sie ihn zum Schweigen gebracht hat, wie sie ihn kein Wort hat sagen lassen.
Und jetzt gibt sie ihm einen Zettel:

> Bitte, sagen Sie kein Wort. Fahren Sie durch die Gegend, irgendwohin, geben Sie uns eine halbe Stunde und holen Sie mich hier wieder ab.

Nun zieht sie vorsichtig an dem Leukoplast in ihrer Achselhöhle. Sie nimmt den Sender ab und löst die Antenne vom BH. Vincent sieht mit einem feinen Lächeln zu. Sie legt die Vorrichtung behutsam auf den Sitz neben Eddie.
Dann schließt sie die Tür und steigt zu Vincent ins Auto. Heute fährt er den Land Rover.
Soso. Scheiß-Vincent, hast du also doch recht gehabt wegen ihr.
Scheiß-Vincent. Was hat er bloß an sich, auf das diese Frauen immer abfahren?
Er zwinkert Eddie zu, und dann fahren die beiden davon, und er sitzt da und sieht ihnen nach.

Der Lehrer fragt sie: »Was halten Sie von ihnen?«
»Von wem?«
»Von diesen Bullen.«
»Es sind Trottel.«
»Sie versuchen nur, Sie zu beschützen.« Er biegt in einen schmalen Feldweg ein, und sie fahren zu einer Wiese voll wilder Herbstblumen. Er hält an.

»Die haben keine Ahnung«, sagt sie. »Sie sind inkompetent, Bürokraten. Sie ärgern mich. Und was mich am meisten an ihnen ärgert, ist ihre Schwäche.«

Sie spazieren über die Felder bei dieser alten Farm, die er vor ein paar Jahren gekauft hat. Wahrscheinlich ist es riskant, Annie hierherzubringen, denkt er, aber das ist nur ein Risiko unter tausenden. Er muß lächeln bei diesem Gedanken. All diese unsichtbaren, drohenden Gefahren – während er mit Annie eine hübsche kleine Fußgängerbrücke überquert und dann einen schmalen Pfad entlangschlendert. Pappeln, die meisten schon blattlos, säumen den Bach. Eine Hierarchie von Krähen in dem Vogelbeerbaum dort drüben. Risiko, was ist das Risiko? Das Risiko ist ein Geschenk, das einen erkennen läßt, was man liebt.

Er sagt zu ihr: »Trotzdem, Annie. Ich finde, Sie sollten versuchen, ihnen zu vergeben. Sie sind schwach, weil sie das Tao leugnen. Und sie leugnen das Tao, weil sie Angst haben. Aber im Grunde ihres Herzens sind sie gut, sie lieben Sie –«

Sie bleibt abrupt stehen. »*Sie* sagen *mir*, ich soll ihnen vergeben? *Sie?* Sie Scheißkerl! Ich hasse Sie, wissen Sie das? Ich würde Sie töten, wenn ich könnte. Sie reden über das Herz von jemandem, ist das Ihre Lektion für heute, Lehrer? Oder wollen Sie mir sagen, wie gut es mir tut, terrorisiert zu werden, wie stark das alles mich macht? Oder wie Ihre Liebe mein Kind retten wird?«

»Annie –«

»Halten Sie den Mund!«

Sie bleiben unter den entlaubten Pappeln stehen. Es schmerzt ihn, sie in solcher Angst zu sehen, aber er liebt den dichten Wust ihres Haares, und er liebt den üppigen Wust der gelben Gräser am Abhang hinter ihr. Sie sagt: »Lächeln Sie mich nicht an! Verdammt noch mal, glauben Sie bloß nicht, daß Sie mich einfach so anlächeln können. Ich würde Sie töten, wenn ich könnte! Glauben Sie etwa, ich höre mir

Ihren Scheiß wirklich an? Nicht einmal anschauen dürfen Sie mich!«

Mit einem winzigen Achselzucken senkt er den Blick. Aber er weiß, daß es immer noch da ist auf seinem Gesicht, dieses blöde, unverwüstliche Grinsen.

»Ich hasse Sie!«

Sie geht weiter. Er folgt ihr, etwa einen Schritt hinter ihr. Dann, nach einer Weile, bleibt sie stehen, um das letzte Blatt von einer weißen Eiche zu pflücken, und sie sagt: »Wissen Sie, was ich am meisten hasse? Am meisten hasse ich, daß Sie recht haben. Ich *bin* stärker. Sie haben recht, okay? Sind Sie jetzt zufrieden?«

»Ja.«

Als sie weiterspricht, ist da etwas Sanfteres, Nachgiebiges in ihrer Stimme, ein Hauch von Resignation. »Ich war wieder in meinem Atelier und habe mir meine alten Arbeiten angeschaut, und das hat alles so verhalten gewirkt. *Erstickt.* Kein Mumm, kein Schmerz, kein Feuer. Und so war eigentlich mein ganzes Leben. Ersticke die Leidenschaft. Alles, was dir angst macht – schließ es weg. Augen zu und durch. Okay? Und jetzt will ich nicht mehr so weiterleben. Gefällt Ihnen, was für eine gute Schülerin ich geworden bin? Hm?«

»Ja.«

»Nun, das sollte es aber besser nicht. Weil ich Sie dadurch bloß noch mehr hasse.«

Er schluckt. Spannung im Brustkorb.

»Annie.« Als er ihren Namen ausspricht, merkt er, daß er gerade genug Atem für ein Flüstern hat. »Und das, Annie, ist das alles, was Sie empfinden?«

»Hören Sie auf«, sagt sie, ohne ihn anzuschauen. »Bitte, hören Sie auf.« Aber er weiß, was sie sagen will.

Sie steigen einen breiten, flachen, baumlosen Hügel hinauf. Felberich und Goldrute, langsam verblassend. Und wilde Möhren. Auf halbem Weg bleibt sie wieder stehen, dreht sich um, betrachtet die Aussicht und sagt: »Was ich aber nicht verstehe, Zach – Sie sind ein so starker Mensch. Trotzdem arbeiten Sie für Louie Boffano. Für diesen, diesen –«

»Diesen Trottel?«

»Na ja. Wenn er ein Freund von Ihnen ist …«

Er lacht. »Louie Boffano ist niemands Freund. Er ist ein Spinner. Er ist ein Monster. Aber er fasziniert mich. Ist das etwa verderbt – daß mich dieser Mann fasziniert?«

»Nein.«

»Alles an dieser Familie fasziniert mich. Hat mich schon immer fasziniert.«

»Warum leiten Sie die Geschäfte dann nicht selbst?«

Sie wirft ihm einen schnellen Blick zu.

Einen metallischen, forschenden Blick. Mein Gott, denkt er, ist das Annie? Annie, die brotlose Künstlerin, meine Annie? Er lacht noch einmal und sagt: »Vielleicht tue ich es eines Tages.«

»Bald?« fragt sie.

»Vielleicht. Ich habe keine Eile. Ich gehe das ganz entspannt an. Ich ziehe mir Alliierte heran, bringe sie in der Hierarchie nach oben. Eigentlich tue ich sehr wenig, Annie. Ich strecke nur ein wenig die Glieder. Was ich tue, ist das Banalste, das man sich vorstellen kann. Und trotzdem fließt mir die Macht zu.«

»Werden Sie sich Boffano vom Hals schaffen?«

Wieder freut er sich über ihre Direktheit. »Ach, ich weiß es nicht. Glauben Sie, daß das etwas ausmachen würde? Vielleicht schaffe ich mir den alten Louie vom Hals, vielleicht auch nicht. Vielleicht halte ich es für vernünftiger, eine Galionsfigur zu haben. Damit nicht ich den ganzen Druck abbekomme. Soll er der Berg sein, ich bin die Schlucht.«

»Aber wie – ich meine, Zach, wie machen Sie das alles? Wie kommunizieren Sie mit ihm, ohne daß die Polizei das merkt?«

Er zuckt die Achseln. »Botschaften, Kuriere, Mittelsmänner.«

»Aber Sie treffen ihn nie?«
»Hin und wieder. An Sonntagen besucht er um fünf Uhr sein Familiengrab im Greenview-Friedhof. Die Jungs vom FBI machen sich nie die Mühe, ihm dorthin zu folgen.«
»Heute?« fragt sie.
»Was?«
»Heute ist Sonntag. Werden Sie ihn heute sehen?«
»Sollte ich?«
»Ich meine nur – ich weiß es nicht. Es ist wirklich aufregend, Zach. Irgendwie unwiderstehlich. Ich würde nur gern begreifen, warum es so ist.«
Er sagt: »Wir lieben die irdische Macht, weil sie von der Ewigen Macht, dem Tao, abgeleitet ist. Das ist es, was uns zu ihr hinzieht.«
»Ich weiß nicht so recht, ob ich das verstehe.«
Er grinst. »Ich auch nicht. Und wissen Sie, es gibt Zeiten, da denke ich, ich hatte schon genug davon, von diesen Lektionen der Macht. Zeiten, in denen ich denke, ich bin bereit, es aufzugeben und mich irgendwo in einem Kloster zu verstecken. Vielleicht in den Ajanta-Höhlen bei Haiderabad. Irgendwo, wo es sauber, abgeschieden und einfach ist. Oder noch besser ... noch besser, Annie. Kommen Sie, sehen Sie sich das an.«
Er nimmt sie bei der Hand.
Sie beschleunigen ihre Schritte, und er führt sie auf die Kuppe der Anhöhe.
Von dort können sie das alte, windschiefe Farmhaus inmitten der Zuckerahornbäume sehen. Die Fenster sind kaputt, die Holzpfosten der Veranda verfault. Während sie es ansehen, läßt er ihre Hand nicht los. Mit den Fingerspitzen streicht er über ihre Handfläche. Die sanftestmögliche Berührung – aber er spürt, wie sie erschauert.
Er sagt: »Ich möchte dieses Haus renovieren. Das wird mich mehr kosten als ein Neubau. Aber es war schon immer mein Traum, ein Farmhaus mit bunten Vorhängen und einem

Schaukelstuhl auf der Veranda zu besitzen. Und polierten Böden. Und eine Familie, eine Frau, die ich lieben kann, Kinder. Einen Jungen wie Oliver. Und dann keinen Umgang mehr mit der Macht. Nichts mehr als Liebe. Glauben Sie, ich könnte mich in reine Liebe verwandeln, Annie? Glauben Sie, daß ich *diese* Macht habe?«

Er sieht sie nicht direkt an, aber er weiß, daß sie lächelt.

Er sagt: »Ich will eine Frau finden, die kreativ ist und vielleicht ein bißchen chaotisch, sozusagen als Gegengewicht zu meiner Ordnungsliebe. Annie? Annie, darf ich Ihnen etwas sagen? Es ist schade, daß Sie mich hassen. Denn ich liebe Sie.«

Sie stehen da und sehen zu diesem Haus hinunter. Hat sie so viel Angst wie er? Er hat Angst, aber er liebt sie, diese Angst. Er liebt es, die große Glocke in seiner hohlen Brust schlagen zu spüren.

Er dreht sich zu ihr um. Sie legt die Hände an seine Schläfen und zieht sein Gesicht zu sich herunter.

Sie weint, als sie seine Lippen berührt.

Keine Zunge, kein Druck. Nur die Berührung ihrer Lippen, der Geschmack ihrer Tränen.

In seinem ganzen Leben ist er noch nicht so sanft geküßt worden.

Er drückt sich an sie, aber sie weicht zurück. »Nein«, sagt sie. »Das ist zu früh.«

Sie dreht sich um und läuft von ihm weg, den weiten Abhang hinunter.

Beim Auto holt er sie ein. Sie steht an der Tür. Sie weicht seinem Blick aus. »Fahr mich zurück«, sagt sie.

»Wann werde ich dich wiedersehen?«

Es ist schwer für ihn, daß er sie das fragen muß. Aber es ist auch schwer für sie. Sie kann nicht sprechen. Zuerst sieht es aus, als würde sie gleich den Kopf schütteln, aber dann sagt sie: »Bald. Ja. Aber nicht morgen. Bald. Laß mir Zeit. Bitte.«

Annie, vierzig Minuten später. Sie sitzt in ihrer Stammkabine beim FBI, und Carew macht ihr die Hölle heiß. Er ist rot im Gesicht, seine Augen sind nur Schlitze, und seine Stimme klingt heiser.

»Was zum Teufel haben Sie eigentlich gemacht, als sie bei *Papa Taco* ausgestiegen sind?«

»Wie bitte?«

»An der Route 22. In Stoneleigh. Sie sind mit diesem Eddie gefahren, und er hat am Straßenrand angehalten. Wir haben gehört, wie die Tür geöffnet und dann geschlossen wurde. Warum? Was war da los?«

»Er hat mir gesagt, ich soll aussteigen.«

»Ach wirklich? Und warum haben wir das nicht gehört?«

»Er hat es mir mit Gesten zu verstehen gegeben. Ich habe gedacht, ich würde den Lehrer hier treffen. Aber als dann niemand auftauchte, hat er mir gesagt – bedeutet –, ich solle wieder einsteigen.«

»Und dann?«

»Und dann sind wir herumgefahren.«

»Ohne ein Wort zu reden?«

»Er wollte nicht mit mir sprechen.«

»Vielleicht weil Sie ihm gesagt haben, er soll den Mund halten.«

»Vielleicht. Wollten Sie wirklich, daß ich mit Eddie rede? Ich dachte, Sie wollten, daß ich mit dem Lehrer rede.«

»Und eine halbe Stunde später sind Sie zur selben Stelle zurückgekommen?«

»Ja. Und dann ist noch einmal das gleiche passiert.«

»Das ergibt für mich keinen Sinn.«

»Aus irgendeinem Grund«, sagt sie, »ist der Lehrer nicht erschienen. Ich glaube, er hatte den Verdacht, daß etwas nicht stimmt.«

»Und woher hatte er diesen Verdacht?«

Sie zuckt die Achseln. »Das weiß ich nicht. Finden Sie es heraus. Ich jedenfalls gehe jetzt nach Hause.«

Er schüttelt den Kopf. »Wir haben noch viel zu besprechen.«
»Großartig.« Sie grinst. »Wir reden morgen. Wir stellen ihm noch eine Falle, mh? O Mann, das wird ein Knaller. Aber jetzt bin ich erschöpft und will nach Hause.«
Sie steht auf.
»Wir sind noch nicht fertig, Ms. Laird.«
»Ich gehe nach Hause.«
»Setzen Sie sich. Ich möchte, verdammt noch mal, wissen, was Ihnen durch den Kopf geht?«
»Was mir durch den Kopf geht? Mein Kind. Ich denke an mein Kind. Das ist alles. Sonst nichts. Nichts Spezielles. Nur mein Kind.«
»Setzen Sie sich.«
»Nein.« Sie fixiert ihn. »Wenn Sie heute mehr von mir wollen, müssen Sie mich verhaften. Und mir einen Anwalt besorgen. Wenn nicht, komme ich morgen wieder. Morgen nachmittag, sagen wir um vier?«
»Annie –«
»Nennen Sie mich nicht Annie.«
»Ms. Laird –«
»Und bis dahin können Sie mich mal.«
Sie geht hinaus.
Sie steigt in ihr Auto und fährt zum Greenview-Friedhof.

Frankie und Arcangelo halten vor der Boffano-Gruft Wache, während Louie Boffano mit seiner geliebten verstorbenen Mutter Zwiesprache hält. Frankie sieht gerade den langen, von Engeln gesäumten Pfad entlang, als plötzlich diese Frau auftaucht. In einer schwarzen Windjacke mit über den Kopf gezogener Kapuze. Sie kommt mit schnellen Schritten auf sie zu.
Er ruft den anderen zu: »Verdammt, wer ist denn das?«
Eine Trauernde kann es nicht sein. Trauernde werden an einem Sonntag um diese Uhrzeit hier nicht mehr eingelassen. Bis auf Louie Boffano.

Louie dreht sich um und sieht selbst hin. »Moment mal«, sagt er.

Frankie weiß, wenn irgend jemand Louie Boffano töten wollte, wäre jetzt eine gute Gelegenheit dazu. Nach seiner Zeit im Knast ist er angeknackst. Noch nicht wieder ganz auf den Beinen. Und diese Tussi, die einfach so daherkommt, so schnell und wie aus dem Nichts, diese Tussi könnte Unheil bedeuten.

Frankie tritt einen Schritt zurück und stellt sich vor Louie. »Stehenbleiben!« ruft er.

Sie geht weiter.

Er steckt die Hand in die Tasche und umklammert seine Gluck.

»Ich sagte: stehenbleiben.«

Doch sie kommt näher. »Mr. Boffano?« sagt sie. »Ich muß mit Ihnen sprechen.«

Nichts in ihren Händen. Die Handtasche über der Schulter: keine unmittelbare Gefahr. Wenn sie nicht vorhat, Louie mit bloßen Händen zu erwürgen, denkt Frankie, kann uns nichts passieren.

Aber Arcangelo ist weniger locker. Er zieht seine Knarre, stellt sich in Position und bellt: »Stehenbleiben oder ich puste dir den Schädel weg!«

Wie ein Polizist.

Mein Gott.

Aber es funktioniert, die Frau bleibt stehen. Zehn Meter von ihnen entfernt. Sie steht auf dem Gras des Engelspfades.

»Arcangelo«, sagt Louie mit sanftem Tadel in der Stimme und bedeutet ihm, die Waffe zu senken. Dann fragt er die Frau: »Was kann ich für Sie tun?«

Sie sagt: »Erkennen Sie mich?«

»Ja, natürlich. Die Geschworene. Was wollen Sie?«

»Ich habe etwas für Sie.«

Sie greift nach ihrer Handtasche.

»Finger weg von der Tasche!« ruft Frankie.

Sie zuckt die Achsel. Senkt die Schulter und läßt die Tasche herunterrutschen. »Dann holen Sie es sich.«
»Was ist es?«
»Ein Friedensangebot«, sagt sie. »Ich will ein Abkommen mit Ihnen schließen. Ich gebe Ihnen, was ich in der Tasche habe. Und ich verspreche Ihnen, nicht mit den Behörden zusammenzuarbeiten, unter keinen Umständen. Und dafür lassen Sie mich in Frieden. Mich und meine Familie und meine Freunde.«
Darauf erwidert Louie gnädig: »Aber ich würde doch Ihrer Familie nie etwas tun. Auch Ihnen nicht, niemandem. Ich weiß nicht einmal, warum ich es sollte ...«
»Schwören Sie es, Louie, und ich gebe Ihnen das Geschenk.«
»Aber ich bin an Ihrem verdammten Geschenk nicht interessiert.«
»O doch, das sind Sie«, sagt sie und greift wieder nach ihrer Handtasche.
»Nicht!« ruft Frankie.
Sie lächelt ihn an. »Glauben Sie, ich will Louie Boffano umbringen?« Ein verächtliches Auflachen, als sie seinen Namen ausspricht. »Aber er bedeutet mir doch nichts. Warum sollte ich *ihn* denn umbringen?«
Louie gibt Frankie ein Signal, sich zu entspannen.
Die Frau öffnet die Tasche. Zieht einen Mini-Kassettenrecorder heraus und drückt PLAY.
Sie hören den Lehrer lachen.
»Louie Boffano ist niemands Freund. Er ist ein Spinner. Er ist ein Monster. Aber er fasziniert mich. Ist das etwa verderbt – daß mich dieser Mann fasziniert?«
Sie stoppt das Band. »Hat Ihnen das gefallen, Mr. Boffano? Wollen Sie noch mehr hören?«
»Wann haben Sie das aufgenommen?«
»Heute.«
»Wer hat Sie verdrahtet?«

»Ich habe mich selber verdrahtet. Es ist ein Olympus irgendwas – ich habe es gestern abend auf der 42nd Street gekauft.«
Louie streckt die Hand aus. Er will, daß sie ihm das Ding bringt. Frankie sieht, daß seine Hand zittert.
»Louie«, flüstert Frankie ihm warnend zu. »Das könnte eine Falle sein. Der Lehrer würde nie, er würde nie –«
»Nimm ihr das Ding ab«, befiehlt ihm Louie.
Sie sagt: »Nein. Erst wenn Sie geschworen haben. Schwören Sie, daß Sie mir nichts tun werden. Mir nicht, meinem Kind nicht, meinen Freunden nicht –«
»Geben Sie mir endlich das Band«, sagt er. »Ich schwöre, ich werde mich nie mehr in Ihr Leben mischen.«
Sie fixiert ihn mit ihren großen Augen, mit den dunklen Schatten darunter. Ist das nicht die, die Eddie eine Schönheit genannt hat? denkt Frankie. Aber sie ist keine Schönheit. Sie ist eine verdammte Hexe, zum Fürchten.
Sie geht zu Louie und gibt ihm das Gerät.
»Vergeuden Sie keine Zeit«, sagt sie zu ihm.
Sie dreht sich um und geht davon. Während Louie den PLAY-Knopf sucht und ihn schließlich drückt. Sie sehen ihr nach, wie sie an den Grüften vorbei davongeht. Auf dem Band hören die Männer sie den Lehrer fragen: *»Warum leiten Sie die Geschäfte dann nicht selbst?«*
Und sie hören den Lehrer lachen und ihr antworten: *»Vielleicht tue ich es eines Tages.«*
Sie sehen zu, wie sie zwischen den Gräbern verschwindet.
Auf dem Band sagt der Lehrer: *»Vielleicht schaffe ich mir den alten Louie vom Hals, vielleicht auch nicht. Vielleicht halte ich es für vernünftiger, eine Galionsfigur zu haben. Damit nicht ich den ganzen Druck abbekomme. Soll er der Berg sein, ich bin die Schlucht.«*

VIERZEHN

Wehr dich, so heftig du willst, ich werde
dich deswegen nicht weniger lieben

DER LEHRER AM MONTAG MORGEN IN ALLER FRÜHE. ER FÄHRT mit Eddie in dessen Auto den langen Hohlweg am Hudson entlang, in Richtung St. Theresa's. Früher war das eine private Mädchenschule, bis sie vor ein paar Jahren ihre Pforten schloß. Im Sommer wird das Gelände noch vom Verein der Frischluftfreunde genutzt, aber für den Rest des Jahres ist es verlassen.

Eddie hält neben einer Cafeteria mit großen Glasfenstern an. Sie steigen aus und warten. Der Lehrer stellt seine Aktentasche auf Eddies Auto und sieht durch Kastanienbäume, durch Zweige, die so dunkel sind wie die Bleieinfassungen von Butzenscheiben, zum Fluß hinüber. Er wartet gelassen, sagt kein Wort.

Aber Eddie murmelt vor sich hin, sieht immer wieder auf die Uhr, und schließlich sagt er: »He, Vincent, wenn du Angst hast vor diesem Treffen, dann laß uns von hier verschwinden.«

»Ich habe keine Angst.«

»Nicht?«

»Hast *du* Angst, Eddie?«

»Ja. Um ehrlich zu sein, ja.«

Der Lehrer lächelt. »Louie wird mir nichts tun. Louie und ich, wir sind schon sehr lange zusammen.«

»Ja, ich weiß.«

»Er hat gesagt, er will über das Geschäft mit den Kalabriern reden. Warum sollte ich ihm nicht glauben?«

»Weil er es so verdammt dringend gemacht hat. Warum will er uns unbedingt heute sehen?«

»Louie war im Gefängnis. Er ist unruhig. Er will unsere Projekte endlich in Schwung bringen. Mir erscheint das sehr vernünftig.«

»Ich weiß nicht, Vincent.«

Der Lehrer schlendert zur Tür der Cafeteria und sieht sich eine Alabasterjungfrau an, die in einer Nische steht. Warum verehren sie sie, fragt er sich, obwohl sie absolut nichts

Unwiderstehliches an sich hat? Bis auf ihre Augen, die ein wenig aussehen wie Annies Augen.

Er wartet.

Schließlich taucht der schwarze Lincoln auf. Louie Boffano und seine kleine Truppe: sein Bruder und Frankie und Arcangelo.

Frankie steigt aus dem Fond aus und stellt sich neben die offene Tür. Louie, vorne auf dem Beifahrersitz, fragt den Lehrer: »Was ist in der Aktentasche?«

»Pläne. Unterlagen für das Kalabriengeschäft. Darüber wollten wir doch –«

»Sieh nach, Frankie.«

Frankie öffnet die Aktentasche, wühlt in den Papieren, sucht nach einem doppelten Boden.

»Nichts, nur Papiere, wie er gesagt hat.«

»Durchsuch ihn.«

Frankie tastet ihn ab.

»Er ist sauber.«

»Na gut. Man muß sichergehen, nicht, Vincent? Komm, steig ein.«

Der Lehrer steigt in den Fond. Aber als Eddie auf die Tür zugeht, sagt Louie: »Du nicht, Eddie. Bei der Sache brauchen wir dich nicht.«

Eddie späht besorgt ins Auto.

Darauf sagt der Lehrer: »Schon in Ordnung, Eddie. Bis später.«

»Dann warte ich hier auf dich«, erwidert Eddie.

Darauf Louie: »Nein, fahr nach Hause. Warum warten? Worauf warten? Nimm dir den Tag frei. Wie geht's deiner Tochter? Wie geht's Roseanne?«

»Sie ist okay, Louie. Aber –«

»Verbring den Tag mit ihr. Wir fahren Vincent dann nach Hause.«

Sie fahren davon, die schmale Straße hinunter.

Der Lehrer sitzt eingezwängt zwischen Frankie und Arcangelo auf dem Rücksitz. Louie sitzt vorne. Sein Bruder Joseph ist am Steuer.

»Vincent«, sagt Louie, dreht sich um und lächelt ihn an. »Ich bin froh, daß du gekommen bist.«

Der Lehrer zuckt die Achseln. »Wenn der Boß es befiehlt, was bleibt mir denn da übrig?«

Die Straße wird holpriger, je näher sie zum Fluß kommen. Links öffnet sich ein von Maulwürfen zerwühlter Fußballplatz, und sie biegen ab. In der Mitte des Platzes bleiben sie stehen.

Louie dreht sich wieder um. »Mehr als zwanzig Jahre arbeiten wir jetzt schon zusammen, habe ich nicht recht, Vincent? Sooft du eine verrückte Idee hattest, na, dann hatte ich die Leute dafür, die Organisation, und wir haben sie in die Tat umgesetzt. Wir sind beide reich geworden. Mehr als zwanzig Jahre lang war das so.«

»Das ist für dich aber eine lange Rede, Louie«, sagt der Lehrer mit einem Funkeln in den Augen. »Ich fühle mich geehrt.«

»Aber weißt du was?« sagt Louie. »Ich habe nicht den geringsten Schimmer, was dich eigentlich antreibt. In diesen zwanzig Jahren habe ich rein gar nichts von dir erfahren.«

Der Lehrer erwidert: »Also mir scheint das offensichtlich zu sein.«

»Wirklich?«

»Mir erscheint es offensichtlich.«

Louie sagt: »Diese Frau, diese Geschworene, also gestern am Grab meiner Mutter kommt sie zu mir und sagt, du hättest häßliche Dinge über mich gesagt.«

»Annie war bei dir?«

»Hast du häßliche Dinge über mich gesagt?«

»Ach, eigentlich nichts richtig Häßliches. Eher was Abfälliges. Ich glaube, ich habe dich einen Trottel oder einen Spinner oder so ähnlich genannt.«

»Du hast mich, verdammt noch mal, ein Monster genannt! Versuch's gar nicht erst zu leugnen, du Scheißhaufen, ich hab's nämlich auf Band.«

Der Lehrer kichert. »Ich will es ja gar nicht leugnen. Ich leugne nur, daß ich es mit Gehässigkeit gesagt habe. Ich habe es mit Gleichgültigkeit gesagt.«

»Du hast gesagt, daß du mich dir vom Hals schaffen willst –«

»Ich habe gesagt, *vielleicht* schaffe ich dich mir vom Hals. Vielleicht oder vielleicht auch nicht. Ich habe gesagt, mir ist das egal. Fühlst du dich beleidigt?«

»Beleidigt? Du Arschloch!«

»Zwischen uns bestehen keine Blutsbande, Louie. Und wir haben nie so getan, als wären wir Seelenverwandte. Ich bin mir sicher, daß du und dein Bruder mich schon Schlimmeres als einen Spinner genannt habt.«

Joseph mischt sich ein. »Willst du wissen, wie ich dich nenne? Ich nenne dich einen verdammten kranken Perversen. Das warst du nämlich schon immer. Schon als Kind warst du ein Perverser. Ich hab's Louie gesagt, ich habe gesagt, bleib weg von diesem Wichser.«

Der Lehrer erwidert: »Das ist sehr hilfreich, Joseph. Ich bin froh, daß du uns deine Gefühle mitteilst. Das ist ein sehr hilfreicher Dialog, den wir da führen.«

Joseph beugt sich über die Lehne und spuckt ihm ins Gesicht. »Leck mich, du Arschloch. Schafft ihn hier raus. Bringen wir es hinter uns.«

Arcangelo öffnet seine Tür und steigt aus. »Gehen wir.«

Frankie drückt dem Lehrer die Mündung seiner Gluck gegen die Schläfe. »Bewegung.«

Der Lehrer rutscht zur Tür und steigt aus.

Sie gehen über das verlassene Feld. Frankie auf der einen Seite des Lehrers, Arcangelo auf der anderen. Louie und sein Bruder warten im Auto.

Sie kommen zu einer Felswand und einem Waldstreifen. Der Lehrer sieht durch die Bäume hindurch zu den Eisenbahnschienen und dem Fluß hinunter. Er sagt: »He, Jungs, habe ich noch einen letzten Wunsch frei?«

»Was?«

»Ich will, daß ihr etwas für mich tut.«

»Was?«

»Ich will, daß ihr Louies Auto beobachtet.«

Er drückt mit der Handwurzel gegen seinen Schenkel – und betätigt den Auslöser. Die Explosion selbst bekommt er nicht mit. Nur den Widerschein des Blitzes auf den Bäumen, dann das *Wumm* und das Geräusch splitternden Glases, und schließlich hört er jemanden – er glaubt, es ist Joseph Boffano – vor Schmerz aufschreien.

Er dreht sich Arcangelo zu, der wie betäubt das Autowrack anstarrt, und nimmt ihm seine SWD Automatik ab. Dann jagt Frankie Arcangelo drei Kugeln in den Schädel.

Frankie und der Lehrer laufen zum Auto zurück. Die Beifahrertür ist offen, Louie ist herausgekrochen. Ihm fehlt ein Arm. Er ist bedeckt mit Fetzen seines Bruders. Die Gesichtshaut hängt ihm wie ein Lätzchen vom Kinn. Der Lehrer kniet sich hin und sagt: »Es tut mir leid, daß es so unsauber war. Aber in dieser Aktentasche hatte nicht mehr Plastiksprengstoff Platz. Verzeihst du mir?«

Er feuert Louie Boffano eine Kugel in den Schädel, schützt sich dabei mit der offenen Handfläche vor dem spritzenden Blut. Dann laufen er und Frankie über das Fußballfeld und den Hügel hinauf.

Unterwegs sagt er: »Hör zu, Frankie, ich bin dir dankbar, daß du mir den Tip gegeben hast, das bin ich wirklich.«

»Das war doch nichts.«

»Ich weiß Loyalität sehr zu schätzen.«

»Nicht der Rede wert.«

»Aber ich muß dir etwas sagen, Frankie – was dieses Versprechen angeht, das ich dir gegeben habe, daß ich Louies Geschäfte übernehmen und dich zum Boß machen werde.

Ich glaube, das waren nur Luftschlösser. Haben wir genug Einfluß in der Organisation? Du und ich? Ich glaube nicht. Außerdem bin ich viel zu beschäftigt – diese Tragödie mit Annie Laird und ihrem Sohn macht mir ziemliches Kopfzerbrechen.«

»Moment mal«, sagt Frankie.

Er bleibt unter von Nässe tropfenden Bäumen stehen. »Was soll denn diese Scheiße? Wir haben doch Pläne gemacht, wir haben –«

»Willst du die Wahrheit wissen? Ich glaube nicht, daß ich im Augenblick die Geduld für diese ganzen Familienscherereien habe. Verzeihst du mir?«

»Was für eine Scheiße ...«

Frankie greift in seine Jacke, bekommt die Pistole zu fassen. Der Lehrer schießt ihn in seine Halsschlagader, und sofort spritzt Blut in hohem Bogen heraus. Der Lehrer muß zur Seite springen, um nichts abzubekommen. Er schlägt Frankie mit dem Kolben seiner Heckler & Koch auf die Hand und hört winzige Knochen brechen. Frankie läßt die Pistole fallen, der Lehrer fängt sie.

»Verflucht«, sagt Frankie. »Was zum Teufel ist denn los mit dir?« will er trotzdem noch wissen. Die Worte gurgeln ihm blutfeucht aus dem Mund, aber sie kommen noch. Und der Lehrer, der jetzt langsam die Straße hochgeht, dreht sich zu ihm um und lächelt.

Er sagt: »Frankie, wie um alles in der Welt kannst du immer noch sprechen?«

»Ich traue dir nicht«, sagt Frankie. Er fängt an zu laufen und versucht, nach dem Lehrer zu greifen.

Der Lehrer wehrt Frankies Hände ab. »Frankie, denk doch mal nach.«

»Schnauze. Ich traue dir nicht mehr«, sagt Frankie, und dann verdreht er die Augen, kippt nach vorne und knallt mit dem Gesicht in den Matsch.

Sari fährt langsam über einen Feldweg in der Nähe von Garrison. Hier könne sie ihn finden, hat Eben ihr gesagt. Aber es scheint niemand hierzusein, nur kahle Bäume, die Eisenbahnschienen und weiter unten der Fluß. Doch plötzlich steht er vor ihrem Auto, mitten auf der Straße, und sie steigt auf die Bremse, schlittert im Matsch. Er steigt ein. Er grinst. Blut auf der Jacke und auf dem Hemd. Sein Haar ist zerzaust, seine Augen sind wie Blattgold, und er küßt sie leidenschaftlich.

Er sagt zu ihr: »Fahr zu, Geliebte.«

Sie fährt bis zum Ende des Feldwegs und biegt dann auf eine Teerstraße ein, die an herrschaftlichen Anwesen vorbeiführt. Hin und wieder sind Villen zu sehen.

Er sagt: »Ich habe mir gedacht, daß du vielleicht nicht kommst.«

»Natürlich bin ich gekommen. Erzähl mir, was passiert ist.« Sie wünscht sich sehnlichst, ihr Herz würde ihr nicht so zusetzen.

»Nein, das sollte ich wirklich nicht tun.«

»Erzähl's mir, Eben.«

»Es ist besser, wenn ich dich da nicht mit hineinziehe.«

»Wirst du gejagt?«

»Ja.«

»Von der Polizei?«

»Ja.«

»Bist du unschuldig?«

»Woran?«

»An dem, was sie glauben, daß du getan hast.«

»Welcher Mann, der von einer Frau geboren wurde, ist unschuldig? Aber ich habe versucht, einem Kind das Leben zu retten. Ich habe im Namen der Liebe gekämpft.«

In einem kleinen Waldstück hält sie an. Das Bankett ist nicht breit genug, um das Auto ganz von der Straße zu bekommen, aber es ist eine einsame Straße – in beiden Fahrtrichtungen keine Autos.

Sie dreht sich ihm zu.
»Hast du sie gevögelt?«
Dieses Gefühl, das sie für ihn empfindet, sie kann es nicht mehr Liebe nennen. Es gibt keinen Namen dafür. Wie Lippen in ihrem Schädel, die an ihrem Hirn saugen, so könnte man es beschreiben. Als wäre ihr Hirn eine verfaulte, schwarze Zitrone.
Er seufzt. »Warum willst du das alles wissen?«
»Hast du sie gevögelt?«
»Ob ich mit Annie geschlafen habe? Nein.«
»Aber wer ist sie? Komm mir jetzt nicht mit irgendeinem Quatsch, weil –«
»Sari, ich werde dich nicht belügen. Aber ich sollte dir nicht sagen, wer sie wirklich ist.«
»Nein? Das ist aber schade, Eben. Und weißt du warum? Weil ich, wenn du mir die Wahrheit erzählen würdest, etwas für dich tun würde. Dir etwas sagen würde. Etwas über einen kleinen Abstecher nach Guatemala.«
Sie dreht sich ihm zu und betrachtet die goldenen Flekken in seinen Augen. Sie schimmern wie geschlagene Gongs.
»Wo?« fragt er sie.
»Nein.« Sie schüttelt den Kopf. »Zuerst sagst du mir, warum du es wissen willst.«
»Weil ich sie retten kann, wenn ich es weiß. Und ihr Kind. Ich kann sie beide retten.«
»Sie vor was retten?«
»Nicht vor der Tragödie. Dem Schicksal können sie nicht entgehen. Aber vor der Verlogenheit und der Heuchelei, ja. Mehr kann ich dir aber nicht sagen. Du mußt mir vertrauen. Vertraust du mir nicht?«
»Nein.«
»Dann liebe mich ganz einfach, Sari.«
»Ich glaube, es war Wahnsinn, dich zu lieben.«
Er sagt: »Erzähl's mir. Wohin ist Annie geflogen?«

»Nein!« Sie bleibt stur. »Zuerst muß ich begreifen, was passiert.«
»Was passiert?« Er lacht. »Gewisse Konstellationen lodern zum Himmel hoch. Versengen das Firmament, verbrennen alles, was ihnen in den Weg kommt. Das ist es, was genau in diesem Augenblick passiert. Und was in diesem Universum kann uns vor einer solchen Gefahr beschützen? Weißt du das? Weißt du das, Sari?« Er hebt mit dem Zeigefinger ihr Kinn, so daß sie ihn ansehen muß.
»Die Liebe«, sagt er. »Natürlich. Nichts Geringeres. Die Liebe wird uns erlösen. Wohin ist sie geflogen, Sari? Geliebte? Sag's mir.«
Sie sieht zum Fenster hinaus. Sie sieht ihn an. Vielleicht hat er ja recht, denkt sie, vielleicht sollte ich nicht mehr dagegen ankämpfen und einfach meinem Herzen folgen.
Nein! Ihr Herz ist irregeleitet. Er ist ein Lügner. *Er ist ein Krebsgeschwür.*
Aber er ist der Mann, den ich liebe. Und die Liebe wird uns erlösen.
Er grinst sie an. Und fragt: »Wohin in Guatemala ist Annie Laird geflogen?«
Sie haßt ihn.
Sie starrt auf ihren Schoß und sagt: »Sie ist nirgendwohin geflogen.«
Sie spürt seinen Blick.
Sie sagt: »Ich habe Freunde bei den Fluggesellschaften, und die habe ich überredet, in jeder verdammten Passagierliste jedes Fluges nach Guatemala City in der letzten Woche nachzusehen. Ich habe mir die unmöglichsten Ausreden einfallen lassen. Ich habe das Gesetz gebrochen, und ich könnte meine X-Nummer verlieren, aber ich wollte das für dich tun, Eben, weil du mich darum gebeten hast. Der Name Annie Laird ist nirgendwo aufgetaucht.«
Er murmelt etwas Unverständliches.
Dann sagt sie: »Aber weißt du was? Da war eine Frau aus

Pharoah, New York, die nach Guatemala City geflogen ist. Eine Dr. Juliet Applegate. Mir ist eingefallen, daß wir die im *Poetry Café* kennengelernt haben und du mit ihr geflirtet hast, und da bin ich neugierig geworden. Vielleicht ist sie Annie Lairds Freundin? Vielleicht ist sie an ihrer Stelle geflogen? Die Angestellte, die den Flug gebucht hat, kenne ich ein wenig. Ich habe sie angerufen und ihr gesagt, Juliets Vater sei gestorben, und wir müßten sie unbedingt finden. Und sie hat mir gesagt, daß Juliet Applegate sich nach einem Anschlußflug in ein Dorf mit dem Namen T'ui Cuch erkundigt habe, aber es gibt keine –«

Ebens Augen blitzen. »Sari«, sagt er leise. »Sari, du bist phantastisch.«

Er nimmt ihren Kopf in seine Hände und gibt ihr einen so warmen, süßen, liebevollen Kuß und lacht dann so herzhaft, daß ihr Herz nicht anders kann, als sich ihm wieder ein wenig zu öffnen.

»Macht dich das glücklich?« fragt sie.

»O ja. Das ist sehr erhellend. Das eröffnet Wege, von denen ich geglaubt habe, daß sie vollkommen verschlossen sind.«

»Aber wer sind diese Frauen, Eben? Juliet Applegate und Annie Laird, wenn sie nicht deine Geliebten sind –«

Aber Eben hört ihr schon gar nicht mehr zu. Er überlegt. Starrt das Armaturenbrett an.

Dann bewegt sich ganz leicht sein Kopf, ein fast unmerkliches Nicken. Mit plötzlicher Entschiedenheit in der Stimme sagt er: »Sari, ich brauche dein Auto.«

»Wohin willst du?«

»Nein, um genau zu sein, brauche ich dieses Auto ohne dich. Im Augenblick muß ich alleine sein.«

»Was? Du … soll das ein Witz sein?«

Er lacht. »Das ist es. Ja. Aber es stimmt auch, daß ich dein oberflächliches Geplapper jetzt nicht ertragen kann, Sari, meine Geliebte.«

»Du Hurensohn! Ich verlasse mitten am Tag meine Arbeit, schau, was ich alles für dich tun kann, und du hast den Nerv –«

»Bitte gib mir den Schlüssel und steig aus.«

»Leck mich! Was soll denn das? Glaubst du vielleicht, ich gehe zu Fuß?«

Eben seufzt. »Nein.« Er seufzt noch einmal. »Nein, das wäre wohl ein bißchen umständlich. Also gut, warte.«

Er beugt sich vor und zieht den Schlüssel aus dem Zündschloß. Er steigt aus, geht nach hinten und öffnet den Kofferraum. Dann reißt er die Tür auf. Sie spürt den Lauf einer Pistole an ihrem Hals. »Komm«, sagt er. »Ich will, daß du in den Kofferraum steigst.«

Sie sieht schräg zu ihm hoch. »Eben.«

»Sofort, Sari. Sonst töte ich dich.«

»Eben!«

»Sari, ich bin dankbar für deine Hilfe, und ich liebe dich, und ich will nicht, daß du leidest, aber das Tao ist heute unruhig, heute fließt die Geduld des Tao in eine andere Richtung.«

Er faßt sie beim Ellbogen und zieht sie aus dem Auto. Wie betäubt läßt sie sich von ihm zum Kofferraum führen. Er drückt sie mit dem Kopf hinein. Sie stemmt die Handflächen gegen den Filzbelag des Kofferraums und versucht sich zu wehren. Aber das alles ist ein Traum, sie versteht überhaupt nichts, sie weiß nicht, was sie tun soll. Er steht hinter ihr, hebt ihre Beine an, winkelt sie ab, und sie kippt auf die Ellbogen. Er sagt: »Sari, das alles tut mir leid, ich bitte dich um Verzeihung. Aber wenn du das jetzt tust, wird alles gut. Dir wird nichts Schlimmes passieren.«

Sie sollte ihm nicht trauen.

Sie hätte ihn nie lieben dürfen.

Sie sollte sich nicht wie ein Embryo in diesem muffigen Kofferraum zusammenrollen, aber sie ist halb wahnsinnig vor Angst, und sie tut es.

Die Pistole berührt ihre Wange. Sie schielt den Lauf an. Sie versucht, den Blick scharfzustellen, aber der Lauf ist zu nahe.
Er sagt zu ihr: »Ich verspreche dir, wenn du dieses eine Mal auf Laotse hörst, wenn du im Zentrum bleibst und den Tod mit ganzem Herzen annimmst, dann wirst du ewig leben. *Ewig*, okay?«
Einige Augenblicke lang wartet er auf ihre Antwort. Als sie nicht antwortet, tut er es für sie. »Okay«, sagt er, und das ist das letzte, was sie in ihrem Leben hört.

Eddie erhält einen Anruf von Vincent.
»Mein Gott«, sagt Eddie. »Was zum Teufel ist denn passiert? Tony hat mich angerufen und gesagt, du hättest sie alle umgelegt.«
Vincent lacht. »Es war ein schwieriges Treffen. Wir hatten unterschiedliche Herangehensweisen an dasselbe Problem.«
»Woher hast du gewußt, was dir bevorsteht?«
»Frankie hat es mir erzählt. Frankie war mir treu ergeben.«
»Mir hast du nichts davon gesagt.«
»Ich habe deine Hilfe nicht gebraucht.«
»Tony sagt, daß du Frankie umgelegt hast.«
»Das stimmt.«
»Aber wenn er dir den Tip gegeben hat, warum –«
»Es war eine komplizierte Situation, Eddie. Die vereinfacht werden mußte. Zurechtgestutzt. Ich erzähl's dir ein anderes Mal.«
»Also, beweg deinen Arsch hierher, Mann. Ich hol' Roseanne aus der Schule, wir fahren direkt zum Flughafen. Ich habe auch für dich ein Ticket.«
»Vielen Dank.«
»Dank mir nicht, komm lieber!«
»Aber ich fliege nicht mit euch, Eddie. Ich komme in ein paar Tagen nach. Ich muß erst hier noch was erledigen.«

»He, Vincent. Du mußt den Jungen in Ruhe lassen.«
»Den Jungen? Du meinst das Kind der Geschworenen? Natürlich.«
»Du kannst nichts dagegen tun, es ist –«
»Natürlich. Natürlich verstehe ich das.« Er lacht. »Neugierig bin ich allerdings schon. Ich frage mich, ob Annie glaubt, daß die wahre Liebe irgendwie nicht meine Bestimmung ist. Glaubt sie, daß sie zu einfach ist für den Lehrer? Oder zu gewöhnlich? Ich frage mich, ob sie mich für eine Art Geist hält, ob sie glaubt, daß ich nur auf Erden wandle, um zeitlose Weisheit zu verbreiten.«
»Keine Ahnung«, sagt Eddie.
»Ob sie es wohl für eine Sünde hält, mir einen Platz am Tisch anzubieten?«
»Ist doch egal –«
»Eddie, habe ich dir erzählt, daß ich herausgefunden habe, wo sie das Kind versteckt? In einem kleinen Dorf in Guatemala, oben in den Bergen. Am Ende der Welt. Aber habe ich sie nicht davor gewarnt? Habe ich ihr denn nicht geduldig erklärt, daß sie nirgendwohin flüchten kann? Habe ich nicht Himmel und Erde in Bewegung gesetzt, um diese Tragödie aufzuhalten.«
»Vincent, tu's nicht. Tu's verdammt noch mal nicht. Er ist doch nur ein Junge, um Himmels willen. Einem Kind tut man nichts. Drohen, das ist eine Sache, das ist okay. Aber dem Kind was tun? Bist du verrückt oder was? Ich habe selber ein Kind! Ich habe ein Kind, Vincent, einem Kind tut man nichts. Das ist kein Dealer, der zu wenig abliefert, das ist kein Hohlkopf mit zu vielen Ellbogen. Das ist ein Kind. Was für ein Schwein würde denn einem Kind was tun? Um was geht's denn hier? Welche Scheiße –«
Vincent kichert. »Eddie!«
»Du verrücktes Arschloch!«
»Eddie.«
»Was?«

»Ich werde mich nicht einmischen. Ist es das, was dir Sorgen macht?«
»Genau das macht mir Sorgen.«
»Aber meine Einmischung würde nicht helfen.«
»Richtig. Genau das will ich dir sagen.«
»Es ist alles unter den Schwingen des Tao, Eddie. Es ist alles vorherbestimmt. Ich kann absolut nichts tun. Bis bald. Schöne Grüße an deine Tochter. Wir sehen uns in den nächsten Tagen.«
Er legt auf. Eddie knallt den Hörer auf die Gabel und schüttelt den Kopf, steht dann auf und geht durch die Schwingtür in die Küche. Öffnet sich eine Dose Bier. Trinkt einen Schluck. Stellt dann die Dose auf die Anrichte, schreit, so laut er kann *»Du verrücktes Arschloch«* und versucht dann, die Schwingtür aus den Angeln zu reißen.

Annie hängt eben in ihrem Atelier die Vorhänge wieder auf, als sie im Radio die Nachricht hört. Sie hat alle kaputten Fensterscheiben ersetzt, die Rahmen wieder eingekittet. Jetzt steht sie auf der Armlehne des Großvatersessels, streckt sich und versucht, den Aluminiumstopper der Vorhangstange in den Schlitz der Schiene einzuführen. Einen Augenblick lang hat sie sonst gar nichts im Kopf. Dann kommen plötzlich ein paar schnelle, hämmernde Takte einer Erkennungsmelodie aus dem Radio. Die Lokalnachrichten.

> *»Explosion eines Autos in der Nähe von Cold Springs. Die Polizei vermutet einen internen Racheakt der Mafia. Einzelheiten nach diesem ...«*

Annie läßt die Vorhangstange los. Sie fällt klappernd zu Boden. Annie steigt vom Sessel. Sie drückt die Fingerknöchel aneinander, beinahe so, als würde sie beten. Sie geht zum Radio. Sie beißt sich auf die Lippe, ihre Augen schimmern. O Gott. Haben sie ihn in die Luft gejagt? Dich Arschloch. In die Luft gejagt haben sie dich.

Sie steht auf Zehenspitzen. Der Werbespot zieht sich in die Länge. Es riecht gut in ihrem Atelier, nach was? Nach Firnis. Und nach der frischen kalten Oktoberluft, die tagelang durch die zerbrochenen Fenster hereinwehte. Bitte, laß es ihn sein. Es muß einfach er sein, oder? Winzige kleine Fetzchen ist er jetzt nur noch, der Saukerl. Sie versucht, das Lachen zu unterdrücken, aber es springt ihr aus der Kehle. Nicht, warte, bis sie seinen Namen genannt haben – aber dieses lange, kindische, ununterdrückbare Lachen bricht aus ihr heraus, als wäre das der witzigste Werbespot in der Geschichte des Radios.

Der Nachrichtensprecher meldet sich wieder und sagt:

»Vier Leichen wurden in der Umgebung eines explodierten Autos auf dem Gelände einer verlassenen Schule in der Nähe von Cold Springs entdeckt. Nach Polizeiangaben gibt es Hinweise darauf, daß die Mafia mit diesem Anschlag in Verbindung steht. Mindestens zwei der Opfer wurden bereits identifiziert. Ihre Namen werden noch zurückgehalten, um die Untersuchungen nicht zu …«

Vier?

Vier getötet? Warum, Louie, du hättest doch bloß den einen in die Luft jagen müssen. Oder vielleicht noch seinen Kumpel Johnny. Okay, zwei, aber …

Das Telefon klingelt.

Sie nimmt ab, und eine Stimme sagt: »Er weiß, wo Ihr Junge ist.«

Sie sagt: »Wer spricht dort?«

Aber sie fragt das nur, um Zeit zu gewinnen, um sich zu sammeln. Sie hat Johnnys Stimme erkannt.

»Er weiß, daß Ihr Junge in einem kleinen Nest in Guatemala ist. Ich mußte es Ihnen sagen. Ich mußte es Ihnen sagen, weil er total durchgeknallt ist und nur noch verrücktes Zeug daherredet, und weil Sie ihn stoppen müssen. Weil ich ihn nicht stoppen kann. Ich habe selber ein Kind, Boffanos Jungs sind mir auf den Fersen, die Polizei ist mir auf den Fersen, und ich muß meine Tochter von hier wegbringen. Ich kann Ihnen nicht helfen. Sie müssen es tun. Sie müssen ihn stoppen, Annie.«

Annie am Ticketschalter der American Airlines. Die Angestellte sieht auf die Uhr und schüttelt den Kopf. »Nein, Madam, ich fürchte, diesen Flug haben Sie gerade verpaßt. Aber in einer Stunde geht die Aviateca-Maschine, die müßte noch –«

»Ich kann nicht warten! Mein Kind. Mein Kind ist da unten!«

»Ma'am. Ich glaube, die Maschine rollt bereits.«

»Mein Kind, bitte. Mein Junge – ich muß sofort zu ihm. Er stirbt.«

»Ihr Kind ist in Guatemala?«

»Er stirbt. Bitte. Es ist – er hatte einen Unfall und ist verletzt. Mein Mann hat mich angerufen.«

»Augenblick.«

Die Angestellte greift zum Telefon.

Drei Minuten später sprintet Annie einen langen, breiten, leeren Korridor hinunter. Ein Steward tritt aus der Maschine und winkt ihr, und sie wird an Bord verfrachtet.

»Vielen Dank, vielen Dank, vielen Dank«, stammelt sie, während man sie zu ihrem Platz bringt. Die Maschine rollt an, noch bevor Annie den Sicherheitsgurt angelegt hat. Sie hat einen Fensterplatz. Niemand neben ihr, Gott sei Dank. Man hat ihr dieses einfache, graue Fensterrechteck gegeben, vielen Dank. Ein Gewirr winziger Kratzer auf dem Plastik. Sie starrt sie an, sie haben keine Bedeutung für sie. Warum habe ich ihn nur herausgefordert? Warum habe ich mir eingebildet, ich könnte ihn bekämpfen? Er ist gigan-

tisch, er könnte uns beide mit einem Finger zerdrücken – warum habe ich nicht getan, was er verlangt hat? Warum nicht? Warum nicht?
Die Maschine hebt ab, und unter ihr entrollen sich die Viertel der Stadt. Düsterer Stein, die Straßen Gittermuster oder wirr angeordnet wie die Kratzer auf dem Fenster.
Dann setzt sich der Lehrer neben sie.

Der Lehrer sagt: »Das ist unheimlich, nicht? Daß wir heute im selben Flugzeug sitzen.«
Er spürt ihre Wut, spürt den Schrei, der in ihr hochkocht. Er legt seine Hand auf die ihre, sie soll sich beherrschen. »Jetzt nicht laut werden«, sagt er und öffnet seine Jacke gerade so weit, daß sie seine Waffe sehen kann. »Ich habe Freunde, die mich mit der Pistole an Bord gelassen haben. Es macht mir nichts aus, sie zu benutzen. Ich werde dich töten, den Piloten, die Crew, mich selbst. Wird das Oliver helfen? Im Gegenteil, es wird sein Schicksal besiegeln. Ein Kollege von mir ist in diesem Augenblick unterwegs nach T'ui Cuch. Von Kalifornien aus. Morgen früh wird er dort sein. Deinen Sohn kannst du nur retten, wenn du am Leben bleibst. Und als erste bei ihm bist. Wenn du das gelassen angehst, wenn du darüber nachdenkst, dann, glaube ich, wirst du anfangen, es zu verstehen.«
Aber die Angst strömt weiter aus ihr heraus. Die Angst und die Unentschlossenheit. Er weiß, was sie jetzt denkt: Was, wenn es diesen Kollegen gar nicht gibt, wenn der Lehrer sie anlügt? (Er lügt tatsächlich, und er haßt es, aber das ist die notwendige Arbeit des Tao – das Tao, das irdische Lügen, in ewige Wahrheit verwandelt.)
»Glaub mir, Annie. Bitte hör dieses Mal auf mich. Wenn du schon vorher auf mich gehört hättest, ich meine auf mich und nicht auf diese dumme Ärztin mit ihren Flausen im Kopf, dann wäre es überhaupt nicht so weit gekommen.«
Er drückt den Serviceknopf über seinem Kopf. Als die Ste-

wardeß erscheint, sagt er zu ihr: »Ich habe vorne in der ersten Klasse gesessen. Platz zwölf. Aber dann habe ich diese alte Bekannte getroffen, es ist ein ganz unglaublicher Zufall, und ich würde gerne eine Weile bei ihr sitzen. Ist das in Ordnung?«

»Selbstverständlich, Sir. Kein Problem.«

»Könnten Sie uns etwas zu trinken bringen?«

»Was möchten Sie?«

»Für mich Gin-Tonic.« Er wendet sich Annie zu. »Was ist mit dir?«

Ihr ist es egal.

Also bestellt er zwei Gin-Tonic.

Nachdem die Stewardeß gegangen ist, sagt er: »Ich habe heute von dir geträumt, Annie. Ich bin im Taxi eingeschlafen und hatte einen Alptraum. Du warst betrunken, Annie. Wir waren auf einer Cocktailparty in dem Haus in Bay Ridge, in dem ich aufgewachsen bin, und du warst betrunken, und aus irgendeinem Grund bin ich hinausgegangen und habe dein Auto angezündet. Oliver war im Auto. Ich habe ihn eingesperrt und das Auto angezündet. Dann bin ich wieder ins Haus und habe es dir gesagt, aber du hast nichts verstanden. Du wolltest immer nur die Geburtstagskerzen ausblasen. Ich habe geschrien: ›Oliver brennt!‹, und du hast deinen Drink auf eine der Kerzen gegossen. Beim Aufwachen hatte ich kalten Schweiß auf der Stirn. Im Taxi. Es ist unglaublich, wie furchterregend das war – und jetzt bist du hier und alles ist okay. Annie, wenn wir doch nur miteinander schlafen könnten.«

»Wir können es!« sagt sie. »Laß es uns tun. Bitte, Zach, laß uns ein Paar werden! Was ich getan habe, tut mir leid.«

»Ich mache dir keinen Vorwurf, Annie. Wegen gar nichts.«

»Ich hatte nicht –«

»Du hattest Angst.«

»Ich hatte nichts begriffen.«

»Das weiß ich. Trotzdem, was vorherbestimmt ist, kann man

nicht aufhalten. Das ist die Wahrheit. Das ist selbstverständlich. Die Kraft einer einzigen vom Regen genährten Orchidee kann das Universum zerstören. Oliver ist es *vorherbestimmt*, daß er morgen früh getötet wird. Ich glaube, wir beide haben das jetzt begriffen. Mein Gott, wie wir dagegen angekämpft haben, nicht? Du und ich, was für Narren waren wir doch, als wir versuchten, uns einzumischen. Und Juliet, als sie dem Schicksal in den Weg trat, hat sie da nicht ausgesehen wie ein Clown? Wir waren wie eine Truppe Zirkusclowns –«

Die Stewardeß bringt ihnen die Drinks. Er gibt ihr zwanzig Dollar Trinkgeld, sie schenkt ihm ein kokettes Lächeln. Als sie weg ist, fragt Annie: »Zach, anstatt, anstatt ...«

»Oliver zu töten?«

»Ja. Warum tötest du nicht einfach mich? Ich meine, warum bringst du mich nicht irgendwohin und folterst und tötest mich auf wirklich interessante Weise? Würde dich das nicht zufriedenstellen?«

Er sieht sie mit einem Ausdruck tiefer Besorgnis an. »Annie, hör zu, ich *will* niemanden töten. Es ist nur so, daß ich weiß, was ich tun muß. Ich muß sehen, wie du die Leiche deines Sohnes in den Armen hältst.«

»Aber Zach, Zach, *bitte* –«

Er hält sich den Zeigefinger an die Lippen.

»Pssch. Ganz ruhig. Lehn dich nicht auf gegen das Universum. Versuch nicht immer zu ändern, was du nicht ändern kannst. Tu einfach, was Laotse sagt: *Konzentriere deinen Atem und mache ihn geschmeidig, sei ein Kind, sei wieder ein Kind.*«

Er umschließt ihre Hand mit der seinen und hält sie fest. Er denkt, was für eine lange, merkwürdige Reise das wird, nur sie beide, nebeneinander in dieser Sitzreihe, und sie haben so viel zu besprechen. So viele Fragen will er ihr stellen. Angst und Kummer und Verzückung im selben Augenblick. Er trinkt einen Schluck von seinem Gin-Tonic, und es schmeckt wie flüssiges Silber.

Annie, vier Stunden später. Sie steigt hinunter auf die Asphaltbahn des Flughafens von Guatemala City und läuft durch die Menge der Passagiere auf das Terminal zu. Der Lehrer ist zwanzig Schritte vor ihr. Einmal dreht er sich zu ihr um, zwinkert ihr zu und schlängelt sich dann weiter durch die Menge.

Sie betreten eine lange, breite Eingangshalle, an deren Ende sich die Kabinen der Zollabfertigung befinden. Der Lehrer kommt schnell vorwärts, hat die Spitze der Schlange schon beinahe erreicht.

Eine Zollbeamtin winkt ihn zu ihrer Kabine.

Jetzt, denkt Annie. Soll ich jetzt nach der Polizei rufen? Nein, er kann mich noch sehen. Er könnte mich noch immer töten, und sich selbst töten, und dann findet der Mörder Oliver.

Also muß sie stehenbleiben und zusehen, wie er der Beamtin sein schiefes Lächeln zuwirft, wie er ungehindert durch den Zoll kommt.

Er verschwindet Richtung Gepäckausgabe.

Jetzt.

Gleich wird er seinen Mietwagen abholen und sich aufmachen nach T'ui Cuch, dann ist er nicht mehr einzuholen.

Jetzt.

Sie tritt aus der Schlange. Die Passagiere vor ihr beschweren sich. Sie geht an der Frau in der Kabine vorbei, und die schreit hinter ihr her.

»Mörder«, sagt Annie zu niemand Speziellem. »Er hat eine Waffe! Er ist ein Mörder!«

Sie deutet. Jetzt steht jemand vor ihr, in Uniform. Andere Uniformierte kommen herbeigelaufen.

»Er hat eine Waffe«, schreit sie. »Halten Sie ihn auf!«

Sie antworten ihr auf spanisch.

»Ich spreche kein Spanisch. Waffe. Der Mann im blauen Anzug. Spricht denn hier keiner Englisch? Bitte, halten Sie ihn auf. Halten Sie ihn auf!«

Einer der Uniformierten versucht, sie festzuhalten. Sie reißt sich los, läuft weiter. Rechts von ihr erkennt sie hinter einer Glaswand ein Büro, und mehrere Uniformierte kommen heraus, kommen auf sie zu. Sie stolpert in diese Richtung und schreit.

Wieder ist sie umringt.

Eine Stimme an ihrem Ohr sagt auf englisch: »Was ist denn hier los?«

Ein kleiner, adretter Polizeibeamter.

Sie sagt: »Dort ist ein Mann mit einer Waffe. Dort hinten. *Dort hinten!* Blauer Anzug, rote Krawatte, ein Amerikaner. Halten Sie ihn auf. Er hat gesagt, er wird jemanden töten! Halten Sie ihn auf!«

»Wer sind Sie?«

»Er hat neben mir gesessen. Bitte, er wird jemanden töten!«

»Wer wird das tun?«

»Blauer Anzug. Rote Krawatte!«

»Was für eine Farbe hat der Anzug?«

»Blauer Anzug! Rote Krawatte! Gutaussehend! Killer!«

Der Mann flüstert seinen Untergebenen etwas zu. Gedränge, von überallher kommen Polizisten. »Woher kennen Sie diesen Mann?«

»Killer. Er hat eine Waffe.« Wie heißt das nur? *»Pistola? Pistola! Pistola!«*

Jetzt entsteht in der Schlange ein Tumult. Eine Frau schreit und das Schreien pflanzt sich fort, und das Kreischen und das Echo des Kreischens sind ohrenbetäubend.

»Woher wissen Sie, daß er eine Pistole hat?« ruft der Polizist.

»Er hat sie mir gezeigt! Um Himmels willen! Killer! Mörder!«

Der Lehrer, der bei der Gepäckausgabe steht, hört hinter sich den Lärm, den Tumult. Er weiß, was es bedeutet: Annie kämpft schon wieder.

Er hält ihr Kämpfen für töricht, aber er liebt ihre Torheit. Wehr dich, so heftig du willst, denkt er, ich werde dich

deswegen nicht weniger lieben. Er lächelt. Er sieht sich nicht um. Er atmet tief durch.
Der Gepäckkontrolleur verläßt seinen Posten, um nachzusehen, was da los ist.
Der Lehrer schließt seine Aktentasche. Er geht auf die Glastüren zu.
»Señor?«
Er dreht sich um. Vor ihm steht ein Polizist. Zwei Sicherheitsleute kommen auf ihn zugelaufen. Bedeuten ihm, er soll die Hände heben.
Noch zwei Polizisten kommen vom Gepäckkarussell auf ihn zu.
Er zieht seine Heckler & Koch und erschießt einen der Polizisten. Er feuert auf den zweiten, verfehlt ihn aber. Sofort steht er im Mittelpunkt einer Eruption, einer erschütternden Woge, die von den Muskeln seines Herzens in alle Himmelsrichtungen ausgeht und Hunderte von Menschen erfaßt.
Er feuert noch zweimal, und zwei weitere Wellen wahnsinniger Panik verbreiten sich. Er läuft auf die Straße. Er braucht nur seine Heckler & Koch zu heben, und sofort wird ihm der Weg freigemacht. Zehn Schritte über die Straße. Eine steinerne Treppe hinunter, an einem Graben entlang und hinein in einen Slum aus Blechdachhütten, ein Gewirr, ein Labyrinth, er ist vollkommen sicher. Annie, wehr dich, so heftig du willst, ich werde dich deswegen nicht weniger lieben, aber es gibt auch andere Arbeit zu tun, Meditationsarbeit. Du solltest dich auf den Morgen vorbereiten.

Annie fleht diesen Polizisten Foncea an, er möge doch endlich begreifen. »Sie müssen ihn heute nacht noch finden. Heute nacht. Mein Kind, heute nacht.«
»Aber Sie sagen, daß Ihr Kind in T'ui Cuch ist. Dieser Mann, dieser Lehrer, wie Sie ihn nennen? Er ist hier in der Hauptstadt.«

»Aber er geht nach T'ui Cuch.«
»T'ui Cuch ist Hunderte von Meilen entfernt. Der Lehrer Ihres Sohns hat nur seine Beine. Alle Autoverleiher sind alarmiert, niemand wird ihm ein Auto vermieten. Heute nacht besteht für Ihren Sohn keine Gefahr. Morgen früh werden wir die Guardia in Huehuetenango informieren. Sie werden nach T'ui Cuch fahren. Sie werden Ihren Sohn aufsuchen –«
»Heute nacht! Bitte! Sie müssen heute nacht noch dorthin. Ach, bitte!«
»Heute nacht ist es unmöglich. Heute ist der Vorabend von Allerheiligen. Das ist der Festtag von T'ui Cuch. Heute nacht kann man keine Telegramme nach T'ui Cuch schicken.«
»Aber Sie könnten dort anrufen!«
»Ich bin mir sicher, daß es in T'ui Cuch keine Telefone gibt.«
»Okay, aber Sie könnten in Huehuetenango anrufen. Die dortige Polizei könnte hinfahren.«
»Ja. Genau. Das ist eine gute ..., eine gute Idee.«
»Sie rufen dort an?«
»Ja, ja.«
»Wann?«
»Bald.«
»Jetzt! Bitte! O Gott, bitte! Bitte rufen Sie jetzt an!«
»Ich kann jetzt nicht anrufen.«
»Warum nicht?«
»Ich kann diesen Anruf nicht machen.«
»Warum nicht?«
»Es wird vom Hauptquartier aus angerufen.«
»Nein, von hier aus, bitte. Ich bezahle auch dafür.«
»Ich muß erst meinen Bericht schreiben.«
»Ach verdammt! Gehen Sie doch zum Teufel!«
Sie wendet sich ab. Sieht hinaus zu den Zollkabinen. Schon wieder eine Maschine voller Gringos, eine neue Schlange.
»Kommt diese Maschine aus Kalifornien?« fragt sie.

»Die? Nein, das ist die Aviateca. Aus Miami. Die Maschine aus San Diego ist vor zwei Stunden gelandet.«
»Vor zwei Stunden? *Zwei Stunden?*«
Der Polizist fragt sie: »Warum Sie sich nicht entspannen? Der Lehrer Ihres Sohns, wir werden ihn bald finden, ich bin ganz sicher.«
»Aber es gibt noch einen! Noch einen Killer! Er war in dieser Maschine.«
»Um Ihr Kind zu töten? Warum sie töten Ihr Kind?«
»Bitte! Hören Sie, die New Yorker ... die New Yorker Abteilung des FBI! Rufen Sie einfach ... rufen Sie Ermittler Carew in New York an –«
»Die New Yorker –«
»Dort kennt man diesen Mann! Dieser Mann ist ein Killer! Bitte!«
»Ich werde sie anrufen.«
»Von hier aus? Jetzt?«
»Ich kann von hier aus nicht anrufen.«
»Arschloch! Rufen Sie jetzt sofort dort an! Diese Männer sind Killer. Wenn Sie nicht tun, was ich sage, dann lasse ich Sie feuern, das schwöre ich Ihnen!«
»Sie wollen was? *Sie* mir wollen drohen?«
»Ja! Ich drohe Ihnen, ich bringe Sie um Ihren Job!«
»Wenn Sie mir drohen, verhafte ich Sie. Glauben Sie, nur weil Sie aus den Vereinigten Staaten sind –«
»Ich drohe Ihnen nicht, ich flehe Sie an, bitte, lassen Sie wenigstens mich Carew anrufen, ich bezahle auch für den Anruf, bitte, es schadet Ihnen doch nicht, wenn Sie mich anrufen lassen –«
»Wir sind in Guatemala. Die New Yorker Polizisten können in Guatemala überhaupt nichts tun.«
Plötzlich hebt der Polizist die Augen.
Hinter sich hört sie eine Stimme: »Annie?«
Sie dreht sich um. Es ist Johnny.
»Wo ist er, Annie?«

»Er ist entwischt. Eddie, wie sind Sie –«

»Ich war in der Aviateca-Maschine. Bin wahrscheinlich verrückt, daß ich Ihnen hinterherfliege, aber ich kann einfach nicht zulassen, daß er sich Ihren Jungen schnappt. Damit könnte ich nicht leben. Wir müssen zu Ihrem Jungen. Jetzt, Annie, wir haben keine Zeit zu verlieren. Was wollen die denn von Ihnen?«

Darauf sagt Foncea: »Wer sind Sie?«

»Ich bin ein Freund dieser Dame, und Sie?«

»Ich bin Capitán Rogerio Foncea.«

»Hören Sie, Capitán Foncea, kann ich einen Augenblick mit Ihnen, äh, unter vier Augen sprechen?«

Bereits zwanzig Minuten später steuert Eddie den kleinen Celica, den sie gemietet haben. Annie sitzt neben ihm und liest die Landkarte. Sie fahren auf der kurvigen Hauptstraße, die steil ansteigend aus der Stadt herausführt. Eddie schert immer wieder auf die linke Spur aus und schlittert manchmal sogar über das schmale rechte Bankett, um dahinzockelnde Lastwagen zu überholen. Aber Annie ist er noch nicht annähernd schnell genug. Er sagt zu ihr: »Gott sei Dank kannte dieser Arsch Pablo. Und Gott sei Dank waren ein paar hundert Dollar genug, um ihm das Maul zu stopfen.«

»Eddie«, sagt sie. »Wir müssen anhalten. Ich muß die Botschaft anrufen. Ich muß Carew anrufen.«

»Wer ist Carew?«

»Vom FBI ...«

»Vergessen Sie es.«

»Aber er könnte einen Hubschrauber schicken.«

»Könnte er, würde er aber nicht tun. Nicht rechtzeitig. Überlegen Sie mal. Dieser Carew, der müßte erst seinen Boß anrufen. Dann müßte der *seinen* Boß anrufen. Und dieser Kerl müßte bei der verdammten FBI-Zentrale anrufen. Die Zentrale müßte das verdammte Außenministerium anrufen.

Zwanzig Anrufe und sechs Wochen später würde irgend jemand einen Hubschrauber nach Brasilien schicken. Vergessen Sie es, Kleine. Wir sind auf uns gestellt. Schöne Scheiße.«

Eine Viehherde überquert die Straße. Eddie drückt auf die Hupe, reißt das Steuer herum, und auf zwei Rädern schießen sie zwischen zwei gehörnten Stieren hindurch. Aber Annie bemerkt es kaum. »Gibt es noch einen zweiten Killer?« fragt sie. »Er hat mir gesagt, daß aus Kalifornien einer kommt.«

»Ach, das war nur eine Geschichte für Sie. Eine Gutenachtgeschichte, um Sie zu beruhigen. Nein, es ist keiner aus Kalifornien da. Kein Mensch ist da außer ihm. Aber das reicht, nicht?«

FÜNFZEHN

Der Pfad der blankgescheuerten
und im Feuer geläuterten Liebe

DER LEHRER FÄHRT IN EINEM ALTEN SPORTWAGEN ÜBER EINE Hügelkuppe, sieht die schmutzverkrustete Provinzhauptstraße entlang und entdeckt ein ziemliches Stück vor sich ein zweites Auto.

Zwei Rücklichter, die durch eine dichte Membran aus Staub hindurchscheinen.

Es kommt ihm noch immer ziemlich übertrieben vor, daß er für die Schaukel, die er da fährt, töten mußte, daß er der verwöhnten Tochter einer reichen guatemaltekischen Mama, die nicht weit vom Flughafen vor einer roten Ampel wartete, zwei Kugeln in den Schädel jagen mußte. Einen Mord wert ist dieses Auto auf keinen Fall. Es ist schlecht abgestimmt. Die Lenkung ist zu weich und die Reifen zu breit. Die Tachonadel zittert. Die Kopfstütze ist noch unangenehm klebrig vom Blut der Vorbesitzerin.

Aber das ist das Gefährt, das ihm zugestanden wurde. Dieser Sportwagen ist nicht komischer oder unangemessener als irgendein Gefährt, das das Tao auswählt, um darin seine Fracht zu transportieren. Und trotz aller seiner Schwächen ist es dennoch viel schneller als das Auto vor ihm. Der Lehrer holt zügig auf. Und als er nahe genug dran ist, um das Nummernschild dieses Autos zu erkennen, sieht er, daß es ein Mietwagen ist.

Sein Magen zieht sich zusammen.

Er beschleunigt. Sie hat ihm gefehlt, er hat sich sehr danach gesehnt, wieder bei ihr zu sein. An einer Kurve geht er kaum vom Gas, nimmt sie mit über hundert, der Abstand wird immer geringer.

Er schaltet das Fernlicht ein.

Kurz sieht er den Umriß ihres Kopfes auf dem Beifahrersitz. Schwach, wie von einem Glorienschein umgeben. Er ist wie elektrisiert. Ein Draht spannt sich von einem Ende des Universums zum anderen, ein Draht voller Strom. Wenn dieser Draht zufällig einen anderen solchen Draht kreuzt, gibt es einen Funken. Ein blendendes Aufblitzen der Leidenschaft, ein gellender Schrei in der Dunkelheit. Dann sind die Drähte verbunden. Gleichgültig, was du tust, du meine sture Braut.

Sie dreht sich um und starrt in den grellen Strahl seines Fernlichts.

Er sieht, daß ihr Gesicht voll animalischer Furcht und Verwirrung ist. Sie ist verletzlich und kindlich und verängstigt. Ihr Bild glimmert und verschwimmt, weil der Lehrer Tränen in den Augen hat. Sie sagt etwas zu ihrem Fahrer und hebt dann eine Pistole. Sie richtet sie auf das Auto des Lehrers.

Sie schießt, und ihre Rückscheibe zersplittert. Die Kugel pfeift ins Leere.

Der Lehrer läßt sich zurückfallen, wartet auf den günstigsten Augenblick.

Er wartet, bis er zu einer langgezogenen S-Kurve kommt und steigt dann wieder aufs Gas. Der Fahrer von Annies Auto versucht, ihn am Überholen zu hindern, und er ist ziemlich gerissen, dieser Fahrer, aber der Lehrer schwenkt einmal nach rechts und einmal nach links, und als sie aus der Kurve herauskommen, schaltet er herunter und zieht auf Annies Seite mit ihnen gleich. Der Lehrer hat keine Musik im Auto, aber eine Sektion seines Gehirns spielt einer anderen ein Allegro aus den Brandenburgischen Konzerten vor. Er kurbelt sein Fenster herunter und plaziert eine Serie präziser Schüsse aus seiner Heckler & Koch. Nicht daß er sie töten will. Er denkt überhaupt nicht daran, ihr etwas zu tun. Aber er muß sie von ihrem Hirngespinst abbringen zu glauben, sie könnte ihn stoppen. Also feuert er über ihren Kopf hinweg, und die Scheiben zersplittern unter den Schüssen, während er an ihrem Auto entlangfährt. Aber trotz des berstenden Glases, das ihr um die Ohren fliegt, zuckt sie nicht mit der Wimper. Seelenruhig legt sie an. Er schießt ein letztes Mal, die Kugel saust knapp über ihren Kopf hinweg und vor dem Fahrer in die Windschutzscheibe.

Der Fahrer packt sie am Kopf, drückt sie hinunter. Und steigt im selben Augenblick auf die Bremse.
Und der Lehrer nutzt die Gelegenheit, die ihm da geboten wird. Er drückt das Gaspedal durch, braust an ihnen vorbei, hüllt sie in Staub ein.
Aber zuvor wirft er noch einen kurzen Blick in Annies Auto, um sich den Fahrer anzusehen. Um zu erkennen, daß es der älteste Freund ist, den er auf der Welt hat.

Annie und Eddie fahren durch die Dunkelheit, immer höher hinauf in die Berge. Die kühle Luft pfeift durch die kaputten Fenster herein. Aber für Annie pfeift es nicht laut genug. Sie wird halb wahnsinnig vor Ungeduld. Warum bremst dieser Trottel nur bei jeder lächerlichen Kurve? Manchmal wird er so langsam, daß man den Wind überhaupt nicht pfeifen hört, und auch von den Reifen kommt kein Geräusch. Dabei sollten die Reifen quietschen, denn wenn sie nicht quietschen, dann sind sie am Verlieren, dann sind *wir* am Verlieren, wir sind noch Stunden von T'ui Cuch entfernt, und wir holen ihn nie ein, wenn die Reifen nicht quietschen, kapiert der das denn nicht?
Zum fünften Mal sagt sie: »*Bitte*, lassen Sie mich fahren.«
»Nein«, sagt er.
»Bitte! Warum nicht?«
»Sie würden uns umbringen. Sie wollen so schnell fahren, daß Sie uns umbringen würden.«
Einen Augenblick lang sitzt sie stumm da. Dann sagt sie: »Sie arbeiten immer noch für ihn.«
Eddie sagt: »Ich fahre so schnell, wie es überhaupt geht. Ich fahre so schnell, daß wir wahrscheinlich sowieso draufgehen werden. Wenn ich fahre, haben wir wenigstens eine Chance.«
»Sie arbeiten immer noch für ihn.«
»Nein, verdammt.«

»Wenn Sie nicht mehr für ihn arbeiten, warum haben Sie mich ihn dann nicht umbringen lassen?«
»Während *er* auf *Sie* geschossen hat? Er wollte Sie töten! Verdammt noch mal, Annie, warum halten Sie nicht endlich den Mund?«
Sie sagt: »Er hätte mich nicht getötet.«
Sie rauschen durch einen engen Paß, schwarze Steilhänge zu beiden Seiten, die Straße schlängelt sich und das Auto schlängelt sich mit ihr.
»Na schön, dann haben Sie eben recht«, sagt er. »Vielleicht haben Sie recht, er hätte Sie nicht getötet. Verstehen Sie ihn? Ich kenn' ihn nämlich schon mein ganzes Leben, und ich versteh' rein gar nichts von ihm.«
»Ich hätte ihn töten können.«
»Na gut.«
»Lassen Sie mich fahren.«
»Nein.«
Sie kommen an einer Ansammlung von Berghütten vorbei. Ein Straßenschild kündigt ein Dorf an. Lichter. Ein Knäuel von Lichtern.
Er bremst scharf.
»Nein, nicht anhalten!« schreit sie. »Egal, was es ist, wen kümmert's denn, fahren Sie zu!«
Aber wie soll er? Die Straße ist gesperrt. Sie haben den Rand einer Ortschaft erreicht, eine Stahlkette ist über die Straße gespannt und dahinter tummeln sich Feiernde. Marimbas und Tänzer und das kleinste Riesenrad, das Annie je gesehen hat. Alles mitten auf der Straße, und darüber hängt eine Kette trüber, freudlos gelber Glühbirnen.
Und ein handgeschriebenes Schild: *Vía cerrada.* Die Straße ist gesperrt.
Wegen diesem blöden Dorffest.
»Fahren Sie durch!« fleht sie.
Er sieht sie an. »Durch ein Riesenrad kann man nicht hindurchfahren.«

»Dann kehren Sie um. Fahren wir zurück, irgendwo muß es doch eine Umleitung geben!«
Er schüttelt den Kopf. »Wenn es eine geben würde, hätte er sie benutzt.«
Er deutet mit dem Kinn, und sie sieht in die angezeigte Richtung. Neben der weißen Stuckwand eines kleinen Ladens steht das Auto des Lehrers.
»Er ist hier?« sagt sie. »Er wartet auf uns?«
»Woher soll ich denn das wissen, Annie. Geben Sie mir meine 38er. Gehen wir.«
Sie steigen aus, klettern über die Kette und mischen sich unter die betrunkenen Feiernden. Unter Fackeln sind drei Marimbas aufgestellt, und auf jeder Marimba spielen drei sturzbetrunkene Mayas. Neun Verrückte in einer Reihe. Alle trommeln sie so fest und so unbekümmert, wie sie nur können, eine Brandung feuerroter Akkorde. Das Riesenrad dreht und dreht sich, ohne Licht, kein Mensch sitzt in der Gondel. Die Tänzer tanzen jeder für sich. Sehen zu den Sternen hoch und jaulen. Einige taumeln gegen Annie, die sich die Straße entlangkämpft. »Lassen Sie mich durch! Bitte!« Ein von den Fackeln beleuchteter Betrunkener mit einer Affenmaske stürzt sich auf sie. Lallt an ihre Wange. Eine unidentifizierbare Mischung übler Gerüche. Eddie zieht den Mann von ihr weg und schiebt ihn wieder in die Menge, nimmt Annie bei der Hand, und sie bahnen sich einen Weg.
Am anderen Ende des Festplatzes sitzt auf einer Holzbank unter einer Fiederpalme ein Gringo. Ein kleiner, schwächlicher Kerl mit schütteren Haaren und einer Halbliterflasche mit einer klaren Flüssigkeit in der Hand.
Eddie bleibt stehen und starrt ihn an. »O Scheiße! Nein, das kann nicht sein. Zornig? Sie sind doch tot!«
»Was?« sagt der Kerl. »Ich bin tot? Sind Sie sicher?« Gemächlicher Georgia-Singsang. »Weiß es meine Mutter schon?«

»Ach, vergessen Sie es«, sagt Eddie. »Sie sehen einfach nur aus wie dieses Arschloch, das ich mal gekannt hab'. Sie haben nicht zufällig 'nen Bruder, der Privatschnüffler ist? Ich meine, in Tarrytown? Ich meine, *war*?«
Georgia trinkt einen Schluck aus der Flasche in seiner Hand. Er sagt: »Ich hab' einen Bruder in Nahunta, Georgia. Ich glaube, der verkauft Aluminiumverkleidungen. Davor hat er in einer Firma gearbeitet, die Baseballkappen macht. Davor war er in der –«
Annie unterbricht ihn. »Hören Sie, wir sind auf dem Weg nach T'ui Cuch. Aber dieses – was ist denn das eigentlich?«
»Allerheiligen. Ziemliches Ereignis hier in der Gegend.«
»Kommt man irgendwie drumherum?«
»Sie meinen, in einem Auto?«
»In einem Auto.«
»Ja, klar«, sagt Georgia. »Fahren Sie zurück bis zum Pan-American Highway, und dort biegen Sie rechts ab.«
Annie fragt: »Diese große Autobahn?« Sie sieht Eddie an. »Wo wir getankt haben? Das war doch vor einer Stunde.«
Darauf Georgia: »Ja, so ungefähr. Warum, haben Sie's eilig? Wenn Sie es eilig haben, Kleine, dann sind Sie im falschen Land.«
»Können die nicht mal kurz Platz machen für uns? Nur kurz, können sie nicht –«
»Kommt drauf an, was Sie fahren. Fahren Sie 'nen Panzer?«
Eddie sagt: »Was fahren *Sie* denn, mein Freund?«
Georgia lacht. »Ich hab' kein Auto«, sagt er.
Darauf Eddie: »Gibt's überhaupt Autos in diesem Kaff?«
»Es gab eins. Ein Taxi. Aber ich vermute, er hat's genommen.«
»Wer ist *er*?«
»'n Kerl, mit dem ich grad die gleiche blöde Unterhaltung gehabt habe. Was soll denn diese Eile, nach T'ui Cuch zu kommen? Sie brauchen die ganze Nacht dafür. Und wenn Sie dort sind, was tun die Leute da? Ich sag's Ihnen, was die

tun. Sie besaufen sich. Trommeln auf ihren verdammten Marimbas. Die gleiche blöde Fiesta wie hier, Kinder.«
Annie stellt sich dicht vor den Mann. Sie spricht langsam und laut, als wäre er taub. »Gibt es noch andere Autos?«
»Alles in Ordnung, Kleine?«
»Gibt's andere?«
»Nö. Na ja, eins, der Chinese hat eins. Der Chinese hat 'nen alten Plymouth. Aber den gibt er Ihnen nicht, und so weit schafft's die Karre sowieso nicht –«
»Wo ist es?«
»Die Straße lang. Beim Laden rechts. Dann die erste links, also die geht irgendwie ziemlich schief ab, und dann macht sie 'nen Bogen –«
Eddie sagt: »Wollen Sie sich was verdienen?«
»Nö.«
»Hundert Dollar, wenn Sie uns zu dem Chinesen bringen.«
»Sie meinen, zu Fuß mit Ihnen da hingehen?«
»Hundert Dollar?«
»Nein.«
»Warum nicht?«
»Weil ich lieber weiterfeiere. Will mich amüsieren, sieht man das nicht?«
»Fünfhundert.«
»Geld brauch ich nicht. Aber für 'nen Big Mac würd' ich's tun, wenn Sie mir einen besorgen können.«
»Tun Sie es«, sagt Annie. »Denn dieser Mann, der vor uns hier war, der will mein Kind töten, und mein Kind ist in T'ui Cuch –«
Eddie unterbricht sie. »Nein, Annie. Der wird uns nicht helfen. Gehen wir.«
Er faßt sie am Ellbogen.
»Bitte. Es geht um mein Kind, er wird mein Kind umbringen«, fleht sie, während Eddie sie wegzieht.
Sie tauchen in die Dunkelheit ein. Hinter ihnen hustet Georgia. Und sagt: »Warten Sie.«

Die finstere Straße, voller Zedernholz. Gesäumt von Betrunkenen: dunkle, stöhnende Fleischhaufen.
Georgia sagt: »Warum will er Ihr Kind umbringen?«
»Ich weiß es nicht«, sagt Annie.
Licht aus einer Tür, eine *cantina*, Trommeln und Johlen.
»Ist er verrückt?« fragt Georgia.
»Ja.«
»Aber warum will er Ihr Kind umbringen?«
Sie dreht sich zu ihm um und sagt: »Geht's nicht schneller? Können Sie nicht schneller gehen?«
»Ich geh' so schnell, wie ich mag«, sagt Georgia.
»Sind Sie alt, ist das der Grund?«
»Jünger als Sie, Kleine.«
»Aber Sie sehen alt aus. Sie sehen müde aus, als wären Sie sehr alt und –«
»Verdammt, Sie lassen wohl nie locker, was?«
Er fängt an zu traben. Hüpft über einen schlafenden Betrunkenen. Eddie und Annie laufen neben ihm her, Eddie hält sich die Hand ans Herz. Er fragt Georgia: »Sagen Sie mal, mein Freund, was machen Sie eigentlich hier?«
»Ich mache mitternächtliche Stadtführungen. Sehen Sie zum Beispiel diesen Fleck da an dieser Wand? Das ist ein Pissefleck. Amüsieren Sie sich?«
»Ich werd' nicht schlau aus Ihnen«, sagt Eddie. »Wie einer von der UN sehen Sie nicht aus. Auch nicht wie ein Hippie. Und wie ein Tourist erst recht nicht.«
»So? Wie seh' ich denn aus?« fragt Georgia.
»Ganz ehrlich? Sie sehen nach Opium aus.«
»Echt? Wissen'se, was Opium auf spanisch heißt?«
»Nein, was heißt denn Opium auf spanisch?«
»Es heißt Halt-die-verdammte-Schnauze.«
Sie biegen nach links ab.
Eddie sagt: »Ich komm bloß nicht drauf, was genau Sie treiben. Management auf jeden Fall nicht. Chemiker sind Sie auch keiner, Sie raffinieren den Stoff nicht, also was?«

Darauf Georgia: »Wissen'se, was raffinieren auf spanisch heißt?«

»Ja«, sagt Eddie. »Schon gut.«

»Und ich mein's ernst.«

»Okay, okay. Aber ich hab' mir gedacht, vielleicht sind Sie im Transportbusineß –«

»Red doch selber mit dem Chinesen, du Arschloch.«

»He«, sagt Eddie. »Tut mir leid. Ich sag' nichts mehr. Ich meine, ich hab ja nur gefragt.«

Auf halber Höhe des nächsten Blocks sehen sie ein vergammeltes Restaurant. Chinesisch-Latino-Maya. Der alte Chinese steht von seinem Tisch neben dem Kühlschrank auf. Georgia redet in schnellem Spanisch, das Annie nicht versteht, auf ihn ein. Aber die Antwort des Chinesen versteht sie: *»Esta noche?«*

»Sí«, sagt Georgia. »Klar doch *esta noche.*«

»Donde?«

»T'ui Cuch.«

Der Chinese lacht, schüttelt den Kopf und wendet sich ab.

»Tausend Dollar?« sagt Eddie.

Der Chinese dreht sich wieder um, verzieht das Gesicht.

Nach zwei Minuten haben sie sich auf dreitausend Dollar für die Benutzung seines Autos für eine Nacht geeinigt. Er gibt Annie die Schlüssel. Deutet mit dem Daumen zur Rückseite des Restaurants. Sie hasten durch eine schmutzige Küche, stoßen ein Dutzend Hunde beiseite und treten auf die Gasse hinter dem Restaurant.

Dort steht die uralte Klapperkiste.

Georgia bleibt in der Tür stehen. Er sagt: »Der kleine Kobold, der da am Rückspiegel hängt, der heißt Mao. Wenn das Getriebe Schwierigkeiten macht, reden Sie mit ihm. Gute Fahrt, ihr zwei. Bis morgen abend dann.«

Annie geht auf die Fahrertür zu, aber Eddie faßt sie am Arm. »Moment mal, ich fahre.«

»Nein.«

»Ich hab's Ihnen doch gesagt, Sie bringen uns um. Wenn Sie fahren, komm' ich nicht mit.«
»Dann bleiben Sie hier. Bin besser allein –«
Eine Bewegung in dem dunklen Plymouth.
Die Fahrertür schwingt auf.
Der Lehrer steigt aus.
»Ich fürchte, das Auto hat gewisse Mängel. Die Verteilerkappe fehlt. Aber warum kommst du nicht mit mir, Annie?«
Sie sieht an ihm vorbei. Dreht sich um, sieht Eddie an.
Der Lehrer sagt: »Mein Taxi steht gleich um die Ecke. Ich kann dich bis T'ui Cuch mitnehmen, es wäre mir ein Vergnügen. Ein Vergnügen. Und was dich angeht, Eddie, ältester Freund, lieber Judas, warum nimmst du nicht einen anderen Weg? Warum begibst du dich nicht ins Reich jener rauchigen *lokas*, die du anbetest, und wanderst dort umher, und wenn deine Seele in zehntausend Reinkarnationen gemartert und geläutert und geheiligt wurde, dann kommst du wieder zu uns, okay, Eddie?«
Er schießt Eddie in die Brust.
»Nein!« schreit Annie.
Eddie liegt am Boden, sie beugt sich über ihn, und alle Hunde des Restaurants und alle Hunde des Ortes bellen.
»Aber Annie, wir müssen uns beeilen«, sagt der Lehrer. »Laß ihn in Ruhe. Er muß seine eigene Reise machen.«
Ihr Gesicht ist ganz nahe bei Eddie. Er lebt noch. Er flüstert: »Jetzt. Nimm meine Pistole. Dreh dich um. Töte ihn.«
Der Lehrer hinter ihr befiehlt: »Steh auf, laß Eddies Pistole, wo sie ist, laß diese Dummheit sein. Du weißt, meine Liebe, daß ich dich im Bruchteil einer Sekunde töten könnte.«
»Aber. Du weißt. Er tut … es nicht«, flüstert Eddie.
Er tut es nicht. Dreh dich um und töte ihn.
Annie beugt sich so über Eddie, daß der Lehrer nicht sehen kann, was sie tut, greift in seine Jacke und zieht die Pistole aus dem Holster.
Schiebt ihren Finger in den Abzugbügel.

Die Stimme des Lehrers: »Du hast mir geholfen, und jetzt will ich dir helfen, Annie. Komm mit mir. Es ist Olivers einzige Chance. Du mußt mich davon abhalten, Oliver zu töten, und wie schaffst du das, wenn ich in T'ui Cuch bin und du –«

Sie wirbelt herum, feuert blindlings.

Dunkelheit. Niemand beim Auto. Gegenüber dem Auto führt ein rechteckiger steinerner Torbogen zu einem Durchgang, aus dem sie das Echo seiner Schritte hört.

Sie läuft ihm nach. »Warte!« schreit sie. Sie bleibt stehen, horcht. Keine Schritte mehr. Nur das Kläffen der Hunde. Dann hört sie einen Automotor anspringen, und sie rennt auf das Geräusch zu. »Warte, ich komme! Warte! Es tut mir leid!« Sie läuft einen langen Innenhof entlang, unter einem zweiten Torbogen hindurch, in eine andere stille, dunkle Straße.

Sein Taxi, es röhrt von ihr weg.

»Warte!«

Aber es ist schon verschwunden.

Sie ist in diesem Kaff gefangen.

Hinter ihr hört sie jemanden, und sie dreht sich um. Es ist Georgia.

»Bitte«, sagt sie. »Ich muß, ich muß, ich muß –«

»Ich hab's gesehen«, sagt er. »Scheiße, verdammt noch mal, ich hab Ihnen nicht geglaubt, aber Sie haben mich wohl nicht verarscht, was? Dieses Arschloch will wirklich Ihr Kind umbringen.«

»Bitte«, sagt sie.

»Wir müssen weg von hier.«

»Wo ist, wo ist –«

»Er ist tot. Kommen Sie.«

»Wohin?«

»T'ui Cuch. Kommen Sie.«

Sie schüttelt den Kopf. »Fährt das Auto?«

»Wir brauchen kein Auto. Sie haben Glück, Ma'am. Mir

steht die Scheiße bis zum Hals, aber Sie haben echtes Glück.«

»Aber wir haben doch kein Auto.«

»Wir brauchen keins. Ich habe ein Flugzeug.«

Buddy Baumgartner schätzt, daß er ungefähr so viele Probleme hat, wie in seinen Schädel hineinpassen. Da ist erstens das Problem, T'ui Cuch in der Dunkelheit zu finden. Dann das Problem, das Flugzeug zu landen, da T'ui Cuch in den Bergen liegt und es nichts gibt, das auch nur annähernd als Rollbahn dienen könnte. Das Problem, daß der linke Motor beim Anstieg immer so komisch vibriert. Das Problem, daß eine Patrouille der guatemaltekischen Luftwaffe ihn schnappen könnte. Außerdem macht ihm die Geschichte Probleme, die diese Annie ihm eben erzählt hat, er macht sich Gedanken über Louie Boffanos überlebende Brüder und Cousins und Neffen und Nichten und Großnichten. Ein Problem ist auch dieser Lehrer irgendwo da unten auf der Straße.

Und natürlich ist da noch der fette Rest der ganz normalen Probleme: die Launen seines blutrünstigen Chefs, die sechs Kilo Heroin, die er eigentlich in diesem Augenblick nach Biloxi bringen sollte, die Haftbefehle, die gegen ihn in den Staaten Georgia und Alabama bestehen und dann auch noch auf diesem beschissenen Rhode Island.

Trotz alledem fühlt er sich großartig.

So gut wie schon seit Jahren nicht mehr.

Diese Frau, diese Annie Laird, die läßt ein Gefühl in ihm aufkeimen. Nicht gerade Liebe, aber so etwas Ähnliches wie Liebe, eine tiefe Zärtlichkeit. Er hat sogar eine Art Gefühl für diesen Jungen, Oliver, entwickelt. Diese Frau erzählt ihm ihre Geschichte, und jedesmal, wenn sie ihren Jungen erwähnt, denkt Buddy: Aber wenn wir es rechtzeitig dorthin schaffen, kann ich das Leben dieses Kindes retten. Sein *Leben*, verdammt noch mal.

Und sooft ihm dieser Gedanke durch den Kopf schießt, gibt es ihm einen Ruck, und zwar so heftig, daß er all seine Probleme vergißt, vergißt, was für ein Versager er ist, und auch alles über Miss Kellie O'Keefe aus Folkston, Georgia, vergißt, die ihm den Laufpaß gegeben hat für einen teiggesichtigen Tierarzt, der auf Enten spezialisiert ist, ach du meine Güte, ein gottverdammter Quacksalber für Quackenten, ich meine Kellie, ist das wirklich das, was du willst?
Aber wenn ich irgendwo einen Flecken finde, wo ich landen kann? Wenn ich das Leben von diesem Oliver retten kann? Also das würde eine Menge Scheiße aus diesen alten Leitungen spülen. Das würde mir diesen Quacksalber endgültig aus dem Schädel spülen.
Nur wäre es gut, wenn sie weiterreden würde. Wenn diese Annie erzählt, denkt er nicht an seine Probleme.
Aber sie starrt bloß hinunter auf die schwarzen Wellen der Landschaft.
Die Motoren brummen.
Buddy fällt nichts ein, was er sagen könnte. Mit Frauen reden hat er noch nie besonders gut gekonnt.
Schließlich versucht er es doch: »Annie?«
»Ja.«
»Also, hm, erzählen Sie.«
»Was?«
»Na, erzählen Sie, erzählen Sie mir von Ihrem Jungen.«
»Und was zum Beispiel?« Gereiztheit in ihrer Stimme.
»Irgendwas. Ich meine, wie ist er denn so?«
»Er ist ein Kind.«
Ende des Gesprächs.
Im Osten hellt sich der Horizont langsam auf. Etwas verwaschenes Blau, ein paar Spritzer Karmesin. Ja, genau das brauchen wir, denkt Buddy – aber beeil dich ein bißchen da drüben. In der Dunkelheit lande ich dieses Wrack nämlich nicht.
Dann sieht er es.

Ein Fingerhut voll weißes Licht auf dem schwarzen Teppich unter ihnen.

Er deutet nach unten. »Sehen Sie?«

»Was?«

»Dort unten. Sehen Sie das Licht? Das ist ein Auto. Scheinwerfer.«

»Er?« fragt sie.

»Um diese Zeit? In diesen Bergen? Da ist sonst niemand. Ja, er ist es.«

Plötzlich ist sie nervös. Sie fragt: »Und was tun wir jetzt?«

Er zuckt die Achseln. »Was soll das heißen? Der alte Vogel fliegt so schnell er –«

»Aber können wir runtergehen? Können wir ihn nicht stoppen?«

»Wie stoppen?«

»Können wir nicht, können wir nicht – ich weiß auch nicht, können wir nicht irgendwas auf ihn werfen?«

»Was werfen?«

»Oder ich erschieße ihn«, sagt sie. »Sie überfliegen ihn, und ich erschieße ihn. Durch das Autodach.« Sie nimmt die Pistole, die in ihrem Schoß liegt.

»Er ist in einer Schlucht. Er fährt auf halber Höhe eines Abhangs, da entlang führt nämlich die Straße. Ich komme da nicht rein. Und auch wenn ich es könnte, Sie würden ihn nie treffen. Ich meine, was ist das, eine 38er? Wenn Sie ein Gewehr hätten. Wenn Sie Scharfschützin wären. Wenn ich es da runter schaffen würde –«

»Ist ja *gut*«, sagt sie scharf.

Dann einen Augenblick später: »Es tut mir leid. Ich weiß, daß Sie recht haben. Ich sehe ihn, aber ich kann ihn nicht stoppen. Ich weiß es. Es ist klar. Wie weit ist es noch bis T'ui Cuch.«

»Also direkt in dem Tal können wir nicht landen. Das habe ich Ihnen gesagt.«

»Ich weiß.«

»Im Westen ist ein Höhenzug mit einer Art Straße, hoch über dem Ort. Ich werde versuchen, dort zu landen. Wenn ich's überhaupt finde. Dann müssen wir hinunter gehen.«
»Laufen.«
»Ja, laufen, aber weit ist es trotzdem.«
»Wie weit?«
»Ich weiß es nicht. Aber wenigstens geht's immer nur bergab. Eine Stunde vielleicht.«
»Eine Stunde? Dann ist er vor uns dort.«
»Na ja, vielleicht. Ich weiß es nicht.«
Einige Minuten lang hört er nichts als das Brummen der Motoren.
Dann sagt sie: »Wollen Sie, daß ich von meinem Kind erzähle? Von Oliver?«
»Ach. Ist schon okay.«
»Ich kann es nicht.«
»Ich verstehe, ich war –«
Sie sagt: »Dieser Ermittler, von dem ich Ihnen erzählt habe – einmal hat er mich gefragt, was mir durch den Kopf geht. Durch meinen Kopf. Ich habe ihm gesagt, ich denke an Oliver, an nichts als an Oliver. Aber das hat nicht gestimmt, das war eine Lüge. Ich habe überhaupt nicht an Oliver gedacht. Wenn ich mit ihm zusammen bin, versuche ich, ihn nicht anzusehen. Und wenn wir nicht zusammen sind, verdränge ich ihn aus meinen Gedanken. Denke an etwas anderes. Ich halte in meinem Kopf alles dunkel. Wollen Sie, daß ich an ihn denke?«
»Nein, wirklich, ich wollte doch nicht –«
»Wie kann ich denn an mein Kind denken? Wenn ich an mein Kind denke, dann denke ich daran, daß mein Kind getötet wird. Und wenn ich daran denke, zerreißt es mich. Wenn ich ihn liebe, zerreißt es mich. Ich liebe ihn nicht. Ich lasse die Liebe nicht zu. Wollen Sie, daß ich sie zulasse?«
»Wenn Sie –«
»Haß. Das ist das einzige. Das ist das einzige, woran ich

denke. Diese Scheinwerfer da unten, sein kleines Licht da unten, das ist ungefähr so groß wie eine Küchenschabe, nicht? Ich stelle mir vor, ich könnte die Hand da hinunterstrecken und es in der Dunkelheit ertasten, und dann bräuchte ich nur noch zuzudrücken, könnte das Arschloch einfach zerquetschen. Wissen Sie was? Wissen Sie, was ich eben erkannt habe? Mir ist es egal, ob er mein Kind tötet oder nicht. Ich liebe mein Kind nicht, in meinem Kopf ist nichts mehr übrig von meinem Kind, also was soll's?«

»He, Annie, hören Sie auf, das ist nicht wahr.«

»Halten Sie den Mund. Mit welchem Recht wollen Sie mir erzählen, was wahr ist? Oder was nicht wahr ist? Ist mir doch egal, was wahr ist und was nicht. Ich will ihn einfach nur umbringen. Mehr will ich nicht, nur ihn umbringen, ihn umbringen, ihn umbringen. Bitte, machen Sie schnell, landen Sie dieses Flugzeug.«

»Bald.«

»Bringen Sie uns runter.«

»Wir schaffen das schon.«

»Er will sehen, wie ich die Leiche meines Sohns im Arm halte, aber warum sollte ich das tun? Er ist doch nur ein Junge, warum sollte ich ihn für ihn in die Höhe halten? Ich werde es nicht tun, nein, ich werde es nicht. *Seine* Leiche werde ich halten, diesen Arsch, ihn werde ich in die Höhe halten, und sein Herz werde ich essen. Bitte, fliegen Sie schneller, bringen Sie mich hin, landen Sie dieses Ding, bitte! Ich will das Herz dieses Mannes essen! Er kann alle Kinder töten, die er will, mir soll's recht sein, soll er töten. Oliver töten? Ich kenne Oliver nicht einmal, soll er doch. Soll er töten, soll er, wenn er will, soll er doch, aber wenn er fertig ist, will ich sein Herz essen. Verstehen Sie? *Ich will das Herz dieses Mannes essen!* Bitte. *Ich will das Herz dieses Mannes essen! Bitte! Fliegen Sie nicht länger! Landen Sie!*«

Der Lehrer, bei Tagesanbruch. Am Straßenrand sieht er einen kleinen Laden, in dem Licht brennt. Er ist müde, hat genug von diesem Fahren durch Matsch, und er ist hungrig.
Tödliche Stille, als er aussteigt und die Taxitür schließt.
Er sieht die Bergstraße hinunter, die er eben hochgekommen ist. Jetzt hätte er Annie gerne bei sich. Er hofft, daß sie irgendeine Transportmöglichkeit gefunden hat. Nachdem er Oliver getötet hat, wird nicht viel Zeit bleiben, bis die Polizei kommt. Lange wird er nicht warten können. Sie wird sich beeilen müssen. Beeil dich, Annie.
Finde eine Möglichkeit.
Der Himmel ist vollkommen klar, und er füllt sich mit Licht, so wie ein Segel sich mit Wind füllt.
Er denkt an den Morgen, als Laotse sein Buch des Weges dem Königlichen Torwächter übergab und China für immer verließ.
Er betritt den Laden.
An einem Tisch sitzen drei Mayas und frühstücken. Sie machen ihm Platz. Er bestellt Eier mit Salsa, Hammeleintopf und Tortillas und süßen, süßen Kaffee. Der Kaffee ist so süß, daß er lachen muß.
Er sagt zu den Männern: *»Hay una fiesta hoy? En T'ui Cuch?«*
»Sí«, antwortet einer. Alle drei sind sturzbetrunken. *»La fiesta.«*
»Empieza muy temprano?« fragt der Lehrer.
»Sí. El Carrera. Temprano.«
Das Rennen, das Pferderennen von T'ui Cuch, wird schon am frühen Morgen beginnen. Es werden viele Leute da sein, und Oliver wird unter ihnen sein, er wird leicht zu finden sein.

Annie läuft von dem zerschellten Flugzeug weg, läuft im rosigen Licht der Morgendämmerung über ein kahles schwarzes Kartoffelfeld, bis sie am Rand des Feldes steht und

den steilen Felsabhang hinabsieht. Weit unter ihr, in Dunst gehüllt, das Dorf.
»Es ist zu weit weg«, sagt sie.
Buddy kommt humpelnd hinter ihr her. »Mein Knie ist im Arsch«, sagt er. »Mein Knie, mein Flugzeug, mein ganzes Leben, alles im Arsch.«
»Es ist zu weit weg.«
»Wir sind überhaupt im Arsch«, sagt Buddy.
Annie dreht sich um. Eine kleine Gruppe Mayas steht hinter ihnen im Feld. Einige von ihnen schielen zu dem kaputten Flugzeug hinüber, andere zu Annie.
Einer von ihnen, ein Junge, sitzt auf einem grauen Pferd. Der Junge trägt eine schreiend bunte Reiterjacke. Seine Haare sind mit langen, regenbogenfarbenen Bändern zu kunstvollen Zöpfen gebunden.
Annie fragt Buddy: »Dieser Junge da, warum ist er so aufgeputzt?«
»Für die Fiesta. Er nimmt wohl an dem Pferderennen heute teil.«
»Was für ein Pferderennen?«
»In T'ui Cuch. Ein Pferderennen. Ich weiß auch nicht.«
»Würden Sie ihn etwas für mich fragen?« sagt Annie.
»Ja«, antwortet Buddy.
»Würden Sie ihn fragen, ob sein Pferd schnell ist?«

Der Lehrer hält sich noch eine Weile in dem Laden auf. Er kauft sich eine hübsche Wolljacke mit dem Umriß einer Fledermaus auf dem Rücken und eine kleine, geschnitzte Figur, die den Ortsheiligen, San Simon, darstellt. Dann fragt er die Männer am Tisch, die gerade mit ihrem süßen Kaffee fertig sind: *»Quieren ir conmigo? A T'ui Cuch. Tengo un auto.«*
Sie beratschlagen.
»Sí. Gracias, señor.«
Sie steigen alle ins Taxi.
Einer der Männer gibt ihm eine Flasche mit dem Feuerwas-

ser der Gegend, er nimmt einen Schluck, und Tränen treten ihm in die Augen. Die Männer lachen. Es herrscht eine ausgelassene Stimmung in diesem Taxi, und jeder Augenblick prägt sich seinem geistigen Auge und seiner Erinnerung ein. Sie fahren den Berg hoch und dann hinunter ins Tal von T'ui Cuch.

Als sie in den Ort kommen, umfährt er vorsichtig die herumlaufenden Hühner und die schlafenden Betrunkenen und die Familien, die auf dem Marktplatz zusammenströmen, auf dem das Rennen beginnen wird. Er findet einen Parkplatz und verabschiedet sich von seinen Mitfahrern. Er grüßt den Dorfpolizisten, der sich kaum noch auf den Beinen halten kann. Und geht dann mit forschen Schritten zum Markt.

Eine Kakophonie aus Marimbas und Trompeten, die Kirchenglocke läutet. Auf den staubigen Bäumen drängen sich Stärlinge, die alle auf einmal kreischen, und die Kinder kreischen mit ihnen. Leute in Kostümen tanzen. Sieht aus, als würde es schon die ganze Nacht so gehen, die Tänzer taumeln und schlurfen. Alles sehr laut und farbenfroh und vermutlich charmant, wenn er es unter anderen Bedingungen sehen würde. Wenn er als Tourist herkäme, mit Annie und Oliver zum Beispiel, eine Gringo-Familie, die die bizarren Festlichkeiten des Ortes begafft – dann würde ihn all dieser Unsinn nicht so stören. Aber was er jetzt braucht, ist Stille. Er will feierliche Klarheit. Er will die Offenbarung einer Struktur. Er will eine Welt, die so rein und einfach ist wie der Himmel über ihm.

Ein zerlumpter Junge kommt mit einem Tablett gerösteter Erdnüsse auf ihn zu. *»Manises? No quiere manís, joven?«*

Er lächelt. *»Sí, por favor.«*

Er kauft eine Tüte und gibt dem Jungen ein Trinkgeld von fünf Quetzal.

Und während der Junge ihn verblüfft anstarrt, fragt der Lehrer: *»Conoze un muchacho, un gringo, se llama Oliver?«*

»Oh-levar? Ah, sí. El gringito? Sí, sí.«
»Y dónde está?«
»Ahorita?« Mit den Augen sucht der Junge den Markt nach Oliver ab. Sieht dann zu der steilen Hügelflanke hoch. Und plötzlich deutet er. *»Oh-levar«*, sagt er.
Ein Trupp aus fünf Jungen, auf einer Straße über dem Markt. Sie schauen zu den Pferden herunter. Auf den ersten Blick ist Oliver nicht auszumachen. Aber zwei der Jungen tragen Masken und bunte Umhänge. Einer ist ein gehörnter Stier, der andere ein langgesichtiger Hirsch.
Einer der unmaskierten Jungen schwenkt ein Hemd, und der Stier scharrt mit den Füßen und stürzt dann auf das Tuch zu.
»Yo no puedo verlo«, sagt der Lehrer.
»Es Oh-levar«, sagt der Junge. *»El Toro.«*
Der Jungmatador dreht sich, und der Stier dreht sich mit ihm, immer im Kreis, und dann taumelt er benommen in den Staub. Rappelt sich langsam wieder hoch. Nimmt die Maske ab. Es ist wirklich Oliver. Er streift sich die Haare aus der Stirn und lacht, setzt sich die Maske auf und ist wieder der Stier.
Der Erdnußverkäufer schreit: *»Oh-levar!«*
Doch zum Glück übertönen die Marimbas und die Kirchenglocken und die Stärlinge sein Rufen. Oliver hört ihn nicht, er dreht sich nicht um.
»Por favor«, sagt der Lehrer und legt dem Erdnußverkäufer eine Hand auf die Schulter: *»Mi visita … es una … sorpresa.«*
Der Junge zuckt die Achseln. »Okay.«
Jetzt entfernen sich der Stier und der Hirsch von den anderen Jungen. Auf einer langen Lehmtreppe steigen sie weiter den Abhang hoch.
»A dónde van?« fragt der Lehrer.
Der Junge zuckt noch einmal die Achseln. *»Yo no sé. Probablemente a las ruinas.«*

Er zeigt zu den bröckelnden Überresten einer steinernen Kirche hoch oben auf dem Hügel.

»Gracias«, murmelt der Lehrer. »Das trifft sich gut.«

Er schiebt sich durch die wogende Menge, überquert den Marktplatz und läuft zu der langen Lehmtreppe. Steigt sie hoch. Mit schnellen Schritten. Zwischen zwei strohgedeckten Hütten hindurch. Über einen Zaun aus Ästen sieht er in einen Garten, in dem eine Frau an einem Webstuhl arbeitet. Ihre junge Tochter kauert neben ihr. Die Frau lächelt, und der Lehrer erwidert das Lächeln. Er hält seine Tüte mit Erdnüssen in die Höhe und wirft sie dem Mädchen zu, das sie geschickt fängt. Er wünscht sich, Annie wäre bei ihm. Er steigt weiter.

Die Treppe trifft auf eine Straße, die im Zickzack den steilen Hügel hochführt. Als er den Kopf hebt, sieht er kurz den Stier und den Hirsch.

Die Maske ist falsch. Die Maske stört. Ich will dein Gesicht sehen, Oliver. Dein offenes, klares Gesicht.

Aber der Lehrer ist nicht unzufrieden, denn er spürt, wie sich die Macht zusammenballt. Das Gewirr des Markts verblaßt, die Form des Tals tritt zutage. Ihm gefällt die geometrische Struktur dieses Wegs, wie eine Jakobsleiter. Er stellt sich vor, wie der Abstand zwischen ihm und Oliver mit jedem seiner langen Schritte kleiner wird. Er steigt höher, durchquert eine Ansammlung strohgedeckter Hütten und kommt zu einer Lichtung.

Wieder sieht er Oliver.

Allerdings nur einen kurzen Augenblick. Der Junge trottet zwischen trockenen Maisfeldern dahin. Nun ist er allein. Sein Freund, der Hirsch, ist wahrscheinlich nach Hause gegangen, wohnt wohl in einer dieser Hütten. Es wird immer einfacher.

Nur das eine Kind und der eine Mann, und beide streben sie dem vorherbestimmten Treffpunkt zu.

Der Lehrer beschleunigt seine Schritte. Wird allmählich ein

wenig ungeduldig, kann aber nichts dagegen tun. Er trabt durch die Maisfelder, durch einen Obstgarten und auf ein freies Feld. Die Kirchenruine ist knapp über ihm. Oliver ist stehengeblieben, er steht auf den Überresten einer alten Staumauer und genießt die Aussicht. Der Lehrer vermutet, daß der Junge ihn bemerkt hat, aber wegen der Maske ist das schwer zu sagen.

Aber das ist ja auch egal, er hat mein Gesicht nie gesehen, er kennt mich nicht. Für ihn bin ich nur irgendein Gringo-Tourist, der es eilig hat, die Kirche zu besichtigen.

Oliver dreht sich um und betritt die Ruine. Der Lehrer schwitzt, aber wenn er die Wolljacke auszöge, würde man die Heckler & Koch sehen. Er bleibt einen Augenblick stehen, atmet tief durch und wischt sich das Gesicht mit dem Ärmel. Dann überquert er die Hügelflanke und steigt die Steinstufen der Kirche hoch.

Unter dem Torbogen hindurch in das große, weite Kirchenschiff. Ohne Dach ist es nur ein schäbiger steinerner Hof. Still. Unkraut wuchert in den Ritzen. Niemand hier.

Oliver. Wo bist du?

Ein blutverkrustetes Kreuz in der Mitte des Hofs.

Dann entdeckt er Oliver, seine Hörner und seinen bunten Umhang, am anderen Ende des Schiffs. Im Chorraum lehnt er an einer Wand, sieht in die andere Richtung. Was tut er? Pinkelt er? Liest er etwas an dieser Wand? Was tut er?

Weint er? Weint er vor Heimweh?

Ich werde dich trösten.

Der Lehrer tritt einen Schritt näher und sagt mit seiner sanftesten Stimme: »Oliver, deiner Mutter tut es leid, daß sie dich alleingelassen hat. Und sie kommt zurück, um dich zu holen. Heute, Oliver. Sie wird heute noch bei dir sein.«

Der Junge rührt sich nicht.

»Oliver.«

Dem Lehrer fällt auf, daß keine Hände aus den Ärmeln dieses Umhangs ragen. Das versteht er nicht. Ein Luftzug

weht in die Kirche, eine Bö aus reinem Chaos, die vom Berg herunterbläst, die Robe bauscht sich, und der Lehrer sieht, daß da auch keine Beine sind – nur Stecken.
Er redet mit einer Vogelscheuche.
Er zieht seine Pistole und wirbelt herum.
Niemand.
Aber dann kommt von der rundumlaufenden Galerie über ihm eine Stimme, ein Südstaaten-Näseln.
»Keine Faxen jetzt. Pistole fallen lassen.«
Gesichter erscheinen über der Steinbrüstung der Galerie. Menschliche Gesichter und Masken und schielende Schrotflinten und Gewehre.
»Pistole fallen lassen.«
Aber der Lehrer braucht die Pistole.
Affenmasken, Eulenmasken, Jaguarmasken, Schweinemasken. Und die ohne Masken, die tragen auch Masken. Ich muß alle Tiere in diesem Zoo töten, damit sie nicht länger die Qualen dieser maskierten Zufallswelt erleiden müssen. Diese Verheerungen der Lieblosigkeit! Wenn Liebe verweigert wird. Dieses Durcheinander, dieses Gewirr aus Interessenskonflikten, ich verabscheue das so sehr wie ihr, arme Kreaturen.
Ein Flintenschuß knallt. Die Schrotladung trifft seine Hand. Seine Heckler & Koch und drei seiner Finger schlittern über die Steine. Er wedelt verächtlich mit der Hand, um diesen aufsässigen Schmerz abzuschütteln, und Spritzer seines eigenen Blutes fliegen ihm in die Augen. Spritzer. Wenn Liebe verweigert wird, wird die Struktur zu Spritzern.
Dann sieht er auf der Galerie Annie.
Annie.
O Annie, es war so wild und heftig, daß du es nicht ertragen konntest, in den Himmel zu sehen. Orion und die Plejaden, Lehrer und Geschworene, der Dammbruch des Tao, das durch unsere Herzen donnert und uns reinigt und uns blankscheuert von all dem Dreck und dem Unrat, und falls

ein Fehler passiert ist, ich schwöre, wenn ich auch nur einen Schritt abgewichen bin vom Pfad der blankgescheuerten und im Feuer geläuterten Liebe …

Sie hebt eine Pistole, eine 38er, und zielt auf ihn.

Aber bevor sie schießen kann, kommt Oliver zu ihr gelaufen. Seine Stiermaske auf den Kopf hochgeschoben, steht er an der Brüstung und sieht herunter. »Geh zurück«, sagt Annie zu ihm. »Du sollst doch nicht hier sein.«

»Was soll's«, sagt Oliver. »Ich bin aber hier.«

»Dann dreh dich um.«

Doch er tut es nicht. Gedankenverloren mustert er den blutenden Mann im Hof. Den Lehrer mit seinen fehlenden Fingern. Den Lehrer, der jetzt langsam in die Hocke geht, weil er seine gesunde Hand näher an die stupsnasige 22er in seinem Wadenholster heranbringen will.

Annie sagt es noch einmal, diesmal sehr viel lauter: »Dreh dich um, Oliver.«

So laut diesmal, daß jeder es hören kann. Aber der Junge rührt sich nicht.

Der Lehrer lächelt zu ihm hoch und denkt: Du mußt deine Zögerlichkeit überwinden, Oliver. Verträumtheit ist ja schön und gut, aber du mußt auch lernen zu handeln. Bevor es zu spät ist, bevor die Gelegenheit dir entgleitet.

Der Lehrer denkt: Wenn du getan hättest, was deine Mutter dir gesagt hat, hätte sie mich töten können – und ich weiß, sie hätte es getan, ich habe es in ihren Augen gesehen – und dann wäre die Macht des Tao in alle Winde verstreut und du könntest dieses kleine Leben behalten, an dem du so hängst.

Jetzt sagt einer der Gringos zu Annie: »Leg sie weg.« Muß wohl ihr alter Freund Turtle sein. »Leg die Waffe weg. Wir haben ihn. Okay? Er kann dir jetzt nichts mehr tun.«

Annie ignoriert ihn. Sie sagt: »Oliver, du wirst dir das nicht ansehen. Dreh dich um!«

Turtle sagt: »Annie, das darfst du nicht, er ist unbewaffnet.

Das ist Mord. Das darfst du nicht. Laß das. Die Gesetze sind streng in diesem Land, wir sind hier nicht in den Vereinigten Staaten, sie werden nicht – Annie, die sind unerbittlich hier! Sie werden dich verurteilen! Sie werden dich ins Gefängnis stecken!«

»Aber ich muß es tun«, sagt sie.

»Verdammt, Annie, *wir haben ihn! Es ist vorbei! Leg sie weg!«*

»Er wird mein Kind umbringen.«

»Er kommt ins Gefängnis!«

»Aber wenn er wieder herauskommt, bringt er mein Kind um.«

»Gib mir die Pistole!«

Turtle greift nach der Waffe, doch sie weicht ihm aus.

»Ich muß es tun«, sagt sie.

Jetzt spricht der Lehrer zu ihr – mit leiser Stimme, die aber in dieser alten Ruine weit trägt. Er sagt: »Nein, hör auf den Mann. Hör auf uns alle, Annie, denn wir lieben dich. Wenn du ins Gefängnis kommst, wer wird dann Oliver großziehen? Denk an dein Kind. Vergiß die Rache, wir haben Rache nicht nötig. Denk an, denk an –«

Er sucht in seinen Gedanken nach etwas, das Laotse sagen würde, ein Wort, um sie gefügig zu machen, einen Geistesblitz, um die Ordnung wiederherzustellen. Aber er ist zu abgelenkt! Diese Menagerie aus Wächtertieren. Dieser entfernte Marimba-Lärm. Das Schimmern seiner Hand, die sich dem Saum seines Hosenbeins nähert, der versteckten 22er. Dieser Berg im hellen Sonnenlicht. Der Schwarm Stärlinge vor der Bergflanke.

Zu viele sonnige Oberflächen. Der Lehrer kann sich nicht recht konzentrieren. Einen Augenblick lang stockt er – und Oliver füllt die Pause.

Oliver sagt: »Mom, du hast recht. Töte ihn.«

Dann wendet sich der Junge ab.

Ach, aber es ist spät für dich, mein Kind, es ist viel zu spät, weil Annie jetzt wieder mir gehört. Ich habe ihre großen,

grauen Augen wieder in der Gewalt meines Blicks. Ihr aufsässiger Geist ist wieder in meinem Bann, ich habe ihn überwältigt mit meiner Stimme, dieser Stimme, die so kräftig durchs Tal hallt: »Denk an Oliver! Was passiert mit Oliver, wenn sie dich in ein guatemaltekisches Gefängnis stecken?« Seine Hand gleitet unter den Hosensaum, unter den Fingerspitzen spürt er die glatte Oberfläche der 22er. »Was nützt dir denn das? Deinem Kind zuliebe –«
Vielleicht hätte er das nicht sagen sollen. Er sieht, wie ihr Arm unter dem Rückstoß der Pistole in die Höhe zuckt, ein Bellen dringt aus seiner Kehle, und er scheint den Kontakt mit seiner Zunge verloren zu haben. Er hört ein lautes Dröhnen. Tatsächlich scheint er den Kontakt mit einer Hälfte seines Körpers verloren zu haben, mit einer Hälfte der Welt. Ein Teil von ihm wird von Blut überflutet. Er will das Blut ausspucken, aber er weiß nicht, ob dieser Blutwirbel in seinem Mund ist oder in seiner Augenhöhle, und er hat Angst, daß er sein Auge ausspuckt. Verwirrung macht sich in seinem Bewußtsein breit. Der Himmelspfad des Tao wird schwächer. Weniger Licht, immer weniger und weniger. Gerade noch so viel Licht, daß er den Rücken von Olivers glitzerndem Umhang erkennen kann.
Der Lehrer umklammert den stupsnasigen Revolver. Zieht ihn aus dem Holster. Versucht ihn zu heben.
Plötzlich erzittert die Kirche unter Schüssen.
Dieser ganze begriffsstutzige, schlampige Bauernpöbel, der nur Unsinn macht aus alldem, was ich versucht habe, ihm beizubringen. Die Eule, sie schießt auf ihn. Das Schwein, im tiefer werdenden Schatten, es schießt auf ihn. Dieser ungehobelte Ezechiel von einem besoffenen Farmer, er schießt auf ihn. Der Affe, dieser Clown, dieser Klassenkasper, er schießt auf ihn. Annie, sogar seine Annie, sogar seine sture, tastende, grimmige irdische Braut, sie schießt auf ihn. Annie, Annie, Annie, Annie, Tochter des Chaos, sie tötet ihn.

SECHZEHN

Ein wilder Spelunkentrommelwirbel

ANNIE WARTET IN DER DUNKELHEIT. SIE HÄLT DIE AUGEN geschlossen, weil diese Ruinen auf einmal viel zu hell für sie waren, dieses aufblühende Blut sie geblendet hat.
Sie wartet darauf, daß das Echo der Schüsse verhallt.
Jemand nimmt ihr die Waffe ab. Sie läßt es zu, daß man sie ihr aus den Händen windet wie einen Handschuh.
In der finsteren Stille beginnt das Tal zu sprechen.
Die meisten der Marimbas sind verstummt, aber eine ist noch zu hören, vollführt einen wilden Spelunkentrommelwirbel. Über ihr ein erstickter Vogelruf. Links niest ein Pferd. Hunde bellen. Ohne Sinn und Verstand, all das, keine Idee dahinter, kein Wille, kein Befehl, einfach nur die seltsamen Fragmente von Geräuschen, die an ihre Ohren dringen. Sie streckt die Hand aus. Berührt Oliver. Seine Schultern. Zieht ihn an sich. Jemand ruft aus dem Tal, eine Stimme neben ihr antwortet. Nicht in Spanisch, sondern dem gutturalen summenden Dialekt, den sie hier sprechen. Ihre Lippen auf dem Haar ihres Kindes. Ich *werde* meine Augen öffnen, bald, aber zuerst möchte ich mich daran erinnern, wie schön es war, diesen Mann in Fetzen zu sehen, zu sehen, wie sein Blut durch die ganze ehemalige Kirche spritzte, und ich möchte den heulenden Hunden von T'ui Cuch zuhören. Ich will meinem Kind über die Augenlider streichen und die Schläfen hinab bis zu seinem Kinn, um es in die Hand zu nehmen, und dann mit den Fingern sacht über den zarten Flaum an Olivers Hals fahren, so leicht, daß es kitzelt und er lachen muß. Damit ich ihn lachen hören kann, und dann noch ein bißchen mehr von diesem Chaos aus T'ui-Cuch-Hunden und T'ui-Cuch-Musik, diesem reinen und unbezwingbaren Durcheinander. Noch mehr Hunde. Noch mehr von allem, bevor ich die Augen öffne. Mehr von diesem stillen, schweren Sonnenlicht, blutrot auf meinen Lidern. Mehr vom Geruch seines Haars. Mehr von diesem summenden Gerufe. Mehr von diesem niesenden Pferd. Nur einen Moment noch oder zwei.